小悪魔に愛のキスを

TO SEDUCE A BRIDE

Nicole Jordan

ニコール・ジョーダン

森野そら［訳］

ラベンダーブックス

TO SEDUCE A BRIDE
by Nicole Jordan

Japanese translation published by arrangement with
Spencerhill Associates Ltd. c/o Books Crossing Borders, Inc.
through The English Agency (Japan) Ltd.

すばらしい乗馬友だちである、
カレン、ワイアット、カーリへ――
ともにすてきなひとときを過ごすだけでなく、
いつもわたしの〝子どもたち〟の面倒を見てくれてありがとう！

小悪魔に愛のキスを

主な登場人物

リリアン・ローリング　ローリング三姉妹の三女
ヒース・グリフィン　クレイボーン侯爵
ファニー・アーウィン　リリアンの幼なじみで高級娼婦
フレール・ドリー　ファニーの友人で高級娼婦
シャンテル・アムール　ファニーの友人で高級娼婦
バジル・エドウズ　リリアンやファニーの幼なじみ
ミック・オローク　賭博場の経営者
ウィニフレッド　レディ・フリーマントル
テス・ブランチャード　ローリング三姉妹の友人
アラベラ　ローリング三姉妹の長女
ロズリン　ローリング三姉妹の次女
マーカス・ピアース　ダンヴァーズ伯爵でヒースの友人
アンドリュー・モンクリーフ　アーデン公爵でヒースの友人
エレノア　マーカスの妹

1

レディ・フリーマントルの仲人ぶりにはイライラするわ。

あれでは、聖人でも頭がおかしくなるというものよ。

聖人じゃないわたしはなおさらだわ。

――ミス・リリー・ローリングからファニー・アーウィンへの手紙

一八一七年六月、イングランドのチェズウィックにあるダンヴァーズ館にて

「どうしてあの人の前にいると落ちつかなくなるのかしら。わけがわからない」リリアン・ローリングは、おぼつかない口ぶりで灰色の猫に向かってつぶやいた。「あんなふうにわたしの心を乱す男性は初めてよ」

リリーの愚痴《ぐち》に返ってきたのは、ゴロゴロというのどを鳴らす音だけだった。

「ハンサムだからってだけじゃないの。いつもはハンサムな貴族なんて気にならないもの」どちらかと言えば、ハンサムな貴族には警戒心を抱《いだ》いている。「それに、あの人の地位や財産にだって、ちっとも関心ないわ」

ほろ酔いかげんのため息をつきながら、リリーはわらの上で体を伸ばし、猫のふわふわした毛皮をなでた。クレイボーン侯爵ヒース・グリフィンが自分に及ぼす情けない影響について、説明をつけずにはいられない。今朝、姉の結婚式で初めて出会ったばかりだというのに。

「問題は、あの人が……み、魅力的……すぎるってことだわ」それに、男らしくてエネルギーにあふれていて、たくましいことも問題だ。

どんな特徴があるにせよ、彼に接するとばかばかしいほどドキドキと興奮してくる。

「あ、あんな男……」

舌がよく回らないことに気づき、リリーは唇をかみしめて黙り込んだ。三杯もシャンパンを飲んだせいだわ。どんな酒でもすぐに酔ってしまうことを考えると、二杯はよけいだった。けれども、今夜の祝宴のせいで気がめいっていたから飲まずにはいられなかった。

ひどく酔っぱらっているわけではない。けれど、舞踏会用のドレス――淡いバラ色の、絹の繊細なドレス――を着てダンス用の靴をはいたまま馬小屋の二階まで上がったのは、まちがいだったようだ。食べ物を入れたナプキンの包みを手に、細身のスカートではしごを登るのは、運動能力に対する挑戦といえるかもしれない。それでも、披露宴が終わって出て行く前に、ブーツに夕食を持っていってあげたかった。

ダンヴァーズ館の馬小屋に住む猫ブーツは、最近子猫を数匹産んだばかりだ。猫の一家は、農場の犬から守るためリリーが持ち込んだ箱の中で気持ちよさそうに丸まっている。子猫たちを怯《おび》えさせないよう、リリーはランタンを下のほうにぶら下げておいた。あたりに漂う穏やかな光が二階の静けさを包みこんでいる。もうそこまで近づいた夏を思わせるあたたかな夜だ。

三匹の子猫は小さな毛糸玉みたいにまん丸で、まだ目が開いたばかりだが、すでにそれぞれの個性を発揮しはじめていた。まるでローリング家の姉妹みたい、とリリーは思った。眠たげに目をまばたきさせる子猫を見ていると、胸の奥からやさしい気持ちがこみ上げてくる。リリーは、無力で不幸なものを見ると心を動かされずにいられなかった。

けれど、正直なところ馬小屋にきたのは、猫に餌《えさ》をやって自己憐憫《じこれんびん》にひたるためだけでなく、クレイボーン侯爵から逃げ出すためでもあった。

ブーツが雉子《きじ》の胸肉のローストにかぶりついている間、リリーは箱の中にそっと手を伸ばし、愛らしい子猫を一匹抱き上げた。

「おまえは自分がどんなにかわいいか、わかってるの?」そうつぶやいて、子猫のやわらかな黒い毛皮に鼻を押しつける。リリーと同じようにいたずらっ子の黒い子猫は、彼女の鼻を楽しげにパフッとたたいた。

リリーは小さな笑い声をあげた。こうしていると、胸の奥に抑え込んだ痛みが涙にならなくてすむ。

今朝、村の教会で行われた結婚式はすばらしかった。いちばん上の姉であるアラベラがダンヴァーズ新伯爵であるマーカス・ピアースと結婚したのだ。その後ダンヴァーズ館で行われた披露宴と舞踏会には六百人もの客が招待された。これほど大規模な宴会が成功したのは、次女ロズリンの努力と女主人としての能力のたまものだろう。

舞踏会はまだ一、二時間はつづいて真夜中過ぎに終わるはずだ。けれど、リリーとロズリンはついさっきアラベラと三人で別れのひとときを過ごし、幸せと悲しみの混じり合う涙を流したところだった。

アラベラが結婚していなくなるのは、リリーにとってひどくつらいことだった。おまけに今夜は、親切な後援者であるウィニフレッド——レディ・フリーマントル——に仲人役《なこうど》としてはた迷惑なおせっかいを焼かれたせいで、大変な思いをすることになった。数年前ローリング姉妹が無一文になり、生活の糧を稼ごうと必死になっていたとき、ウィニフレッドは学校設立の資金を提供してくれた。裕福な商人の娘たちを対象にしたフリーマントル・アカデミー・フォー・レディーズだ。そのウィニフレッドが、舞踏会の間じゅう、マーカスの親友であるクレイボーン侯爵にリリーを押しつけようと躍起《やっき》になっていたのだ。

結局、残念なことに、ウィニフレッドはリリーをその場に押さえつけて侯爵にむりやりダンスを申し込ませた。

「ミス・リリアンほどすばらしい娘さんがダンスのお相手を務めてくれるなんて、けっこうなことだよ、侯爵。まちがいないさ」中年の貫禄たっぷりにウィニフレッドが断言した。

「非常に光栄です」クレイボーンは、気《け》だるそうな微笑《ほほえ》みをリリーにふりまきながら答えた。

リリーは顔が赤くなるのを感じた。裏切り者の友がうれしそうな顔をしてその場を去ったあと、リリーはクレイボーンの顔をにらみつけた。怒りのあまり言葉が口から出ない。

侯爵は長身でたくましい体格の持ち主で、人の目を引かずにおかない男らしさを漂わせている。髪は明るい茶色で、瞳は金色をちりばめたハシバミ色だ。非常に男性的な顔だちは、これまで数知れない女性の心を惹《ひ》きつけてきた。

リリーは自分も例外ではないと気づいた。情けないほど脈が速まり、感覚が鋭くなっている。気まずい思いにとまどい、ウィニフレッドの策略に怒りを覚えながら、リリーはその場に立っていた。花婿候補として有望で非常に裕福な侯爵の前で、まるで市場に引きずり出された雌牛《めうし》のように見せびらかされるなんて、屈辱もいいところだ。

リリーは黙ったまま、クレイボーン侯爵の差し出した手をとり、舞踏会のフロアへと導かれた。楽士たちがワルツを奏ではじめると、仕方なく侯爵の腕の中に入る。こんなに近づきたくなかった。彼の熱気と精力を感じずにはいられない。侯爵の体を意識せずにはいられないのも不愉快だった。快活な音楽のリズムに合わせてリードされていると、侯爵の持って生まれた優雅さやあふれ出る男の魅力を感じずにはいられなかった。これまで男性に対してそんなことを感じたことはなかったのに。いつもなら、暴力をふるいそうな男かとか大きな拳《こぶし》を持っているかという点にしか目が行かないというのに。

「踊ることがおきらいですか、ミス・ローリング？」とうとうクレイボーンが沈黙を破った。「それとも、ぼくと踊るのがおいやなのかな？」

リリーは侯爵の鋭い言葉に啞然《あぜん》とした。「わたしがどうしていやだとお思いになるんですか、侯爵様？」あいまいな答えを返す。

「恐ろしく不機嫌な顔をしているからですよ」

改めて頰《ほお》が熱くなったのを感じて、リリーはむりやり礼儀正しい微笑みを浮かべた。「申し訳ありません。ダンスはあまり得意ではありませんので」

長い睫《まつ》毛《げ》の下から瞳がきらめいた。「かなりお上手ですよ。正直なところ驚きました」

リリーは眉をつり上げた。「どうして驚かれるんでしょうか？」

「マーカスから、あなたは火の玉みたいなおてんば娘だと聞いていたものでね。舞踏場でいやいや踊っているよりも、野原を馬で駆けまわるほうがお好きかと思っていました」

正直な感想を耳にして、リリーは思わず笑い声をあげた。「確かにワルツを踊るより馬に乗るほうが好きです、侯爵様。でも、〝火の玉〟は少々言いすぎではないかしら。マーカスがそう思うのは、彼がアラベラに求婚していたとき、わたしが姉の心配をして彼としょっちゅう言い争っていたからでしょうね。でも、わたしは元々穏やかな性格なんです。おてんば娘ではありますけど――ただし、アカデミーで教えているときは別だわ。生徒にいい見本を示さなければなりませんから。それから、こういう場で姉たちのために行儀よくしなければならないのなら、ちゃんとふるまえます。ほんとうのことを言えば、社交界というものに挑戦するのは、なかなか楽しいものだわ」

「反逆者は尊敬する」侯爵が楽しげに言う。「きみはお姉さん方とはだいぶちがうようだね」

侯爵の言葉にリリーは鋭い視線を返した。好意的な指摘かどうか、さぐっている。

好意的でない評価かどうか気にしているわけではない。姉たちと比べていつも劣っている自分を気に病んでいるわけでもない。アラベラもロズリンも金髪で白い肌のすばらしい美女で、背も高く優雅な体つきをしている。

リリーは姉たちほど背が高くもなければ、貴族的な雰囲気も持ち合わせてはいない。濃い栗色の髪と黒い瞳にピンク色の肌をしている。そのせいで、金髪ぞろいの家族の中でたった一人、もらいっ子が混ざっているように見える。その上、姉たちは優雅なレディらしい上品さそのものといった感じだが、リリーはといえば元気そのもので、上流階級の息苦しい因習に対して強い反感を抱いている。そのせいで、しょっちゅうトラブルに見舞われていた。

けれども、リリーは自分の反抗的な考え方について侯爵に謝るつもりはなかった。実際、会話が少なければ少ないほどいいとすら思っていた。

けれど、侯爵のほうはリリーの意図を察して黙りこむ気はないらしい。「今朝の結婚式はどう思っているのかな、ミス・ローリング？」

またもや、ひどく気にさわる質問をされたリリーは、なんとかいらだちを隠した。「アラベラの花嫁姿はとてもきれいでしたわ」注意深く言葉を選んだ。

「だが、お姉さんとぼくの友人が結婚するのに賛成ではなかったのだね」

リリーは顔をしかめた。新郎新婦の姿を求めて舞踏場に視線を走らせると、アラベラとマーカスが笑いながらワルツを踊っている姿が目に入った。「こんなに早く結婚するなんて、姉がまちがいを犯していなければいいんですが。ふたりは知り合ってからまだ二カ月ですもの」

「だが、ふたりとも激しく愛し合っていると公言している」

「ええ、そうです」リリーが暗い表情で答えた。ベルとマーカスがかろやかに踊りながらいとしげに視線を交わす様子を見れば、ふたりがとても愛し合っていると認めないわけにはいかなかった。「でも、長つづきしないのではないかと心配しています」

クレイボーンが微笑んだ。「きみの言い方は友人のアーデンとよく似ているよ」

アーデンとは、マーカスのもう一人の親友、アーデン公爵ドリュー・モンクリーフのことだ。ダンヴァーズとアーデンとクレイボーンの三人は、長年の親友同士だった。「公爵様もふたりの結婚に反対なんですか？」

「ああ、きみと同じ理由でね」

「侯爵様、あなたはふたりの結婚についてどうお思い？」

クレイボーンの目が楽しげに輝いた。「とりあえずは判断を保留している。だが、認めてもいいという気にはなっているね。ふたりはものすごく幸せそうだろう？」

「ええ。ずっと幸せでいてほしいと思ってます。アラベラが傷つくところは見たくないから」

その言葉に侯爵は引っかかった様子を見せた。「マーカスがきみのお姉さんを傷つけると考えているのかい？」

「貴族の男性って、そういうことをしがちだわ」リリーは小声でつぶやいたが、侯爵には明らかに聞こえていた。

突然、侯爵の顔に好奇心が浮かんだ。「貴族の男だからといって、全部が全部悪人とは限らない、ミス・ローリング」

「ええ……公平に見るなら、そうでしょうね」

〝悪人〟という言葉を耳にして、リリーは値踏みするように侯爵を見つめた。たくましい肉体の持ち主。広い胸板に筋肉質の体つきをしている。リリーの頭のてっぺんは、せいぜい侯爵の肩までしかとどかない。

いつもなら、たくましい男性には警戒心を感じる。男性を見るといつも「この人は女性をどんな風に扱うのか」と考えてしまう。幼い頃からの習慣だった。だが驚いたことに、クレイボーン侯爵のそばにいても不安は感じなかった。

とてもたくましいけれど、弱い者に暴力をふるうような男性には見えない。

ゆったりとした微笑みのせいだろうか。それとも、彼について聞いたうわさ話のせいだろうか。クレイボーン侯爵は女性の心を奪う伝説の男だった。

彼もまた女性が大好きだと言われているけれど、おおぜいの女性たちから一人に絞りこんで結婚するほどではない。それを考えると、彼が親友マーカスの突然の結婚に対して反対しなかったのは驚きと言うしかなかった。

「きみはぼくのことを見込みなしだと切り捨てたりしないと思うが」クレイボーンの言葉が、リリーの物思いを破った。「少なくとも、もっとよく知り合うまでは切り捨てないでほしいな」

リリーは、とりとめのない思いを引き締めにかかった。「もっとよく知り合う必要なんてないと思いますけど、侯爵様」かろやかな声だ。「わたしたち、同じところで出会うこともありませんし。この舞踏会が終わったら、わたしはすぐにおてんば娘に戻るつもりです。死刑にするとでも言われなければ、今後絶対に舞踏会に足を踏み入れるつもりもありません」

侯爵のハスキーな笑い声は魅力的だった。その声には、聞く者の心を安らげるような響きがあった。「マーカスからきみがとても変わっていると警告されていたよ」

リリーは、あふれでる彼の魅力に抵抗しなければ、と強く感じた。楽しげな侯爵の目から視線を引きはがすと、彼の肩の先に視線を移した。

クレイボーン侯爵に惹かれているなんて認めたくなかった。いっしょにいると、なぜか自分が繊細で壊れやすくて女らしいような気がしてくる。こんな気持ちはまったく気にくわない。けれど、侯爵の体からにじみ出る男らしさは圧倒的だった。

奇妙なことに、彼の魅力はハンサムな顔だちと男性的な体格だけによるものではなかった。それに加えて、どことなく興奮を感じさせるオーラのようなものがあるのだ。大胆な冒険家。あるいは、旅行家か探検家のように見える。船を取りしきる船長として七つの海を航海し、大胆不敵な探検旅行を指揮して見知らぬ世界の秘密を探る者を思わせる雰囲気があった。

侯爵が船を所有しているのかどうかは知らないが、スポーツマンであることは耳にしていた。誰もがクレイボーンのスポーツ競技での成果を噂《うわさ》している。先日もウィニフレッドが一日じゅう侯爵に対する賛辞を口にしていた。花婿候補としてリリーの関心を向けさせるために。

だが、リリーは侯爵と結婚する気はまったくなかったし、そもそもどんな男性とも結婚するつもりはなかった。それでも、これまで出会った男性の中でクレイボーンが最高に魅力ある男性だということは認めざるを得なかった。だからこそ、避けなければならないのだ。

ワルツが終わるやいなや、リリーはあわてて侯爵から体をふりほどいた。

いずれにせよ、舞踏会からは早めに引き上げるつもりだった。フリーマントル・アカデミーの教師仲間で親友である良家の子女テス・ブランチャードのところに泊めてもらう予定だ。

そそくさとアラベラに別れを告げ、立てつづけにシャンパンを二杯飲みほすと――気をとりなおして涙を抑えるために酒の力が必要だった――リリーは館《やかた》後方にある馬小屋に向かった。以前は子馬を産む雌馬用だったこの場所にいるブーツに食べ物をやり、子猫の様子を見るのが目的だ。それに、馬小屋は庭園から離れているから静かで落ちつける場所だった。

シャンパンの飲みすぎで今も頭がクラクラする。おまけに、クレイボーン侯爵の強烈な印象が脳裏を離れない。ワルツを踊っている間に感じた彼の筋骨たくましい体と優雅でしなやかな動きを思い出して、リリーはいつになくうろたえていた。

「でも、今夜限りよ。もう絶対に会うつもりはないわ」子猫を箱に戻しながらリリーはつぶやいた。「それに……ウィニフレッドのとんでもない仲人計画の犠牲になんか……ならないもの」

そのときだ。下のほうからかすかな物音が聞こえたのは。咳《せき》ばらいのような音だ。

誰かしら？　リリーは二階の床の端まで移動した。肩幅の広い男性の姿を目にして心臓が跳び上がった。クレイボーン侯爵だ。腕組みして柱に寄りかかり、首をかしげている。

ふいに目の前がクルクル回り出したような気がして、リリーはあわてて頭を引っこめた。まあ、なんてこと。侯爵が魅力的すぎると嘆いた声を聞かれてしまったのだろうか？　他にもとんでもないことを口走ってしまったかしら？

ズキズキするこめかみに手をあてながら、リリーはゆっくりと視線を下に向けた。「こ、侯爵様、そこで何をしていらっしゃるんですか？」

「きみが舞踏会を抜け出すのを見かけてね。なぜ馬小屋に行くのか不思議に思ったんだ」

「あとをつけてきたんですか？」リリーは当惑して尋ねた。

クレイボーンはにこやかにうなずいた。「甘んじて容疑は認めよう」

リリーの目がけわしくなった。「そして、恥ずかしげもなく立ち聞きしていたわけですね？」

「興味があったのでね。きみはいつも独り言を言うのかい、ミス・ローリング？」

「ときどきです。でも、今は猫に話しかけているの……。正確には猫たちにね。馬小屋に住んでるブーツという猫が最近子猫を産んだばかりで」

「二階で何をしているのか説明してもらえるかな？」

「どうしても……とおっしゃるのなら……。猫に餌をあげていたの」

「ここまで来て猫に餌か？」驚いたその声には、信じられないという気持ちがにじんでいた。

「飢え死にさせるわけにはいかないですから」リリーが答えた。「ブーツはネズミを捕るのがうまい猫だけど、今は子猫の面倒を見るという大事な仕事で忙しいの」

侯爵の美しい唇が楽しげにぴくりと動いた。「そこで猫たちとずっといっしょにいるつもりなのかい？」

「いいえ。頭がすっきりしたらすぐに下りるつもりです。ちょっと……シャンパンを飲みすぎたみたいで」困ったことに頭がクラクラしているから、今すぐはしごを下りていまいましいクレイボーン侯爵から逃げる自信がない。

「そういうことなら、ぼくがそちらに上がらせてもらう。いいね？」そう言うと、侯爵は通路を突っ切ってはしごの最下段に足を乗せた。

全然よくないわ！　リリーはすぐに体を起こした。どうしたら侯爵を止められるだろう。

「こんなところに登ってきたらだめよ、侯爵様！」そう叫んだものの、抗議の声はまったく効果がなかった。すぐさま侯爵の頭が二階に現れた。

「大丈夫だ。しばらくきみに付き合うことにしよう」

もう上半身まで見えている。侯爵はいったん足を止め、興味深そうにリリーの様子を眺めた。

「上着がほこりだらけになってしまうわ」リリーがぎこちない様子で言った。赤ワイン色の最上級の生地で仕立てた優雅な夜会服の上着——絶対にウェストンで仕立てた服だ——が、張りのある肩にぴったりと合っている。

「上着なら大丈夫さ」侯爵の視線がリリーのドレスを眺めまわしている。「きみはどうなんだい？　舞踏会用のドレスを着ているじゃないか」

「わたしの場合は別よ。だって、ドレスを着るのは好きじゃないから」

侯爵の眉がつり上がったのを見て、リリーは別の意味にとられかねないことに気づいた。

「わ……わたし、別に裸になりたいって言ってるわけじゃないわ」思わずどもってしまう。顔がまっ赤になるのがわかった。「優雅なドレスを着るのが好きじゃないって意味よ……舞踏会用のドレスとか……」

「それは変わっている」声に皮肉な調子がこもっている。侯爵は最後のはしご段を登り終えて、二階の床に腰を下ろした。「なかなか想像力を刺激されるね。きれいなドレスに興味がない女性に会ったのは初めてだ」

「わたしは正常じゃないですから、侯爵様。異常なんです」

「そうなのか？」侯爵は答えながら、じりじりと体を寄せてリリーの隣に腰を落ちつけた。

薄暗くても、侯爵のハシバミ色の瞳がきらめいているのがわかる。笑っているのだ！

すっと背を伸ばして反論しようとしたリリーよりも先に侯爵が口を開いた。「きみのどこが異常だと言うんだ、エンジェル？　ぼくの目にはこのうえなく正常に見えるが」

侯爵の視線に上から下まで体を見つめられて、リリーはほてる頬に両手を当てて落ちつこうとした。さざめくような落ちつかない感覚が体じゅうを駆けめぐり、どうしても落ちつけない。

リリーは背をそらすようにピンと伸ばした。なんとか威厳を保とうとして、静かな声で答える。「わたしは、女性としてふつうじゃないということです」

「そうなのだろうな」

リリーは腹立たしげに侯爵を見た。「つまり、わたしは男に生まれるべきだったんです。そのほうが、ずっと幸せだったわ」

「おやおや、きみは今、不幸せなのかい？」

いくぶん酔っぱらった状態であるせいでリリーの頭はいつもより働かず、侯爵の質問が腑《ふ》に落ちるまでしばらく時間がかかった。「ええっと……いいえ。わりと楽しく人生を送ってます。でも、女性は男性のような自由を少ししか味わえないですから」

「どんな自由を味わいたいんだい？」

リリーは恥ずかしくなって唇をかみしめた。どうしてこんなに舌の滑りがよくなってしまったのだろう。それでも、黙ってはいられなかった。シャンパンのせいで情けないほど舌が動いてしまうのだ。「いいんです。わたしの言葉なんか本気にしないでください、侯爵様。わたし、お酒のせいでちょっと変になってしまったみたい」

「そのようだね。どうして飲みすぎてしまったのかな?」

「答えが知りたいっておっしゃるなら、お答えするわ。悲しかったから飲んだの」

「何が悲しかったのかい?」

「姉が結婚してしまうからよ。わたし、憂鬱《ゆううつ》なんです。でも、これは個人的なことだわ」何も言わない侯爵に、リリーが辛辣《しんらつ》な口調で言った。「つまり、ここから出てってくださいってことです、侯爵様」

はしごを下りる代わりに、侯爵は微笑んで背中を伸ばした。気楽そうに上半身を両手で支え、サテンのズボンに包まれた長い脚を伸ばして交差させている。どうやら長居するつもりらしい。

リリーはふうっと息を吐いた。「今どんなに危険な状態にいるのか理解してらっしゃらないようね、クレイボーン侯爵様。わたしとふたりきりでいるなんて、とんでもないまちがいよ。もしもウィニフレッドに気づかれたら、大喜びされてしまうわ」

「ウィニフレッド?」

「レディ・フリーマントルのことよ。あの人のせいで、わたし、舞踏会から逃げ出したの。仲人の策略に引っかからないようにね。あなたとわたしを結びつけようとしているのよ……。もう、お気づきでしょう？」

リリーの警告は、思ったような効果を上げなかった。「そうだな。だが、あの人の策略はありきたりなものだ。ぼくは、娘を差し出してくる母親たちの策略には慣れているから大丈夫」

リリーは不愉快そうに顔をしかめた。「あなたはいいでしょうけど、わたしはそういうわけにはいかないわ。ものすごく屈辱的なことなの。品評会の雌牛じゃないんですから。紳士の前に引きずり出されて、欠点をあら探しされたり品定めされたりするなんてごめんだわ」

侯爵の目がふたたび楽しげに輝いた。「それはもっともな意見だ」

侯爵の明るい口ぶりに、リリーの怒りが炸裂《さくれつ》した。「あなた、わからないの？　ウィニフレッドはわたしにあなたの気を引かせたいのよ」

「だが、きみはそのつもりはないのだろう」

「もちろんよ！　結婚するつもりなんかないんですから」

「若いレディとしては、かなり変わった人生観だ。たいていの女性は夫を見つけることが人生の使命と心得ているものだよ」

「そうね。でも、わたしのことはご心配なく。あなたのことを追いかけたりしませんから、クレイボーン侯爵様。ああ、そういえば、あなたって最高の獲物だったわね。いやになるほどお金持ちだし、すてきな爵位もお持ちだし、見た目もそんなに悪くないわ。それに、たまらなく魅力的だって噂よ」

「だが、きみの前にぼくの美点をずらっと並べても、きみは心を動かされないんだったね」

「全然、動かされません」リリーは微笑みを浮かべて、手厳しい意見を口にした。「あなたに夢中の女性たちが山ほどいるのも納得できます。わたしはその人たちの仲間には入りませんから。それに、花婿候補を探しまわるつもりもないの。あなたを追いかけたりはしないわ」

「それを聞いて安心したよ、ミス・ローリング。追いかけられるのは好きではないのでね」挑発的な笑いのににじんだ侯爵の声には、かなり楽しんでいる様子がうかがえた。「だが、ぜひ知りたいものだな――どうして、きみがそれほど結婚を毛ぎらいしているのか」

リリーは深いため息をついた。いくらおてんば娘だとしても、いつもなら個人的な問題をまったくの他人に話すなんて思いも寄らないことだ。だが、ここで少しばかり正直に話せば、侯爵を追いはらう役に立つかもしれない。

「わたしの経験では、結婚は女性にとって不幸につながるものなの」リリーは正直に言った。

「個人的な経験からそう言うわけだね?」

リリーは顔をしかめた。「残念ながらそうよ。両親の関係が最悪だったせいで、わたしは一生結婚しないと決めたの」

クレイボーンの目に浮かんでいた輝きがかげり、代わりに真剣な表情が現れた。けれど、探るような視線は、楽しげな様子よりリリーの心を乱した。

「わたし、夫なんかいらないの」あわてて言いそえた。「若いレディがどうふるまうべきか社交界がどう考えていようとかまわないわ。わたしは経済的に自立していますし。マーカスがかなり財産分与してくれたおかげで。だから、結婚しなくても充実した人生が送れるわ」

「だが、もっと自由に生きたいとさっき言っていなかったかな」

リリーは落ちつかない様子で微笑んだ。「確かにね」自由な生活と冒険。それがリリーの夢だった。「財産を使って世界を旅したり、知らない土地を探検してみるつもりよ」

「ひとりで？」

「レディ・ヘスター・スタナップはひとりでやり遂げたわ」リリーは、中近東を旅してアラビアの部族の地に居《きょ》を構えた伯爵令嬢──元首相のウィリアム・ピットの姪《めい》でもある──の名を挙げた。

「確かにそうだ。しかし、レディ・スタナップはきみよりずっと年上だ」

「わたしは二十一歳よ。自分の面倒ぐらい自分で見られる年齢だわ」

「きみは……男が妻を幸せにしないことがよくあるから結婚しない。そう言うのだね」クレイボーンは、ゆっくりとそう口にした──まるでじっくりと意味を確かめるかのように。

「そうよ。まず、男性は女性を夢中にして頭が働かないようにしてしまうの。そうやって、女性はすべての支配権を譲り渡してしまうのよ。そのあとで、みじめな人生が待っているというわけ」リリーは無意識に歯をかみしめていた。「夫が妻にひどい仕打ちをする法的な権利を持っていることは、とんでもないと思うわ。わたしはそんな権利を誰にも渡す気はないの」

驚いたことに、クレイボーンは身を乗りだし、片手をさしのべてリリーの頬に触れた。「誰がきみを傷つけたの、エンジェル？」彼は静かに尋ねた。

とまどったリリーは思わず身を引いた。「誰もわたしのことを傷つけたりしていないわ。傷ついたのは、わたしの母よ。いちばん上の姉もそう」

侯爵はしばらく黙りこんでいた。「きみの父上はなかなかの浮気者だったと聞いたが」

リリーは目をそらした。つらい記憶を思い出したくなかった。「ええ、そうよ。愛人をとっかえひっかえつくっては母に見せびらかしたの。母はそれは心を痛めたものよ。それに、アラベラの最初の婚約者もひどい裏切りをしたわ。ベルはあの人のことを愛していたのに、両親のスキャンダルが起きたとたん一方的に婚約破棄されたのよ」

四年前一家に起きたスキャンダルについてクレイボーン侯爵は全部知っているだろう、とリリーは確信していた。まず、不幸な結婚生活に耐えかねた母が愛人をつくった。それを知って激怒した父に追い出された母は、愛人と手に手をとって大陸に逃れた。二週間後、放蕩者《ほうとうもの》の父はありったけの財産を賭けで失ったあげく、愛人がらみの決闘で命を落とした。ローリング姉妹は一文無しで屋敷から放り出され、気むずかしい義理の伯父《おじ》であった故・ダンヴァーズ伯爵の慈悲にすがることになった。そんな姉妹を伯父はいやいやながらに引きとったのだった。

「だから、マーカスがお姉さんと結婚するのに賛成ではなかったのだね？」

「大きな理由ではあるわ」

「きみは、貴族の男性に対して強い偏見を抱いているようだ」

「否定はしません。貴族の男性は、夫として最悪の部類になる可能性があるもの」

「ということは、きみの反感はぼく個人に向けられたものではないと安心していいわけだ」

リリーは眉をひそめた。「ええ、あなた個人に反感は抱いていません、侯爵様。だって、あなたのことをよく知らないんですもの」ありがたいことに。リリーは心の中でつぶやいた。

クレイボーンはしばらく黙っていたが、やがて体を動かして箱の中の住人たちに目を向けた。

「これがブーツだね」そうつぶやくと、手をさしのべて母猫の耳の後ろをかいてやった。驚いたことにブーツは逆らいもせず、すぐさまゴロゴロとのどを鳴らしはじめ、気持ちよさそうに侯爵の指に頭をすりつけた。

なめらかな灰色の毛並みをなでる侯爵の手にリリーの目は引きつけられていた。力強いのに優雅な手だ。こんな男らしさをみなぎらせた男性の手とは思えない。

「きみはひとつ重要な点を見落としていると思う」やがて侯爵が口を開いた。

リリーは侯爵の言葉に最初気づかず、しばらくしてからハッと気づいた。「何のこと？」

「確かに女性を傷つける男はいる。だが、男は女性に大きな悦びをあたえることもできる」

リリーの頬が熱くなった。「そういう男性もいるでしょうね。でも、それは別の話だわ」

ちょうどそのとき、黒い子猫が侯爵のそでに飛びかかって手をかみ始めた。

「お腹がすいているのか、おまえは？」侯爵が微笑みながらつぶやいた。「おまえもそうだな」

今度は親指を攻撃する灰色の子猫に話しかける。

侯爵は子猫たちを持ち上げて膝《ひざ》にのせた。すぐに黒い子猫が胸によじ登り、金色の織り地で仕立てたヴェストに爪《つめ》を立てた。

「ごめんなさい、侯爵様」リリーがすまなそうにあやまった。

「何でもないさ」黒い子猫がさらに上まで登ると、クレイボーンはやさしい声で笑った。低くハスキーなその声は、否定できないほど強くリリーの心の琴線《きんせん》を打ち鳴らした。

「わたしにやらせて……」リリーはあわてて声をかけた。

体を近づけて、猫の爪を侯爵の胸から外そうとする。けれど、爪はクラヴァットに食いこんで離れない。繊細な生地を傷めないようにそっと外そうとするうちに、どういうわけかリリーは侯爵をわらの上に押し倒してしまった。

彼は横たわったままリリーを見上げている。侯爵の上にのしかかった格好になったリリーは、彼の表情に目がくぎ付けになった。彼はまったく動かない。けれど、その目の中でやわらかく燃え上がる炎のせいで、リリーの胸は鼓動を速めた。

「ごめんなさい」もう一度同じ言葉をくり返す。ふいに息が止まりそうになった。

「あやまることはない」

黒く小さな前足をそっと指でつまむと、侯爵はクラヴァットから子猫を外してわらの上に下ろした。すぐさま子猫は箱の中へ駆けこんだ。灰色の子猫もあとを追った。

猫たちがいなくなったというのに、リリーはクレイボーン侯爵から目をそらすことができないでいた。侯爵が手を伸ばしてリリーのうなじに指をすべり込ませたとき、彼女の息が乱れた。そして驚いたことに、侯爵はリリーの唇を引きよせて自分の唇にやさしく押しあてた。

思いがけないキスのせいで体じゅうに興奮の波が押し寄せ、リリーはうろたえた。侯爵の唇は強くてあたたかく、それでいて心がそそられるほどやわらかい。何という誘惑だろう。

もらしかけたあえぎ声をやっと抑えて、リリーは侯爵の胸を両手で突っぱね、クラクラする頭をぐいっと上げた。「な、なぜ、こんなことを？」尋ねる声がふいにかすれた。

「きみの唇が魅力的だったから、確かめてみたくなった」

予想外の答えだった。「それで、どうだったの？」

「思ったよりずっとよかった」

リリーは侯爵を見下ろしたまま、動けないでいた。視線が彼の顔を離れない。強さを感じさせる顔が、ランプのやわらかな光を受けて美しく輝いている。美しい唇。認めたくはなかったけれど、わかっていた。くっきりとした輪郭にふちどられた、やさしげな唇が、今はかすかな微笑みを浮かべている。彼はリリーを見つめ返していた。

「きみは、自分に何が足りないのかわかっていない、かわいいひと《スウィートハート》。男と女の間に生まれる情熱はすばらしいものだよ」

急に喉《のど》の渇きを覚えてリリーは咳ばらいをし、惹きつけられる気持ちに抗《あらが》った。「そうだとしても、情熱について知ろうという気はないわ」

「情熱について何を知っている？　今までちゃんとしたキスをされたことはあるのかな？」

リリーは用心深く眉《まゆ》を寄せた。「〝ちゃんとした〟ってどういう意味？」

侯爵は小さくハスキーな笑い声をあげると、リリーの顔をふたたび引きよせた。「そんなことを聞くぐらいだから、答えはノーだな。そういう欠点はすぐに修正すべきだ……」

あたたかな吐息に唇をくすぐられ、リリーは新たな衝撃を感じて身がまえた。けれど、侯爵の唇が繊細な動きでリリーの唇を愛撫《あいぶ》しはじめると、抵抗する力が溶けていった。

侯爵のキスがあたえた効果は魔法のようだった。うっとりするような快感をかき立てられ、めまいがしてくる。まるでシャンパンを飲んだように。

侯爵は唇を離すと、手を伸ばして指先でリリーの頰をなでた。「いい気持ちになれたかい？」

否定したら嘘になる。だからノーと言えなかった。侯爵にキスされて息もつけなくなり、頭がクラクラしている。それに、太ももの間に奇妙なふるえを感じていた。女の中心の奥深くがうずいていた。「え、ええ……」

「はっきりしない答えだ」

「何というか……よかったわ」

侯爵の唇が皮肉っぽくゆがんだ。「それだけか？　それはぼくに対する侮辱だ」

「そんなことないわ。あなたは、女たらしだって評判でしょう。今まで女性を何人も陥落させたはず――」そこでふと言葉を止め、ぼんやりとした頭をはっきりさせようと首をふった。

「少なくとも、女性があなたに夢中になるという噂が本当だということはわかったわ」

「誰がそんなことを言っている？」

「ファニーよ」

「ファニー・アーウィンか？　ああ、そうだ。きみのお姉さんのアラベラが言っていたな。ミス・アーウィンは幼友達だと」

ファニーはロンドンで一、二を争う高級娼婦だ。けれども、ローリング姉妹の親しい友だちとして、今日アラベラの結婚式に出席していた。社交界のうるさ型にとっては衝撃だった。

ファニーがここにいてアドバイスをしてくれたらいいのに。リリーは願った。どうしてこんなことになってしまったのだろう？　こんなひと気のない馬小屋の二階で、よく知らない魅力的な男とふたりきりになって……。いつのまにかリリーはクレイボーン侯爵の上に横たわり、筋肉質のたくましい肉体に体を押しつけていた。侯爵の胸から伝わるぬくもりのせいでリリーの乳房はなぜか重くなり、感じやすくなっている。

侯爵が指を一本さしのべて、リリーの喉のくぼみをそっとなでた。「教えてあげよう」

「教えるって何を？」リリーは動揺した声で尋ねた。

微笑む侯爵の目がリリーの目をとらえた。「男が女にあたえられる悦びを……」

大胆な言葉を耳にして、心臓がドキッと音を立てた。リリーのうなじを包みこむ手に力をこめて、侯爵は彼女の顔をぐいっと引きよせた。けれど、今度のキスはとても繊細だ。ゆっくりとエロティックに押しあてた唇がリリーの唇を開くと、舌が侵入し、激しくせつない思いを引き出していく。リリーの頭はますますクラクラしてきた。

リリーは体の中にこみ上げる強い衝動を抑えようとした。頭はまだシャンパンの酔いが回っていたけれど、あふれ出る欲望も、魅力的な侯爵に惹きつけられる気持ちもそのせいではない。

それでも、侯爵を止めることができない。侯爵の舌がくり広げる攻撃はけだるさに満ち、リリーを探り、味わい、じらしている。あらゆる感覚が高まっていく。彼は挑発するようにリリーの舌に舌をからませ、官能的なダンスを踊っている。

ため息ともすすり泣きともつかない声をもらして、リリーは屈服した。

それに応《こた》えるかのように、侯爵のキスが深くなった。

どうしようもなくリリーは手を上げて、侯爵の茶色の髪に指をからませた。なんて豊かでなめらかな髪だろう。彼の手がリリーの喉を包みこんだかと思うと、すべるように下へ向かい、やがてドレスの広いえり元からたっぷりのぞくむき出しの肌にたどり着いた。

手の甲で胸のふくらみをスッとなでられた瞬間、リリーはふるえる吐息を呑《の》みこんだ。けれども、侯爵はキスをつづけ、なめらかな舌の愛撫でリリーの欲望をかき立てていく。ゆっくりと駆り立てるように、やさしく奪いとるように。

リリーは、体の下で侯爵が身じろぎしたのにはっきりと気づいた。彼の膝で太ももを割られたからだ。スカートごしに、彼のたくましい太ももが女の中心に押しあてられているのがわかる。そのとき、彼の手が下りて片方の胸をそっとつかんだ。

　官能的な愛撫によって熱い快感の波が押し寄せ、リリーはうめき声をあげた。激しく動揺する感覚に圧倒されている。やがて、侯爵の指先が身ごろ《ボディス》の下に忍びこみ、乳首をとらえた。その瞬間リリーの体に稲妻が走り、わななくような熱い感覚が全身に広がった。

　男性からこんなエロティックな攻撃を受けたことはなかった。侯爵はリリーを愛撫で狂わせ、反応を引き出し、血がたぎるような激しい感情をかき立てている。

　それでも、いちばん驚くのは彼のやさしさだった。彼は自分の力を知っていて、使い方もちゃんと心得ている。やさしくなろうと思えば、ちゃんとやさしくなれる男であるのは明らかだ。ついさっき二匹の子猫が彼のそばにやって来て、か細い声で鳴きながらゴロゴロと喉を鳴らしたおかげで、リリーは十六歳のとき身につけたはずの警戒心を忘れてしまっていた。

　警戒すべきなのに。リリーにはわかっていた。小さな二匹の生き物は、彼をまったく警戒していない。だからこそ、かえってリリーには危険なことなのに……。

　なんてこと！　いったい、わたしは何をしているの？　すぐにやめなくては。頭の中で激しく抗議する声がした。

　突然、侯爵の胸を突き放すと、リリーは魔法のような彼の唇から唇を引き離し、体を起こした。息が荒く、脈拍がひどく乱れている。

「こんなことを……教えるなんて、侯爵様」ふるえる声でそうつぶやくと、なんとか明るい声を出そうとする。「わたし、シャンパンで酔っていたから、そのせいであなたをその気にさせてしまったのね」リリーはこめかみに手をあてた。「こんなに飲んではいけなかったのに。自分の身を守る気がゆるんでしまったんだわ」

リリーの言葉に侯爵はすぐには反応を返さなかった。その代わりに、じっとリリーを見つめ、ゆっくりとひじを突いて体を横にした。

リリーは射抜くような彼の視線から目をそらした。今もめまいを感じているし、情熱的なキスの余韻が体に残っている。何ということだろう。すぐにここを離れなければ。これ以上、クレイボーン侯爵とふたりきりでいるわけにはいかない。

ちょうどそのとき、馬小屋の前あたりから遠いざわめきが聞こえた。馬車を準備しているんだわ。リリーは気づいた。五マイルほど離れたロンドンへ早めに帰る客がいるのだろう。

「行かないと」リリーはすばやく口にした。ここから抜け出る言い訳ができてホッとしていた。

少し間をおいて侯爵が口を開いた。「きみはちゃんとはしごを下りられるかな?」

「わたし……できると思います。もうほとんど酔いはさめたから」

侯爵は二匹の子猫を捕まえて、母猫ときょうだい猫のそばにそっと戻した。猫たちが夕飯にむしゃぶりつくのを見てから、リリーははしごのほうへ体を移動した。

けれども、クレイボーン侯爵はまだ言いたいことがあるらしい。

「ちょっと待って。髪にわらがついている。馬小屋で密会していたような姿で舞踏会に戻るわけにはいかないだろう」

近づく侯爵にリリーは首をふった。「大丈夫だわ。もう舞踏会には戻らないから。もうすぐ友人のテス・ブランチャードといっしょにここを出ることになっているの。姉のロズリンとわたしは、今夜はテスの屋敷に泊まるから。新婚夫婦を館でふたりきりにしてあげるためにね」

「だが、ミス・ブランチャードに疑われたくはないだろう？　ぼくとキスをしていたなどと」

「ええ……そうね」

「なら、じっとして。ぼくが小間使い役をしてあげるから」

リリーはいやいや彼の言葉に従い、結い上げた髪にからまるわらを抜いてもらった。髪に触れる指先の動きがかろやかな愛撫のようだ。見つめる侯爵の視線を意識せずにはいられない。

「急がなくちゃ」わらを取り終わった瞬間、リリーが言った。「テスが待っているから」

侯爵がリリーの腕をつかんだ。「ぼくが先に行くほうがいいだろう。万一きみが落ちたら受けとめられるように。ケガをさせたくないから」

リリーは言い返せなかった。なんてことかしら。「ありがとうございます、侯爵様」そう言って、彼を先に行かせた。

侯爵ははしごに足をかけ、少し下りてから待っていた。あとにつづいたリリーは手すりをぎゅっと握りしめ、はしごに足をかけた。後ろ向きになって下りていく。

数段下りたところで突然、足がはしごを離れた。すぐ下にクレイボーンがいたのは幸いだった。すかさず彼は手を伸ばしてリリーの腰をつかんだ。リリーは息を呑んだ。落ちる恐怖のせいではない。体を触れられた衝撃のせいだ。

「ゆっくり足を下ろして」侯爵がつぶやき、リリーの足をそっとはしご段に戻した。

足首を包みこむあたたかな指の感触のせいで、リリーはますます落ちつきを失った。唇をかみしめたまま、残りの段を急いで下りていく。

「あ、ありがとうございます」感謝の言葉をくり返したとき、足が馬小屋の地面にとどいた。

リリーはしばらくそのまま立っていた。まだ少しめまいがする頭を抱えたまま、冷静さをとりもどそうとして。侯爵の誘惑に満ちたキスのせいでまだ体がふるえている。それでも、ふたりの間に何もなかったようなふりをしたかった。

予想に反して、クレイボーン侯爵はすぐその場を離れずにリリーの後ろに立っていた。ウェストをつかんだままだ。熱く硬い男の体を背中に押しあてられ、リリーは魅力的な愛撫を思い出さずにはいられない。

侯爵が一歩近づいた瞬間、リリーは息を呑んだ。彼の下腹部がお尻に押しあてられている。

リリーの体がふるえた。男性の硬くなったものが何を意味するのかは知っていた。ふたりの親密な接触のせいで、彼は興奮したのだ。

リリーもまた激しく興奮していた。体じゅうがジンジンと熱くなり、女の中心が激しくうずいている。

「離してください、侯爵様」リリーはかすれた声でささやいた。「もう大丈夫ですから」

侯爵は低く荒々しい声で笑った。「本当にもう大丈夫だと思っているのかい？」

リリーは急に喉の渇きを覚えた。「お願い、侯爵様……」

「お願いって何を、リリー？」彼はハスキーな声でつぶやくように名前を呼ぶと、顔を近づけてリリーの耳に唇を押しあてた。

リリーは思わず顔をそむけた。「もうキスしてはだめだわ！」強い声で叫んだ。

彼の吐息はため息のようだ。「わかっている。きみといっしょに上へ戻って、一晩かけて、きみの知らない悦びを教えてあげたい。だが、弱っているところにつけ込むのは、名誉ある行為とは言いがたい……。そんなことをしたら、マーカスがただではおかないだろうな」

リリーは、マーカスが庇護者の役割をそれほど真剣に考えているとは思えなかった。そもそも彼はダンヴァーズ伯爵の地位を受けついだが、一文無しのローリング姉妹の後見人という責任に縛りつけられるのは望んでいなかったし、実際に後見人であったのもほんの数カ月に過ぎなかった。その上、マーカスは法律上もはや後見人ではなかった。アラベラとの賭けに負けたとき、姉妹三人に法的かつ経済的自由を認めたからだ。それでも、クレイボーン侯爵にそうした疑問を告げないほうが賢明だろう。

「そうでしょうね」リリーはあいまいにうなずいた。

しばらくしてやっとクレイボーン侯爵は体を離し、リリーに道を空けた。体が自由になってリリーはホッと息をつき、すぐさま侯爵に背を向けた。二度と彼に目も向けずに扉へと急ぐ。が、突然足を止めた。そもそもここに来た理由を思い出したのだ。

いやいやながらリリーは肩ごしに視線を向け、暗い光を帯びた侯爵の目を見た。「約束してくださいますか？　わたしがあなたとキスをしたことをレディ・フリーマントルに言わないと。そんなことを知ったら、あの人、わたしたちの結婚式を計画しかねないわ」

ランタンの光に照らし出された侯爵の表情は謎めいていた。彼は長いことためらっていたが、やがて答えた。「いいだろう。言わないでおく」

かすかな微笑みをなんとか浮かべると、リリーはスカートをつまみ上げて逃げ出した――館に戻るまで自分を叱りつけながら。クレイボーン侯爵にキスをさせてはいけなかった。あんな危険な男の前では意志の力を守れないというのに。

でもこれからは、絶対に会わないようにしなくては。リリーは強く決意した。

そうするしかなかった。生まれて初めて、リリーは抵抗できない魅力を持った男に出会ってしまった。いちばん賢明なのは、あのハンサムで誘惑に満ちたクレイボーン侯爵からずっと遠く離れた場所に逃げることだ。

2

あなたの下宿屋に避難させてくれたら一生恩に着るわ、ファニー。クレイボーン侯爵には見つかりたくないの。

――リリー・ローリングからファニー・アーウィンへの手紙

リリーが去ったあと、ヒースはしばらく馬小屋に残っていた。体にたぎる血が落ちついて舞踏場に戻れるようになるまで待とうと思ったのだ。サテン仕立ての夜会用のズボンがはち切れそうなほど激しく興奮した下腹部を堂々と見せつけたりしたら、結婚式に呼ばれた上品な客たちは唖然とするだろう。

そんな想像に思わず情けなさとおかしさがこみ上げて、ヒースは苦笑いした。だが、微笑みはすぐに消えた。

リリアン・ローリング相手にここまで深入りするつもりはなかった。止められていなかったら、彼女を汚《けが》しかねない危険な状態だった。だが、リリーの中に燃える炎に誘惑されてしまったのだ。禁じられた快楽のせいで体が熱く痛いほど硬くなってしまったとしたら、自分を責めるしかなかった。

今朝出会ったばかりではあっても、あの娘に惹かれたこと自体は驚くことではなかった。この数カ月というもの、ローリング家の末娘についていろいろ話を聞いて刺激を受けていたのだ。マーカスからリリーが火の玉みたいなおてんば娘だと言われても好奇心は消えなかった。むしろまったく逆だった。最近では毎日がひどく退屈に思われていたから、型破りで元気にあふれたリリーにやっと出会えた瞬間、彼の心に火花が散った。

マーカスは正しかった。リリーはいきいきとした美女だ。確かに個性的といえる。ヒースは予想もしなかったほど惹きつけられていた。

もう大丈夫と思えた頃、彼は馬小屋を出た。今もリリアン・ローリングのことばかり考えながら、ダンヴァーズ館へ戻っていく。

リリーは姉たちと同じように魅力的だが、まったくちがっている。大胆な黒い瞳。豊かな濃い栗色の髪。そして、子馬を思わせる快活な優雅さ。何もかもが生命力にあふれている。

なんとすばらしい目だろう。心に残る記憶を味わいながらヒースは、舞踏場に面した後方のテラスへ向かった。キラキラと輝いて表情に満ちた瞳だった。あたたかい笑いに満ちていたかと思うと、次の瞬間、怒りに燃える挑戦的な表情に変わる。そして、欲望を感じると、あの瞳はまどろむように重たげな気配を漂わせる。

それに、あの罪深い唇。そして、あの上品なドレスの下に肉感的な体が隠れていることに、彼は気づいていた……。

リリーのやわらかな体を指先でまさぐった記憶がふいによみがえり、ヒースはふたたび欲望が燃え上がるのを感じた。

「くそっ」テラスの石段を登りながら悪態をつく。「あの娘にとんでもないことをしでかす前に欲望を抑えなくては」

だが、リリーを求める気持ちを否定することはできない。

リリーの大きな魅力のひとつは笑い声にあった。今朝、マーカスとドリューとともに教会で花嫁一行の到着を待っていたとき、彼女の笑い声を初めて耳にした。

四輪馬車に乗って姉たちとともに現れたリリーがたてた笑い声は、あたたかくやさしさに満ちていた。式のあと披露宴でも耳にした。リリーは友人のファニー・アーウィンやテス・ブランチャードと会話をはずませ、陽気に歌うような笑い声をあげていた。そして、ついさっき耳にしたのは、子猫に話しかけながらあげていたハスキーで楽しげな笑い声だった。

ヒースにとって笑い声は大切なものだった。子ども時代そのものと言ってもいいかもしれない。十歳のときに母が死ぬまで、笑い声こそが彼の幼年期にとって、なくてはならないものだった。それ以来、笑い声を聞かせてくれたのは親友のマーカスとドリューだ。少年時代に出会った三人は、イートン校からオックスフォードまでともに過ごし、その後成人してからこの十年というもの切っても切れない仲だった。だがマーカスが結婚したことで、状況は大きく変わることになるだろう――。

暗い思いを断ち切るように、ヒースはリリー・ローリングに心を戻し、テラスを横切っていった。彼女の笑い声がここちよく感じられるのは、彼にとって当然のことだった。だが、彼女の率直さも気に入った。

これまでの経験では、どんな種類の女性と接してもああした率直さを目にすることはまずない。社交界にデビューしたばかりで目をギラギラさせた女たちがくり出す上品めかした手管《てくだ》にさんざん接してきた男にとって、リリーの開けっぴろげな態度は新鮮そのものだった。

だが、リリーに拒絶されたのは完全に予想外のことだった。女性から無関心な態度を示されるのには、まったく慣れていない。いつもなら、大胆な誘惑や容赦ない追跡を受けるというのに。花婿候補としてロンドンで一、二を争う貴族の男として、この十年ヒースはこれまで数え切れないほど結婚目当ての策略をめぐらされてきた。

驚くべきことに、結婚に無関心な彼に恋する女性は引きも切らずに押し寄せた。それは、ヒースがどうしたら女性の欲望を満たせるか知る男だからだろう……。

物思いはそこでとぎれ、彼はガラス扉を通り抜けて舞踏場に足を踏み入れた。三十分ほど前抜け出したのと同じ扉だ。入るとすぐに、女性の声が彼の名を呼んだ。

驚いて顔を向けると、近づいてくるファニー・アーウィンの姿が目に飛び込んできた。彼が戻るのを待ちかまえていたらしい。

うれしそうな顔ではない。「クレイボーン侯爵様」どこかせっぱ詰まったような響きのこもる低い声でファニーが話しかけた。「少々お時間をいただいてもかまいませんでしょうか？」

「もちろんですよ、ミス・アーウィン――」ヒースの言葉をファニーがさえぎった。

「ふたりだけで。よろしければ」

突然の要求を不思議に思ったもののヒースは特に反対もせず、ファニーのあとにつづいて、立ち並ぶヤシの鉢植えの裏に向かった。ファニーは、ローリング姉妹がかつてハンプシャーに住んでいたときの隣人で姉妹の親友だと、彼はマーカスから聞いていた。また、元々はよい家柄の娘だったが十六歳のときに家を出て、今ではロンドンで有数の高級娼婦であることも知っていた。ファニーの成功ぶりは、今いちばんの売れっ子高級娼婦であるハリエット・ウィルソンに匹敵するほどだった。ヒースはファニーの客になったことはないが、さまざまな娯楽の場で顔を合わせることはあった。

漆黒の髪に肉感的な体に恵まれたファニーは美しいだけでなくウィットに富み、刺激的で頭もよいばかりか、ベッドで愛人を満足させるテクニックの持ち主だともっぱらの噂だった。まさに、理想的な愛人だといえよう。

けれど今、ファニーには色っぽさの気配は微塵《みじん》もなかった。それどころか、ひどく心配そうな表情で彼を見つめている。

「舞踏場を出て行くリリーをあなたが追いかけるところを見ましたの、侯爵様。いいえ、否定しなくてけっこうよ」

ヒースは眉を寄せ、何と答えるべきか考えこんだ。「いいだろう、否定はしない、ミス・アーウィン。だが、それが犯罪だとでも言うのか？」

「あの娘を誘惑すれば、そういうことになります」

ヒースの視線が思わず鋭くなった。「ミス・ローリングと会ったとしても個人的な問題だろう。だが言っておくが、彼女を誘惑はしていない」

「していないと？」ファニーが辛辣な声で言った。「あなたが誘惑のテクニックをどなたかにお使いになったことは明らかですわ。乱れた髪にわらが刺さってましてよ。まるで、乳しぼりの娘とわらの上でお楽しみになったばかりみたいな格好だわ」

ファニーは手を伸ばして彼の髪から突き出たわらを抜いた。「いつもなら、あなたが誰を征服しようと口をはさみはしませんわ、クレイボーン侯爵様。でも、リリーはわたしの友だちですから、あの娘があなたの慰みものになるのを黙って見ているわけにはいかないんです」

ヒースはゆっくりと息を吸い込んで、いらだちを抑え込んだ。「友人に対するきみの心づかいには感心するよ、ミス・アーウィン。だが、ぼくに関する限り心配には及ばない」

「どうしたらあなたの言葉を信じることができまして？」

　ヒースは自分の言葉を疑われて腹が立ったが、それでもファニーが心から友を心配していることに気づいて譲歩することにした。

「ダンヴァーズが新婚旅行で一カ月留守をする間、彼にミス・ローリングを見守ると約束した」

　確かに嘘ではない、とヒースは思った。ほんのちょっと前、彼とドリューはマーカスに別れを告げ、いやいやながらも彼の独身生活の終焉を悼《いた》むために杯を交わした。そのときマーカスは親友たちに、留守中、新妻の妹たちの面倒を見てくれと頼んでいたのだ。

　けれども、ファニーは納得しなかった。「あれが見守るってことかしら？」その声には皮肉がこもっていた。「馬小屋でリリーと密会するのがそうだとでもおっしゃるんですか？」

「少なくとも、ふたりきりでいるところを人に見られてはいない」

「でも、誰かに見つかる可能性だってあったでしょう。あなたみたいな評判の持ち主なら、リリーとふたりきりでいるだけでゴシップになりますわ。家族の評判のことがあるから、リリーはふつうの身分あるレディよりずっと傷つきやすいんです。ダンヴァーズ伯爵の骨折りのおかげで、やっと姉妹三人とも社交界に復帰して、過去のスキャンダルを乗り越えたところなのに。あなたは簡単にリリーを破滅させられるのよ」

「彼女を破滅させるつもりなどないが」

「では、リリーをどうなさるおつもり、侯爵様？」

　ヒースはすぐに返せる答えを持ち合わせていなかった。自分でもリリーをどうするつもりなのかわからないのだから。今夜以前なら、何の意図もないと言っただろう。だが、リリーにキスをして抱きしめてからは……。

認めるんだ。あの子をあきらめたくないんだろう。そんな言葉が頭の中に浮かび、ヒースは顔をしかめた。

黙りこんだまま、ぼんやりと視線をヤシの木にさまよわせていると、ファニーの声がやさしく訴えかけるような調子に変わった。「リリーを誘惑することはできないんですよ、侯爵様。見込みなどないんですから。あの子を傷物にすれば、名誉を守るために結婚しか道はなくなってしまうんですから。でも、わたしはリリーをよく知っています。あの子は絶対にあなたと結婚しないでしょう。いいえ、誰とも結婚するつもりがないんです」

ヒースはゆっくりと視線をファニーのほうに戻した。「ぼくの意図がまじめなものだと言ったら、どうする?」

ファニーはひどく驚いた表情を見せた。「まじめなものですって? あなたはイングランドでいちばん女性を泣かせる罪つくりな男性でしょう、クレイボーン侯爵様? 結婚になんて興味がないはずだわ……そうでしょ?」

あからさまに驚いた様子を見て、ヒースの唇に皮肉っぽい笑みが浮かんだ。確かに女を泣かせる男という評判はある。もっとも、彼だけが責められるものでもない。ヒースに恋する女性がどれほどいようとも、彼自身はほんとうの恋に落ちたことなどなかったのだから。女性一般は確かに好きだし、いっしょにいれば楽しくもなる。だが、貴重な自由を自ら放棄して結婚生活に落ちつきたいと思わせてくれる女性には、これまで一人として出会ったことがなかった。

しかし、これまでリリーのような女性に出会ったこともなかった。

「今夜プロポーズすると言っているわけではないが」ヒースは自分の心を確かめるようにゆっくりと答えた。「だが、正式に求愛するなら、ゴシップになったりスキャンダルを招いたりする危険は少ないだろう」

「そうでしょうね。でも、本気でリリーと結婚するつもりはないのでしょう?」

「すばらしい侯爵夫人になる可能性はあるだろう」

ファニーはためらいがちに笑った。「あの子は生まれも育ちも申し分ないわ。でも、ひとつ大事なことをお忘れじゃないかしら。絶対リリーは求愛させるほどあなたを近づけないでしょう。男性と結婚に対してあれほど反感を抱いているんですもの」

ヒースは、リリーが決然と口にした反結婚宣言を思い出して微笑まずにいられなかった。

「あれは少々やっかいだろうな。知り合って間もないが、すでに発見したよ」

「やっかいでしょうね」ファニーがきっぱりと首をふった。「だめですわ、侯爵様。ばかげた考えをお持ちになってはいけません」そう言って、確かめるようにヒースを見る。「でも、あなたなら、あの子をあきらめても心が痛むことはないでしょうね。あなたに夢中の女性なら数限りなくいるでしょうから、その中からお相手を選べばいいでしょう」

ヒースの唇の端に微笑みが浮かんだ。「だが、残念なことに誰にも心は惹かれないのでね」ファニーの視線がけわしくなった。「挑戦が楽しいからという理由でリリーを追いかけるつもりではないでしょうね」

かなり魅力的な挑戦であることは、確かに否定しがたい。三人の親友の中でヒースがいちばん冒険好きで大胆な性格の持ち主だったから、自ら望んで危険に飛び込むのも彼だった。スリルと興奮を求めるヒースの気性のおかげで、三人の男たちは何度となくむこうみずな冒険に走り、予想外の苦境に陥《おちい》ることになったものだった。それでも、挑戦したくなる対象であることがリリーの持つ最大の魅力というわけではない。

「それはほんの一部だ」彼はファニーに正直な気持ちを告げた。「彼女自身の個性に対する関心のほうが大きいと思うね。あの斬新な性格はすがすがしいぐらいだ」

「リリーほど型破りな子があなたの心を惹きつけるのはわかります」しばらくしてファニーが言った。「良家の子女の礼儀作法を破って社交界から非難されても、全然気にもとめない子ですから。実際、リリーは男性みたいにふるまうことも多いんです。馬車をあやつったり乗馬やアーチェリーなど運動に関することにかけては、すばらしい能力を持っていますから。姉たちと比べると、リリーはいちばん情熱的で感情豊かな子なんです。でも……」ファニーの声がとぎれ、やがて熱意がこもった。「……繊細な心の持ち主でもあって……。三人の中でいちばん感受性が強いんですわ。娘たちの将来をメチャクチャにするにもかかわらず母親が愛人と手に手をとって家を出たとき、リリーはひどく傷つきました。それに、あの子の男性に対する反感は、父親が母親にした仕打ちを見て育った過去に深く根ざしているんです」

確かに、リリーの中に傷つきやすさが隠れているのをヒースは感じていた。それを思うと、奇妙に感情をかき立てられるような気がする。それは、彼がいつも若い女性に対して抱く気持ちとはちがっていた。同情ではない。もっとやさしい気持ちだ。それとともに、これまで経験したことのないほど強い欲望がかき立てられることも否定しがたかった。

ふたたびファニーが彼の物思いを破った。「社交界にいるふつうの女性よりリリーのほうがずっとあなたの好みに合うのは、わかりますわ。求愛したくなるほどだとしても不思議はありません。でも、ほんとうに真剣に結婚を考えていらっしゃいますの、侯爵様？」

「彼女のような女性なら結婚したくなるかもしれない」ヒースはゆっくりと答えた。

ファニーは心配そうな視線を向けた。「そうかもしれません。でも、どうか……ちゃんと最後まで真剣につづけるつもりがない限り、リリーを追いかけたりしないでください」

「それは保証できる」ヒースは確信を持って答えた。

それでもおぼつかない表情を浮かべながら、ファニーはしばらくためらっていた。「ありがとうございます、侯爵様」やっと口を開いた。「どうか、よけいな口をはさんだことをお許しください。でも、わたし、リリーのことを心から大切に思っていますの。だから、あの子が傷つくところを見たくないんです」

「あなたの心配は胸に刻んでおこう、ミス・アーウィン」ヒースは気軽な口調で答えた。「だが、ぼくには女性を傷つける習慣はないのでね」

ファニーの唇に微笑みが浮かんだ。「わざと傷つけることはなさらないでしょうね。確かに、快楽をあたえる男として伝説的な方ですもの。でも、無意識に傷つけることはないのかしら？お願いですから……あの子のことは大切に扱ってあげてください、侯爵様」

「それは約束しよう」

そこで、ファニーはうやうやしくお辞儀をして去っていった。

ヤシの植え込みの陰から抜け出すと、ヒースは舞踏場の壁際に立ち、ダンスに興じる者たちをぼんやりと眺めた。ダンヴァーズ伯爵の結婚を祝う舞踏会は大盛況だった。香水の薫る肉体がひしめき合い、輝く無数のシャンデリアのろうそくが炎の熱を放ち、舞踏場は息苦しくなるほど熱気に満ちている。招待客たちは明らかに楽しんでいるようだ。

ヒースは、周囲の浮かれ騒ぎにも騒がしさにもほとんど注意を払わなかった。心にあるのは、結婚についてさきほど交わした会話のことだけだ。

自分は、ほんとうにリリー・ローリングを真剣に追いかけようとしているのか？

ファニーの不吉な予言はたいして気にはならなかった。なぜなら、今までどんな女でもものにしてきたから。そして今、確かに彼はリリーがほしかった。自分のものにしようと本気で思えば、きっとものにできるだろう。

だが、ほんとうに自分のものにしたいのか？

もちろん、唯一可能な選択肢は結婚だった。ただの誘惑は不可能だ。自分の名誉の問題もある。そんなことをしたら、マーカスに大事なところをちょん切られてしまうにちがいない。

マーカスが婚約するまで、ヒースは結婚というものを真剣に考えたことがなかった。実際、できるだけ避けていたし、無数の仲人たちや、彼めがけて押し寄せる若い女たちがしかける結婚の罠《わな》をこれまで見事にかいくぐってきたのだ。

女はとても好きだ。ただ、特定の女に縛りつけられて死ぬまでいっしょに暮らす羽目に陥るのはいやだった。

だが、もしかしたら今こそ結婚という冒険に乗りだすときが来たのかもしれない。いずれは身を固めて、爵位を引き継ぐ跡継ぎを設けなければならないのだ。ちょうどマーカスが決断したように。

まったく意外なことに、最初に決断したのはマーカスだった。伯爵の位を受けつぎ、貧しいローリング三姉妹の後見人役を引き受ける前まで、マーカスは貴重な独身生活に終止符を打つ気がまったくなかったというのに。実際、姉妹が抗議したにもかかわらず、三人をさっさとどこかに嫁がせて後見人役から逃れるつもりだったのだ。けれど、美しい長女アラベラと出会った瞬間、マーカスは彼女のとりこになり、プロポーズを受けさせようと彼女に賭けを持ち出した。アラベラは彼を負かそうと強く決意していた。数週間ほど活気あふれる戦いをくり広げた後、ふたりは激しい恋に落ちた。

ヒースは親友の幸せを心から喜んだ。貴族の男が結婚の中に愛と幸福を見いだすことはまれだ。たいていの場合、貴族は便宜結婚をして財産と血統を守るものなのだから。

ヒースの両親の場合がそうだった。それ以前の祖先たちも同様だ。

ヒースは同じ決断を下す心の準備ができていなかった。両親の場合、性格も関心もまったく異なり、相性は最悪だった。だから、同じあやまちは犯すまいとヒースは心に誓っている。結婚するのなら、心と情熱で自分と匹敵する相手を選びたい。そして、冒険に対するあこがれを抱く相手であってほしい。

リリー・ローリングはまさにそんな女だ。

頑固なほどの独立心ですら魅力的だ、とヒースは思った。彼女の気持ちはよくわかる。自分も同じことを感じているから。

そして、最近ではマーカスの幸せをうらやましく思う気持ちが生まれていた。ヒースにとって女性との関係は肉体的な快楽と満足に基づいたものでしかなかったが、今ではマーカスと新妻の間にある愛情や親密感を自分も感じてみたいと思うようになっていた。尊敬と愛を感じられて、ともに楽しみを共有できる女性との結婚……。

いろいろな意味で、リリー・ローリングは妻にふさわしい候補者だ。生まれも育ちも申し分ない。さらに重要なことに、彼を退屈させず、まちがいなくベッドでも楽しめる相手だろう。

疑いの余地はない。最高だ。黒い瞳。官能的な唇。豊かな乳房。赤みがかった金色の輝きを帯びたなめらかな栗色の髪。リリーの中の何かが彼の心を動かす――複雑で抵抗しがたい何かが。生命力と活力がリリーの全身に息づいているせいだろうか。リリーの中から燃え上がる炎がヒースの心に火を灯《とも》す。

それに、とてもやさしい娘だ。ヒースは思い出していた。馬小屋の猫たちを気づかうような貴族の娘など、他にいるものか？

リリーについて新たに何かを知るたびに、ヒースの心に甘やかなうずきのようなものが生まれるのは否定しがたかった。

そうだ、リリーはふさわしい相手だ。心をそそられる求愛すべき女だ。リリーの閉ざされた心を打ち破るには、持てる魅力と技の限りを尽くさなければならないだろう。結婚という形で男に自分を捧げることを拒み、傷つくことを恐れている娘なのだから。

それでも、リリーは冷たい心の持ち主などではない。ただ、目覚めが必要なだけだ。ヒースは本能的に感じとっていた。リリーが返してきた無垢《むく》であるのに官能的なキスがその証拠だ。まるで今まで何も知らなかったかのように彼の抱擁《ほうよう》に反応を返してきたのだ。

リリーは、ふたりの間に燃え上がったエロティックな炎にショックを受けていた。赤くなった頬と驚きに満ちた目を見れば明らかだった。あのとき、ヒース自身ひどく驚かずにはいられなかった。

これまで、あれほど強烈に荒々しいほど女に惹かれたことはなかった。リリーは彼の心のバランスを崩してしまった。

思い出しているうちに、ヒースは低い声で悪態をついた。馬小屋でリリーと過ごしたひとときの記憶のせいで、また興奮してしまったではないか。仕方なく彼は舞踏場の客たちに背を向けて、股間を隠した。

それでも、リリーから影響を受けたことを嘆く気にはなれなかった。血の中を駆けめぐるようなワクワクする気持ちを感じるのは、実に久しぶりのことだ。女のことで動悸《どうき》が激しくなるような思いを味わうのは、さらに久しぶりのことだった。

両開きのガラス扉からテラスに出る。ひんやりとした夜風に吹かれて、欲望を静めなければならない。ヒースは心を決めた。リリーを追いかけよう。そして、この求愛が行きつく先を見とどけよう。

その先にあるのが結婚だとしたら？　気がつくと、結婚はもはやそれほど不快でも恐ろしいことでもないような気がした。

驚くべきことだ。もはや恐ろしくはないとは。

「ちょっとだけ寄っていこうかしら」翌朝、ダンヴァーズ館の玄関前に二輪馬車を乗りつけたとき、テス・ブランチャードが言った。

「いいのよ」リリーが答えた。「もう約束の時間にだいぶ遅れているんでしょう。お姉様は大丈夫だと思うわ」

友人にかすかな微笑みを向けて、リリーはおそるおそる馬車から降りた。館に戻れてひどくうれしかった。それには、いくつか理由がある。まず、昨夜の舞踏会でシャンパンを飲み過ぎたせいで頭痛がひどいのだ。そして、落ちつかない心を抱えていることもあった。テスの屋敷で昨夜はほとんど眠れなかった。クレイボーン侯爵に熱いキスをされた記憶が頭から離れず、苦悶《くもん》の一夜を過ごしたのだ。しかも、自分からキスを返してしまうなんて、まるでみだらな女そのものではないか。

もう一つ理由があった。昨夜舞踏会が終わった直後、姉のロズリンと友人のウィニフレッドが追いはぎに遭ったという驚愕《きょうがく》のニュースを今朝知ったばかりだった。

予定ではやはりテスの屋敷に泊まるはずのロズリンだったのに昨夜姿を現さず、今朝になって事情を知らせる手紙を送って寄こしたのだ。びっくり仰天したリリーとテスはすぐさまフリーマントル・パークまで馬車を走らせたが、着いたときにはすでにロズリンはダンヴァーズ館に戻った後だった。ウィニフレッドが事件のあらましを説明し、ロズリンは無事だと請け合ったけれど、リリーは自分の目で姉の無事を確かめたかった。

カバンを下ろそうと馬車後方にあるトランクに近づく。従僕《じゅうぼく》も執事も手伝いに現れないのは、昨夜の大宴会の後かたづけで誰もが大忙しだからなのだろう。

すでに新婚夫婦は旅立っているはずだ、とリリーは気づいていた。誰もアラベラとマーカスに追いはぎの件は伝えていないだろう。そんなことをすれば、ふたりは新婚旅行を延期してしまう。ロズリンは、姉がやっと手にした幸せに水を差すわけにはいかないと強く決意しているにちがいない。

リリーは視線を上げてテスに微笑みかけた。「昨夜は泊めてくれてありがとう。今日もここまで送ってくれて感謝しているわ」

「いつだって大歓迎よ」テスは手綱《たづな》を手にとりながら、にこやかに答えた。「あとでロズリンの様子を見に戻ってくるわ。ウィニフレッドは大丈夫だと言っているけれど、大変な経験だったでしょうから」

「昼食にあなたが来るって言っておくわ」

テスが馬を走らせようとしたそのとき、遠くのほうから馬車の音が聞こえた。視線を向けたとたんリリーの目に、砂利敷きの車道を走ってくる二頭立ての馬車の姿が映った。流行のフロックコートに身を包み、山高帽をかぶった紳士が一人であやつっている。

リリーの心臓がドキンと音を立てた。あのたくましい肩には見覚えがあった。思わず呪いの言葉を口走る。「まったくあの人、いったいここで何をしているのかしら?」

「あれはクレイボーン侯爵でしょう?」テスが尋ねた。

「残念ながら、そう」

侯爵は、今いちばん会いたくない相手だった。リリーは己の不運を嘆きながら立ちつくしていた。あと五分早く帰宅していれば、居留守を使って執事に追い返させることもできたのに。昨夜のあつかましいキスの記憶にうろたえたまま、リリーは侯爵と顔を合わせなければならなかった。ひとりで侯爵に会うわけにはいかない。

「お願い、テス。もうちょっとここにいて。侯爵とふたりきりにしないでほしいの」

テスは不思議そうな顔をした。「侯爵に会いたくないの？」

だが、答える時間はなかった。侯爵が見事な手綱さばきで、リリーのすぐ横に馬車を停めたからだ。

リリーはしっかり気を保とうと息をつくと、侯爵の目を見た。今朝は正気に返って自分をとりもどしている。少なくとももう酔ってはいない。頭がクラクラしていなければ、ちゃんと応対できるはずだ。

けれども、昼の醒めた光の下でもクレイボーン侯爵は、昨夜と変わらずいやになるほどハンサムだった。そして、二人の女性に会釈《えしやく》をしながら浮かべたものうげな微笑みは、今日も心とろかす魅力にあふれていた。「おはよう、お嬢さん方」

胃のあたりが締めつけられるほど意識している自分を嘆きながら、リリーはなんとか冷静な微笑みを浮かべた。もっとも、その声はどこか落ちつきを欠いていたが。「どうしてこちらにいらっしゃったのですか、侯爵様？」

「きみに朝のあいさつをしようと思ってね」

リリーの眉がつり上がった。「ロンドンからはるばるここまで朝のあいさつですって？」

侯爵はたくましい肩をすくめた。「速い馬なら、せいぜい三十分で来られる。それに、この美しい馬たちは――」二頭の葦毛《あしげ》の馬に手を向ける。「稲妻のように速く走れるものでね」

確かにすばらしい馬だ。リリーは何も言わずに感心していた。明らかに精悍《せいかん》な気性の馬だが、主人の命令を忍耐強く待てるほどよく訓練されている。

だからといって、クレイボーンがここまで来る理由にはならない。「わざわざそんなことをされなくても……」

「何でもないことだ。ほら、うちのシェフにつくらせた料理のかごを持ってきた」

リリーはポカンとした顔で侯爵を見つめた。「あなたのシェフですって？」

「ブーツにおいしいものを少々。それから、きみの頭痛に効くものも入っている。昨夜の様子では、今朝はきっと頭の中で太鼓が鳴り響いていると察したものでね」

侯爵の思いやりには感心せずにはいられないが、そんな思いを気《け》どられるつもりはなかった。

「経験からそうおっしゃってるのかしら？」リリーはそっけない言葉を返した。

「もちろんそうだ」

思わず脚から力が抜けてしまうような魅力的な笑顔を見せながら、侯爵はかごを差し出した。

リリーはしぶしぶカバンを下ろして、かごを受けとった。

「ご親切にありがとうございます」リリーはむりやり礼儀正しい言葉を口にした。「ブーツはきっと喜ぶでしょう。でも、ここにいらっしゃるべきではありませんでしたわ、侯爵様。それに、わたしに贈り物なんかすべきじゃありませんでした」

「どうしてかな、ミス・ローリング?」

リリーの体の奥から怒りがふつふつと湧いてきた。クレイボーン侯爵はわざと鈍感なふりをしている。ウィニフレッドの仲人計画については昨夜警告しておいたというのに。「理由はよくおわかりでしょう。昨夜わたしがお話ししたことを聞いていなかったのですか?」

「ああ、ちゃんと聞いたよ」

その場に漂う緊張を感じたテスがふたりの顔を交互に見比べると、リリーは声を静めた。無関心を装うほうがいいだろう。

「わたしの忠告を守るべきでしたね」平静な声で言う。「わたしに贈り物を持ってくれば、世間がいろいろ憶測するでしょう。レディ・フリーマントルは有頂天になるわ」

「レディ・フリーマントルのことは気にしていない」

「あなたがわたしに求愛していると考えるに決まっているわ」

「それが何か?」

なにげない言葉に、リリーは目を丸くした。「な、何かって……?」しどろもどろになって黙りこむ。侯爵の意図が読めてきた。「わたしに求愛するなんて、できるわけがないわ」

「異議を唱えたいね」

穏やかな口ぶりは冗談のようには聞こえなかったが、それでも真剣な言葉のはずはなかった。

「クレイボーン侯爵様……そんなことはばかげています。わたしと結婚するつもりはないのでしょう。それに、わたしもあなたと結婚するつもりなんかないんですから」

ハシバミ色の瞳がリリーをじっと見つめた。「その件についてはもっと追求しない限り、お互いわからないだろう？　そのためにも、ぼくらはもっと知り合わなければならないと思うね」

侯爵のせいでリリーは落ちつきを失っていた。腹を立てていると言ってもよかった。リリーはけわしい目で侯爵を見すえた。「いったいどんなゲームをしようとしているのかわからないわ、侯爵様。でも、わたしはお相手する気は全然ありませんから」

「ゲームなどではないさ、エンジェル」

リリーはぐっと顎《あご》に力をこめた。「礼儀正しくご返事するなら〝ありがとうございます〟と言うべきなのでしょうけれど、侯爵様、でも――」

「だが、きみは礼儀正しい人じゃないからね」そう言ってさえぎった侯爵の目は楽しげで、挑発的なユーモアが浮かんでいた。

「ええ、ちがいます！」

ぶっきらぼうな返答を耳にして、テスが眉をひそめた。リリーはもともと社交的な儀礼に対する忍耐力はあまりないほうだったが、はっきりと無礼なふるまいをしたことはなかった。これほどあからさまな関心を示す魅力的な貴族の男を前にして、リリーはどう対処していいのか途方にくれていた。

侯爵がけだるい微笑みを浮かべた。「きみのつっけんどんな態度は大目に見るつもりだよ、ミス・ローリング。理由はわかっているからね」

あなたが相手だからつっけんどんになっているのよ。リリーはイライラしながら考えた。二日酔いのせいなんかじゃないわ。

鼻持ちならない侯爵をなんとか追い出したかった。幸いなことに、すばらしい理由がある。ゆっくりと息をついて、リリーはむりやり冷静な微笑みを浮かべた。「中にお招きしてお茶でもさし上げたいところですが、今朝はとり込んでおりましてお相手する時間がありませんの。姉のロズリンに会って、無事を確かめなければなりませんから。姉は昨夜追いはぎに遭いまして、お客様をお迎えする状態ではないでしょう」

クレイボーン侯爵が顔をしかめた。「追いはぎだと？」

「あら、聞いていらっしゃいませんか？」やっと受け身の態勢から脱出できて、リリーは少しばかり自信をとりもどした。「昨夜、ロズリンは召し使いに後かたづけをさせるために遅くまでここに残っていたんです。仕事が終わってから、レディ・フリーマントルの馬車でミス・ブランチャードの屋敷まで送ってもらうはずでしたが、ここから一マイルほど離れたあたりで追いはぎに遭ってしまったんです」

侯爵は眉をひそめた。「どちらにもケガはなかったのか?」鋭い声を聞いて、リリーは満足を覚えた。

「ありがたいことに、ふたりとも無事でした。でも、犯人はケガをしたようです。ちょうど近くに居あわせたアーデン公爵が追いはぎを撃退して、逃げる犯人を撃ったとか。それで今日は、大規模な捜索が行われているそうです」

「アーデンは今どこに?」

「フリーマントル・パークです。昨日はレディ・フリーマントルと姉を安心させるために泊まってくださったと聞いています。直接公爵とお話になったらよろしいのではありませんか」

クレイボーンは顔をしかめたまま何も言わなかった。気がつくと、リリーは侯爵の唇を見つめていた。あの官能的な唇にかけられた魔法のせいで唇が熱くなったことを思い出し、頬が熱くなる。

ハッと気をとりなおして、リリーは鋭い声で言った。「もう馬を待たせておく必要はないかと思いますが、侯爵様」

クレイボーンの表情がやわらぎ、片方の眉が上がった。「ぼくを追いはらおうとしているのかな、ミス・ローリング?」

いたずらっぽい言葉にリリーは思わず微笑んだ。彼ほどの身分と影響力を持つ貴族は、追いはらわれることなどめったにないのだろう。「お好きなように解釈してくださってけっこうです。でも、あなたは理解力に欠ける方とは思えませんわ」

侯爵の唇にかすかな笑みが浮かんだ。「きみの言うとおり、今からアーデンに会って手伝えることがないか確認すべきなのだろうな。だが、きみのことをそう簡単に解放するつもりはないんでね。また、別の機会を見計らって戻ってくるから。お互いもっとよく知り合えるように」

リリーはびっくりして侯爵を見つめた。「別の機会なんてないわ」

「ならば、きみを説得するだけだ」

なんてすてきな微笑みだろう。リリーは自分の反応に腹を立てた。けれども、侯爵は自分の魅力をじゅうぶんに承知しているらしい。女性を魅了する自分に自信を持っているのだ。

侯爵が手綱をとって馬に前進の合図を送ったとき、リリーは息を呑み、去っていく彼の姿をただ見つめていた。やっと安心できたけれど、戻ってくると言う彼の言葉にうろたえていた。

消えていく馬車をぼんやり眺めているリリーに、突然、テスが話しかけた。

「いったいどういうことなのか話してくれる気はあるのかしら、リリー？　あんなに失礼なふるまいをするには、相当な理由があると思うけれど」

ハッと驚いたリリーは、すまなそうな視線を友人に向けた。テスがいることをすっかり忘れていたのだ。「ええ、ちゃんと理由があるの。ウィニフレッドがわたしたちをくっつけようと工作していることを侯爵に警告しておいたのよ。でも、あの人、わたしの警告を完全に無視するんですもの」

「昨日、あなたたちの間に何かあったの？」

「ええ……」リリーはためらった。侯爵とふたりきりで馬小屋にいて、ふしだらなふるまいをしたことを告白する気にはなれなかった。それでも、親友に秘密をつくりたくもなかった。「昨日、舞踏会から抜け出す直前に侯爵に出会ったの。わたし、シャンパンを三杯も飲んでしまって。アラベラを失うのが悲しかったからよ。で、侯爵に会ったときかなり酔っていたの」

テスの視線が鋭くなった。「彼が誘惑しようとしたんじゃないでしょうね？」

「いいえ……そういうわけでは。でも、わたしのほうが誘惑しようとしたのかも」リリーの唇に悲しげな気配が漂った。「あのときは頭がちゃんと働いていなかったの。ふしだらに思われるようなことをしてしまったのかもしれないわ。それで、クレイボーンにモラルのない娘だと誤解されてしまったのかも。そのあげく、今朝こういうことになっちゃったの。彼の獲物のリストに付け加えられたくないわ」

「侯爵はもっとまじめな意図のように見えたけど」テスがいかにも楽しそうに答えた。「わざわざここまで自分で馬車をあやつって、あなたに朝のあいさつをしに来たのよ。怪しげな目的だったらそんなことはしないはずだわ」

「あの人、その怪しげな目的を抱いてるのよ」リリーが反論した。「聞いたでしょう。わたしに求愛するつもりだって！」

テスはまるで笑いをこらえるかのように唇をすぼめた。「リリー、あなたのことをもっとよく知りたいと侯爵が言ったとしても、犯罪でもなんでもないのよ」

「よく知り合って結婚につなげようとするなら犯罪だわ」

その言葉に大笑いしたテスを見てリリーが歯ぎしりした。「笑いごとじゃないわ、テス！」

「でも、笑えるわよ、リリー。クレイボーンが花嫁募集中だからじゃなくて、あなたのことを花嫁にしようと考えているというのが笑えるのよ。彼があなたの結婚観を知ったら――」

「もう知っているわ。昨日の夜はっきり言ってやったから」

テスの表情がかげった。「侯爵の求愛をしばらくでも受けてみるのは、それほど大変なことかしら？　結婚の可能性すら考えないなんて、自分の未来をとても狭いものにしてしまうわ」

リリーが顔をしかめた。「あなたってどうしようもないロマンチストだから、そう考えるだけ――あいにく、わたしはちがいます」

「侯爵はとてもすてきだわ」

「確かにね」それに、ものすごく誘惑がうまいわ。リリーは心の中で付け加えた。それでも、将来の計画に結婚だけはありえなかった。夫の所有物になって法的な支配を受けることなど絶対に計画には入っていない。それに、見かけがどんなにすてきで誘惑がうまくてハンサムであったとしても、外見なんて当てにならないものだ。自分の父親のことを考えれば明らかだろう。

「クレイボーン侯爵に魅力があろうとなかろうと、全然関係ないわ」リリーはきっぱりと断言した。「どんなことがあっても彼と結婚したいなんて思わない。だから、わたしに求愛なんかしたって無駄というものだわ」

「じゃあ、侯爵のことはどうするの？　彼のような男性がすぐにあきらめるとは思えないけど」

リリーにとって頭の痛い問題だった。「どうしたらいいのか全然わからない」この手の問題に遭遇したのは生まれて初めてだった。本気で結婚したいという相手を、いったいどうしたらいいのだろう。

「そうね」黙りこんだリリーにテスが言った。「わたしはもう行かなくちゃ、リリー。あなたが言ったとおり、約束の時間にかなり遅れているから。でも、あとで戻ってきて相談に乗るわ」

「さあ、行ってちょうだい。約束のほうがずっと大事なことだわ」

二年前ワーテルローで婚約者を亡くして以来、テスはかなりの時間を戦没者家族会の慈善活動にさいていた。現在は、地元の上流社会に働きかけて寄付をつのる活動で忙しくしていた。

テスがいなくなると、リリーはカバンと侯爵の贈り物であるかごを手にとって、館の玄関に向かった。

クレイボーン侯爵の件について友が見せた楽しげな反応を思い返して、リリーはどうしようもなく首をふった。こんなに不安を感じていなければ、実際おもしろい話だと思えただろう。

このままダンヴァーズ館にいては侯爵に対して抵抗しきれない。リリーは気づいていた。アラベラとマーカスは新婚旅行で一カ月は留守なのだ。クレイボーンのような男性を相手にするのは、リリーの経験をはるかに超えた難題だった。これまで接したことのある男性とはちがって危険きわまりない男だ。あのくつろいだ笑顔。心をかき立てるような魅力。思わず息を呑んでしまう官能的な雰囲気。どれをとっても危険きわまりない。

だが、リリーはこのまま何もせずに求愛の犠牲者になるつもりはなかった。行動を起こさなくては。自立した女であることを証明するためにも。自分の運命を守るためにも。

正直に認めたらどうなの。頭の中で叱りつける声がする。むこうみずな性格のせいで自分が何をしてしまうのか怖いんでしょう？　彼の圧倒的な魅力に屈してしまうのが怖いのよ。

苦々しい笑みが唇に浮かんだ。それがほんとうの問題だわ。リリーはいやいやながらも認めた。情けないことに、クレイボーン侯爵に求愛されたら、彼を拒む自信がなかった。あまりにも魅力的な男だから。

しばらく館を離れたほうがいいのかもしれない。でも、どこへ？　経済的な余裕ができた今、故郷のハンプシャーに帰って昔の隣人たちを訪ねることもできるだろう。けれど、そんな遠くまで行く気はなかったし、今も逃亡者のような気分が残っていて故郷から離れていたい気持ちも強かった。

ロンドンへ行ってファニーのところに滞在させてもらうのはどうだろうか？　もちろん、パトロンが訪れる本宅はまずいだろう。同じロンドンに彼女が所有している下宿屋のほうに泊めてもらうのだ……。偶然にも昨夜、舞踏会でファニーと下宿屋の話をしたばかりだった。

リリーは玄関扉を通りぬけながら顔をしかめた。舞踏会で話したとき、いつもの陽気なファニーらしさがなかった。よくよく問いつめてみると、ファニーは親しい二人の友人が経済的な苦境に立たされていることで悩んでいると白状した。

寝付けない夜を過ごしながら、リリーは彼女たちの問題をあれこれ考えた。けれど、三万ポンド近い金額を稼ぎ出す名案を思いつくことはできなかった。

それに、ロンドンへ行けば、ファニーを手助けして友人たちを救う手だてが見つかるかもしれない。

クレイボーン侯爵から逃げ出すという自分の問題も同時に解決できる。

考えてみる価値はあるわ。カバンとかごを従僕に手渡しながらリリーは考えた。それから、姉のロズリンを探しに行くことにした。


ロズリンは昼用の居間にいた。ダンヴァーズ伯爵夫妻に贈られた結婚祝いの目録をつくっている最中だ。幸いなことに、昨夜の事件の影響はまったくないと言う。

それでもリリーは、事件が起きたとき姉のそばにいて助けてあげたかったと思った。武装した追いはぎ相手なら、ロズリンより自分のほうがうまく対処できただろう。拳銃だって自分なら正確に扱える……。けれど、繊細な美女というロズリンの外見が中身とは大ちがいであることもわかっていた。姉の優雅な外見の下には、鋼鉄の神経が張りめぐらされているのだ。それにウィニフレッドの話では、ロズリンはすばらしい勇気を見せ、ウィニフレッドが大切にしているアクセサリーを守ってくれたという。

「とんでもなく勇敢だったみたいね」ロズリンから事件のあらましを説明されてから、リリーが言った。

「とても怖い思いをしたわ」ロズリンは何でもない調子で答えた。「でも、少なくともケガ人は出なかったの」

「犯人はケガをしたんだったわね。ウィニフレッドの土地管理人が犯人の捜索を始めたとか」

ロズリンがうなずいた。「ええ。でも、見つかる可能性はあまり高くないわ」そう言ってリリーをしみじみと眺める。「大丈夫、リリー？　何だか動揺しているように見えるわよ」

クレイボーン侯爵と対面したおかげでまだ顔が赤らんでいると気づいていたが、リリーはあえて理由は言わないことにした。ロズリンはあやうく撃たれそうになっただけでなく、あれこれ頭を悩ますことを抱えている。しかも、ここ数週間というもの、アラベラの結婚披露宴の準備で大忙しだったのだ。

それに正直なところ、リリーは少々罪悪感にも囚《とら》われていた。昨夜の愚かな自分の行為を告白したくなかったのだ。花婿候補になりそうな貴族の男性とは絶対かかわり合いにならないと誓った自分なのに、クレイボーン侯爵の驚くべきキスをあれほど楽しんでしまったなんて欺瞞《ぎまん》もいいところだ。

「動揺なんかしていないわ」リリーは答えた。「ちょっと頭が痛いだけ。ここまでテスの馬車で送ってもらったの」

姉に対してはシャンパンを飲んで酔っぱらったことだけ告白して、その後の馬小屋での一件については黙っていた。

けれど、ロズリンはいつもどおりに鋭かった。「それだけなの、リリー？」

リリーはため息を押し殺した。何かうまい言い訳をしなくては。「ええ、それだけじゃないわ。ウィニフレッドのおせっかいのせいで気が狂いそうなの」

「わかってるわ」ロズリンは心からうなずいた。「昨夜は、わたしも標的になったの。今朝もそうよ。確かに、アーデンとくっつけようと画策しているわね。ものすごく恥ずかしかった」

「あのね、わたし、もうウィニフレッドの犠牲者役はうんざりなの。もうここにいたくないのよ」リリーは決心した。「ロンドンに行って、ファニーの下宿屋に泊まらせてもらうつもり。部屋にゆとりもあるっていうし、頼まれていることもあるのよ。下宿屋を切り盛りしているファニーの友人ふたりのことでアドバイスしてほしいって。助けになるかどうかはわからないけど、やってみたいのよ」

ロズリンは驚いて妹の顔を見つめた。「ウィニフレッドの策略から逃げるためにロンドンに身を隠すっていうの？　そこまでやる必要があるのかしら？」

リリーが顔をしかめた。「そういう気がしてきたの。どこにいるのかわからなければ、気に入らない求婚者のことなんか心配しなくてすむもの。そうでしょう？　このままチェズウィックにはいられないわ。それに、誰もわたしがファニーのところにいるなんて想像もつかないはずよ。マーカスだって。そもそもあの人は、わたしがファニーの友だちと親しくするのを認めていないのだもの」

クレイボーン侯爵もわたしを見つけられないはず。そう思って一息つくと、ふいにリリーは侯爵の追跡をかわす方法をもう一つ思いつき、明るい気持ちになった。「そうだ！　ウィニフレッドだけでなく他の人にも、わたしの行き先を聞かれたら、友だちに会うために故郷のハンプシャーに行ったって言ってちょうだい」

ロズリンはとまどったように眉をひそめた。「どうしてそんなことまで——」

リリーは姉の言葉をさえぎった。侯爵の魅力に負けそうな自分を認めたくはなかった。「お願い、ローズ。こんなこと、今回しか頼まないから」

ロズリンは探るような視線で妹の顔を見つめた。「リリー……わたしに話していないことがあるんじゃないの？」

「そんなことないわ。心配しないで。自分で何とかできるから」リリーは元気づけるように微笑んで、言い添えた。「どんな男からも求婚されたくないってだけなの」

これほどゆるぎない結婚観を抱くようになったのは十六歳の時からだ。リリーは姉と別れて二階の自室へ向かいながら思い出していた。部屋に入ってカバンを開けてから、結局ロンドン訪問のためにもう一度荷物を詰め直した。

あんなふうに弱い立場になど絶対に立つものか。結婚という罠にとらわれて夫の気まぐれに苦しめられ、逃げることもできない立場に立ったりなど絶対にしない。女性は結婚すると、法的に夫の所有物になる。好きなように夫が乱暴に扱える物になってしまうのだ。そんな権利をどんな男にも譲り渡したくなかった。

そして、誰にも心を捧げたくなかった。結局、残酷に踏みにじられるだけなのだから――母が最初の結婚で経験したように。また、アラベラが最初の短い婚約期間に経験したように。

幸いなことに、アラベラはマーカスという相手にめぐり会い、真の愛と幸福を手にするチャンスに恵まれたようだ。そのことはリリーも認めていた。ふたりの手がやさしく触れあう様子や、見交わす目と目にこもる、いとしげな様子をリリーは思い出した。それに、母も愛人であったフランス人のアンリ・ヴァシェルと再婚して、やっと幸せを手にしたと言っている。

けれど、リリーに関する限り、結婚という言葉は忌むべき言葉だった。どうしても男性に対する不信感を克服できるような気がしないのだ。

それに、姉たちと友人たちさえいればじゅうぶん幸せだった。自分の人生を自分で決めることができる今の立場で満足だ。自分が未来に何を望むのかは、ちゃんとわかっている。そしてそれは、夫に縛りつけられることではなかった。父のように妻を傷つけ、裏切り、暴力をふるい、毎晩涙で枕を濡らす思いをさせる――そんな夫などほしくない。

今は、ささやかながらも自分の財産があるから、長年の夢を実現することだってできるだろう。字が読めるようになってからというもの、両親の争いを忘れるためという理由もあったけれど、リリーは歴史の本や地図や冒険談を読みふけったものだ。自分の人生を自分で決められる日をずっと心待ちにしていた。世界を旅し、未知の土地を探検し、冒険に乗りだす日をずっと待っていたのだ。

いつかは子どもを産みたい。そんな気持ちもないではなかったが、それはアラベラに——もしかしたらロズリンにも——まかせるつもりだった。自分自身は、フリーマントル・アカデミー・フォー・レディーズで教える仕事に満足している。アカデミーでは、商人階級の娘たちが上流社会でりっぱに生き抜くための技能を教えているのだ。

けれど、夏学期の間は、ほとんどの生徒が家族の元へ帰るからアカデミーの仕事もあまりない。そういうわけで、ロンドンに行くには理想的なタイミングだった。

リリーは、クレイボーン侯爵の迷惑きわまりない接近から絶対逃げのびるつもりだった。それに、ファニーの仲間である高級娼婦たちの苦境を解決する手助けができればすばらしい。

リリーはワクワクしながら思った。これで、人生の新しい一歩が踏み出せるのかもしれない。姉の結婚式が終わった今、自由と冒険に満ちた新しい暮らしが始まる。そんな気がした。

テスが館に戻ってきてリリーの部屋にやって来たときには、リリーはすでにファニーへの手紙を書き終えてロンドンまで使いに送らせ、ほとんど荷づくりもすませていた。

「幸いなことに、ロズリンは事件のせいでつらい思いはしていないようね」椅子に腰を下ろしながらテスが言った。「でも、あなたがロンドンに行くって言っていたわよ」

「そうなの」長い滞在になる場合を考えて追加の衣類を取り出しながら、リリーは答えた。「今日の午後には発つつもりよ」

「ずいぶんあわてた出発ね。クレイボーン侯爵から逃げるために家出するんでしょう」

「それだけじゃないの。実はもう一つ理由があってね。ファニーがちょっと経済的に大変な目に遭っているのよ」

テスが顔をしかめた。「どうしたの?」

「賭け事の借金なの。もっともファニーの借金ではないのよ。春に彼女の友人がね——年をとった高級娼婦の人たちよ——賭けトランプで大損をしたんですって。それで今、賭博場のオーナーから借金返済を迫られているそうよ。ファニーは友人たちが債務者監獄に送られないようがんばっているの」

「フレールとシャンテルのこと?」

「そうなの。ふたりは、八年前ファニーが初めてロンドンに来たとき面倒を見てくれた人たちだそうよ。だから、ファニーはふたりを放っておけないの」リリーはテスを見つめ返した。「このことはロズリンには言いたくなかったのよ。だって、そんなことをしたらロズリンも何かすると言うに決まっているから。ずっと大変な苦労をしていたのだから、今は休ませてあげたいの。でも、わたしはファニーを助けたいと思ってる」

テスはさらに顔をしかめた。「あなた、ファニーの下宿屋でしばらく暮らすつもりなんでしょう？　あそこは娼婦の家のような場所よ。フレールとシャンテルが切り盛りしてるのよね」

「知っているわ」

フレール・ドリーとシャンテル・アムールは昔、最も有名な高級娼婦だった。けれど、最盛期をとうに過ぎ今では六十代だ。商売が傾いて生計を立てるのが難しくなると、ファニーがふたりのために大きな邸宅を買って住まわせた。お荷物になりたくなかったふたりは費用を埋め合わせようと、下宿人を集めることにした。主に裏社交界《ドミモンド》の住人たちだ。

「でも――」リリーが説明する。「だからこそ、わたしにとって最適の隠れ場所になるのよ。クレイボーンはまずわたしを見つけられないわ。たとえ行き先がばれたとしても――」リリーは軽く微笑んだ。「娼婦たちの中にいるわたしを見たら頭にきて、未来の侯爵夫人にしようなんて考えをなくすと思うわ」

テスは怒った顔をして首をふった。「自分から問題を起こすことになりかねないわよ」

その言葉を聞いてリリーが笑った。「少々問題があるほうが人生はいきいきするというものよ。まさにそこが楽しみなの。一種の冒険だわ……。わたしにとって初めての冒険よ」

「ファニーの悪名高い友人たちと親しくなること以上の冒険はないでしょうね」

リリーは眉をつり上げた。「わたしが上品ぶった考えからあの人たちを避けるなんて考えていないでしょうね？」

「わかってるわ」テスがそっけない口ぶりで言った。「あなたは上品ぶったりしない人だもの。でも、自分の評判というものは気にならないの？」

「それほどにはね。だいたい正体はばれないと思うわ。だって、ロンドンには知り合いはほとんどいないから。それに、できるだけ目立たないようにしているつもり」

「それがいいでしょうね。あなたがファニーの下宿屋にいるのは、アラベラとロズリンにとっていいことじゃないわ。それに、アカデミーで仕事をつづけるつもりなら、なおさらのこと」

「わかってる。だから、居場所は秘密にするのよ。世間には、故郷のハンプシャーに行ったということにするの。本当の居場所を知っているのは、あなたとロズリンだけ。もちろんウィニフレッドにも秘密よ」

「だますつもり？」テスが驚いた表情で尋ねた。

リリーの微笑みがかげった。「そうするしかないと思うの。さもないと、ウィニフレッドは絶対侯爵にばらしちゃうでしょうね。そんなことはごめんだわ。だから、ウィニフレッドを通じて侯爵にまちがった行き先を知らせて迷わせておくのよ」

とうとうテスが笑い出した。「いいでしょう、そこまで言うのなら。でも、覚えておいてちょうだい。わたしはちゃんと警告したのよ。それで、何か手伝うことはある？」

「ううん、大丈夫。でも、アカデミーで少し授業が残っているんだけど、あなたとロズリンにお願いしてもいいかしら?」

「もちろんいいわよ。何度もわたしの授業を代わってくれたものね」

リリーはホッとして微笑んだ。ブーッと子猫たちの世話は、年老いた執事のシンプキンに頼んでおこう。午後にロンドンへ発つ前に、猫たちの顔を見て別れを告げるつもりだった。

リリーは期待に胸をふくらませていた。ファニーの友人たちと暮らすのは、おもしろい冒険になるだろう。

あそこにいれば、いやになるほど魅力的でハンサムな貴族に悩まされることもない。そして、とんでもなくしつこい彼の求愛からも身を守れるはずだ。

3

クレイボーン侯爵に見つかるなんて信じられないわ。

おまけに、彼、まだわたしに求愛するつもりなのよ。

――リリーからファニーへ

二日後　ロンドンにて

「あんな卑怯者の悪党は地獄へ堕《お》ちるがいいわ」シャンテル・アムールが気どったしぐさでお茶をすすった。

「悪党というのは言いすぎよ」ファニーがそっけなく答えた。「抜け目ない事業家というだけ。ただ、あなたとフレールが賭博場でつくった借金を返してほしいだけなんですから」

フレール・ドリーが優雅に「ふん」と鼻を鳴らした。「ミック・オロークは、むかつくくらいいやな男よ、ファニー。あなたが借金を肩代わりしなければ、わたしたちを債務者監獄へ送るよう告訴するって言っているんですからね」

「いやな男じゃないなんて言うつもりはないわ。でも、こういうことになったのは、そもそも、あなたたちが持ってもいないない大金を賭博ですってしまったからでしょう」

「でも、オロークはやたらとブランデーを勧めてきたし、賭けトランプに深入りするようそそのかしたのよ」シャンテルが愚痴った。「最初からあなた目当てに仕組んだことだと思うわ、ファニー。あいつ、あなたを愛人にしたいのよ」

ファニーは唇をぎゅっと結んだ。「ミックの望みはわかっているわ、でも私にその気はないの。なんとか別の支払い方法を考えなくちゃ」

リリーは、三人の議論にただ耳を傾けていた。二日前ロンドンにあるファニーの屋敷をふいに訪れたとき、言い寄るクレイボーン侯爵を避けたいというリリーの説明を聞いただけでファニーは問いつめもせずに歓迎してくれた。その一時間後、リリーはフレールとシャンテルの切り盛りする下宿屋に落ちついた。

驚いたことに、下宿屋はかなり広く驚くほど優雅な屋敷だった。三階に寝室を割り当てられ、さらには、一階にある共同の応接間と小さな客間だけでなく、二階にあるオーナー専用の居間も使わせてもらえることになった。

そして今、昼下がりの午後、四人はフレールとシャンテル専用の居間に集まり、膨大な賭博の借金をどうやって返済するか話し合っていた。

リリーは三人の姿を眺めながら、年老いた二人の高級娼婦にファニーが深い愛情を抱いているのがよくわかった。八年前ファニーが初めて高級娼婦の世界に足を踏み入れたとき、ふたりは商売のやり方を手とり足とり教えてくれたという話だった。だからこそ、ファニーは何としてもふたりを助けようと決意しているのだ。

また、なぜふたりがかつてロンドンで絶大な人気を誇った高級娼婦であったのか、リリーにはよく理解できた。フレールの赤褐色の巻き毛はヘナ染めの不自然な色合いで、シャンテルの金髪には白髪がかなり混じり容貌の衰えは隠せなかったが、まだまだ往時の色香を漂わせていた。リリーにとって、ふたりは少々夢見がちで落ちつきに欠けるとはいえ、心あたたかく魅力的な女性だった。ふたりは失せていく容色を嘆き、ロンドンの裏社交界に君臨した栄光の時代をなつかしみながら毎日を過ごしている。リリーの目にはそんなふうに映った。

この二日間、リリーはふたりの過去の成果についてさんざん話を聞かされただけでなく、なぜこんなひどい境遇に陥ったのか細々《こまごま》と愚痴をこぼされた。ミック・オロークの賭博場に行ったふたりは、賭けトランプで四万ポンド近い損を被《こうむ》るという破滅的な夜を過ごしたのだ。

もちろんファニーが助けの手をさしのべ、これまで貯めてきた一万ポンドでやっと借金を四分の一ほど清算した。それでも、三万ポンドというとてつもない借金が残っている。ふたりがとりわけ心配しているのは、オロークから債務者監獄へ送ってやると脅しを受けていることだ。

オロークは、ファニーが彼専属の愛人になれば借金をなかったことにしてやろうと言って寄こした。けれど、ファニーはそんな申し出を受けるのをいやがった。ふたりの間には過去の因縁があったのだ。オロークは、彼女が高級娼婦になったばかりの頃に契約した愛人のひとりだった。過去に愛人であったというのに、また、賭博場の経営で大成功して低い身分から大出世を遂げ大金持ちになったというのに、オロークはファニーの友人たちを容赦しなかった。

シャンテルから見れば、許しがたい罪だ。以前から彼のことを粗野で無骨な男だと見なしていたが、今ではどうしようもない卑怯者と言い切っている。

「思うのだけど」シャンテルが言った。「あなたが今契約しているパトロンたちのひとりにお願いしてお金を出してもらえないかしら」

ファニーが首をふった。「そんな気前のいいことをしてくれる人がいたとしても――ありそうにもない話よ――そうなったら、わたしがその人に縛られることになるじゃない」

リリーは、以前にもファニーが同じようなことを言っていたのを覚えていた。誰の指図《さしず》も受けたくないから特定のパトロンに特権を認めたくないのだ。もしもそのパトロンが突然契約を打ち切ったら、ファニーは一文無しで放り出されることになる。

男性から支配されないと強く決意しているリリーだったから、友人の気持ちはよくわかった。

「もう一つ手があるわ、ファニー」フレールがビスケットをかじりながら言った。「あなたが回想録を書いて売るのよ」

「だめ、絶対にだめ」

「回想録って？」好奇心に駆られてリリーが尋ねた。

ファニーが話を打ち切るように手をひらひらさせた。「そんな話、したくもないわ」

フレールが秘密めかした口調でリリーにささやいた。「有名人のお客について刺激的な話を書いてくれって出版社からファニーに申し出があったのよ。高額の支払いをするって話だわ」

「わたしたち、そこまで困っているわけじゃないわ」ファニーが言った。

「考えてみるぐらい、いいじゃないの」シャンテルが哀れっぽい声をあげた。

「回想録を書いて売っても借金全額には足りないのよ。それに、昔のパトロンたちの話をそんな下品なやり方で暴露するとしても――そんなことをするつもりはないけど――それには時間がかかるわ。だいたいミックから一カ月しか猶予をもらえなかったのよ。さんざん頼みこんで、いやいやながらもやっと承諾させたんだから」

「でも、考えてみたことある？」フレールが口をはさんだ。「愛人たちの話を暴露しなくても、けっこうなお金儲けにはなるのよ。回想録に自分の話をのせないでもらえればたっぷり支払う紳士もけっこういるはずだわ」

ファニーはけわしい目をして年老いた高級娼婦を見つめた。「わたしに恐喝をしろと言うの、フレール？　そんなことは絶対にしませんから。不道徳だからってだけじゃないわ。ロンドンの名士たちを敵に回したくないからよ。そんなことをすれば、商売をつづけていくのは難しくなるでしょうね」

フレールは優雅に肩をすくめた。「あなたがそんなに道徳を重んじたいというなら、どうしたらいいのかわからないわ。えり好みしている余裕なんかないのよ、ファニー」

「わたしはそこまで落ちぶれるつもりはないの」ファニーが厳しい声で言った。

「うちの下宿人たちが助けにならないのは残念だわ」シャンテルがため息をつきながら嘆いた。

フレールがせせら笑うように混ぜっ返した。「まったくね。あの子たちの稼ぎときたら、わたしたちが昔稼いだ額と比べれば、はした金もいいところですもの」

「だって、わたしたちが持っていたような技や美貌がないから仕方ないのよ」と、シャンテル。

「優雅さもないわ」フレールがとり澄ました顔で言った。

シャンテルが悲しげにうなずいた。

優雅さという言葉にふたりがどんな意味をこめたか、リリーにはよくわかっていた。この屋敷には十人ほど女性の下宿人がいるが、みな下層階級の出身だ。中には、裏社交界の女《ドミモンデーヌ》――売春婦という意味でシャンテルが好んで使う呼び名だ――として身を立て始めた者もいた。その多くはオペラ座の踊り子か女優で、乏しい本業の収入を不定期の愛人稼業で補っている。けれども、近くの劇場地区にあるさまざまなクラブや娼館で身を売っている者もいた。

一方フレールとシャンテルは――そしてファニーも――生まれと育ちに恵まれていたために、上流階級の客を相手により高級な商売を営んでいた。

見るからにしょげかえった二人の高級娼婦は黙りこんだ。やがてフレールが口を開いた。

「わたしたちを助けてくれるお金持ちの男性が必要ね」

「言うまでもないことだわ」シャンテルがうなずいた。「でも、どうやってそんな男性を見つけるというの？　あなたもわたしも、もう裕福なパトロンを惹きつける力はないわ」

「ええ、確かにそうね。うちの下宿人の中には、見込みのあるきれいな子もいるわ。ちゃんと教育してあげれば、昔のわたしたちのようになれるかも」

「でも、そんなことをしたってどうなるって言うの？」シャンテルがはねつけるように言った。

「あら、鈍いのね」フレールがたしなめた。「うちの下宿人がお金持ちのパトロンを見つけられれば、わたしたちの借金返済の役に立つかもしれないじゃないの」

「でも、どうしたらお金持ちのパトロンに出会えるって言うの？」シャンテルがムッとした。

「そんな男性が、そこいらで〝さあ、捕まえてくれ〟と待っているわけがないでしょう」

「もちろん。でも、よく探せばいるはず。考えてもみて、シャンテル。わたしたち、昔みたいに夜会を開くのよ。それから、ファニーの知り合いを招待するの。上流社会にいろいろ貴重な知り合いがいるでしょうから。それに、わたしたちだってまだ幾人かは声をかけられるわ」

　フレールとシャンテルは二十年にわたり優雅な夜会を開いては、ロンドン社交界でも選《え》りすぐりの貴族や知識人を招いてきた――もっとも、今ではすっかりそんな機会はなくなったが。

「そうね……。夜会を開くことはできるでしょうね」シャンテルが答えた。「でも、そんなことをしても無駄だわ。だって、うちの下宿人たちには優雅さというものがないから」

興味を引かれたのか、突然ファニーが身を乗りだした。「もしかしたら、きちんとした教師がいれば不可能ではないかもしれないわ」ちらりとリリーのほうに視線を向ける。「あなた、うちの下宿人たちに礼儀作法を教えられると思う、リリー？　フリーマントル・アカデミー・フォー・レディーズで教えているように」

リリーは額にしわを寄せた。「どうしてそんなことを聞くの？」

リリーを見てフレールの表情がパッと明るくなった。「それはね、計画を成功させるには、うちの下宿人たちを上品に仕立て上げなければいけないからよ。労働者階級出身の子たちは、あのままでは裕福な貴族や紳士をうまく惹きつけられないわ。上流の殿方は洗練された女性を好むものよ。下品なしぐさや荒っぽいしゃべり方ではだめね。もしもわたしたちの夜会に呼ばれていたら、あの子たちは口を開いた瞬間に追い出されていたでしょうね」

「そうよ」シャンテルが口をはさんだ。「機転と魅力は大事だけれど、言葉づかいと発音はもっと大事。それと行儀作法が、お金持ちのパトロンを手に入れるための最大の難関ね」そこで口を閉じると、シャンテルはふいにリリーをじっと見つめた。「あなた、うちの子たちに教えてやってくれる？」

何と答えようかと考えながら、リリーは思わず顔をしかめていた。若い娘たちが裕福な男たちに身を売る手伝いをすると思うと動揺せずにはいられないが、すぐに断る気にもなれない。

「そうね。うちのアカデミーとそれほどちがわないのかもしれないわ。アカデミーでは、商人階級の娘さんたちを貴族社会でも独り立ちできる洗練されたレディにするのが目的だけど」

「まさにわたしたちの問題解決にぴったりだわ」フレールの顔が輝いた。

「他に借金を返す手だてはないの？」リリーは話題を変えようとした。

「これほど大きい金額ではむりね」

反論のしようがなかった。召使いのようなまともな職業では年二十ポンドの稼ぎがせいぜいだろう。女性にとって可能な最高の働き口――大きなお屋敷の女中頭《がしら》や裕福な一族の家庭教師――でも、五十ポンドを超える収入はめったにない。

「わたしが贈与してもらった財産があるわ」リリーが言った。三人からポカンとした顔を向けられて、あわてて説明する。「ダンヴァーズ伯爵が後見人をやめたときに贈ってくれた財産があるの。二万ポンドあるわ、ファニー。いつでも使ってちょうだい」

かすかに息を呑むと、シャンテルがうれしそうに両手を握りしめた。「あなたっていい人ね、リリー」

けれど、ファニーは顔をしかめた。「あなたのお金は受けとれないわ、リリー」

「どうして？」

「だって、あなたにもちゃんと計画があるでしょう。いずれにせよ、その金額では足りないの。そのお金をもらってもミックへの借金はまだかなり残るし、あなただってまた貧乏に逆戻りよ」

「ロズリンもきっと喜んで、ある程度都合してくれると思うわ」

「そうでしょうね。でも、頼むつもりはないわ。三年前は一文無し同然だったのよ、あなたたち。やっと自立できるようになったばかりじゃないの。どんなことがあっても、わたしはあなたたちに苦労をかけるつもりはないわ」

今度顔をしかめたのはリリーだった。「ファニー、好きでもない男にあなたが縛りつけられるというのにわたしが世界旅行を楽しめると思ったら、大まちがいよ。そんなの、友だちでも何でもないわ」

「昔から旅行したがっていたじゃないの、あなた」

「そうね。でも、事情が変わったの。わたしよりあなたのほうがずっとお金が必要だわ」

ファニーがかすかに微笑んだ。「ありがとう。ほんとうに困ったときは頼りにするわ。でも、まだ大丈夫。それにね、リリー。まじめな話、下宿人たちに裕福なパトロンを見つけるってフレールの案のほうがずっと役立つと思うのよ。もっといい仕事につければ、あの子たちにとってもすごくいいことだわ。特別な教育を提供してあげれば、わたしたちの借金返済を手伝ってくれるはずよ。だから、上品な話し方やふるまい方を教えてあげてくれないかしら?」

リリーは考えこむように口をすぼめた。礼儀作法は自分にとって得意分野ではないのは確かだ。アカデミーでも、乗馬やアーチェリーやダンスなど体を動かす分野を教えるほうがずっと得意だ。けれど、やる気のある生徒相手なら礼儀作法だって教えられるかもしれない。

「みんな、その気になるかしら?」リリーは尋ねた。

「まちがいないわ」

ためらいが顔に出ていたからだろう。ファニーがつぶやいた。「手に余ることをお願いしているわよね。わかっているの。無理しなくていいのよ、リリー」

「そんなことないわ。もちろん手伝いたいと思ってるの」すばやくそう答えて、リリーは高級娼婦の世界に直接関わることに対するとまどいを隠した。「ただ、下宿人たちが計画に手を貸してくれるのかしらって思って……」

言葉をさえぎるように、フレールがうれしそうな視線を向けた。「うちの子たちはお金持ちの男性を見つけられれば大喜びするわ。確かよ。あなたが手助けしてあげれば、あの子たちの役に立つわ。身分の高いお相手がいれば、ずっといい暮らしができるようになるんですもの」

リリーはうなずいた。複雑な気持ちを感じているからといって、手伝いを拒むのは正当ではないだろう。「そういうことなら、すぐに始めましょう」

年老いた高級娼婦たちはいかにも安堵した表情を見せ、ファニーは感謝の気持ちのこもった微笑みを浮かべた。「問題は、一カ月で成果が出せるかということだわ。どう思う？」ファニーがリリーに尋ねた。

「一日に数時間授業を受けるつもりならできると思うわ」

「いいでしょう。とにかく一カ月しか時間はないの。ミックに返済の見込みを示せれば、もう少しは引き延ばせるかもしれないけど、あの人、シャンテルとフレールを刑務所送りにしようと決断する可能性もあるわ。とにかく、どうやって始めましょうか？」

リリーは眉を寄せて考えこんだ。「話し方を改善するためには朗読法と文法のレッスンをしないといけないわね。それから、ふるまい方を改善するには、礼儀作法のレッスンが必要だわ。応接間を大教室として使いましょう。それから、ダンスの練習用に客間をひとつ空けて……。とにかく早く行動に移さなきゃならないのなら、わたし、すぐにカリキュラムを考えるわ」

リリーは目を上げてファニーを見た。「それから、仕事を分担したほうがいいと思う。いくつかの科目はわたしが教えられるけど、あなたとフレールとシャンテルはわたしの知らないことを教えられるはずよ。たとえば、パトロンになりそうな男性とどう会話したらいいか、とか」

「そうね」ファニーがうなずいた。「いいやり方だわ。うちの召使いを数人こちらに来させて仕事を手伝わせることにしましょう。それから、わたしの着付係も来させて、夜会用のドレスを手に入れる手伝いをさせるわ」

「それから、テス・ブランチャードも喜んで手伝ってくれるはずよ」リリーが言った。「バジルも話し方を教える手伝いをしてくれるわ」

すぐさまファニーの表情がかげった。「どうしてあの人に頼まなくちゃいけないの？」

そっけない反応にリリーは眉をつり上げた。「だって、バジルはラテン語の専門家だし、他に四カ国語話せるのよ。きちんとした話し方を教えるのに最適の先生じゃないの。そもそもこの住人だし」

バジル・エドウズは、数少ない男性の下宿人のひとりだった。ファニーとほぼ同い年のひょろっと背の高い青年で、シティにある一流の法律事務所で事務員兼ラテン語翻訳者として働いている。もう四年会っていないが、リリーにとってバジルは少女時代の親友といえる存在だった。ファニーにとっても親しい相手だった。というのも、子どもの頃三人ともハンプシャーで隣人同士として過ごしてきたからだ。

　問題は、ファニーがとんでもない新生活に足を踏み入れてからというもの、彼女とバジルがケンカばかりしていることだ。ファニーが選んだのは、バジルにとって到底認められない職業だった。それなのに、彼はなぜか下宿先としてここを選んだ。堕落した女たちであふれ、しょっちゅうやって来るファニーと顔を合わせることになるこの場所を選んだのだ。

「バジルはほんとうにいやな感じなのよ」ファニーが暗い声で言った。「絶対に断るはずだわ」

「わたしが話をしてみる」と、リリー。

「いいわよ、やってみて。あなたから頼めば、その気になってくれるかもしれないわね」

　ファニーの言葉をさえぎるように、突然、フレールが立ち上がった。「これで決まりね。すぐに始めましょう。シャンテル、いっしょに来て。みんなを見つけて、さっそく計画を伝えなくちゃ。それから、ふたりで夜会の計画を立てないと。今から楽しみだわ」

　素直に立ち上がると、シャンテルは仲間のあとを追って客間の扉に向かった。が、出て行く前にふり返ってリリーを見た。「あなたが来てくれて、わたしたち、とても喜んでいるのよ。

なんだか未来が明るくなった気がするわ」

リリーはおずおずと視線を返した。「うまくいくといいですね」

「きっとうまくいくわ。そういう気がするのよ」

ふたりの姿が消えてから、ファニーがティーカップごしにリリーを見つめた。「わたしたちの問題にこれほどどっぷり関わってしまって後悔していないの？」

「全然そんなことないわ」リリーはすぐさま断言した。「関われてうれしいの」

ファニーたちをどうしても助けたい。そしてそれ以上に、この二日の間に知り合った娘たちの暮らし向きをよくしてあげたかった。夜会の目的に後ろめたさは感じるものの、娘たちに言葉づかいや礼儀作法を教えることは価値ある仕事だと思えた。ちゃんとした仕事を手にするために役立つかもしれないのだ。

「わたしのことは心配いらないわ、ファニー」リリーがきっぱりと言った。「その気がなければ手を貸したりしないもの」

「わかってる」ファニーの微笑みがふいに楽しげなものに変わった。「でも、クレイボーン侯爵から逃げ出すためにロンドンに来たときには、まさか高級娼婦のための学校を開くことになるとは思わなかったでしょう」

「そうね」リリーは、侯爵のことを持ち出されたとまどいを隠すように気軽な調子で答えた。

「でも、すばらしい時間の使い方だと思うわ」

それに、すばらしい気ばらしにもなる。

馬小屋で侯爵と情熱的なひとときを過ごし、翌朝彼が驚くべき宣言を口にして以来、リリーは彼のことをしょっちゅう思い出していた。

そんな思いにぎこちなく身じろぎして、リリーはティーカップを手にとった。クレイボーン侯爵のことも彼の魅力的なキスのことも考えてはだめ。よく知りもしない男性のことばかり考えているなんて、情けないにもほどがある。侯爵はこちらのことなど翌日にはすっかり忘れているはずだというのに。

今ごろは次の目標に心を動かしているだろう。リリーは確信していた。それでも困ったことに、彼のことを忘れるにはまだしばらく時間がかかりそうな気がした

一カ月後……

四週間経《た》っても、リリーはクレイボーン侯爵のことを忘れられずにいた。一方で、ある日の午後、食堂で生徒たちに銀食器やグラスの扱い方を練習させせながら、リリーは〝アカデミー〟の成功に満足を感じてもいた。実際、授業は大人気で、ロンドンの裏社交界じゅうの話題になっていた。

今では生徒は二十二名。授業料は払わなくていい代わりに、生徒は初年度の収入の一部をフ

レールとシャンテルの借金返済資金に寄付すると約束する証書に署名していた。

話し方と礼儀作法に加えて、娘たちは上品な着こなしや食事の作法、お茶の入れ方、上流階級の人びとと相手の会話方法、ダンス、オペラや演劇の鑑賞作法など、裕福で家柄のよいパトロンを見つけるのに役立つさまざまな技を学んだ。

ほとんど全員、来週予定されている夜会に出席する準備ができている、とリリーは思った。実際、驚くほどの成長だ。フレールが予言したように、娘たちは今の境遇から脱出したいという強い思いを抱いているのだ。

「だって、助けてくれる裕福な男性を見つけることが――」フレールが何度も口にした。「あの子たちが貧乏から脱出する唯一の方法ですもの。それが世の習わしというものよ、リリー」

年老いた高級娼婦の意見は現実的だった。確かに、この下宿屋で娘たちとともに暮らすうちに、リリーはまったくちがう世界を目にすることになった。楽しいとはいいかねる部分の多い世界。リリーは貧しい女性の苦労を理解していると思っていた。自分自身、一家のスキャンダルが起きてから姉たちとともに屋敷を失い貧しさと直面することになったからだ。けれど、下宿屋にはもっとひどい経験をしている娘がたくさんいた。

それでも、生徒たちは明るさを失ってはいなかった。ファニーたちのおかげで、家と呼べる安全できちんとした住みかがある。ここは、ふつうの女優や踊り子たちには望めないほどよい場所だ。それに、多くの娘たちは、夜の女としての仕事も楽しんでいるように見えた。ファニーとフレールとシャンテルの言うとおり、娘たちが自分で選んだ人生なのだろう。それでも、いやいやながら体を売っている娘もいた。

そういう娘たちこそ、リリーがいちばん助けたい相手だった。自ら軽蔑する仕事から抜け出せない不幸な娘たち。リリーはすでに二人、足を洗う手伝いをした。ロズリンに頼んで、ダンヴァーズ館の女中として雇ってもらったのだ。下働きの仕事ではあるし、賃金は身を売るよりはるかに安いけれど、娘たちは売春宿で稼ぐより貴族の屋敷で働けることを喜んだ。

ふたりに新しい人生を提供できたことで、リリーは深い満足感を覚えていた。テスがあれほど慈善活動に力を入れる理由がわかったような気がした。

テスには週二回授業を担当してもらい、バジル・エドウズには出勤前の早朝に話し方の授業を担当してもらっている。フレールとシャンテルは職業上の心がまえを説き、ファニーは男性を惹きつける秘訣を披露して生徒たちの尊敬の的になっている。

リリーの努力の甲斐《かい》あって、娘たちは非常に優雅な物腰を身につけていた。だから、リリーはうれしく思っていた。一回目の授業を始めてすぐに気づいたことだが、ここに来る娘たちはフリーマントル・アカデミーの裕福な生徒たちよりはるかにリリーを必要としていた。

そしてリリーは、比較的幸運に恵まれた自分の境遇にささやかながらも感謝を感じていた。ローリング姉妹は運命に翻弄《ほんろう》されるつらさを経験していた。もしも義理の伯父がいやいやながらであっても引き取ってくれなかったとしたら、自分たちも身を売ることになっていたかもしれない。そう思うと、リリーは身の毛がよだつような気がした。

ミック・オロークはといえば、猶予期間が終わるのを手ぐすね引いて待っているらしかった。

それでもファニーは、さらにもうひとつお金を稼ぐ計画のために忙しくしていた。回想録を書く代わりに、最近ロズリンにあてて書いた手紙を元に本の原稿を執筆しているのだ。題して『若いレディに贈る、夫を捕まえるためのアドバイス』。今年の初秋に出版されたら、社交界にデビューしたばかりの若い娘たちに大売れするだろうと、出版社は期待をかけている。

最近ただひとつ残念なのは、この一カ月の間にロズリンがアーデン公爵と恋に落ちて婚約したというニュースだ。自分が屋敷に残っていたら、姉がこんなとんでもないあやまちを犯すのを止められたのかもしれない、とリリーは悲しくなった。

少なくともアラベラとマーカスは今も幸せであるらしい。ロズリンの話では、ふたりは一カ月の新婚旅行からダンヴァーズ館に戻ったばかりだという。

リリーは姉たちに会いたくて仕方がなかった。それでも、クレイボーン侯爵に出くわす危険は避けなければならない。

昨日ロズリンから受けとった驚くべき手紙のことを思い出し、リリーの表情がかげった。侯爵がリリーに対して関心を失っていないらしいと警告する手紙だった。クレイボーンは彼女を探してハンプシャーまで出かけていったのだ。

侯爵に行き先を告げたウィニフレッドは、リリーがそこにいなかったと聞いてひどく機嫌を損ねているらしい。

リリーは、侯爵のしつこさが心配になってきた。うまく逃げ出せたと自信を持っていたのに。けれど、明らかに侯爵にとって〝去る者は日々に疎《うと》し〟というわけにはいかないようだ。

それでも、ここまでは突き止められないだろう。優雅にセッティングされたテーブルとテーブルの間を歩きながら、リリーは考えた。

午後二時とはいえイブニング・ドレスに身を包んだ十人の娘たちは、テーブル・セッティングと同じように優雅に食事をとっていた。今は音を立てずにスープを飲む練習のまっ最中だ。すでにリリーが注意をあたえる必要はかなり少なくなっていた。

二人の召使いにスープ皿を片づけて次の料理を運ぶよう指示したちょうどそのとき、女中がやって来てリリーの耳元でささやいた。

「お邪魔をしてすみません、ミス・ローリング。紳士のお客様がいらっしゃってお会いしたいとのことです」

リリーの心臓がドキッと音を立てた。男性の知り合いで自分がここにいることを知っている人はいないはず……。でも……まさか……クレイボーン侯爵が知るはずはないわ。「名前はおっしゃったの？」

「いいえ、でもりっぱな貴族の男性のようですよ。ふるまい方もそんな感じで。何でも〝きみを出し抜く忍耐力はある〟とお伝えするようにおっしゃられて。意味はわかりませんが」

残念ながら、リリーにはその意味がよくわかった。ふたたび侯爵と対面しなければならないかと思うと不安が押し寄せ、息がふるえてくる。「お客様をミス・ドリーの居間にお通ししてくれる、エレン？」

「それが、だめなんです。お客様はあなたの寝室に通せとおっしゃって」

「わたしの寝室ですって？」思わず声がうわずったが、好奇心に満ちた視線が集まるのを感じてリリーは声を落とした。「紳士のお客様をお通しするのに、わたしの寝室は適切な場所ではないわ、エレン」

「わかっています、ミス・ローリング。でも、どうしても納得してくださらなくて」

いかにもクレイボーン侯爵らしいわ、とリリーは思った。心に怒りといらだちがつのった。

さらにいらだったのは、エレンがこう告げたときだった。「生徒たちがいる食堂に自分が乗り込むよりは、ふたりだけで会うほうがお気に召すだろう、ともおっしゃってました」

間接的な脅迫をこめたその言葉を耳にして、リリーはいらだちのあまり唇をかみしめた。明らかに、寝室で侯爵に会うしか選択肢はない。人前で騒がれるわけにはいかないのだから。

「ミス・ドリーをお呼びしてお客様に会ってもらいますか？」黙りこむリリーに、女中が心配そうな顔で尋ねた。

「いいえ、わたしが直接お会いします。ありがとう、エレン」

礼儀正しく生徒たちに断って食堂を出たリリーは、奥の階段を登っていった。落ちつかない胸のざわめきを無視しながら三階まで上がると、廊下を通って寝室へ向かう。扉は閉まっていたが、さっと開けた瞬間クレイボーン侯爵の姿が現れ、リリーは息を呑んだ。

侯爵はベッドの上にいた。枕を背中に当て、ブーツをはいた脚を気楽そうに組んで本を読んでいる。

わたしの本だわ。リリーは気づいた。あまりに遠慮のない侯爵の姿にリリーは呆然《ぼうぜん》とした。けれども、この男の存在そのものに呆然としたというべきだろう。侯爵と同じ部屋にいるだけで息が苦しくなってくるのはショックだった。

やがて視線を上げた侯爵の目がリリーの目とからみ合うと、すでに動揺していた胸の中が突然、騒然となった。

リリーは胸に手をあてたが、そんなことで焼けつくような反応を静めることはできない。侯爵にあんな目で見られているうちは無理だ。

彼のハシバミ色の目に浮かぶきらめきには、勝利と官能と気だるく楽しげな表情が宿っている。そして、そこには報復の意志もうかがえた。

「さあ、おいで、エンジェル」侯爵が深みのある低い声で言った。「ぼくらはいろいろ話すことがあるだろう？　ちがうかい？」

リリー・ローリングと再会したらどんな気持ちになるだろうと思っていた。今ヒースは答えを手にしていた。鋭い衝撃が体を突き抜け、胃をわしづかみにされたような気がするだけでなく、下腹部がビクンと反応した。

リリーもまた、同じ火花がふたりの間に飛び散ったのを感じている。ヒースにはわかっていた。つややかに輝く目が大きくなり、怯えた表情を浮かべたのを見れば、一目瞭然だ。ヒースは男として本能的な満足を感じていた。

リリーがあたえた否定しようもない肉体的な影響に驚嘆しながら、ヒースは熱い視線をゆっくりと落として彼女の官能的な口もとを見つめた。濃いバラ色の唇。その味わいをどうしても忘れることができなかった。魅惑に満ちた黒い瞳も濃い栗色の髪も忘れられなかった。

それでも、目の前にいるリリーは記憶に残る姿よりずっと生気にあふれている。そして、肉体的な反応も、本人を前にしたほうがはるかに強烈だ。

だが、肉欲だけではない。リリーの持つ何かがヒースの心をふるわせている。そんなことは予想外だったが、今はっきりと感じていることだった。

ヒースは心の中で微笑んだ。ふたりの間にふたたび火花が飛び散るだろうか。そんな疑問が、この四週間心にとりついて離れなかった。リリアン・ローリングに出会ってからというもの、人生はまったく退屈なものになってしまった。彼女以外のどんな女にも興味を引かれないのだ。

だが、獲物を追って娼婦のための下宿屋まで足を踏み入れることになるとは予想もしなかった。そもそもリリーが彼から逃げ出すことすら予想外だった。まして、わざわざ追いかける羽目に陥ることになるとは思っていなかった。生まれてこの方、女を追いかけたことなど一度もないというのに。

確かに、逃げられて最初は頭にきた。だが、やがて追跡のスリルに喜びを感じるようになった。そのせいで、やっとリリーを捕まえたという勝利感をいっそう強く感じていた。もっとも、ここがファニー・アーウィンの屋敷で、悪名高い二人の高級娼婦を始め怪しげな女たちの住む場所であることは気にかかっているが。

「入るんだ、エンジェル」ヒースが促した。「それから扉を閉めて。ぼくが寝室にいるとみんなに知らせたくないならね」

その言葉にリリーはハッと我に返ったようだった。美しい目がけわしくなった。「わたしの寝室に入るなんて軽率すぎる行為ですわ、侯爵様。おわかりでしょうけれど、こんなところにいらしてはいけなかったんです」

「きみとふたりきりになれる場所が必要だったんでね」

「ここには客間が二つ、応接間が一つあります。紳士のお客様には、ここよりそういう部屋のほうがずっとふさわしいでしょう」

「だが、ぼくの目的にはふさわしくない」

リリーの目にふたたび警戒心が浮かんだ。「いったい、あなたの目的って何でしょうか、クレイボーン侯爵様？」

「きみが廊下にいる限りは言えないね」

彼の言葉に従ってリリーは寝室に入り、扉を閉めた。けれど両手を腰に当て、いかにも不満そうな様子だ。「では、ご訪問くださった理由を説明していただけますか？」

辛辣な言葉を耳にしてヒースはにっこりと笑った。「そうだね。きみがこんな怪しげな娼館でいったい何をしているのか説明してくれたら、ぼくも説明しよう」

リリーは体をこわばらせた。「ここは娼館なんかじゃありません。下宿人はここでパトロンを接待することはありませんから」

ヒースは疑い深げに眉をつり上げた。「ここでは誰も愛人と密会しないというのかい？」

「ええっと……そう多くはないはずよ。持ち主がいやがるでしょうから」

「そんなことを言われて、ぼくの心配が消えるとでも？」

リリーは唇をきゅっと結んだ。「あなたの心配を消すことは、わたしの仕事でも何でもありませんわ、侯爵様。でも、どうしても知りたいとおっしゃるのなら、わたし、ここでファニー・アーウィンと彼女の友人たちが抱えた賭博の借金を返済する手伝いをしているんです」

「そう聞いている。きみの居場所を突き止めてからこの三日間、きみについてかなり情報を仕入れたからね。きみはかなり忙しく働いているようだ」

リリーは目を大きく見ひらいた。「あなた、わたしのことを見張っていたの？」

「少しばかりね。昨日ここに来たときには、きみは応接間で美女の一団にワルツの練習をさせていた。少なくともきみの友人エドウズは、喜んでぼくの好奇心を満たしてくれたよ」

「バジルが話したの?」リリーはあっけにとられた顔をした。「わたしの秘密をばらすなんて! 信じられないわ! それとも、バジルにむりやり白状させたの?」

いらだつリリーの顔を見てヒースは微笑んだ。「なにしろきみはすぐに逃げてしまうから、ぼくとしてもいささか知恵を使わざるを得なかった。それに、エドウズはきみのことを心配している。きみも知っているだろうが」

「バジルに何を言ったの?」

「ぼくもきみのことを心配していると言っただけだ。実際、彼にしてみれば、ぼくに心配事を打ち明けられてホッとしたようだよ。彼は、きみがここにいるべきでないと考えている」ヒースの視線がけわしくなった。「マーカスだって、この件を知ったら同じ意見だ。賭けてもいい」

「マーカスに賛成してもらわなくてもかまわないわ」リリーはムッとした表情で答えた。「もう後見人じゃないんですから」

「それでも、やつはきみたち一族の長だからね。それに、もうすぐアーデンも仲間入りする。アーデンときみのお姉さんのロズリンが婚約したことは知っているね?」

「ええ」リリーが暗い声で答えた。

「きみがここにいることが世間に知れたら、お姉さんたちに不利だと思わないのかい?」

「世間に知られることはないわ。それに、バジル・エドウズからここのアカデミーについて聞いているなら、りっぱな目的のためにやっているってことはおわかりでしょう。不幸な娘さんたちに話し方や礼儀作法を学ばせて生活を向上させようって趣旨の活動なんですから。生徒たちが日に日に上達していくのを見るのはとてもやりがいがあるわ。来週になったら、上流階級のお客様に出会えるよう夜会を開く予定なんです。うまくいけば、あの子たちも不遇から抜け出せるでしょう」

活動に強い情熱を抱いているのは明らかだ。リリーの表情豊かな顔を見つめながらヒースは思った。今さら驚くことではない。だが、娼婦の生活を向上させようと努力する上流階級の女性が、どれほどこの世にいるものだろうか？　まして、これほど質素な生活に何週間も耐えられるような女性は、もっと少ないだろう。小さな部屋を見まわしながら、ヒースはそんなことを思わずにはいられなかった。ここにあるのは、小さなベッドとサイドテーブル、洗面台に書き物机、それに椅子が一脚だけだ。おそらく、ダンヴァーズ館にあるリリーの寝室とは比べものにならないほど簡素な部屋だろう。

「きみの思いやりには敬服するよ」ヒースが穏やかな口調で言った。

リリーが疑わしげな視線を向けた。「からかっているのかしら、侯爵様？」

「そんなことはない。心から感心している。もっとも、きみがここで教えている理由は理解しているつもりだが、そもそもここに来た理由については別だ」

リリーが微笑んだ。「あら、もちろんあなたを避けるためだわ。だって、わたしに求愛するのをやめないとおっしゃったでしょう?」

「確かに」

リリーが不思議そうな顔をした。「はっきりと求愛はお受けしませんとお伝えしたのに、ここまで追いかけてくるなんて、正直いって驚いています。ほんとうにハンプシャーまでわたしを探しに行ったの?」

つい二週間前に無駄足となった旅のことを思い出して、ヒースの唇がゆがんだ。「ああ、行ったよ。ハンプシャーでこの四年間きみが一度も姿を現したことがないと聞かされたとき、ぼくがどれほど驚いたか想像してもらいたいものだね。レディ・フリーマントルを介してぼくにまちがった行き先を知らせたわけだ」

「うまくいったようね」リリーが皮肉っぽい口ぶりで言った。「あなたがハンプシャーまで行ったところを見ると。でも、ここまでたどり着いた。どうしてここがわかったのかしら?」

「きみのお姉さんのアラベラさ。マーカスと新婚旅行から戻ってから会ったんだが、そのとき、アラベラが口をすべらせたんだ——きみがロンドンのファニーのところにいるとね。だいたいの居場所がわかれば、ファニーのあとをつけてここまでたどり着くのは簡単だった」

ヒースは体を起こし、脚をくるりとベッド脇に回した。「追跡を楽しませてもらったよ」やんわりと皮肉る。「女性に逃げられるのには慣れていなくてね」

「そうでしょうね」リリーがそっけない口調で答えた。

「そんなにきみを怖がらせてしまったのかな？」

その問いについて真剣に考えるかのように、リリーはわずかに顔をしかめた。「落ちつかない気持ちになったと言ったほうが適切でしょうね。そういう気持ちでいるのはいやなの」

「それは残念だ。ぼくはあきらめるつもりはないのでね」

リリーは一瞬じっとヒースの顔を見つめてから、いらだった表情を浮かべた。「そんなこと、意味がないわ、侯爵様。どうして、わたしに求愛なんかしたいのかしら？」

「いいや、ちゃんと意味があることだ。いつかはぼくも結婚しなければならない。そして、きみはぼくにとっていい相手のようだ。だが、ぼくらが将来をともにすべきかどうか確かめる必要がある。ぼくはきみに強く惹かれている。それは確かだ。それに、きみもぼくに強く惹かれている。いや、否定しなくてもいい」

抗議の声をあげようとリリーは口を開いたが、すぐに閉じた。「そうかもしれません。でも、だからといってあなたと結婚したいということにはならないわ。あなただって同じことよ。お互いよく知らないんですから」

「その件についてはすぐに対処するつもりだ」

「侯爵様！」リリーが叫ぶと同時にヒースがベッドから立ち上がった。

「怖がらなくてもいい。ただ実験をするだけだから」

じっと視線をとらえたまま、ヒースは小さな部屋を横切ってリリーの前に立った。すぐにリリリーは後ずさろうとしたが、どこにも逃げ場はない。不安ととまどいの表情を浮かべてその場に立ちつくし、じっとヒースを見上げている。身を守るように両手を上げたまま。

ヒースは手をさしのべ、リリーのみずみずしい下唇を親指でなでた。そして、顔を近づけた。

「侯爵様……」リリーがかすれた声をもらした。

「黙って。教えてあげよう」

リリーは鋭く息を呑んだが、ヒースにキスをされると体をこわばらせた。リリーの唇はやわらかく、ふっくらとして……興奮させる。まぎれもない欲望がヒースの体の中でほとばしった。

ああ、まちがいではなかった。リリーの唇をむさぼりながらヒースは勝利と快感を味わっていた。今度もまたリリーの中に潜む炎が彼を貫いたのだ。リリーの中で欲望がたぎっている。無意識で本能的な欲望。馬小屋で初めてふたりの間に燃え上がったのと同じ熱い炎が今、ふたりの間に燃え上がっていた。

この炎と彼自身の反応こそが、ヒースにとってすべてを解決する答えだった。リリーのように情熱をかき立てる女に出会ったことはなかった。侯爵夫人になる資格を持つ若いレディとなれば、なおさらだ。そうだ。リリーを手放したりするものか。花嫁としてふさわしくないと納得しない限りは絶対に。

「ほら」ヒースは顔を離してからやさしい声で言った。「きみに惹かれる気持ちが気のせいかどうか確かめたかったんだ。今わかった。気のせいじゃない。きみも感じていたね。否定しなくていい」

リリーは呆然としたまま彼を見つめていたが、やがて唇をなめてから口を開いた。「確かに感じるものはあったわ。でも、全然気持ちよくなかった」

ヒースが眉をつり上げた。「きみに嘘をつく癖があるとは思わなかったよ、ダーリン」

「正直に言っているのよ、侯爵様。あなたにキスしても楽しくなんかない。なんというか……すごく落ちつかない気持ちになってしまうの。心が混乱してしまうわ」

「自制心を失ってしまう。それがいやなんだね」

「ええ、まさにそうよ！　理解してくださってうれしいわ」

「いや、理解などしていないさ。想像もつかないような快楽をきみにあたえているというのに、すぐさま拒絶を食らうとはね」

からかうようなその言葉にリリーは毅然《きぜん》と胸を張った。「わたし、快楽になんか全然興味ありませんから」

「きみの心を変えてみせよう」

リリーは反抗的に唇を結んだ。「あなたって、どうしようもなく傲慢《ごうまん》な方ね、侯爵様」

ヒースの顔から楽しげな表情が消え、真剣な表情にとって代わった。「傲慢でも何でもないんだ、リリー。単純な論理の問題なのだから。ぼくはきみがほしい。だが、結婚しない限り、きみをぼくのものにすることはできない。スキャンダルになるような関係になど、ぼくは興味がない。だから、礼儀正しくきみに求愛するつもりというわけさ」

「わたしの同意もなしで？」目をきらめかせながらリリーが尋ねた。

「きみの同意は得たいと思っている。だから、まずはもう一度きみにキスをする」

リリーは両手でヒースの胸板を押した。「あなたに陵辱《りょうじょく》されるつもりはないわ、侯爵様！」

ヒースの視線がリリーの顔から胸へ移った。今すぐにでもリリーをベッドに連れ込んで陵辱したくてたまらなかったが、名誉に縛られていてはどうしようもない。

ヒースは微笑んだ。「今は明るい昼間だし、屋敷じゅうに人がいる。とりあえず陵辱の危険はないと思う。だからといって、ぼくが説得の手段を放棄することにはならないが」

両手でリリーの肩を包みこみ軽くもみほぐしながら、ヒースは彼女を見つめた。それから顔を近づけて、唇と唇を合わせた。たゆたうような、それでいて圧倒的な魅力に満ちたキスのせいで、ふたりの間に焼けつくような熱がほとばしった。

官能的な攻撃にリリーは呆然とした。頭がクラクラして息もつけない。

彼の言うとおりだわ。リリーは考えた。絶望にも似た気持ちに襲われて惹かれ合う気持ちは気のせいではない。今度はシャンパンのせいにできなかった。酔ってもいないのに、彼のキスに感覚をわしづかみにされているのだから。

リリーの体に甘やかな衝撃が満ちあふれ、本能的に体の力が抜けていく。心がとろけるような感触で彼の唇に唇をなぞられていく。リリーはさらに強くヒースの胸を押し戻して抵抗しようとしたが、下唇をやさしくかまれていた。

　やがて、リリーが小さくすすり泣くような声をあげて反応を返すと、ヒースの舌が敏感な唇をなだめ、ゆっくりと押し入るようにリリーの唇の中に差し込まれた。

　抑えきれない悦びに満たされて、リリーはやるせなくうめき声をあげた。わななくような全身の感覚にも、ヒースの体の熱と硬さにも抵抗などできない。そう気づいたとき、リリーは敗北を認めるかのように小刻みにふるえるため息をもらし、力なくキスを返した。

　侯爵の唇は魔法のようだわ……それに、この手のさわり方も。リリーはぼんやりと考えていた。彼の手が喉を愛撫している。キスでリリーの心を奪いながら、彼は長い指をのど元の肌にすべらせていく。指は、思い定めたように下へ向かい、やがてイブニング・ドレスの低いえり元までたどり着いた。

　胸の先端を指の背でさっとかすめるように触れられたとき、リリーはふたたびすすり泣くような声をもらした。繊細な絹地の下ですぐさま乳首が硬くなり、乳房がふくらんで重くなったような気がする。

　クレイボーンはリリーを興奮させようとあらゆる手をくり出してくる。今度は、手の甲をゆっくりとすべらせて胸の先端を愛撫している。全身を貫く火花を感じた瞬間、リリーは息を呑んだ。すると、大胆にも侯爵は両手を身ごろ《ボディス》の上にすべらせ、乳房の形をひとつずつ手のひらに包みこんだ。リリーの脚から力が抜ける。彼の手が放つ炎のような熱が全身に広がって、太ももの間にほてりを感じると、リリーは衝撃を受けた。

否定しようもない快感にリリーは目を閉じた。侯爵がくり広げる恥知らずな愛撫を受けて腹立たしく思っているのに、やめてほしくなかった。やさしく、みだらに……もっとさわってほしくなるように手がうごめいている。狂おしい快感のせいで体の内側がふるえ、下腹部の奥で重苦しい痛みにも似たうずきが生まれていた……。

どのぐらい時間が経ったのだろうか。リリーがハッと気がついたとき、侯爵は唇を離していた。けれど、両手は豊かな乳房のふくらみを包みこんだままだ。

「これでわかったかい?」低くハスキーな声でヒースが尋ねた。「ぼくらの間にあるものが何であろうとも、探求する価値はある」

ぼんやりとしたままリリーは目を開いた。ああ、わかってしまった。名づけようもない感覚がうずいている……彼がほしい。否定しようもない。隠しようもない。

けれども、心に渦巻く感情の嵐はさらに強かった。彼がほしいなんて思いたくもない。ほんのひととき通りすぎる情熱を味わうために、男の支配に身をゆだねる危険を冒すわけにはいかなかった。たとえ、どんなに甘美な悦びが待っていようとも。

いらだちのこもったうめき声をあげ、リリーはクレイボーン侯爵の腕から抜け出し、後ずさった。侯爵が一歩近づくと、リリーは身を守るように両手を上げてさらに後ろに退き、できるだけ離れようとした。

そこで、クレイボーンが足を止め、リリーをじっと見つめた。

ふるえる指でリリーは乱れた髪を耳にかけ、強く息を吸い込んだ。やっと口から出た声は、かすれたあえぎ声のようだった。「いくらあなたがうまいキスをするからといって、わたしがおとなしく屈服すると思ったら大まちがいよ」

「そんなことは考えていない」皮肉のこもった声だ。「きみの美しい肉体に、そんなおとなしい性格が隠れているわけはないからね」

「そのとおりよ。それに、絶対にプロポーズを受けるつもりはありませんから」リリーはきっぱりとした声で言い放った。

そのとき侯爵の顔に浮かんだ微笑みは、いいようもなく美しく腹立たしいものだった。「それはこれからわかることだ」

リリーが言い返そうとすると、扉をたたく鋭い音がした。凍りつくリリーの前でものすごい勢いで扉が開き、フレールが飛び込んできた。

高級娼婦は、リリーのほてった顔と赤く濡れた唇をちらりと見て、それから侯爵に視線を向けてにらみつけた。「説明していただけるんでしょうね、侯爵様。ミス・ローリングはわたしたちの庇護の下《もと》にいるんですよ。この人を誘惑するのを許すわけにはいきませんわ」

4

侯爵の求愛を承諾してしまうなんて、わたしったら頭がおかしくなったにちがいないわ。でも、生徒たちにとって役に立つことと思えば、危険を冒す価値があると思ったの……。少なくとも、そうであってほしいわ。

——リリーからファニーへ

邪魔が入ったおかげでリリーはホッと一息つくことができた。けれど、クレイボーン侯爵は、フレールの怒り狂った抗議に残念そうな顔を見せるでもない。

代わりに、優雅な会釈をして見せた。「またお会いできてうれしく思っています、ミス・ドリー。ご心配をおかけしたことをお許しください。ですが、ぼくがここに来たのはミス・ローリングを誘惑するためではありません」

「ちがいますの？」フレールがわずかに表情をゆるめて尋ねた。「では、なぜいらしたのですか、侯爵様？　ミス・ローリングがここに滞在する間に何か起きたりしたら、ファニーに怒られてしまいますわ」

「ミス・ローリングに対するぼくの意図は完全に真っ当なものです。ちゃんと求愛するつもりですから」

　フレールが驚いて目をパチクリさせた。「求愛ですって？　では、結婚を念頭に置いていらっしゃるということですか？」

　クレイボーンはリリーのほうをちらりと見た。確かめるようなその視線には、わかっていると言いたげな笑みがかすかに浮かんでいる。「そうですね……まだ〝結婚〟という話題を持ち出すのは時期尚早かもしれません。なにしろ、彼女は絶対に結婚しないと公言していますからね。それでも、ぼくらふたりの相性がぴったりだと判断するための機会をあたえてもらいたいと思っています」

「おやまあ」フレールが驚きと喜びの混じり合った声で言った。「そういうことなら話はちがってきますわ、侯爵様」

「そういうことだ」侯爵はリリーにだけ聞こえる程度の小さな声でつぶやいた。そして、フレールには改めてこう言った。「お手伝いいただければありがたいのですが。ミス・ローリングは、ぼくが話しかけることすら避けようとしてしまう。あなたの助けがあれば、求愛について考えてもらえるよう説得できるのではないかと思うのですが」

リリーは驚いて侯爵を見つめた。友だちを利用するなんて、なんて男だろう。

一方、フレールはにこやかな笑顔を見せた。「よろしいでしょう、クレイボーン侯爵様。喜んでお手伝いいたしますわ。居間にいらっしゃいませんか？ 詳しい話はあちらで」

「フレール！」部屋を出て行こうとする老婦人に向かって、リリーは腹立たしげに声をかけた。「詳しい話なんてする必要ないわ」

「ありますとも。少なくとも、わたしの好奇心を満たしてもらわないとね」

リリーが何を言おうとも無駄だった。こうして、侯爵はフレールと連れだって廊下を歩いていった。侯爵のことが信用できなかったので、リリーもふたりのあとをついていった。

階段を降り、フレールとシャンテル専用の優雅な二階の居間に向かいながら、フレールは愛想よく侯爵と会話をつづけていた。居間に入ると、シャンテルが長いすに横たわって詩集を読んでいた。けれど客の姿を目にした瞬間、さっと体を起こした。客を迎えるのは久しぶりだし、とりわけクレイボーン侯爵ほどハンサムで身分の高い貴族を迎えるのは、まれだった。

会釈する侯爵から軽く指にキスを受けながら、シャンテルは頬を赤く染めた。けれど、フレールから侯爵の求愛の話を聞かされると、青い目を大きく見ひらいた。

「あなたも隅に置けないわね」シャンテルがたしなめるような口調で言った。「すてきな求婚者がいるだなんて教えてくれないんですもの」

「だって、そんなことは嘘だからよ」リリーが反論した。

「だが、ぼくは事実にしたいと思っている」クレイボーンが穏やかに口にした。

「つまり、あなたは真剣な交際を望んでいるということなのね、侯爵様？」フレールが尋ねた。

「まさにそうです」

「まずお座りになって。そして、なぜリリーと結婚したいのか理由を聞かせていただきたいわ」

けれど、リリーが頑として立ちつづけていたので彼は座ろうとせず、そのまま説明を始めた。

「第一に、ミス・ローリングのような女性にこれまで出会ったことがありません。前回お会いしたのは一カ月前ですが、今も忘れられずにいます」

くやしいことに、リリーは思わず顔を赤らめていた。自分もまた侯爵のことを忘れることができなかった。でも、理由はもらしてほしくなかった——侯爵はリリーにとって初めてのロマンティックな密会相手だったから。

幸いなことに、侯爵が話をつづける前にフレールが口を開いた。「それでも、結婚は真剣なものですわ、侯爵様」

「確かにそうですね」彼は皮肉っぽい口調でつぶやいた。「ぼくの中に隠れている筋金入りの独身主義者がふるえ上がっていますよ。だが、親友のダンヴァーズが最近ミス・ローリングのいちばん上のお姉さんと結婚してから、ぼくの結婚観もずいぶんよいほうに変化しましてね。それに、もちろんいずれは跡継ぎが必要だということもある。もっとも、ミス・ローリングに関心を抱く最大の理由は、ぼくらの相性がよさそうだということです」

リリーが顔をしかめた。まるで自分がこの場にいないかのように話が進んでいるではないか。こんなばかげたことはすぐに終わらせなければ。「あなたって明らかに良識が欠けているようね、侯爵様。わたしは絶対あなたにふさわしい妻にはなれないわ」

侯爵が視線を向けた。「どうしてそんなことを言う？」

「理由ならいくらでもあります。ひとつには、独立心が強すぎる点かしら」

「だが、それは好ましい点だ。ぼくは、自分で物事を決められないような女性はきらいだからね。しょっちゅう腕にしがみついて離れないような妻はごめんだ」

リリーはにっこりと微笑んだ。「わたしはその反対ね。頭もあれば意志もありますから。それに、どんな男性でも〝ご主人様〟と呼ぶ気はないの」

「そんなことは期待していない。ぼくの妻になったら、好きなことを何でもやればいい」

リリーが疑わしそうに眉をつり上げた。「好きなことを何でもですって？」

侯爵の唇にゆるやかだが確信ありげな笑みが浮かんだ。「道理にかなった範囲なら何でも」

「でも何が〝道理〟かは、あなたの定義によるでしょう」

「きみの行動については、お互いに話し合って限度を決められると思うが」

「そんなの無理だわ」リリーが言い返した。「わたし、社交界の決まり事にはなじめないから」

「それはもう聞いた」

クレイボーンの目に浮かぶじらすような輝きは一目瞭然で、リリーはムッとせずにはいられなかった。「わたしが女権論者だってことは、もうお話ししたかしら？　姉のロズリンはうちの一族でいちばん勉強家だけど、わたしは歴史や地理を勉強するのが好きなの」

「見識の広い知的な人間は大歓迎だね」侯爵が落ちつきはらって答えた。

クレイボーンがこれほど忍耐強い態度を見せている限り勝ち目はないとリリーは悟り、首をふった。「あなたが何を歓迎しようと関係ないわ。わたしには、あなたのお相手をしている暇はないの。生徒たちに教えるので大忙しなんですから」

「きみの仕事の邪魔はしない」

「邪魔しないですって？　とうてい信じられないわ」

「きみの言うとおり、りっぱな目的のための仕事だ」

リリーの顔から笑みが消えた。「ならば、あなたの常軌《じょうき》を逸《いっ》した気まぐれに付き合っている暇がないことはおわかりね」

侯爵の顔が真剣になった。もっとも、瞳の中に躍るいたずらっぽい光はそのままだったが。

「紳士が妻をめとろうとする行為のどこが常軌を逸しているんだ？」

「あなたの場合はそうなの。あなたは、イングランド一の女たらしですもの」

いかにも心が痛んだとでも言いたげに侯爵が顔をしかめた。「それは少々手厳しい意見だな。ぼくは放蕩者などではない。女性が非常に好きだということは否定しないが」

「わたしのことなんか好きなはずはないわ」

「そう思うなら大まちがいだ」

「わたしは、あなたが標的にするような女性とはちがいますから」

「それはそうだな。きみはバラというよりはトゲだ」

「ほら、見なさい。そのうち、わたしの毒舌に嫌気がさすわ。わたし、思っていることをみんな口にしちゃうから」

「それはいい。頭が空っぽでニコニコしているだけの女性には耐えられないからな」そこでクレイボーンはリリーを見つめたまま、一瞬黙りこんだ。「自分の欠点を次々と披露するのもけっこうだが、ミス・ローリング、きみがぼくの花嫁候補として大きな強みをひとつ持っている点をお忘れのようだ」

「あら、何かしら？」

「ぼくがきみに惹かれているということだ。きみは愛らしくて魅力的だとぼくは思っている」

リリーは視線を天井に向けた。心の奥深いところで愚かにも侯爵の言葉に喜んでいる、女らしい小さな自分がいた。

そんなことを思う自分にいらだって、思わずふうっとため息をついた。「とにかく……こんなことを話していても無意味だわ、侯爵様。言いたいことはひとつだけ。あなたとは結婚したくありません」

「真剣に試しもせずに、どうして決めつける？」

ここでシャンテルが割って入った。「そうよ、リリー、考えてもみてごらんなさい。侯爵夫人になれるチャンスだわ！」

心根の優しい高齢の女性にリリーはやさしく答えた。「わかっているわ、シャンテル。でも、爵位なんてものはわたしにとって重要ではないの。この人がりっぱな侯爵様でも、わたしにはどうでもいいことよ」

侯爵はクックックッと笑い声をあげた。「実に心強い言葉だね。ぼくと結婚してくれるとしたら、爵位や財産目当てではなく、ぼくという男を望んでくれるということだ」

今度はフレールが話に割り込んだ。「リリー、侯爵様はあなたにとって理想的な夫になるかもしれないわ」

リリーはあっけにとられてフレールを見た。「この人の味方につくつもり？」

「全面的にというわけではないわ。でも、いいお相手だと思ってはいるの。クレイボーン侯爵様は情熱と勇気を備えた男性ね。あなたと同じよ。だから、しばらく求愛を認めるべきじゃないかと思うの」

「そうよ」シャンテルが賛成した。「レディ・クレイボーンになるとしたらすばらしいことじゃない、リリー。若いあなたには納得がいかなくても、わたしたちにはわかります」

「でも、シャンテル、わたし、爵位なんかには関心がないの」

「爵位のことだけを言っているんじゃないのよ。女性には、愛して守ってくれる人が必要なの。

わたしたちの年になったら、夫と子どもがいてよかったと思うはずよ。わたしたちのように貧しくてさびしい老後を過ごしたくはないでしょう？」

リリーは思わず言い返したい気持ちをぐっとこらえた。二人の高級娼婦が経済的に不安を抱いていることは理解していたが、孤独を感じていることまでは想像していなかった。

それでも、ふたりの境遇は自分とは大きく異なっている。リリーには姉や親しい友人たちがいるからさびしくはないし、ささやかながら財産もあるから、結婚であれ、それ以外の手段であれ、生きるために身を売る必要はない。

「リリー」フレールがなだめすかすように言った。「侯爵様と今すぐ結婚したくないとしても、求愛する機会はさし上げないとね。こんなにすてきな求婚者がいつだって現れるわけじゃないのよ」そう言って、伏し目がちに侯爵へなまめかしい視線を送る。「こんなにハンサムで魅力的で堂々とした殿方は、そうはいないわ」

「そうよ」シャンテルが夢みるような表情で言った。「こんな男性と結婚できるなら死んでもいいわ」

「こんな男性と結婚できるなら何でもするわ」フレールも本気ともつかない口ぶりで言った。

「言っておくけど、リリー、あなたの代わりになりたくて仕方がない女性はいくらでもいるでしょうね。侯爵様をご覧なさい。こんなすてきな求婚者をどうして断れるというの？」

いいかげん頭にくる意見だと思いつつも、リリーはクレイボーン侯爵のほうに視線を向けた。

確かに、男の色気と精力にあふれた圧倒的な存在感は否定しようもない。それに加え、際立つほどに整った容貌とあふれ出る魅力のせいで、侯爵は女性の心をわしづかみにする危険な男ともっぱらの評判だ。

侯爵があらゆる種類の女性に絶大な人気を誇り、目をきらめかせた女たちが彼を追ってわんさと押し寄せる理由もすぐにわかる。けれど、恋人として伝説的な成果を誇る男だからこそ、リリーは近寄りたくなかった。彼に心も体も捧げたあげく恋に破れた女たちの一団に名を連ねるようなまねはしたくない。

もうそろそろ、侯爵の魅力に慣れて平気になってもいい頃だった。それなのに、どうしてそばにいるだけでメチャクチャに落ちつきを失ってしまうのだろう？　なぜ侯爵の気だるそうな微笑みを見ただけで、脈が速まったり胃のあたりが苦しくなったりするのだろう？　そう思いながらも、否応《いやおう》なく視線を惹きつけられてしまうのだ。

ハシバミ色の瞳に宿った楽しげな光を見れば、侯爵が気づいていることがわかる――情けないほど彼に惹かれているリリーの気持ちを。

いらついたままリリーは心の中で悪態をついた。だからこそ、求愛を拒まなければならないのだ。クレイボーンの魅力に屈してしまうのではないかと恐ろしかった。すでにあの驚くべきキスのさなかに自分の弱さをさらけ出してしまっていた。

かたくなに黙りこむリリーを前にして、フレールが残念そうにため息をつきながら侯爵に話しかけた。「申し訳ありません、侯爵様。せっかくのお申し出ですが見込みがなさそうですわ。リリーは男性の魅力にまったく反応しない娘ですから。あなたほどの魅力でもだめみたい」

「まだあきらめる気はありませんよ」

「解決策はあるかもしれないわ、フレール」シャンテルが恐る恐る口を開いた。「ゲームよ」

フレールの顔が一気に輝いた。「この子、賛成してくれるかしら?」

「説得してみましょう」

リリーのいらだちがさらにつのった。「わたしに何を説得するって言うの?」

フレールが推し量るような目を向けた。「パトロンになりそうな殿方相手にわたしたちがよくやったゲームのことよ。あの頃は、数え切れないほど言い寄ってくる男性がいたものだわ」

「とっても楽しかったのよ」シャンテルが相づちを打った。「決められた期間――たいていは二週間ね――殿方がわたしたちに求愛するの。その間、こちらは求愛者としての創造性と効果を評価するというわけ。最終的には二人選んで、その後三カ月の間わたしたちを独占する栄誉をあたえるのよ」

懐かしい記憶にひたるかのようにフレールが微笑んだ。「この競争はすばらしい気晴らしになったばかりか、わたしたちを追いかける男性のやる気をずいぶんと高めたものだわ」

リリーは当惑した。「そんなゲームがわたしとどういう関係があるのかしら?」

「これで、行きづまった今の状態を解決できるかもしれないのよ」フレールが答えた。「クレイボーン侯爵とゲームをするの。つまり、あなたたちふたりの競争ということ」

「でも、もちろん最終的に侯爵様がリリーを愛人にするということではないわ」シャンテルが指摘した。

フレールがうなずいた。「もちろんちがいます。賞品は別のものでなければ。クレイボーン侯爵には二週間求愛期間をさし上げましょう。その代わりに……どうしましょうか？」

こんな話をつづけてほしくなかったので、リリーは首をふった。「わたしは侯爵様相手にどんなゲームもするつもりはないわ」きっぱりとした口調だ。「だいたいばかげた話よ」

「なかなかおもしろい案だと思うね」クレイボーンが反論した。「ぼくらの場合、どうなるんだろう？」

「そうね」フレールが考えこみながら答えた。「わたしたちの場合、たいてい各人に点数をあげて二週間後に合計を出したわ。今回も同じやり方でできるでしょうね。例えば、侯爵様、リリーに贈り物をして点数を稼ぐことができるとか。シャンテルの場合は十四行詩《ソネット》が効果的だったわね。何しろ詩が大好きだから」

「そうよ、ソネットはいつでもわたしにとっていちばんの贈り物だったわ」シャンテルがつぶやいた。「宝石よりすてきですもの」

「だから今になって、過去の成功の証《あかし》になるようなものがほとんど残っていないのよ」フレールがそっけない口ぶりで言った。「あなたって、ほんとうに商売の才覚がないんだから」

シャンテルは紅を引いた唇を不満そうに突き出した。「ええ、確かにそうね。わたしって、ハンサムな顔とロマンティックな言葉に弱かったのよ」

「それに、お気に入りの方たちがいたでしょう」

「そうそう、プール子爵のこと覚えてる、フレール？　あの方の求愛はとってもすてきだったわ。いつでも、わたしの愛人の中でいちばんたくさん点を稼いだのはあの人だったわ」

「最高だったわね」フレールがうなずいた。

「なるほど。で、ぼくはゲームに勝つために点数を稼がないとならない。そういうことですね？」クレイボーンが尋ねた。

「そのとおり。リリーに求愛して、効果と創造性について点数をつけてもらうのよ」フレールが額にしわを寄せた。「公平を保つために、シャンテルと私がルールを決めて審判役を務めます。リリーにまかせておいたら、あなたが何をしても点数をくれないでしょうからね。賞品についてはこうしましょう。二週間の間に一定の点数を獲得したら――そうね、十点にしましょうか――リリーはあなたから三ヵ月間正式な求愛を受けることに同意する。もしも点数が十点に満たなかったら、あなたは求婚をすっぱりあきらめて、リリーに望みの賞品をあたえる。明日から始めましょう。ロズリンの結婚式が二週間後だったわね。時間はたっぷりあるはずよ。あなたがほんとうにリリーを花嫁として求めているかどうか確かめるには。そうでしょう？」

〝花嫁〟という言葉を耳にして、リリーはうんざりした。「だめ、絶対にだめ」あくまで反論する。「期間が長くても短くても、そんなことをするつもりはないわ。一日だってこの人から求愛されるのに耐えられないの。まして二週間だなんて、とんでもない」

「でも、役に立つ点もあるのよ、わからない？」シャンテルが言った。「何でも望みのものを侯爵様に要求できるんですから」

「でも、要求したいものなんか何もないわ！」

「何もないの？　考えてごらんなさい。侯爵様にお願いしたいことがあるはずだわ」

その問いかけにリリーはハッとした。侯爵に頼める何か価値のあること。自分のためではなく、友人たちのためならば……。

リリーが答えようとしないので、クレイボーンがチッチッと舌を鳴らした。「きみには気骨《きこつ》があると思っていたのだが、ミス・ローリング。どうやら、ぼくが勝つのを恐れているね」

軽く投げつけられたからかいの言葉に、リリーは反発心を刺激された。実際、侯爵が勝つのではないかと恐れていたが、このまま尻尾《しっぽ》を巻いて逃げ出すなんてプライドが許さない。わざと挑発しているのはわかっているけれど、このままおめおめと侯爵の挑戦を無視するわけにはいかない。

「気骨ならたっぷりありますわ、侯爵様」リリーは言い放った。「しゃくに障《さわ》る悪党に付きまとわれる代償として何がいいか考えていただけです」

侯爵の目に微笑みが浮かんだ。「何でもほしいものを言えばいい」いかにも気軽な様子だ。

リリーは考えた。ほしいものはひとつ。もちろん、侯爵ほどの大金持ち相手であっても、フレールとシャンテルの借金を返すのに必要な三万ポンドをくれと要求するわけにはいかない。そんな恩を受けてしまったら、感謝すべきリリーは気まずい立場に立たされて結婚を承諾せざるをえなくなる。それに、もっと困っている人たちの役に立つ別の案があるはずだ。

それでも、侯爵に求愛させるなんて危険を冒してもいいのだろうか？　リリーは自分に問いかけた。いったい何を恐れているの？　侯爵の努力が二週間まるまるつづくとも思えない。たいていの金持ちの貴族と同じように、侯爵にはありあまるほど自由な時間があるだろう。今リリーを追いかけているのも、そんな暇つぶしの一環にちがいない。ただの気ばらしだわ。きっとゲームをつづけているうちに関心を失うはず。

「お願い、リリー」物思いにふけるリリーにシャンテルがせがんだ。「わたしとフレールの気持ちを楽にしてちょうだいな。わたしたちを助けるのに忙しいばかりに、あなたがこんなすばらしい縁組みの機会を見逃してしまうと思うと、耐えられないのよ」

黙りこんだままリリーは下唇をかみしめて、心の中で議論をつづけた。ゲームに乗ると同意すれば確かに利点はある。少なくとも、クレイボーンは決められたルールに従わなければならない。それに、この機会を利用してなぜ自分が結婚したくないのか彼にじっくり説明できる。自分が結婚相手としては独立心が旺盛すぎることをわからせてやろう。いちばん重要な点は、この犠牲が大切な目的の役に立つということだ。

それに、侯爵を追いはらうことは難しいだろうという気がした。

よく考えれば、二週間なんてすぐ過ぎる。ほとんどの時間は授業でつぶれるはずだ。二週間なら防御を固められる、とリリーは思った。そんな短い期間では、恋に落ちる暇はない……。ともかく、侯爵に勝たせてはならない。絶対に。さらに三カ月も正式に求愛されてしまえば、あの強烈な魅力に耐えきれるかどうかわからないのだ。

「いいでしょう」リリーは深く息をついてから答えた。「代わりに、ゲームの後ではなく前にお願いしたいことがあります、侯爵様。わたしたち、来週夜会を開く予定なんです。生徒たちが身につけた技能を使って、パトロンを新たに見つけられるようにすることが目的です。どうか独身でお金持ちのお友だちを数人参加させてもらえないでしょうか。もちろん、不適切な方は事前に除外しておいてください。娘さんたちを残酷に扱ったり威張りちらすような男性はだめですから。思いやりがあってやさしい男性だけお呼びしたいんです。十人そういう紳士を夜会に招いてくださったら、わたし、ゲームに参加しますわ」

クレイボーンはしばらくためらう様子を見せたが、やがて楽しそうに唇の端を上げた。「きみはなかなか交渉がうまいね、エンジェル」

「条件を呑んでいただけます？」

「もちろん」

フレールが安堵のため息をつき、シャンテルが手をたたいた。

「とてもいい思いつきね、リリー」シャンテルが誉《ほ》めた。「クレイボーン侯爵の助けがあれば、わたしたちの夜会は成功まちがいなしだわ」

「そうなってほしいものだわ」リリーはそうつぶやくと、胃のあたりを押さえた。これからのことが現実味を帯びたとたん、胃がムカムカしてきた。侯爵に求愛を許してしまうなんて。ああ、なんてことをしてしまったの！

クレイボーンはリリーの狼狽《ろうばい》を感じとったらしく、やさしい声で話しかけた。「二週間しかないということなので、すぐに始めることにしよう。明日の朝、公園で乗馬に付き合ってもらえるかな、ミス・ローリング？」

リリーは顔をしかめ、ぎゅっと唇を結んだ。公園で乗馬をするぐらいなら、害はなさそうだ。ふたりきりにならなければ、安全だろう。「何時にしますか？　九時に授業が始まりますから、その前でないと。でも、あまり早起きはされないんでしょうね」

「七時ではどうだろう？」

自分の都合を犠牲にしてまで予定を合わせようとする侯爵の態度にリリーは驚いた。「七時でけっこうです」

シャンテルが小さな声でうめいた。「わたしは十時前には起きないのよ。でも、あとで報告してちょうだい」

クレイボーン侯爵はうなずくと、リリーに顔を向けた。「これで失礼するよ。きみのすてきなど友人方が――」そう言って、二人の高級娼婦それぞれに会釈する。「ぼくの採点をしてくれるなら、ぜひともよい印象を持ってもらえるようなことを考えたいのでね」

「あら、きっとうまくいきますわ、侯爵様」フレールが色っぽく微笑んだ。「すでに二点さし上げるべきだと思いますし」

リリーが眉をひそめた。「二点ですって？　それでは公平ではないわ」

「いえいえ、公平よ。あなたの居場所を突き止めたことで一点。すばらしい機転を利かせたということですからね。それから、あなたに求愛を受け入れさせるためにわたしたちの助けを求めたことで、もう一点。とても賢いやり方ですもの」

「でも、残り八点になってしまうわ。わたしは出発点でハンデを負わされてしまうのよ」

「そうね。でも、まだ先は長いわ。それから、覚えておいて。不適切だと判断したら、減点することもありうるの。でも、同じように、あなたも侯爵様に点を稼ぐチャンスをさし上げなければだめよ」フレールが警告した。「求愛を進めるために、毎日時間をさし上げなさいな」

「でもね、リリー」シャンテルがまじめな顔で言った。「きっとあなたも楽しめると思うの。求愛ダンスこそ、この世でいちばん楽しいゲームですからね」

リリーのしかめっ面《つら》は明らかに不満のしるしだった。

「もう前言撤回かい？」ためらうリリーにクレイボーンが挑発的な口調で尋ねた。

ええ、そうよ。リリーは心の中でつぶやいた。「いいえ、前言撤回などしないわ」リリーははっきりと口にした。毅然と胸を張り、楽しげな侯爵の目をきっぱりと見すえている。「そんなに自信たっぷりではいられませんわよ、侯爵様。わたしのことなど妻にほしくないとすぐに実感するはずですから」

「それはかなり疑わしいな。だが、きみを見くびるつもりはないよ」

すっと前に進み出てリリーの手をとると、侯爵は指先につつましやかなキスをした。ほんの一瞬唇が触れただけなのに、焼けつくような熱が肌を突き抜けたような気がしてリリーは鋭く息を呑んだ。

もしかしたら、とんでもないまちがいをしてしまったのかも。リリーは不安におののいた。

だが、戦いの火蓋《ひぶた》は切って落とされた。もはや敵の勝利を許すわけにはいかない。

5

わたしが花嫁として独立心がありすぎることを侯爵様に見せつけるつもりよ。

――リリーからファニーへ

友人であるバジル・エドウズの裏切りに怒りをくすぶらせながら、リリーは翌朝早く、彼が話し方の授業を始めないうちに捕まえることにした。どうやらこのところ、わざとリリーを避けているようだ。昨夜も下宿人たちと夕食をともにしなかったし、その後応接間でお茶を飲んだときにも姿を現さなかったのだから。リリーのノックに応じてバジルが寝室の扉を開けた瞬間、ばつの悪そうな表情が浮かんでいたので、疑いが当たっていたとリリーは確信した。

「怒らないでくれよ、リリー」バジルは身を守るように両手を上げて言った。

「どうして、わたしが怒るなんて言うの？」リリーはわざとらしくやさしい声で言った。「ろくに知りもしない人にわたしの秘密をばらして、わたしの人生にとんでもない打撃をあたえてしまったからかしら」

バジルは顔をしかめ、目にかかる金色の前髪を払いのけた。ひょろっと背が高い体にいつもの黒っぽいフロックコートをまとい眼鏡《めがね》をかけたその姿は、学者のような雰囲気がある。もっとも、額にかかるくせっ毛はどこか愛らしく、やせた容貌をやわらげていた。

バジルは頭はよいが社交的な能力に少々問題があり、今リリーはその欠点を問題にしようとしていた。「こんな裏切りをするような人だなんて思わなかったわ、バジル」

「きみのためを思ってしたことだよ」

リリーの目がけわしくなった。「わたしのためって？」

「今とはちがうまともな生活をするチャンスを用意してあげたかったんだよ。ファニーみたいに問題のある人生に足を踏み入れさせるわけにはいかないからね」

「バジル……」リリーはいらだちと怒りの混じった気持ちで言った。ファニーが娼婦になると決めたときに感じた激しい怒りと失望を、バジルはまだ乗り越えていないのだ。それでも、リリーまで同じ道を歩みたいと思うなんてどうかしている。「わかっているでしょう？　わたしは高級娼婦になるつもりなんてないのよ」

「でも、きみはこんな場所に暮らしていてはいけないんだ。こんな裏社会にさらされては――」

「あなただって自分でここに住んでいるじゃない」

「ぼくは男だ。良家の娘じゃないよ」

リリーはさらに眉をひそめた。「わたしがここの娘さんたちを助けようとしているのを応援してくれていると思っていたのに、バジル」

「それは応援しているよ。でも、クレイボーン侯爵からきみに求愛したいと聞いたとき、これこそ神の思《おぼ》し召《め》しだと思ったんだよ。侯爵夫人になるなんてすごいチャンスをみすみす見逃しちゃだめだ。ぼくはきみの将来のことを思っていたんだよ、リリー」

バジルの声には心からの思いやりが感じられて、リリーは言い返そうと思った言葉を呑みこんだ。いくらはた迷惑な干渉だといっても、怒りをぶつけつづけているわけにもいかない。ふたりは子ども時代から親しい友だちなのだ。

しょっちゅう本にかじりついていたバジルは、性格からいえば姉のロズリンに似ていた。けれど、体を動かす遊びになると、リリーにとって信頼できる仲間だった。いっしょに木登りをしたり、野原で馬を疾走させたり、ローリング家の農場で動物の世話をしたりしていた。そして、リリーは、いたずらをしでかすときバジルを共犯者として引きずり込んだものだった。

「わたしのことを心配してくれているのはわかっているわ、バジル」リリーはやさしい声で言った。「わたしだって、あなたのことを気にかけてるのよ。でも、わたしを思ってくれるなら、クレイボーン侯爵に秘密をばらす以外の形で気持ちを示してほしかったわ」

「そうだね」バジルの口もとに気弱そうな笑みが浮かんだ。「侯爵はとても説得力があったよ」

「想像がつくわ」リリーがそっけない口ぶりで言った。

「それで、きみは求愛を受けることにしたの？」

「むりやり承諾させられたわ」リリーはつぶやいた。「だって、侯爵が生徒たちを助けてくれるって約束したから。でも、二週間がまんすればいいのよね。もう行かなくちゃ。侯爵と馬に乗ることになっているから」

バジルの茶色の目が満足そうにリリーを見つめた。「ヴェールをかぶるのはいい考えだね。こんな怪しげな屋敷に住んでるなんて世間にばれたら、きみの評判に傷がつく」

リリーは乗馬服を着ているだけでなく、ヴェールのついた借り物のシャコー帽（高い円筒状の軍帽）をかぶって顔を隠していた。侯爵とともに馬に乗っている間、誰からも顔を見られたくなかった。

「生徒たちのためになることなら――」リリーが言った。「わたしの評判に傷がつく危険を冒す価値はあるわ。でも、バジル、お願いだから、これからは仲人役を買って出るような好意は示さないでちょうだい」

バジルがにっこり笑った。「約束するよ。乗馬を楽しんでおいで」

「ええ、そうするわ。侯爵には、わたしが妻としてどんなに不向きか見せてあげるつもりよ」

顔をしかめたバジルにリリーは背を向けた。「リリー」彼が呼びかけた。「何かとんでもないことを企《たくら》んでいるんじゃないだろうね？」

リリーは軽やかな笑い声をたてながら廊下を歩いていった。「いつもやってるいたずら程度のことよ。九時の授業に間に合うように戻ってくるわ」

「わかっているだろう。クレイボーンみたいなやつらは男っぽい娘が好きじゃないんだ、リリー。乗馬や射撃で彼を負かしたり彼より頭が回るところを見せたりしたら、きらわれるぞ」

「それこそまさにわたしの狙いよ！」

ぶつぶつ愚痴るバジルをあとに残して、リリーは玄関へ向かった。けれど、外に出た瞬間、路上で待つクレイボーン侯爵の姿が目に飛び込み、リリーは足を止めた。侯爵のそばに控える馬丁が二頭のすばらしい鹿毛《かげ》の馬の手綱を握っている。

「まあ、驚いた」リリーは思わずつぶやいた。どうして侯爵は彼女がいい馬に目がないことを知っているのだろう？　精悍な馬に乗るのは、いつだって楽しい。けれど、ロンドンに来てからこの一カ月というもの、大好きな乗馬を楽しむ機会はなかった。

リリーは毅然と胸を張り、落ちつきをとりもどすと、玄関前の石段を下りていった。明らかに侯爵は正々堂々と戦うつもりはないらしい。でも、うろたえてはいけない。そもそもこんなばかげたゲームをすることにしたのは大事な目的のためなのだ。侯爵としばらくいっしょに過ごさなければならなくても、どうということはない。大丈夫。そのうちクレイボーン侯爵は、リリーが妻として満足できない相手だと納得するようになるだろう。

夏の朝のようにはつらつと美しいリリーの姿を見た瞬間、ヒースの男性自身が硬くなった。けれど、彼をまるきり無視したリリーは、すぐさま馬に目を奪われた。

女性用の片鞍《かたくら》を乗せた小柄な牝馬《ひんば》のそばにさっと歩み寄ると、彼女はやさしく馬に話しかけながら顔をなでた。馬はすぐにうれしそうにいななきを返した。

やっとリリーが彼に気づいてくれたとき、そのいきいきとした目には不安が浮かんでいた。

「ちゃんと認めますわ、クレイボーン侯爵様。確かにあなたは馬を見る目がおありのようね」

「誉め言葉として受けとっていいのかな、ミス・ローリング？」ヒースが言った。

「わたしは、誉めるべき点はちゃんと誉めます……。もっとも、あなたは審判役から点を獲得したいだけなんでしょうけど」

「それに、きみからも獲得したいね。きっと馬が恋しくなっている頃だと思ってね。とびきりの馬を用意すれば、きみも心の鎧《よろい》を脱いでくれると思ったのさ」

「そうね、確かに成功したようだわ」リリーはくやしそうに、それでいて楽しそうに言葉を返した。「こんなすばらしい馬に乗ったことはあまりないわ」

「きみへの贈り物と思ってほしい。そもそも、ぼくのせいでロンドンに来て馬のない生活を送ることになったのだから」

リリーが首をふった。「こんな高価な贈り物は受けとれません」

「ならば、貸すということで」

リリーは牝馬の顔をいとしそうになでた。「ありがとうございます、侯爵様。こんなに美しい馬に乗れるなんて気持ちがいいでしょうね。では、行きましょうか」

今朝リリーはいやいや付き合ってくれるのだろうとヒースは思っていた。だが、目の前の様子では、外出を楽しみにしていたように見える。もっとも、今相手をしているのは従順でおとなしい娘ではない。リリーはどんな挑戦にも立ち向かう娘だ。この求愛のゲームもそんな挑戦のひとつなのだろう。

「きみは元気のいい馬もうまく扱えるのだろうね」ヒースは馬に乗ろうとするリリーに手を貸そうと近づいた。

あざやかな微笑みが彼女の頰にえくぼを残した。「心配はいりません。それより、わたしのことをうまく扱えるかどうか、あなたが心配するべきだわ」

きらめく黒い瞳にヒースは魅了された。リリーの美しさと生命力を感じて彼女に触れたくなってしまう。リリーのウエストに両手を添えて鞍の上に乗せたとき、ヒースは大きな喜びを感じた。少し跳ねた馬を難なく落ちつかせると、リリーはスカートを直し、薄いレースのヴェールを下ろした。そのせいで、残念なことに口もとだけを残して顔が隠されてしまった。そのとき、彼を待たずにリリーが出発した。

ヒースは急いで鞍に飛び乗ると、馬丁にここで待つよう命令し、自分の馬を駆ってリリーのあとを追った。

「グリーン・パークへ行こう」リリーに追いつくとヒースが言った。「そのほうが近いし、ハイド・パークほど混んでいないだろう」

「いいでしょう」リリーがうなずいた。「たっぷり早駆けできそうだわ」

グリーン・パークは、ジェラード・ストリートにあるファニーの下宿屋から半マイルほどの距離で、ロンドンのにぎやかな界隈《かいわい》にある。ふたりが通った道は物売りでにぎわい、荷車や馬車などあらゆる種類の乗物や、馬に乗る人びとでごった返していた。注意深くリリーを見守っていたヒースは、やがて元気のいい馬を巧みにあやつる様子を見て緊張を解き、いっしょに乗馬を楽しむことにした。

気がつくと、ヒースは苦笑いしていた。どうして、これまで経験したこともないこんな状況にはまりこんでしまったのだろう。妻にしたいと望んでいる女性に求愛しているというのに、相手は明らかに彼を夫として受け入れたくないのだ。

これまでどんな女性にも求愛したことなどなかった。女性の心をつかむのに、ここまで極端な努力は必要なかったのだ。彼の財力と権力をもってすれば、ほんのちょっと関心を示すだけで女をものにすることができたのだから。それに、保護欲をあらわにした高級娼婦の友人たちの監視下でリリーに求愛することになるとは、夢にも思わなかった。

それでも、もう何年も出会ったことのないワクワクするような挑戦が楽しみになっていた。いずれは、彼と結婚したくないというリリーの心を変えられるという絶対的な自信があった。伝説的ともいわれる説得力、そして男としての魅力と忍耐力はヒースにとって大きな武器だ。

実際、勝利はいつでもたやすく手に入った。だから、この求愛でも絶対に勝ってみせる。

だが、リリーは型破りな娘だから、ふつうのやり方ではうまくいかないだろう。彼女の不意を突くには、想像力と大胆な実行力が必要になるにちがいない。だからこそ昨夜のうちに、とびきりのサラブレッドをリリーのために入手したのだった。

リリーの心をつかむには、宝石みたいなものではだめだと直感的にわかっていた。馬を見てうれしそうにしたリリーの反応を見れば、最初の小手《こて》調べに勝利できたことは見てとれた。けれど、リリーの口から飛び出した最初の言葉は、彼の心をつかみたいと思っている若いレディたちとはまるで違った。

「わたしの言うことをちゃんと信じていただきたいわ、クレイボーン侯爵様。わたしが結婚しないと言ったら、それは本気ですから」

ヒースは眉をつり上げた。「一生独身でいるつもりなのかい？　想像もつかないね」

「あら、わたしには簡単に想像がつくわ。独身生活を楽しく過ごしているでしょうね」リリーが反論した。「それに、一家で二人結婚する娘がいればじゅうぶんでしょう」

ヒースがくすくす笑った。「お姉さんたちが恋に落ちたことがまだ許せないんだね」

「そうよ」リリーの顔がほとんどヴェールに隠されているので、目を見ることはできないが、肉感的な唇がかすかな微笑みを浮かべたのは見える。「でも、姉たちには自分の将来を自分で決める権利があるわ。それに、ふたりが幸せだってことは、とてもうれしいの。わたし自身は、マーカスが義理の伯父から爵位を継いでわたしたちの人生に入りこんでくる前から、暮らしにはじゅうぶん満足しているわ」

「以前のようにスキャンダルの影響にさらされていても満足だったのかい？」

リリーの微笑みが消えたのを見て、ヒースはこの話題を口にしなければよかったと後悔した。

「きみたち姉妹がご両親の不名誉のせいで苦労しなければならなかったのは、残念なことだ」

リリーは平然と肩をすくめた。「同情してくださる必要はないのよ、侯爵様。恥辱にまみれた暮らしにもいいところはあるって、わたしたち、すぐに実感したんですから。完璧なレディとしてふるまうことから自由になれたのよ」

「いずれにせよ、きみは自由にふるまっていただろう」

リリーの顔に微笑みが戻った。「まさにそう。でも、スキャンダルのおかげで、ある意味自由になれたの」ため息をつく。「上流階級の若いレディらしいたしなみという制約に縛られることがどんなに腹立たしいものか、あなたにはわからないでしょうね。正直に言って、ファニーの自由な暮らしがうらやましいぐらいよ」

「だが、独身でいるより結婚したほうがもっと自由が味わえると思うが」

リリーが笑い声をあげた。「そうかもしれないわ。でも、だからといってあなたと結婚する気にはなりません」

ヒースはリリーのハスキーな笑い声がとても気に入った。「独立心以外に、何がぼくとの結婚の妨げになっているのかな？」

にぎやかな通りをかき分けるようにして馬を通りぬけさせてからリリーは答えた。「ひとつには、あなたの評判があるわ。恋愛で女性たちを陥落させるって悪名高いじゃない。わたしは、あなたの征服した女性のリストに付け加えられたくないの」

「ぼくの妻になれば、征服されたことにはならないだろう？　実際、ぼくのほうが征服されたと言う人も出てくるだろうね」

「ええ、そうね。わかっているわ」リリーは皮肉っぽく切り返した。「あなたは、結婚市場の大物ですもの。でも、あなたを追いかけてる女性たちが山のようにいるじゃない。そんな情けない真似はしたくないから、あなたのことはお断りなの。わたしって頑固なのよね」

「それは承知している」ヒースがおもしろそうに答えた。「これから先の未来をその頑固さで決めつけてもいいものかな？」

リリーはすぐには答えなかった。やがて、考え深げな口調でこう尋ねた。「愛人はおありなの、クレイボーン侯爵様？」

大胆な質問にヒースは驚いたが、正直に答えた。「常にいたわけではないが……今はいない」

「でも、今まで恋人は数え切れないほどいたんでしょう」

ヒースの唇に皮肉っぽい笑みが浮かんだ。「それは身に余る評価だな。数え切れないほどではないさ。そこまで凄腕《すごうで》というわけではない」

「それでも、あなたって父に似すぎているから、わたしの趣味に合わないの」

ヒースはリリーに視線を据えたままじっと見つめた。「言っておくが、結婚したらぼくは夫婦の誓いをちゃんと守るつもりだ」

リリーは何かを思うように沈黙した。ヴェールに隠れているせいで、つり上がった眉は見えない。だが、彼女の声にこもる皮肉は明らかだった。「とうてい信じられないわ」

ここで反論しても疑いは消せないだろう。ヒースにはわかっていた。そこで、やんわりと答えるにとどめた。「きみに信じてもらえるよう説得するのが、第一の目標だな」

「どうぞやってみて」たいして確信もないような声でリリーは言った。

「貴族の男に対するきみの不信感を考えると、簡単なことではないようだ」

リリーがまじめな顔をしてうなずいた。「あなたみたいな人に批判的なのは、ちゃんと理由があるのよ、侯爵様。下宿人の中にふたり、貴族のお屋敷で働いていたときに雇い主から誘惑されて街に放り出された子がいるのよ。ふたりとも生きるために体を売るしかなかったの」声が暗くなった。「あの子たちがなめた苦労はすさまじいものだったわ。どんなに恐ろしい体験か想像がつきますか?」

答えを求められていない質問のようだったので、ヒースは何も言わなかった。リリーも期待していなかったらしい。すぐに熱烈な言葉をつづけた。「それなのに、ふたりとも売春を犯したと厳しく非難されたのよ。公平じゃないわ」真剣な怒りが声にこもっている。

「確かにそうだ」

リリーはやっと彼に視線を向けた。「わたしにいい印象をあたえるために言っているの？」

「ちがう」ヒースはまじめな表情で答えた。「きみの情熱はすばらしいと思っている。きみはとても情け深くて思いやりのある女性だね」

リリーは少し気が楽になった様子を見せた。「友人のミス・ブランチャードほど情け深くはないわ。彼女はほんとうにいい人なの。わたしの知る限りいちばん心のやさしい人だわ。わたしは特に善良でもやさしくもない人間よ。ただ、傷つきやすくて無力な者を見ると悲しくなってしまうだけ。特に、体を売らなくてはならない不幸な女性を見るのはつらいわ。ありがたいことに、その二人の娘さんについてはダンヴァーズ館で仕事を見つけてあげられたの。マーカスはもう召使いは必要なかったでしょうけど」

ヒースが片方の眉を上げた。「マーカスのところに送りつけたのか？」

リリーはためらう様子を見せた。「実際には、ロズリンにお願いしたのよ。そのときは、わたしがロンドンにいることを知られたくなくて、マーカスにお願いできなかったから」その口ぶりからすると、どうやらリリーは頬を赤らめているらしい。だが、彼女は口をはさむ猶予もあたえずすぐに説明をつづけた。「娘さんたちの苦労を黙って見ていられなかったの。あんなひどい生活から救い出してあげる人が必要だったわ」

ヒースはしげしげとリリーを眺めていた。「それなのに夜会を開いて、生徒たちに裕福なパトロンを見つけてやる準備をせっせとしている」

リリーは顔をしかめた。「わかってます。でも、友人たちからいちばんいい方法だと言われて納得するしかなかったの。生徒たちがじゅうぶんな収入を得られるようになったら、自分の人生を自分で決められるようになるでしょうし、将来の選択肢も広がるわ。今のように身動きのとれない無力な状況から抜け出せるでしょう。それでも、まだ心配なの。だから、独身のお友だちからよさそうな候補者を選んでほしいとあなたに頼んだのよ。生徒たちには、心がやさしくて親切なパトロンがついたらいいと思ってます。奥さんを亡くしたやもめの方がいいかもしれないわ。情熱より穏やかな交際を必要としているような。バジルみたいな紳士もいいかもしれない。人当たりがよくて忍耐強く、ちょっと内気な男性よ。財布のヒモを握っているからといって暴君のようにふるまったりしない男性がいいわ」

「生徒たちは幸運だね。きみのように熱心に応援してくれる人がいて」

一瞬、誠意を推し量るようにリリーはヒースを見つめた。「あなたにも感謝しなくては」

「感謝だって？」

「そもそも、わたしがロンドンに来る理由をつくってくださったから。あなたが求愛しなければ、わたしは下宿人たちと関わることにならなかったでしょうね」

「それは新しい考え方だ」ヒースは少々皮肉っぽい口調でつぶやいた。

リリーの顔がこわばった。「まじめな話をしているのよ、侯爵様」

「わかっているよ、エンジェル。それに、きみの努力はりっぱなものだと思っている。ただ、ぼくの求愛がきみのこうした行動につながった皮肉が笑えるだけだ」

「ええ、とっても皮肉ね」リリーが穏やかな声で言った。口もとが冷ややかにひきつっている。「あの子たちの苦労に同情してしまうのは、一家のスキャンダルが起きたあと、わたしたち姉妹が経験した苦労があるからでしょうね。わたしたちだって、同じような状況に落ちかねなかったんですもの」

ヒースは思わず顔をしかめていた。そんな目に遭うリリーを想像したくはなかった。貧しさのせいで売春しなければならないリリーの姿を思うだけで腹が立ってくる。

「だから、誰かがあの子たちを助けなければ」リリーが言った。「上流階級の人間からはほとんど助けは得られないわ。たとえば、あなたはどうかしら。あなたは、有り余るほど時間がある紳士よ。あなたにとって人生はゲームのようなものでしょう」

確かにそうかもしれない、とヒースは認めた。毎日ほとんどの時間を、楽しいことや興奮を求めることに費やしている。

「あの子たちに出会う前は、わたしも同じようなものだったわ」リリーがつづけた。「下層階級の人びとのことなどあまり気にもとめず、彼らがどんなふうに生きているかも考えなかった。わたしたちは、現実から守られているのよ。わたし、あの子たちみたいな女性がいることすら知らなかった。もちろんファニーは除いてね。彼女は裏社交界の典型的な例ではないわ。今わたしは、やっと自分が果たすべき使命を見つけたような気がするの」

ヒースは考え深げにうなずいた。今まで、身を落とした女たちの苦労についてあまり考えたことはなかった。確かに、召使いのことは相応に尊重してきたし、彼らの生活の安寧《あんねい》も保証してきた。だが、それ以外には彼らの人生について深く関わるようなことはなかった。

リリーの新たな情熱に対してヒースは尊敬の念を抱いた。彼女は反逆的な精神を価値ある目的に向けようというのだ。

ちょうどそのとき、ふたりは公園の入口に到着した。

リリーは身ぶるいしてからヒースにちらりと視線を向けた。「ごめんなさい、侯爵様。ひどく退屈させてしまいましたね」

「退屈などしていないさ。実際、きみはこれまで会ったうちでいちばん退屈から遠い女性だ」

彼の微笑みを見て、リリーは顔をしかめた。「まあ、あなたを楽しませるつもりは全然なかったのに。そろそろ馬を走らせましょうか？」

公園に入ると、ふたりはニレとオークの木々に縁どられた広い砂利道に馬を導いた。十ヤードほど進んだところで、二人の乗り手が近づいた。

顔見知りだと気づいたヒースは、二人の紳士に礼儀正しくあいさつして話しはじめたが、リリーはすばやく彼らの脇を通りすぎていった。

そして、彼が追いついたとたん、馬をゆるい駆け足で走らせた。

「あなたのお知り合いのごりっぱな方々にわたしが会いたくない理由はおわかりよね」ヒース

を置き去りにしたことを責められないうちにリリーは説明した。

「ああ、だが次回はぼくを待っていてほしいものだね」ヒースがたしなめた。「ロンドンで馬に乗るときは、きみにもエスコートが必要だ」

「残念だけど、あなたの言うことは聞けないわ」リリーはにこやかにそう言うと、馬をさらに速く走らせた。「だって、あなたに勝つつもりだから」

リリーの挑発にヒースは笑みを浮かべずにはいられなかった。「それは挑戦ということかな、ミス・ローリング？」

「まさにそうよ」リリーは肩ごしに答えた。

馬首にしがみつくようにしてリリーはさらに速度を上げた。彼女を視界に収めておくには挑戦を受けて立たなくては。

ヒースが馬のわき腹に蹴《け》りを入れた瞬間、ふたりは全速力で砂利道に馬を駆った——公園で競走をするという不作法を気にもとめず。

なんとかヒースはいくらか距離を詰めたものの、リリーの乗馬姿を見る喜びに気をとられていた。まさに鞍の上のおてんば娘そのものだ。ヒースは激しく心を打たれた。やがて、彼女は頭をのけぞらせ、心から楽しそうに笑った。

喜びに満ちあふれた笑い声を耳にして、ヒースは激しい欲望に貫かれた。

けれど、本気でとりかからなければ勝負に勝てないと気づくと、彼は全力で馬を走らせた。

それでも、リリーは徐々に距離を引き離していく。やがて砂利道を公園の反対側まで行きついたとき、リリーはほぼ二馬身の差で勝利を手にした。

リリーが手綱を引いたとき、元気にあふれた馬は興奮のあまり鼻息を荒げて飛び跳ねていたが、彼女もまた少し息を切らせていた。

「とっても楽しかったわ！」リリーはそう叫ぶと馬の首を軽くたたいた。

ヒースは残念そうに手綱を引いた。馬の競走でこれほどひどい負け方をしたのは、マーカスやドリューと過ごした少年時代以来のことだ。だが、リリーを眺めていると実に爽快な気分がする。喜びそのものを見ているようだ、とヒースは思った。いきいきとして、たまらなく生気にあふれている。

あの邪魔なヴェールのせいで顔の上半分は見えないが、ふっくらとした唇を見るだけでも刺激的な想像をかき立てられてしまう。リリーと愛を交わし、あの驚くべき情熱を解き放ってやりたい。ベッドの上でリリーがどんな姿態を見せるのか、わかっている。熱く、情熱的で激しく、きっと狂おしいほど乱れた姿を見せるだろう。

そんな妄想を浮かべた瞬間、またも彼自身が硬くなり、鹿革の乗馬用ズボンが痛いほどきつくなった。だから、速度を落とすことになってホッと一息ついた。ふたりは来た道を戻るために馬首を回し、汗をかいた馬を休ませながらゆっくり進んでいった。

別の道と交差するところまで来たとき、ヒースはまたもや知り合いから声をかけられた。今度は、二頭立ての四輪馬車に乗った二人のレディだ。

「今朝のあなたは大人気ね、侯爵様」リリーはそうつぶやくと、いたずらっぽく微笑みかけ、馬を脇道に移動させた。

女性たちの視線をたっぷり浴びせられたヒースがやっと解放されたときには、リリーの姿はどこにもなかった。いてもたってもいられなくなって、彼はリリーを探し始めた。あれやこれやと不安が心をよぎる。しっかりした女性とはいえ、付き添いのない若い娘がひとりでいれば、どんな輩《やから》の標的になるとも限らない。

リリーが通ったはずの道筋をたどりながら、時折脇道にそれて茂みや木立に隠れていないか探しまわった。だが、どこにも気配はない。リリーは完全に姿を消していた。

ヒースは公園じゅうを二度探したが、だめだった。二十分後、公園の入口に戻ってみると、そこにはじれったそうに彼を待つリリーの姿があった。

安堵といらだちがせめぎ合ったが、魅力的な彼女の微笑みを見た瞬間、ヒースはいらだちを忘れた。

「いったい何をしていたの、クレイボーン侯爵様？　もうずっと前から待っていたのよ」

じらすような挑戦的な口ぶりを耳にして、ヒースはリリーを馬から引きずり下ろして膝に乗せ、狂おしいほどキスを浴びせかけたくなった。けれど、現実にはこう口にしただけだった。

「もちろん、きみのことを探していたんだ。ひとりで行ってしまうなんて愚かなことをするとは思わなかったのでね。危険じゃないか」

「そうかもしれないわね。でも、先に行ってしまおうと思ったのよ。あなたの戦術に受け身で従ってばかりでは、あなたは簡単に点数を手に入れてしまう。そうはさせまいと思ったのよ、侯爵様」いきいきとした微笑みが広がった。「獲物を見失ったと告白したら、審判役は何て言うでしょうね？　わたしが逃げ出した様子を説明するあなたのことを想像するのは楽しいわ」

「ぼくにとっては楽しくないね」ヒースがそっけない口調で言葉を返した。

怒った様子を見てリリーは笑った。ハスキーで輝かしい笑い声だ。ヒースは熱いものが体じゅうにこみ上げるのを感じた。

きみがほしい、かわいいリリー。ヒースは思った。きみを抱きしめたい。ぞくぞくするような情熱を感じさせておくれ。きみの笑い声をずっと聞いていたい。

「あなたにとって楽しくないのはわかっていたわ、侯爵様」リリーがうなずいた。「でも警告しておいたでしょう。覚えているかしら？　このゲームをつづける限りこうなるって。まだあきらめる気にならないの？」やさしい声でそう言いながら、リリーは馬を通りのほうに向けた。

「絶対にいやだね」

あきらめはしない。ヒースは心の中でつぶやいた。キラキラと目を輝かせる炎のようなこの女がほしい。そして、彼女を手に入れるために可能な唯一の名誉ある方法とは――結婚しかない。

結婚への思いがますます強まるばかりだ。今では妻になったリリーが想像できるほどに。結婚生活を楽しむ自分の姿すら想像できた。

情熱と悦びに満ちた長い夜。笑い声と冒険に満ちた楽しい日々。

けれど、そんな未来を口にするのは戦術的誤りというものだ。ヒースは理解していた。「そんな挑戦的な態度をとっても、ぼくをさらにその気にさせるだけだ」代わりにそう口にした。

「わたしも同じことよ」リリーが答えた。

「ほら、ごらん。ぼくらはかなり共通点があるだろう」

リリーは微笑みを返した。「それは否定しないわ。でも、わたしの挑戦好きな性格は妻としてはかなり不適当よ」

「いやいや、だからこそ楽しいんだ。それに、ぼくにとってきみはものすごく魅力的だよ」

そこでリリーの微笑みが消えた。「そんなことは口にしてほしくありません、侯爵様。むなしい誉め言葉を浴びせかけるようなことは」

「むなしい言葉なんかではない。本気だ」

「そう。でも、わたしには誉め言葉はいりませんから」

「いいだろう。きみが不愉快だと言うのなら、やめよう」

これもまた、リリーと他の女たちが大きくちがう点だ。自分の美しさをひけらかす気がないのだ。どれほど自分が魅力的に映っているか、まったくわかっていない。体の内に炎を秘めた女。彼はその炎に焼かれたかった。

リリーのような女に出会うとは夢にも思わなかった。彼女を見ていると驚きの連続だ。彼を怒らせているときも、打ち負かそうとしているときも。血の気が多く、賢く、辛辣で、心が広く、冒険心にあふれている。

ヒースの母もまた同じようにいきいきとした女性だった。実際、彼はリリーの中に母の面影を見ていた。もっとも、母は華やかだが気まぐれな性格で刹那的《せつなてき》に生きていた女性だ。その点では異なっていた。

母カミーラはいつも笑っていた。子どもの頃よく耳にしたあの笑い声が今もなつかしい。ヒースが十歳のとき、母はお産で死んだ。彼にとって大きな打撃だった。

驚いたことに、父にとっても打撃だった。父は物静かで退屈な男だった。カミーラが死ぬ以前、父は物静かで退屈な男だった。母の死後、父サイモンは生ける屍《しかばね》となった。まるで命の最後の一滴を奪われたかのように。

以前より増して殻に閉じこもり、どんな楽しみや喜びからも距離を置くようになった。

ヒースは、決して父親のようにはなるまいと決意した。だからこそ、これまでさまざまな楽しみを追求してきたのだ。りっぱな父親とまったくちがう人間であると証明するかのように。

ヒースがまだ青二才だった頃、興奮と冒険を追い求める彼の欲求は父との間で大きな諍《いさか》いの種になった。父は責任と義務を非常に重んじていた。おそらく、人生で実現したいことも楽しめることもほとんどなかったからだろう。

両親の性格と気性がこれほど不釣り合いだったためだろう――ヒースがこれまで結婚を拒ん

できたのは。いちばん恐れていたのは、跡継ぎを産ませるという目的のためだけに、退屈で生気のない貴族の娘と結婚することだった。

だが、リリーが相手ならそんな心配は無用というものだ。生まれて初めて自由を放り投げてもいいと思えた女なのだから。リリーと結婚したいという気持ちに疑問があったとしても、馬に乗ってともに過ごしたこのひとときの間に完全に消えてしまった。

リリーがほしい。絶対に手に入れてみせる。妻として。それ以外の形などありえない。

いつもの衝動にまかせた性急な決断ではない。妻とすべき現実的な理由だってある。生まれや育ちの点でも、相性の点でも、リリーは理想的な侯爵夫人になれるだろう。それに、これで妻を見つける苦労もなくなるというものだ。

それでも、ヒースを決断に踏み切らせた大きな理由は直感だった。今行動しなければ、大切なものが指の間からすり抜けてしまう。それが怖かった。

だが、これからリリーを説得するという難題が残っている。とてつもない挑戦だ。

真正面から戦ってもだめだろう――。

「ちょっと、何をしてるの？　すぐにやめなさい！」

突然聞こえたリリーの叫び声がヒースの物思いを破った。

リリーは通りかかった路地を見下ろしている。ヒースが気づいた瞬間、リリーは馬をくるりと回して、狭い路地を走っていった。またもや彼ひとりをその場に残して。

6

ゲームをやることを承諾してしまったのは、まちがいだったかもしれないわ。

このままでは侯爵が勝ってしまいそうなの。

——リリーからファニーへ

ヒースは低い声で悪態をついた。もう一度リリーの怒り狂った叫び声がした。どうやら今度は、点数を稼がせまいと彼を出し抜いているわけではないらしい。

石畳の路面に当たる馬のひづめを高らかに鳴らしながら、リリーは猛然と路地を突き進んだ。その先の行き止まりには筋骨たくましい若者たちがいた。いったい彼女は何を怒っているのか。しばらくしてヒースは理解した。ならず者たちが棒をふりあげ、身をすくませた犬を代わる代わる打ちのめしているのだ。

大声で悪態をつくと、ヒースは馬首を向けてリリーのあとを追った。追いついたところで、リリーが手綱を引き、身をひるがえすように鞍から下り立った。

心臓が口から飛び出そうになるヒースの目の前で、リリーはつかつかと荒くれ男たちの間に入っていく。両手をふり回し、相手を驚愕させる勢いで怒りの叫び声をあげながら。

「かわいそうな犬をいじめるのはやめなさい、このろくでなし！　すぐにやめるのよ！」

相手の隙《すき》を突いたおかげで、五人いた荒くれ男たち全員がたじろいで後ずさりした。明らかに、突然現れた復讐の女神にびっくり仰天したのだ。それでも、攻撃をしかけてきた相手が女だとわかると——しかも上流階級のレディだ——男たちはいっせいにリリーを攻撃する構えを見せ、威嚇《いかく》するように棒をふり回した。

リリーが、いちばん近くにいた男のすねを激しく蹴飛ばして倒すと、ヒースが馬からひらりと下りて騒ぎの渦中に足を踏み入れた。不安と怒りに駆られたヒースは、筋肉質の男の肩をつかんで強烈な一発を食らわせ、石畳にたたきつけた。

そのとき、頑丈そうな若者がリリーに棒をふり下ろそうとする姿が見えた。ヒースがすばやく若者の手から棒をもぎ取り、それを思い切り振って腹に一撃を食らわすと、相手は鋭い苦痛の叫び声をあげ、腹を押さえたまま後ずさりし、何やらののしりながら逃げていった。

ヒースの情け容赦ない怒りの爆発を目の当《ま》たりにして、他の若者もすぐに抵抗をやめて逃げ出した。倒れていた者もなんとか立ち上がり、足を引きずりながら仲間のあとを追う。

「そうよ、さっさとどこかに行っちゃいなさいよ、このろくでなし！」リリーが叫んだ。

そして、ひざまずくと、ふるえる犬を両腕に抱きしめた。まるで、これ以上どんな危害もあたえさせないと守るように。乱闘のさなかに帽子もヴェールもなくなっていたから、きらめく黒い瞳がよく見えた。

激しい怒りが少しずつ収まるのを感じながら、ヒースはリリーのそばにひざまずいた。彼女はぶるぶるふるえる犬に顔を寄せ、やさしげに何かをささやきかけている。

「かわいそうに。怖かったでしょう。もう誰もおまえをいじめたりしないわ。約束する」

雑種の雌犬だ、とヒースは気づいた。汚れた犬の体には、はっきりと打ち傷が残っている。茶色の毛皮は血まみれで、目の上に開いた傷口からドクドクと血が流れている。

傷ついた犬の頭をリリーがなでている間、ヒースはそっと犬の体に手をすべらせた。突き出た肋骨《ろっこつ》にふれた瞬間、犬がうめき声をあげた。だが、それがいちばんひどい傷のようだった。

「肋骨のあたりに打ち傷があるが、折れてはいないな」調べ終えるとヒースが言った。

「ああ、よかった」リリーはホッと息を吐き、路地の奥をにらみつけた。「でも、あの恥知らずな者たちが戻ってきて、かわいそうなこの子をいじめるかもしれないわ。ここに残しておけない」そう言って、やさしい目で犬を見下ろした。「それに傷の手当てをしてあげなくちゃ」

〃かわいそうなこの子〃はどうやらリリーの気持ちを理解したらしく、弱々しげではあるがうれしそうに彼女の手をなめ、茶色の目でひたむきに見上げた。

「おまえをうちに連れて帰るからね」リリーは穏やかな微笑みで犬を包みこむように見つめた。

「下宿屋にか？」ヒースが疑わしそうな表情で尋ねた。

「ええ。わたしの部屋に連れて行くわ」

汚い雑種の犬を優雅な屋敷に連れ込むのを歓迎するフレールとシャンテルの姿を、ヒースはどうしても想像できなかった。「きみのご友人方はありがたがらないのではないかな」

「わかってるわ。でも、この子には安全に生きられる場所が必要なの。それに食べ物も。ものすごくお腹をすかせているみたいだわ」

「それに、風呂も必要だ」ヒースがさり気なくつぶやいた。

「ええ、もちろん」

リリーと議論しても仕方がない。ヒースにはわかっていた。どうしても犬を救うと心に決めているのだから。彼は立ち上がった。リリーが慎重に犬を抱いたまま立ち上がろうとしたとき、ヒースはそっと手を貸し、馬を取りに行った。二頭とも近くでおとなしく立っていた。

彼は二頭の馬を引きながらリリーのそばに行き、犬を受けとろうと手をさしのべた。「ぼくが連れて行こう」

けれど、リリーは首をふった。「いいえ、この子はわたしを信頼しているから、このまま抱いて馬に乗るわ」

すでにリリーの乗馬の腕前は目にしていたから、ヒースは反論したい気持ちを抑え、彼女が鞍に乗るのに手を貸した。そして、リリーがふるえる犬を膝に乗せたまま手綱を片手にとるのを手伝った。彼は自分の馬に乗りこんだときも心配でリリーを見つめていたが、先頭に立って路地を抜けていった。それでも、万一リリーの馬が暴れた場合にすぐ手を貸せるよう、ずっと離れないよう気をつけていた。

犬を安心させようと、リリーはしばらくやさしい声で話しかけながら、ごった返す通りに馬を歩かせていたが、ヒースのことは完全に無視していた。けれど、犬がようやく安心した様子を見せると、リリーはちらりとかすかな微笑みを彼に投げかけた。

「きちんとお礼を言っていなかったわ、侯爵様。わたしひとりでは、あんな荒くれ者たちに勝てなかったでしょう。あなたはほんとうにすばらしかったわ」

リリーの美しい目が感謝の気持ちを漂わせながらヒースを見つめた。彼は、心臓のあたりに奇妙な衝撃を感じた。すばらしかったのは彼女のほうだ。自分の安全もかえりみず、荒くれどもの中に飛び込んでいったのだから。これほど勇敢な行為はそう見られるものではない。

だからといって、リリーが突然危険に飛び込んだことが許せるわけではなかった。

「あのとき、きみは一人でさっさと行ってしまったから、ぼくとしては追いかけるしかなかった」ヒースが言った。「きみがやつらに挑んでいったのを見て、寿命が一年縮んだよ。確かに勇敢だったが、無鉄砲にもほどがある。ひどいケガを負う危険だってあったんだぞ」

リリーが肩をすくめた。「でも、あなたが助けに来てくれたからケガなんかしなかったわ。わざわざ野良犬を助けようとする貴族の男性は、そうはいないでしょうね」

「レディにしてもそうだ」ヒースが指摘した。

またもやヒースはリリーの情け深さを目にした——そして、ひたむきな熱意も。彼女は欠点ですら情熱的だ。心の内に燃え上がる炎は何をしても現れてくる。今も赤く染まった頬とキラキラ輝く瞳を見つめながら、ヒースは思った。だからこそ、いっそうリリーがほしくなる。

それでも、高級娼婦の友人たちが汚い雑種犬を救う情熱をリリーと同様に持っているとは思えない。「ほんとうに、きみの友人たちが犬を受け入れてくれると思っているのか？」

リリーは残念そうな笑みを浮かべた。「なんとか説得しようと思っているの。体を洗って傷の手当てをすれば、もっと見た目がよくなるわ」

「そんなことをしても、それほど大きな改善は見られないだろう」

「そうね、この子はあなたみたいな貴族ではないから」

「確かに」

リリーは、ヒースの皮肉っぽい話しぶりに微笑んだ。「でも、とてもかわいいわ。見て、愛らしい顔をしてる」

「〝愛らしい〟という表現は適切でないと思うが」ヒースは血だらけの犬の顔を見て言った。

「そうかもしれないけど、この子を道ばたに戻す気はないわ。もっとも……」

「もっとも、何だと言うんだ？」言いよどむリリーに彼が尋ねた。

「ロンドンは犬にとっていい場所ではないわ」リリーは考え深げに顔をしかめた。「田舎で暮らすほうが幸せでしょうね。ダンヴァーズ館に送ったほうがいいのかも……。でも、だめだわ。この子には特別な配慮がいるもの。ロズリンは今、自分の結婚式の準備で忙しいし、アラベラもその手伝いで時間がないわ」

「ぼくが預かることもできると思うが」ヒースがゆっくりと提案した。

しげしげとヒースを眺めたあと、リリーは不審そうな表情を浮かべた。「あなたが、侯爵様？　血統書もない野良犬をどうするつもりなの？」

ヒースは、楽しげに咎《とが》めるような視線を向けた。「別に、自分のペットにすると言っているわけではない。ケントの領地にある農場で飼えばいいだろう」

それでもリリーはためらった。「あなたに借りは作りたくないわ」

「わかっている。きみは、どんな男にも頼らず独立した立場を守りたいのだったな。だが、かわいそうな犬のことを考えてごらん。街で暮らすより田舎で暮らすほうがはるかにいいだろう。きみ自身そう言ったばかりではないか」

「あなたの言うとおりね。それに、この子の面倒を見てくれる召使いが山ほどいるでしょうし」

「そうだ。向こうに送ってやれば、じゅうぶん面倒を見てもらえるだろう」

リリーは探るような目でヒースを見た。「この子のためにそこまでしてくれるの？」

「きみのためにするのさ。なにしろ、きみはこの犬の幸福をひどく気にかけているからね」

「ご親切に感謝するわ」やっとリリーは心を決めた。「わたしとこの子の両方からお礼を言いてあげるからね」

「フォーチュンはどうだろう？　フランス語で〝幸運〟という意味だ」ヒースが提案した。

リリーは眉を寄せた。「どうしてそんな名前を？　この子は、とんでもなく不運だったのよ」

「これまではそうだ。でも、きみに助けられたことはものすごく幸運だったろう」

「そうね。あなたも助けてくれたし。いいでしょう、この子の名前はフォーチュン」

あたたかいリリーの微笑みに包みこまれてヒースは、衝動的に犬を引きとると申し出たことにまったく後悔を感じなかった。もっとも、リリーの関心はすでに犬に移っていたが。

ふたりが下宿屋に戻ると、馬丁がうやうやしく馬の頭のそばにやって来た。

「フォーチュンはうちの者にあずければいい」ヒースがリリーに言った。「馬小屋に連れて行ってから風呂に入れ、傷の手当てをして食事の面倒を見てくれるだろう」

けれど、リリーは、犬を抱きしめたまま懇願するような目でヒースを見つめた。「知らない人を怖がるかもしれないわ。あなたが面倒を見てくれますか、侯爵様？　わたし、審判役にあなたがとても寛大だったことを喜んで伝えます。そうすれば、一点か二点追加されるわ」

ヒースは、犬に対するリリーの傾倒ぶりに思わずくすくすと笑い声をあげた。また、本人から直接頼み事をしてくるとは、大きな進歩と言えるだろう。

そこでヒースは、従僕に犬をあずけてしまいたいという気持ちを抑えて自分の馬をリリーの馬に寄せ、犬を受けとった。「さあ、こっちに来い、ちびすけめ。どうやら、ぼくといっしょに帰ることになったらしいぞ」

犬は彼の指をペロッと一回なめてから、膝に爪を立てて登ってきた。股間に爪が食い込んで一瞬ヒースは顔をしかめたが、やがて犬は太ももの上に体を落ちつけた。

リリーの瞳が躍った。「この子、あなたのことが好きなのね」

「たいてい動物には好かれる。女性もそうだが」

リリーが彼の軽口に言い返したい気持ちを抑えたのにヒースは気づいていた。代わりに、彼女は心をこめた言葉を返した。「ありがとうございます、侯爵様。心からお礼を言います」

ハスキーなリリーの声を聞いて、ヒースは神経の先っぽを刺激されたような気がした。視線をからみ合わせているうちにヒースは体を動かせなくなっていた。次の瞬間、欲望があたたかな波のように体の中に押し寄せた。

リリーにキスしたい。長い髪を下ろし、愛を交わしたあとどんなふうに髪が乱れているのか見てみたい。情熱に身を焦がしてあえぐリリーの姿が目に浮かぶようだ。輝く肌。みだらな悦びに気だるく輝く瞳。ふっくらとした唇が半開きになって……。

あの魅力的な唇に唇を押しつけたい。肉感的なあの体を自分の体で包みこんでしまいたい。

今すぐリリーを馬から下ろして、どこかに連れ去るのだ。そして、何日もかけて情熱の悦びを教えこもう――あれほど拒んでいる悦びを。

だが今は明らかにそのときではない。とりあえずは犬の面倒を見なければ。

いつかきっとそのときがやってくる。ヒースは確信していた。リリーを妻にして、長い将来をともに過ごし、夫婦のベッドの悦びを楽しむのだ。

それでも、欲望を抑えつけるのは予想外の苦労だった。そのせいで、ヒースの口から出た声はハスキーな響きを帯びていた。「午後にはここに戻ってくるつもりだが、そのときにはぼくへのご褒美をお願いしたいものだ。それから、今回のゲームの採点をしてもらわなければ」

わずかに用心深い表情を浮かべて、リリーがうなずいた。「午後三時にいらっしゃったら、審判役とともにお待ちしてます」

「では、三時に」

馬丁の手を借りて馬から下りると、リリーはもう一度フォーチュンの頭をやさしくなでた。そして、ヒースに魅惑的な微笑みを見せてから、背を向けてかろやかに玄関前の石段を駆けあがっていく。

リリーの後ろ姿が玄関の中に消えるまで、ヒースは凍りついたように動けなくなっていた。心をわしづかみにするような微笑みに衝撃を受けて口の中がからからに渇いている。

突然、湿った舌に手をなめられて、ハッと我に返った。

「自分がどんなに幸運か、わかっているようだな、ちびすけめ」ヒースは犬を見下ろしてつぶやいた。「新しい女主人からあんなにやさしくされて。ぼくも同じ目にあいたいものだ」

その言葉に応えるように、犬はもう一度ペロッと手をなめた。

ヒースは皮肉な笑いをかみ殺しながら、馬丁が雌馬の手綱をとって乗り込むのを待っていた。

そのとき初めて、ヒースは自分の乗る去勢馬の向きを屋敷から離した。

リリーと愛を交わしたいという欲求は今も体じゅうにたぎっている。だが、彼は誓った。彼女への強い思いを満たすのはそう遠いことではないと。


乱暴者たちとの対決で、リリーは自分で思っていたよりもずっと動揺していた。あの騒動のせいで、さらにいやな記憶がよみがえってしまったのだ。心と魂に焼きごてを当てられたように深く刻みこまれた記憶だった。

けれど怒りが収まると、そんな記憶は忘れようと心に決めた。

だが、衝動的に路地へ飛び込んだとき、侯爵がそばにいてくれたことはひどくうれしかった。彼はリリーと雑種犬を助けるため、ケガを恐れもせず英雄さながらに荒くれ者たちをやっつけてくれた。しかも、傷ついた犬の幸せもきちんと計らってくれるという。

静かな寝室の中へ逃げ込みながら、リリーは侯爵の男性的な魅力に抵抗する力が弱まってしまったことを認めずにはいられなかった。

気がつくと、彼とともに過ごす時間を楽しんでいる自分がいた。侯爵は話し相手として楽しく、魅力とウィットに富み、聞き手の興味を惹きつけるものを備えていた。会話をしながらリリーを笑わせ、あるいは考えこませもした。

その上、侯爵といっしょにいると完全にくつろいでいられるのだ。

絶対におかしい。どうして彼は、安心と落ちつきのなさを同時に感じさせるのだろう？

クレイボーン侯爵がちらりと視線を向けるだけで、リリーの心臓は鼓動を速めてしまう。そして、あんなふうに心を奪う微笑みを見せられたら……。彼から微笑みを向けられると、自分が特別な存在で、大切にされているような気がしてくる。

たぶん、あれこそが女性相手に圧倒的な成功を収めている秘訣なのだろう。彼は女性を欲望の対象というだけでなく、きちんと個人として扱う男性だ。

それでも、侯爵が百戦錬磨《ひゃくせんれんま》の愛の技を駆使していることを忘れてはいけない。彼の魅力に夢中になる危険にはくれぐれも注意しなければ。

そして、もっとうまく侯爵を拒むことが必要だ。これまでのところは彼のほうが勝っている。審判役に今朝の一件を報告したら、さらに侯爵が得点を重ねることになるだろう。

判定はリリーの予想したとおりだった。

フレールとシャンテル専用の居間にクレイボーン侯爵が姿を現したとき、リリーは年老いた高級娼婦たちとともに彼を待ち受けていた。すでに公園と路地での事件についてはふたりに正直な話を伝えてある。

　二人の高級娼婦は愛嬌《あいきょう》たっぷりに侯爵を出迎えた。

「英雄のご登場よ！」そう呼びかけたシャンテルは、礼儀正しく彼女の手に顔を近づけた侯爵に向かって色っぽく睫毛をパチパチとはためかせた。

「まさに英雄ね」フレールが同じように熱意をこめて言った。「勇敢にリリーを守ったあなたの行為はすばらしいのひと言につきますわ、侯爵様」

「いささか誉めすぎというものです」侯爵は気軽に応じると、すばやくリリーに視線を送った。

「勇敢だったのはミス・ローリングですから」

「しかも、むこうみずだわ」フレールが辛辣に言いそえた。「あなたが助けてくださらなかったら、いったいこの子はどうなっていたことやら。まったく無謀なことをして」

　ふたたび侯爵の姿を見て感じた愚かなうれしさを抑えつけながら、リリーは一人用の椅子に腰を下ろした。彼が友人たちにつづいてリリーの手にまでキスできないようにするためだ。

「フォーチュンの世話は問題ありませんでしたか、侯爵様？」

　彼はすばやく話題を変えたリリーの機転に微笑みを浮かべたが、そのまま立っていた。「きみの犬は風呂に入れて傷の手当てをさせたよ。それから、ぼくが自分でマトンチョップを半分食べさせた。一口大に切ったやつをね。今夜残りの半分を食べさせる予定だ。ゆっくりと食べさせたほうがいいと思う。まだ栄養たっぷりの食事には慣れていないだろうから」

「ありがとうございます、侯爵様」リリーは心から感謝した。

「では、皆さん」侯爵は、長いすに腰掛けた二人の高級娼婦に視線を向けた。「ぼくの最初の成果について、判定を下していただけると思いますが」

フレールが答えた。「全員一致です、侯爵様。リリーまで含めてですよ。あんなにすばらしい馬を連れてきてくださったことで一点さし上げます。けれど、公園の中でリリーを見失ったことで一点減点です。そして、乱暴者たちを追いはらって犬の救出に手を貸してくださったことで二点さし上げましょう」

「それから、犬に家を用意してくださるという寛大な行為に対してさらに一点さし上げます」シャンテルが口をはさんだ。

「そのとおりよ」フレールが身ぶるいするふりをした。「わたしたちの屋敷に犬を入れないでくださったことに対して、特別にもう一点さし上げたいところですが、まだゲームも始まったばかりの段階ですから時期尚早ということで、それはなしにしました。いずれにせよ、まだ二週間近くありますから、十点のうち残りの点を獲得するにはじゅうぶんでしょう」

シャンテルが微笑んだ。「今のところ合計で五点ですわ、侯爵様。昨日のうちに二点獲得していましたからね」

「きみはこの点数で納得しているのかな？」クレイボーンがリリーに尋ねた。

「ええ」リリーが答えた。当然認められていい成果に文句をつけることはできないとわかっていた。それでも、勝利に必要な得点の半分を侯爵がすでに手にしていることは不安だったけれど。「公平な採点だわ」

「公平といえば……」フレールが口をはさんだ。「わたしたち、改めてリリーにあなたからの求愛を認めるよう念を押したんですよ、侯爵様。そこで、この子のために規則をはっきりさせたんです。リリーは拒絶することはできます。けれど、あなたの求愛を意図的に妨げることはできません。この規則に反したことをした場合、不公平な妨害を受けた代償としてあなたに追加の点をさし上げることにします」

有利な展開に侯爵が微笑んだ。「では、ご褒美を要求する権利があるということですね？」

「どんなご褒美かしら？」シャンテルが好奇心もあらわに尋ねた。

「えっ？」リリーが尋ね返した。「ご褒美って何？」

侯爵はリリーに顔を向けた。「犬をぼくの屋敷に連れて行く代わりにきみが約束してくれたご褒美さ」

リリーの目に警戒心が浮かんだ。「どんなご褒美をお望みですか、侯爵様？」

「キスを一回。それでいい」

頬が熱くなるのを感じて、リリーは友人たちにおずおずと視線を向けた。こんなあつかましい策略をふたりは認めるだろうか。けれど、ふたりとも何も言わなかった。

リリーはいやいやながら視線をクレイボーンに戻した。「わたしにキスしたいですって？」

「ぜひ」侯爵の目がいたずらっぽく光った。「初めて出会ったときからの希望だ」

「でも、今ここでということでしょうか？　人前で？」

「人前でないところで許してもらえるのだろうか？」

「いいえ、だめ」

「ならば、これでがまんすることにしよう」

リリーは友人たちに不安そうな視線を向けた。「反対するつもりはないの？」

フレールが代表して答えた。「わたしたちはただの審判役ですからね、リリー。あなたの安全が脅《おびや》かされない限り、ゲームに干渉することはしないわ」

「あなたが自分で侯爵様にご褒美をさし上げると約束したのでしょう？」シャンテルが尋ねた。「もしそうなら、言ったことに責任を持たなくてはいけないわ。でもお望みなら、わたしたちは席を外しましょう」

「だめよ！」リリーが抗議した。「ここにいてちょうだい」

クレイボーンにキスを約束したつもりはなかったが、侯爵の寛大な行為に報いるには害のない方法だろう。そもそも、二人の証人がいるところでたいしたことはできないはずだ。

「いいでしょう、侯爵様」リリーがつぶやいた。

彼が近づいた瞬間、リリーは後悔した。

「さあ、立ってごらん」侯爵が彼女の手をとって促した。

腕を伝う熱気を感じて、リリーはふらつきながら立ち上がった。クレイボーンが物憂げにいたずらっぽく微笑んだ。まるで、自分があたえる影響をちゃんと知っているかのように。

侯爵はリリーの手を自分の口もとに近づけた。彼の吐息が手のひらの端をかすめたが、決して唇はふれない。その代わりに、手をさしのべて指先でリリーのあごを包みこんだ。

見下ろす侯爵の視線にさらされてリリーの呼吸が浅くなり、脈拍が頼りないリズムを刻んだ。

十秒ほど経っただろうか。リリーはもう耐えられなくなっていた。「お願いですから急いですませてください、侯爵様」

彼はチッチッと舌を鳴らした。「短気はいけないよ。キスはゆっくり味わうものだ。さっさとすませるものではない」

「まさにそうよ」シャンテルが夢見ごこちの声で言った。

リリーは歯をかみしめて冷静さを保とうとした。だが、とうとうクレイボーンの唇に唇をとらえられた瞬間、あらゆる感覚が燃え上がった。

ほんのわずかに触れただけなのに。侯爵の唇はほとんど動くことがなかったが、その衝撃はすさまじいものだった。あたたかく、やさしく、魔法のようなキス……。しかも、圧倒的な力を放っている。リリーの想像したとおりだった。

侯爵が唇を離したとき、リリーは体じゅうが熱く息が切れ、ぼうっとしていた。

なんとか正気をとり戻そうとむなしい努力をしていると、シャンテルが楽しげに侯爵の腕前を賞賛した。「完璧ですばらしいキスでしたわ、侯爵様」

「それに、とてもロマンティックだったわ」フレールがため息をついた。「もう一点の価値はあるんじゃないかしら」

「フレール！」リリーが抗議した。「それほどすごくはなかったわ」

「そんなことを言われたら傷つくね」クレイボーンが楽しげに言った。「きみが本気で言っているとしたら、だが」

金色をちりばめたハシバミ色の瞳を見たリリーにはすぐわかった。彼の瞳は何もかもわかっているとでも言いたげに輝いている。ぼくをだまそうとしても無駄だよ、と瞳は告げていた。たった一度の軽いキスですら心を奪えることを侯爵はよく知っているのだ。

「まるまる一点までの価値はないわ」リリーは不満そうに言った。

侯爵は考え深げにリリーを見つめた。「妥協するのはどうだろうか？　きみとしばらくふたりきりになれるという条件で、ぼくのキスの腕前に対する加点はあきらめよう」

リリーの目がけわしくなった。「どうしてふたりきりになりたいの？」

「きみのご友人方が魅力的で美しいから――」侯爵はふたりに向かって優雅に会釈した。「おふたりがいる前では、ぼくの求愛の効果が薄れてしまうのでね」

「あなたとふたりきりになるなんて、ゲームに含まれない条件よ」

「いいだろう。では、もう一点いただくことにしようか」

「だめよ！」リリーが叫んだ。

結論に達したとでも言うように、フレールが腰を上げてうなずいた。「しばらくリリーとふたりきりになる権利を手に入れられたようですね、侯爵様。五分間さし上げましょう。きっかり五分ですよ」

「本気で言っているの？」リリーが反論した。

「あら、もちろん本気よ」フレールが答えた。「少々親密な時間が持てれば、お互いにうちとける役に立つでしょう。侯爵様は、そんな時間を過ごすのにふさわしい方だわ。彼ほどの技量を備えた紳士はとても少ないのよ。それに、侯爵様のことをもっとよく知る機会が持てれば、結婚するかどうか決める判断材料も増えるでしょう」フレールはリリーを見つめながら軽く微笑んだ。「わたしとしては、侯爵様の求婚を断るなんて、あなたは愚か者だと思うわ。でも、どう決めようともあなたの人生ですからね」

「そのとおりよ、リリー」シャンテルが立ち上がった。「わたしが二十歳若かったら、あなたから侯爵様を奪おうとしたでしょうね」

「のしをつけてさし上げるわ」リリーは低い声でつぶやいた。

二人の女性が居間を出て扉を閉めると、リリーは不安そうに侯爵を見た。「これからどうするつもりなの？」

「もう一度きみにキスしようと思っている。あんなに短くては不十分だからね。ぼくにとっても、きみにとっても」

「わたしには、あれでじゅうぶんだわ」

侯爵が微笑んだ。「ならば、判断材料だと思ってやってごらん」

これ以上判断材料なんてほしくない、とリリーは思った。侯爵が思い描いているような官能的な教育をこれ以上受けるわけにはいかなかった。リリーは、クレイボーン侯爵から後ずさりして離れようとした。けれど、彼は手を伸ばしてリリーの手首をそっとつかんだ。

「とても公平な態度ではないわ」手を引き離そうとしてもうまくいかない。

「そうかもしれない。だが、ことわざにあるだろう……。愛においては手段を選ばない、と」

「これは愛とは関係ないわ！　あなたがばかげたゲームに勝ちたいだけよ……ついでに、跡継ぎを産んでくれる牝馬も手に入れようって魂胆でしょ」

侯爵が首をふった。「ぼくは妻がほしいんだよ、リリー。だから、きみを手に入れたいんだ」

リリーのいらだちが怒りに変わった。「わたしのことを戦利品みたいにものにはできないわ」

「きみが仕掛けた戦争だよ。ぼくは、最善の努力を尽くしてきみに求愛しているだけだ」

「あら、そう。わたしとしては、こんなイライラするやり方で悩ませないでほしいものだわ」

クレイボーンはリリーの手首を離したが、今度はリリーの視線をとらえた。「一回のキスだけだ。終わったら、ぼくは出て行く」

その言葉を聞いて、リリーはためらった。「一回だけ？」

「ああ。それに、きみが好きなときにいつでもやめていい」

侯爵とふたたびキスをするなんて、危険きわまりないことはわかっていた。彼にキスされると、感覚という感覚が燃え上がり、頭がクラクラしてものが考えられなくなってしまうのだ。それでも、侯爵を追い出すには他に手はなかった。

リリーは深く息を吸い込んだ。「いいでしょう」反抗的な口調で言う。「他の選択肢を選ばせてくれないんですもの」

気のりしないリリーの様子を無視して、侯爵は彼女の肩をやさしくつかんで引きよせた。けれど、すぐにキスをせず、代わりに片手を差し出した。指先がリリーの喉に触れ、乱れた脈をかろやかにたどり、やがてあたたかな耳の中を探検する。

リリーは逃げ出したかった。けれど、侯爵の金色に輝く目にとらえられて動くことができない。熱くドロドロとしたものが体の中に広がっていく。リリーは口を開くことも身じろぎすることもできない。ただ感じているだけだ。

侯爵のもう一方の手がリリーの背中を上へたどり、やがてうなじに触れたかと思うと頭の後ろを包みこんだ。その瞬間、彼は顔を近づけて唇でリリーの唇を封じた。

今度は本格的なキスだ。熱くたくみな舌がゆっくりと差し込まれ、リリーの口を奥深いところまで探っていく。リリーは息をつくのも忘れた。侯爵に抱きしめられて体が溶けてしまいそうだ。体の中にかき立てられた激しい熱のせいで、せつなさがつのっていく。と、そのとき、侯爵の手が片方の胸をつかんだ。驚くほど所有欲にあふれた激しさで。

大胆な愛撫によって体じゅうがほてり、潤いに満たされていくような気がする。リリーは、悦びのうめき声をもらさずにはいられなかった。

侯爵にウエストをぎゅっとつかまれて体を引きよせられたとき、うめき声が大きくなった。お腹に押しつけられた男性自身の硬さにショックを感じてもおかしくはなかった。けれど、なぜかリリーは興奮を覚えていた。

彼の膝がスカートに当たり、リリーの膝を押し広げた。侯爵の太ももに女のふくらみをとらえられた瞬間、エロティックな感覚が奔流のようにほとばしった。

いつしか、うめき声はか細いすすり泣きに変わり、脚の間に感じるドクドクという感覚が速まっていく。リリーを追いつめるかのように、侯爵は手のひらでお尻をつかみ、キスを深めた。もう止めてほしくない。侯爵の唇が唇から離れると思うだけで耐えられなかった。たくましい彼の肩にしがみつきながら、リリーは自分から狂おしさに身をゆだねた。

けれど、狂おしいひとときは終わりを告げた。硬い太ももを押しあてたまま、激しいキスが終わり、侯爵は離した唇をリリーの耳元に押しあてた。

「きみがほしい、リリー」かすれた声で荒々しくささやく。「きみをベッドに連れて行きたい。きみの美しい髪が枕に広がるところを見たい。きみの吐息を体に感じたい。きみの魅力的な体を抱きたい」

そんな言葉にゾクゾクするような興奮を感じてはいけなかった。けれど、リリーの体はふるえ、せつなさでうずいた。侯爵が体を離して見下ろしたとき、リリーはただ呆然とした目で見つめ返していた。

「ふたりでどんなに熱く悦びに満ちたときを過ごせるか想像してごらん」

喉のあたりがドクドクと脈打つのを感じて、リリーはごくりとつばを飲みこんだ。言われたこと以外、何も考えられない。

やさしい目で見つめたまま侯爵はリリーの頬を愛撫した。「これで、今度会うときまで考える材料ができただろう。ところで、明日の朝も馬に乗りに行くのはどうかな？」

ふるえるような笑い声がリリーの喉からもれた。笑わずにはいられなかった。どうして、わたしがこんなに心乱れているというのに、この男はこんなに冷静でいられるのだろう？

「明日の朝は……だめ」リリーが言った。「早朝の授業があるの。夜会まで一週間を切ったから、社交上のふるまい方を練習する時間をできるだけとっているの」

「では、明日の午後は？」

「お茶にいらしてください」これなら、ふたりきりにならなくてすむ。

「仰せのとおりに」

もう一度やさしく微笑むと、クレイボーンはリリーの手をとって別れのキスをし、さっと会釈して出て行った。ぼんやりと立ちつくすリリーをひとり残したまま。今も体じゅうがジンジンとうずき、膝から力が抜けている。

崩れおちるように椅子に腰を落とすと、リリーは熱い唇に指を当てた。クレイボーンのめくるめく抱擁が永遠につづくことを望んでいた。けれど、肉体より心に残された影響のほうがはるかに大きかった。とうとうリリーは、男性とともに過ごす情熱のひとときがどんなものか想像がつくようになったばかりか、生まれて初めてそれを望んだ。

そう気づいたとき、リリーは半ば笑い半ばうめき、どうしようもなく両手で額を抱えこんだ。侯爵のキスがどんな影響を及ぼしたか、フレールとシャンテルには言うまい。本当のことを伝えたら、彼の腕前を認めてさらに何点かあたえると言うだろう。

これほどまでにたやすく彼が勝利を収めてしまったせいで、ゲームをつづけることが賢明なのか疑問に思えてきた。それでも、リリーはさっさとゲームを終わらせようとさらに決意を固めた。来週の月曜、生徒たちにパトロンを見つけさせなければ。そのためには、クレイボーン侯爵の助けが必要だ。

もっと強くならなくては。自分の弱さを呪いながらリリーは誓った。すでに、侯爵の腕の中に飛び込んで、未知の快楽を教えられたいという衝動に苦しんでいる。けれど、魅力的な男のせいでむこうみずな行動に走るようなまねをするつもりはなかった。あんな男のせいで、理性を失ってはならないのだ。

それでも、花嫁として失格だと確信させるのが早ければ早いほど、彼の誘惑から自由になるときも早まることだろう。

7

今日の出来事のおかげで、
なぜ結婚するつもりがないか理由をはっきり思い出したわ。
――リリーからファニーへ

微笑みながらリリーは、お気に入りの三人の生徒がファニーを相手にさりげない恋愛遊戯の練習に励むのを眺めていた。授業をつづけていくうちに、これまで数人の下宿人たちのことをよく知るようになっていた。とりわけこの三人――エイダ・ショー、ペグ・ウォレス、サリー・ニード――は、非常に熱心な姿勢を見せていたので、特別に追加指導をあたえていたのだ。

エイダは女優だが少々下品なところがあり、なんとかファニーが直そうとしていた。一方、ペグはバレエの踊り子で、痛々しいほど内気な性格だったので、紳士相手にほんの軽い冗談を交わすことすら教えるのが大変な娘だった。そしてやはり女優のサリーは、明るく元気な娘で、美人とは言えないがいきいきとして頭もよく、人を惹きつけるものを持っていた。

月曜の夜会で裕福なパトロンを見つけるとしたら、サリーがいちばん可能性があるだろう、とファニーは考えていた。

リリーは、全員の境遇がよくなってほしいと強く願い、夜会の成功を祈っていた。彼女たちの暮らしの厳しさを知ったせいで、自分の苦労についても考え直すようになった。生徒たちのために、しつこいクレイボーン侯爵と彼の困った求愛活動に耐えなくては、とリリーは決意を新たにした。

授業が終わると、エイダとサリーが楽しげにおしゃべりしながら応接間を出て行った。けれど、ペグはぐずぐずしたままその場に残り、おずおずとリリーにこう言った。「わたしたちにドレスを買ってくださって、改めてありがとうございます、ミス・ローリング。こんなに美しいドレスなんて生まれて初めてです」

そんな感謝の言葉を聞いてリリーは心があたたかくなった。自分自身は着るものにあまり関心はなかった。けれど、ファニーの仕立て屋がペグのためにつくった青いレースのすてきなドレスは、ペグの繊細な金髪を完璧に引き立てていた。

「何を着てもあなたはすてきよ、ミス・ウォレス。でも、その新しいドレスを着たあなたは目を奪われるほど美しいわ」

リリーの誉め言葉にペグは顔を赤らめてお辞儀をすると、仲間のあとを追って部屋を出た。

その後ろ姿を眺めながら、リリーはため息を押し殺した。ここではお互いに姓で呼び合うことにしていた。生徒たちの自尊心を高めるためだ。ロイヤル・オペラの踊り子になる前は小間使いとして働いていたせいか、ペグは卑屈な態度から抜け出すのに苦労していた。とても美しい娘だし、流行のドレスを身につければ、妖艶《ようえん》な高級娼婦の雰囲気にかなり近づけるだろう。

リリーは自らお金を出して、二十二人の生徒全員にきちんとしたイブニング・ドレスを仕立てさせた。そして、月曜までにすべて用意しようと、ファニーの仕立て屋がせっせと縫い今朝やっと最終仮縫いを終えたところだった。

ふたりきりになると、リリーの心を読んだようにファニーが首をふった。「月曜までにサリーはちゃんとできるようになると思うわ。でも、他の子たちはわからないけどね」

「そうね」リリーがうなずいた。「でも、ほんの数週間前と比べたらものすごい進歩だわ」

「ほんと。あなたのおかげよ、リリー」

「あなたもがんばったわ。それにテスも。バジルだって話し方の授業でよくやってくれたわ」

バジル・エドウズのことが話題になった瞬間、ファニーが顔をしかめた。「そうね、でもいやいや手を貸してくれたってところだわ」

友の愚痴にリリーは微笑みを浮かべずにはいられなかった。「あなたたちふたりはいつもケンカばかりしているから、そう言うんでしょう」

「わたしのせいじゃないわ」ファニーが暗い顔で言った。「バジルは、わたしが〝罪深い〟生活を送っているから何をしても文句をつけるのよ。もううんざり」ファニーは皮肉っぽい笑い声をあげた。「あの人が認めないからといって、生計を立てる仕事はやめられないわ。あの人がいったい何を知っているっていうの？　たかが法律事務所の事務員じゃない。わたしに気にいられたいと思って争う貴族の男性が何人もいるんですからね。バジルの許可なんか必要ないわ」

ファニーの声にまじる不満そうな響きを聞いて、リリーは慰めの言葉を伝えようと思った。

「バジルはあなたのことを大切に思っているのよ。以前からそうだわ」

「ええ、とってもすてきなやり方で気持ちを表してくれているわね。今朝だって、あの人、わたしが美しく飾り立てすぎてるって文句をつけてきたわ。自分はかかしみたいにひょろっとしてるくせに。もしもわたしがバジルみたいにやぼったい格好をしていたら、飢え死にしちゃう」

「あなたのパトロンたちに嫉妬《しっと》しているんじゃないのかしら」リリーが考えこむように言った。

ファニーが視線を向けた。「そんなこと、信じられない」ピシャリとはねつけるような言い方だ。「たとえわたしに支払うお金があるぐらい裕福だったとしても、バジルなんか絶対にお客にしないわ。まあ、無理でしょうけど。笑わせてくれるような男性は大好きだけど、バジルは絶対にそんなことはしないもの。まあ、クレイボーン侯爵のような魅力がちょっぴりでもあるのなら、相手をしてあげないこともないけどね」

突然引き合いに出された話題にリリーは眉を寄せた。「いったい何の話よ、ファニー？」

「クレイボーンのプロポーズを少しは考えたほうがいいということよ」

今度はリリーが顔をしかめた。「フレールとシャンテルから言われたの?」

「いいえ、ちがうわ。でも、ふたりの意見に賛成よ。クレイボーン侯爵夫人になったらすばらしい利点がいろいろあるでしょう」

いらだちがこみ上げて、リリーはけわしい目で裏切り者の友を見た。「よりによって、あなたが彼女たちの味方につくなんて。あなたは結婚したいと思ったことがないはずでしょう」

「ええ……」ファニーがゆっくりと答えた。「ハンプシャーで過ごした子ども時代は死ぬほど退屈で、わたしはただただ逃げ出したかったの。刺激的で楽しい暮らしがしたかったのよ。興奮と快楽に満ちた人生がほしかったの。どこかの太った地主に嫁がされて子どもを産まされるような人生じゃなくてね。でも、ときどき思うのよ。これでよかったのかしらって。わたしだって、さみしくなることはあるのよ、リリー。派手な暮らしをしていてもね。それに、夫と子どもがいれば、わたしの憂鬱も癒《いや》されるのかもしれないわ。少なくとも、年をとるにつれて結婚が魅力的に思えるようになってきたのよ」

本気で言っているのだ。リリーは驚いた。それでも、ファニーの結婚観が変わったからといって、自分とは何の関係もないはずだった。

リリーは首をふった。「母が長年耐えた痛みより、さびしさのほうがましだわ」

「まともな夫が相手なら幸せになれるかもしれないわ」

「そんな危険を冒すつもりはないの。ねえ、お願いだから話題を変えてくれる?」

残念そうに微笑みながらファニーは言った。「いいでしょう。じゃあ、土曜日に開かれるレディ・フリーマントルのガーデン・パーティには出席するつもり？」

「ええ……。クレイボーン侯爵も出席するでしょうし、ウィニフレッドが絶対わたしと彼をくっつけようとするでしょうけど。姉たちに会いたいの。もう一カ月も会っていないでしょう。それに、侯爵に居場所を知られてしまったから、今さら隠れても意味がないし」

「レディ・フリーマントルがご親切にわたしまで招待してくれたのよ」ファニーが打ち明けた。「だから、わたしの馬車でいっしょに行くのはどうかしら？」

「ええ、助かるわ」リリーが答えた。「わたし、ロンドンからは移動手段がないから――」

ちょうどそのとき、女中のエレンがあわてて応接間に入ってきた。エプロンの上で両手をもみ合わせ、いかにも動揺した様子だ。「失礼します、ミス・アーウィン……ミス・ローリング……。すぐに来ていただけないでしょうか。ミス・ドリーの居間に紳士が見えて、お帰りにならないんです。ミスター・オロークとおっしゃる方で」

ファニーは顔を真っ青にして飛び上がり、あわてて扉に向かった。リリーもすぐにあとを追った。ミック・オロークは、フレールとシャンテルが三万ポンドの借金をしている賭博場のオーナーだ。返済を迫りに来たにちがいない。債務者監獄へ送るぞと改めて脅しをかけたはずだ。

「あいつに何て言うつもり？」玄関ホールにある正面階段を駆け上りながら、リリーが尋ねた。

「わからないわ」ファニーが不安そうな口ぶりで言った。「返すあてはあるからもう少し時間をくれって頼まなければならないでしょうね。それから、夜会の計画について説明したら、話を聞いてくれるかもしれないわ。ミックは抜け目のない商売人だから」

　階段を登りきったところで、ふたりは廊下を走った。リリーはファニーのすぐあとを追い、やがてふたりは居間に着いた。けれど中に入った瞬間、リリーの血が凍りついた。

　シャンテルは長いすの端で身をすくめていたが、フレールは、体つきのがっしりとした黒髪の男に腕をつかまれ、どなりつけられていた。「情けはたっぷりかけてやったぞ、ばあさん！　猶予はあたえてやったな。一カ月も。だが、おれの忍耐にも限度ってものがある。さあ、金を返してもらおうか。さもなければ、ファニーが責任をとるんだな」

　けれど、フレールは毅然とあごを上げてオロークをにらみ返した。「この育ちの悪い田舎者め！　あんたなんか相手にするもんですか！　こんな野蛮なふるまいを見せる限りはびた一文払う気はないわ。すぐに出て行きなさい！」

　オロークの顔が怒りで赤くまだらになった。「おれが育ちの悪い田舎者だと？」

「そうよ、この野蛮人！」

受けた罵《ば》倒《とう》に対する仕返しとばかりに、オロークはフレールをつかむ手に力をこめ、彼女の腕を背中のほうに強くねじった。フレールが悲鳴を上げた。

「ミック、お願い！　離してあげて！」ファニーが驚いて叫んだ。

けれど、リリーは訴えの声をあげることも考えることもしなかった。苦しむ友を目にした瞬間、激しい怒りがこみ上げて、大またで部屋を突っ切ると、拳でオロークの背中をなぐりつけた。ふいにフレールの腕を離したオロークはふり返ってリリーを見ると、驚いた表情を見せた。すぐさまリリーはあごを殴りつけ、彼を後ろによろめかせた。

「いったい何だ、こりゃ……？」そう叫んで、オロークは顔を守ろうと腕を上げた。

「ケガをさせたら承知しないわ！」リリーは怒りにまかせて声を荒げた。今も拳をふり上げて攻撃をつづけている。

だが、相手が小柄な娘だとわかるとオロークは踏みとどまり、やすやすと防御した。体格も体力も不利だと悟ったリリーは、急いで周囲を見まわした。近くのテーブルに裸のアフロディーテのブロンズ像があった。

その瞬間、細長い像をすばやく手にとると、オロークに向かってふり回した。「出て行きなさい！　今すぐこの家から出て行くのよ！」

オロークが脅しつけるように足を踏み出した。危険なほどけわしい目を光らせている。リリーは彼の肩めがけてブロンズ像をふり下ろした。バシッと関節に当たる手応えがあった。不意を突かれたオロークは痛みのあまり叫び声を上げ、肩を押さえたまま後ずさった。

「出て行きなさい！」激しい怒りのこもったかすれ声でリリーはくり返した。

オロークは身を守るように両手を上げたが、その口ぶりは相変わらずけんか腰だった。「俺様に向かって命令できるやつはいないぜ、嬢ちゃんよ」

「すぐ出て行きなさい！　本気よ！」ブロンズ像をふり上げ、リリーはもう一度怒鳴った。

ほとんど歯ぎしりしながら、オロークはリリーをかすめるように脇をすり抜けて、大またで部屋を出て行った。

すぐにファニーがフレールのところに駆けよったが、リリーはオロークのあとを追いかけた。ちゃんと屋敷を出て行くところを見とどけようと思ったのだ。

オロークは怒りのあまり廊下を踏みしめるように歩いていたが、階段を下りながら肩ごしに怒鳴った。「話はまだ終わっちゃいないぜ！　監獄送りだけじゃすまないからな。覚えとけ！」

オロークの声には、ふるえんばかりの怒りがこもっていた。そして、それは階段の上からブロンズ像をふり回しながらリリーが返した声にもこもっていた。「借金なら返すわよ！　でも、ここに来ても歓迎なんかしないわ！」

「出て行ってやるさ、イカれた嬢ちゃんよ」オロークがどなりつけた。「だが、後悔するぜ、絶対な」

ちょうどそのとき、階段を登ってきたクレイボーン侯爵が騒ぎに気づいて階段の半ばあたりで足を止めた。けれど、リリーはオロークだけを見ていた。

階段を下りきって玄関扉から飛び出したオロークは、安全な馬車へと向かった。

やっと敵の姿が消えるのを見とどけて、リリーはぼんやりと視線をクレイボーンに向けた。

オロークを追い出す彼女を見て、あっけにとられているようだ。けれど、リリーはくすぶる怒りのせいで侯爵に心を向けられない。体がふるえていた。

と、そのとき、怒りが収まったかと思うと膝から力が抜けた。リリーは空いたほうの手を伸ばして手すりをつかみ、寄りかかった。

侯爵は階段を大またで駆け上ると、リリーのウェストをつかんで支えた。

「腰を下ろして」そう言って、リリーを階段に座らせた。

力が抜けた状態のまま、リリーは言われたとおりに腰を下ろした。すぐ脇に侯爵が座ったときには抗議したかったけれど、声が出なくなっていた。呼吸が浅くなり、体がふるえている。

落ちつこうとするリリーのかたわらで侯爵はじっと待ち、彼女が握りしめたブロンズ像を指から外してカーペットの上に置いた。

その頃には階下に下宿人や召使いたちが数人集まっていた。クレイボーンは一同に追いはらうような視線を送って手短に言った。「大丈夫だから行ってくれ」

集まった者たちはすぐに玄関ホールからいなくなり、リリーと侯爵だけが残った。

「何があったんだ？」彼はやさしく尋ねた。

「あいつ、フレールに暴力をふるっていたの」リリーがあえぐように答えた。

激しい悪態をつぶやきながら、彼は玄関扉に鋭い視線を送った。まるでオロークのあとを追いかけようとするかのように。けれど、こう口にしただけだった。「それで、きみはフレールを助けようとしたわけか」

「そう」ついさっきフレールを救おうとした行動は、数年前母を助けようとしたときと同じだった。ちがうのは、あのときは暴力をふるった相手が父親だったこと。父は、小柄で力の弱い女性に向かって強靭《きょうじん》な男の力を残酷にふるったのだ。

今もふるえたまま、リリーは両腕で体を抱きしめていた。恐ろしい記憶が体じゅうで荒れ狂っている。だからこそ、さっきあれほど激しく反応してしまったのだ。似たような暴力を目の当たりにした記憶がよみがえってしまったせいだ。

黙りこくっているリリーにクレイボーンが話しかけた。「あれがオロークか。賭博の借金を取り立てに来たのだな」

リリーは感情のこもらない笑い声をふっともらした。「そういうことみたい。尋ねる暇もなかったわ。フレールを脅迫するあいつの姿を見た瞬間、止めることしか頭に浮かばなくって」

クレイボーンはぐっと奥歯をかみしめ、探るようにリリーの顔を見つめた。「喜んで、きみの代わりにぼくがオロークと交渉しよう」

迷うことなくすぐに守ろうとしてくれるなんて。見通すような侯爵の視線に包まれながら、リリーは心を動かされていた。ハシバミ色の瞳の奥には気づかいと怒りの表情が浮かんでいる。わたしの代わりに怒ってくれているんだわ。リリーは気づいた。

自分自身の怒りはすでにかなり落ちついていたけれど、どす黒い感情が胸にあふれ、息詰まるほどの勢いでこみ上げそうだ。十六歳の夏の日。あの恐ろしい記憶が襲いかかってくる。これまでにないほど激しいケンカをしていた両親の間に割って入った、あの日の記憶。

子ども時代、両親がケンカをすると、たいていリリーは馬小屋に避難したものだった。けれど、あの日はたまたま争いの渦中に足を踏み入れてしまったのだ。叫び声が聞こえた瞬間、応接間に駆けこんだリリーの目に映ったのは、すさまじい勢いで母に殴りかかる父の姿だった。拳をふり上げ、胸やあばら骨やみぞおちなど母の体じゅうを執拗《しつよう》に殴っていた。

恐怖にとりつかれたリリーの体は凍りつき、息もできなくなった。母がさらに弱々しい叫び声をあげたとき、リリーは無我夢中で両親に近づき、手近にあった唯一の武器——羽根ペンを削るためのナイフ——を手にとった。怒りで胃のあたりがぎゅっと縮むような気がした。リリーはナイフをふり上げ、父親に向かって脅しつけるようにふりかざした。お母様から手を引かないと刺し殺してやる、と叫びながら。

ありがたいことに、父親は警告を受け入れた。

ショックと怒りを感じていたにもかかわらず、サー・チャールズは娘の警告を本気にとったらしく、くるりと背を向けて大またで部屋から出て行った。苦しげにすすり泣く母となぐさめる娘を残したまま。

リリーの知る限り、あれ以降父親は二度と母親に手を上げることはなかった。けれど、リリーはあのとき心に誓ったのだ。あんなふうに女性を痛めつける男を二度と許しはしない、と。

あの生々しい記憶は、今も心の奥深いところでめらめらと燃えている。リリーは目をぎゅっと閉じたまま身をふるわせた。あのとき感じた恐怖は今もはっきりと覚えている。胸を切り裂かれるような無力感。おぞましいほどの嫌悪感。どうしようもないほどの恐ろしさ。あのとき、リリーは父が憎かった。そして、暴力的な父を決して許すことができなかった。

心の奥まで見通すようなクレイボーンの視線が感じられる。やがて、彼の静かな声がした。

「大丈夫かい、リリー？　きみは動揺している。あの男を追い出したからだけではないね」

説明すべきなのかもしれない……。でも、だめ。心の奥底に秘めた恐怖を侯爵に伝えたくなかった。彼に対してはすでにじゅうぶん無防備な状態だった。

それに、殺してやると父を脅したあの事件については姉たちにも話していない。母が知られることを望まなかったのだ。おぞましい真実を知る唯一の人間はバジルだけだったが、それは直後に会ったために、興奮状態だったリリーが打ち明けずにいられなかったからだ。

何年も、あの記憶を封じこめようとしてきた。けれど、大きくて強い男から暴力をふるわれるという、女にとって本能的な恐怖を決して忘れることができなかった。

だから、クレイボーンが手を上げて彼女の頬に触れようとしたとき、リリーはビクッとしてすばやく身を引いたのだった。

本能的な恐怖を思わせる反応を見て侯爵は差し出した手を止め、すっと下げた。「ぼくに手伝わせてくれないか」静かな声だ。

彼のやさしい態度にリリーは気まずい思いを味わった。すでに過剰な反応を見せていた。

唇をかみしめながら、リリーは深く息をついた。「ありがとうございます。でも、オロークとの交渉はわたしたちだけでできると思います」

「少なくとも、やつが二度とここに来ないよう、ぼくが手を打つことはできる」

そうでしょうね。リリーは思った。でも、そこまで恩を受けたくなかった。「ファニーがオロークと交渉するほうがいいでしょうね。ふたりは以前愛人関係にあったから、もう少し時間の猶予をくれるよう説得できると思うの。それに、あの男もあなたが介入するのをよく思わないでしょうから。わたしにやられたところをあなたに見られているし」

クレイボーンはためらった。「それでも、きみの友人たちに庇護者がいると知らせておくべきだと思う」

リリーの口もとがゆがんだ。「そんなことをしてもあまり役に立たないと思うわ。いずれにせよ、とんでもない借金をしていることには変わりないんですから」

「ああ、三万ポンドだったね」

侯爵は今まで以上に長く黙りこんでいたが、やがて開いた口から出た声には思いやりがこもっていた。「きみに提案したいことがある。結婚すると決めてくれれば借金はぼくが払おう」

リリーはさっと視線を戻した。けわしい目をしている。「まさか、本気じゃないでしょう」

かすかに愁いを帯びた微笑みが侯爵の目をよぎった。「どうしていつもぼくの言うことを信じてくれないのかな、きみは？　ぼくはちゃんと本気で言っているのに。結婚する代わりに三万ポンド。なかなかいい取引だと言う人もいるだろう」

リリーは歯をかみしめた。侯爵は妻として買おうと考えているのだろうか。そう思うと腹が立った。友人たちを助けたいと強く願っているけれど、借金を返すために便宜結婚をするまで大きな犠牲を払いたくはない。そこまでしなくてもすむはずだ。

「そんな寛大なことをしていただかなくても大丈夫です、侯爵様」やっとのことでリリーは答えた。「うまくいけば、数週間のうちにお金は用意できるでしょう。夜会の計画のことはご存じですよね。すぐに生徒たちが借金返済を手伝えるようになるわ」

「だが、もしオロークがすぐに支払えと言ってきたら?」クレイボーンが尋ねた。「ご友人方を監獄へは送りたくないだろう」

リリーは唇をかみしめた。「そんなことはさせません。マーカスから二万ポンド財産分与してもらっています。もし必要なら、そのお金を使いますから」

侯爵は眉をつり上げた。「彼女たちを助けるのに全財産をあげるというのか?」

「他の案よりずっといいわ」

「残りの一万ポンドはどうする?」

「マーカスかレディ・フリーマントルに頼んで貸してもらいます。ふたりとも大金持ちですもの。それに、ファニーが書いた本が来月出版される予定なの。出版社が言うには、夫を探す若いレディへのアドバイスというテーマなら大人気になるだろうって。そうなれば、その収入でファニーは借金を払えるわ」

「だが、ぼくなら今すぐ全額を払える」

あくまで言い張る侯爵の様子に、リリーは一瞬だけ微笑みを見せた。「あなたって、信じられないぐらい寛大な方だわ、侯爵様。でも、お断りします。どうしようもなくなったときに考えることはあるかもしれませんが、今のところはけっこうです」

どうしようもなくなることなどないだろう。ついさっきオローク相手に起きた騒動のせいで、リリーはなぜ自分の運命を夫にゆだねたくないのか否応なく思い出すことになった。どんな男に対しても、結婚できるほど――運命をあずけられるほど――信頼できなかったし、信頼するつもりもなかった。

クレイボーン侯爵は女性を殴るような男性ではないかもしれないが、それでも、リリーが法的に縛られて逃げ出せない状況になったら傷つけないとは言い切れなかった。母と同じように、夫が好きなように扱える財産同然の立場に陥ってしまったら、何をされるかわからないのだ。

のぞきこむようなクレイボーンの視線にいごこちの悪さを感じて、リリーは話題を変えた。

「夜会のことですけど……約束どおり、お知り合いの方を何人か招待していただけましたか？」

「ああ、招待状を送り始めたところだ」

「わたしがお願いしたような紳士は見つかりました？　親切でやさしい独身男性で、生徒たちによい生活をさせてあげられるぐらい裕福な方が？」

「なかなか難しい基準だが、なんとかやっているよ。十人ほど条件にあった候補者を連れてくるつもりだ」

「よかった」リリーはホッとため息をついた。体のふるえは止まっていたが、まだ胸は息苦しかったし、オロークをどうするかという問題が気にかかっていた。

「行かなくちゃ」リリーが言った。「フレールが大丈夫か確かめないと。それに、オロークの件でファニーの相談に乗らなくてはならないわ」

そう言って立ち上がるとクレイボーンも立ち上がったので、リリーはためらった。「ごめんなさい。すっかり忘れていました。お茶の約束をしていましたね。よろしければこのままここにいらしてくださってもけっこうですし、今日はお帰りになって明日落ちついてから改めていらしてくださってもかまいませんわ」

侯爵の微笑みは皮肉めいていた。「このままここにいることにしよう。きみといっしょにいられる機会を無駄にする余裕はないのでね。ゲームの勝敗を決めるまで二週間しかないだろう。お忘れかな？」

いかにも気楽な口調にリリーは少しなごんだ。侯爵のやさしさにさらされているよりゲームの関係に戻るほうがずっと気が楽だ。「フレールとシャンテルには、あなたが借金の支払いを申し出てくれたと伝えます。そうすれば、もう一点追加してくれるでしょう」

「得点のことより、オロークが報復を考えているかどうかのほうが気になるね。やつは赤恥をかかされて感謝はしないだろう。たとえきみがどんなに正しくても、だ」

リリーは鼻にしわを寄せた。「わかってるわ。わたしからお詫びの手紙を書いて送るべきでしょうね。それに、借金を返すつもりだと改めてちゃんと伝えないと……。でも、やはりさっき言ったやり方がいちばんだと思うわ。ファニーにオロークの説得を頼むの。男性の傷ついたプライドを癒す方法は彼女のほうがずっとよくわかっているでしょうから」

廊下を歩いていくリリーのあとをクレイボーンが追っていく。「確かに。だが、きみが今後も自分よりはるかに大きな男を相手に戦いを挑むつもりなら、戦い方を身につけるべきだな」

リリーは侯爵を見上げた。今の話は本気だろうか。「わたしにボクシングを教えてくれるとおっしゃっているの、侯爵様？」

侯爵は低く楽しげな笑い声をあげた。「そんなことを想像するだけで心臓が高鳴るよ。ぼくとしては、きみが風車に向かって攻撃して、我が身を危険にさらすのはやめてほしいが……。きみにそこまで頼むのも無理だろうな」

「ええ、そうよ」リリーがにこやかに答えた。「でも、わたし、以前からフェンシングを習いたいって思っていたの。小さい頃からいくら母に頼んでも、聞いてもらえなくて。わたしは馬小屋に住みついていたようなものだったから、それだけで母にはもうじゅうぶんだったのね。マーカスとあなたとお友だちのアーデンはみんなすばらしい剣の使い手だと聞いているわ」

「まあ、そうだ」侯爵が認めた。「ぼくらはよくいっしょに練習しているのさ。いや、練習していた、と言うべきだな。マーカスとアーデンがきみのお姉さんたちに心を奪われるまでは」

リリーは何かを思うような表情で侯爵を見つめた。「フェンシングを教えてもらえたら、もっとうまく自分の身を守れるようになると思うの。銃の撃ち方は知っているけど、剣の使い方はわからないんです」

その言葉にヒースは大笑いした。「きみにフェンシングを教えたら点がもらえるのかな?」

これほどたやすく得点のチャンスをあたえるだけの価値があるだろうか? リリーはしばらく考えこんだ。それでも、十六歳のあのとき、剣が使えていたらよかったのに、という思いが心に浮かんだ。そして今は、ミック・オロークのような乱暴者や、犬をいじめていた荒くれ者たちと戦えるようになりたいという思いがつのった。「どうしてもとおっしゃるのなら」

「いいだろう。明日から始めようか。きみの多忙な予定の都合がつくなら」

「午後二時頃なら一時間ほど空けられます、侯爵様」

「もう一時間ばかり都合がつかないだろうか? フェンシングの試合専用につくったサロンが屋敷にあるのだよ」

リリーは首をふった。それほど長い時間クレイボーン侯爵とふたりきりになりたくはなかった。まして、彼の縄張りの中ではまずい。「ここで練習しませんか? ダンスを教えるのに使っている客間はじゅうぶん広さがあるわ」

侯爵がうなずいた。「それなら、うちのサロンよりいいだろう。独り者の屋敷に出入りして男のスポーツをやっているところを見られたりしたら、きみの評判に傷がつくだろうから」

居間の扉の前まで来たとき、リリーが足を止めた。「わたし、評判なんてあまり気にしないわ。ご存じでしょうけど」

「だが、ぼくは気にするよ。次回ここに来るときには、練習用の剣を持ってくることにしよう。ただし……教えるとしたら、ひとつだけ条件がある」

「どんな条件かしら？」

「ぼくのことを〝侯爵様〟ではなく名前で呼んでほしい。ぼくの名はヒースだ」

名前を呼ぶほど親しさを表してまで剣を教わりたいかと悩むリリーの葛藤《かっとう》を、ヒースはじっと見つめていた。

「いいでしょう」やっとリリーが答えた。「あなたのことはヒースとお呼びします。でも、きちんとしたレッスンをしていただかないと、〝侯爵様〟に逆戻りしますから」

背を向けて居間に入ろうとするリリーににっこりと笑顔を向けながら、彼はささやかな戦闘の勝利を祝った。とはいえ、リリーもまた勝利を手にしていた。彼の決断を押しとどめてフェンシングを教えるよう説得したのだから。

それでも、ヒースのほうが有利に交渉を進めた。リリーとともに過ごす時間が持てるだけではない。さらに求愛を進めるチャンスを手にしたのだから。フェンシングの基礎を教えるだけでなく、もっとおもしろいレッスンをしようと彼はたくらんでいた。

髪をかき上げながらヒースはふっと笑った。リリーが相手となると、とんでもない策略家になってしまう自分がおかしかった。これでは、今まで長いこと彼を追いかけてきた、社交界デビューしたての娘たちと変わりがないではないか。

だが、リリーはほとんど他に選択肢をあたえてくれないのだから仕方がない。居間に足を踏み入れながら彼は思った。

リリーは友人たちに駆けよって抱きしめたが、ヒースは離れたまま立って見守っていた。フレールはオロークと対決したにもかかわらずしっかりしていたが、シャンテルは体をふるわせ、絹の扇子《せんす》を弱々しく動かしていた。一方ファニーは、見るからに怒りを抑えようとしていた。

四人の女性がいっせいに話しはじめたが、ヒースはリリーだけをじっと見つめていた。まるで矛盾を集めてつくった魅力的な迷路のような女だ。頭に来るほど無鉄砲で強情かと思えば、驚くほど寛大で情が厚く、忠実な心の持ち主。求愛のゲームでは一歩も引く気がないくせに、友が必要とすれば全財産を平気で渡そうとする。

そして、うれしくなるほど新鮮で謎に満ちている。勇敢でねばり強い性格は、むこうみずと言ってもいいほどだ。ヒースは、ブロンズ像を手にオロークを追いかけていたリリーの威勢のよさを思い出していた。オロークのような男なら復讐を企てるかもしれないと恐れていなければ、ユーモラスといってもいい姿だった。

それでも、弱い者を守ろうとする彼女の情熱を責めることはできない。それこそ、ヒースがすばらしいと思うリリーらしさのひとつだった。

もちろん、リリーにも弱さはある。ヒースはだんだんわかってきた。炎のように激しい態度の下に傷つきやすさを感じたのは一度ではない。オロークとの争いに勝ったあと彼女の顔をよぎった苦しげな表情も目にした。瞳の奥に傷ついた表情が一瞬浮かんでは消えた。苦悩に満ちた目を見た瞬間、ヒースはリリーを抱きしめて慰めてやりたくなった。

あのときの強烈な感情が、どうしてもヒースの心から消えないのだ。リリーは彼の肉欲だけでなく保護本能もかき立てる。もちろん、彼女が男の保護を受け入れはしないとわかっているのだが。

だが、誰かが昔リリーを傷つけたことは確かだ。だからこそ、これほど防御が固いのだろう。二度と誰にも傷つけさせるものか。ヒースは誓った。自分の女は自分で守らなければ。そしてリリーは今、ヒースの女だった。たとえ本人は認めていなくても。

友を慰めるリリーを見つめているうちに、いとしい気持ちが彼の体じゅうにあふれてきた。どうしようもなく強い気持ちだった。どうしてリリーがこれほど自分を守ろうとするのか突き止めなければ。そして、絶対にリリーを手に入れてやる。ヒースはさらに強く決意した。

リリーは男などいらないと考えている。彼などいらない、と。だが、それがどんなにまちがった考えか、教えてやるのだ。

8

クレイボーン侯爵はずるいのよ！

――リリーからファニーへ

翌日の午後、正面階段をかろやかに駆けおりてくるリリーの姿をヒースはじっと見つめていた。またもやリリーは彼を驚かせた。今度は姿のよい体に男性用のズボンとブーツをはき、薄い麻のシャツを身につけている。長い髪をえり元でまとめてリボンで結んだその姿は、おてんば娘そのものだ。ちゃめっ気のある表情を見れば、どうやら本人も承知の上らしい。

「こんにちは、ヒース」リリーが陽気にあいさつしながら近づいてくる。

〝服装について意見したいならどうぞ〟と挑むような微笑みを見て、ヒースはあえて穏やかに声をかけた。「それで、今日の一風変わった衣装の目的は何かな、お嬢さん？」

「スカートをはいたままではフェンシングはできないわ。そうでしょう？　ズボンなら楽に体が動かせるもの。それに、このほうがあなたもわたしのことを男扱いできるでしょう」

ヒースはぐいっと眉を上げた。「いったいなぜぼくがきみを男扱いしたいと思うのかな？」

「なら、わたしを女扱いして甘やかさないのね」

リリーのことを男扱いしたいと彼が望んでいると考えているとしたら、大まちがいだ。ズボンをはいているせいで、よけいしなやかで女らしい腰と脚の曲線に目を奪われてしまう。そしてシャツのせいで、豊かな乳房の形がくっきり浮かび上がっているではないか。

「ぼくに対する嫌がらせで、そんなとんでもない格好をしているんじゃないだろうね？」

リリーは低い声で楽しげに笑った。「正直に言うと、ちょっとそんな考えがよぎったわ。こんなはしたない格好をしている侯爵夫人はほしくないでしょう」

ヒースは首をふった。リリーのはしたない服装にたじろぐことなどまったくない。実際、自分以上にむこうみずで反逆心に富んだ女性を見るのは楽しいとしか言いようがなかった。「いずれわかるだろうが、ぼくはいささか心が広いものでね。結婚してもきみの服装についてあれこれ指図するつもりはないよ」

「でも、社交界はうるさいし、きっとわたしのことを毒婦扱いするわよ」

「そうとも言い切れない。裕福な貴族は、社交界の一般人とはちがう基準を適用されるのだよ。きみがズボンをはいた侯爵夫人になるなら、まあ変わり者と言われる程度だろうね」

ヒースの意見を聞いて、リリーの表情が考え深げになった。彼はさらに踏み込んだ。「おまけに、ぼくの妻になれば、きみは未婚の若いレディという今の境遇よりはるかに自由を満喫できるだろう。そして、ぼくと人生をともにすれば、退屈しないと保証するよ。お望みなら、毎日フェンシングをしてもいい」

リリーが鼻にしわを寄せた。「そんなすてきな見込みを聞いても心を動かされはしないわ、侯爵様」

「ヒースと呼んでくれ。お忘れかな？」

「あっ、ええ、そうだったわ……ヒース。それが剣？」リリーは、ヒースが抱えている長い革のケースを指さした。

「ああ、練習用の剣だ。刃は鈍くしてあるし先端には革の覆いがつけてあるから安全だ」

「よかった」リリーは輝くような笑顔を見せた。「まちがってあなたを串刺しにはしたくないから」

いつもこの笑顔に不意打ちを食らわされる。まばゆいばかりのリリーを見てヒースは思った。確かに、彼女の持つはじけるような生命の輝きは、これまで出会ったどんな女より衝撃的だ。それなのに、本人は自分のたぐいまれな魅力にまったく気づいていないらしい。「来て」リリーが言った。「間に合わせで練習場にしてみたの。こっちよ」

リリーのあとに従って玄関ホールから屋敷の後方へ回り込みながら、ヒースはゆるやかにゆれる尻を眺めていた。招き入れられた客間はかなり広い部屋だ。ダンスの練習のために椅子とテーブルが壁際に寄せられ、カーペットを丸めて外してあるおかげでピカピカの木の床があらわになっている。

「こんな感じだけど使えるかしら?」リリーが尋ねた。

「じゅうぶん使えるな」

ヒースは扉を閉めて静かに鍵を回した。リリーとふたりきりになれる、めったにない機会だったから、邪魔が入ったりしてほしくなかった。

フェンシングよりもっと強力なレッスンをするつもりだった。情熱的な性格の持ち主であるのに性的には無垢なリリー。どうしても目覚めさせてやらなければ。肉体の悦びを教えれば、きっと防御が弱まって結婚にも前向きになるだろう。ヒースは考えた。

期待に胸を躍らせながら、ヒースは剣のケースをテーブルに置き、さりげないしぐさで上着とヴェストを脱ぎ、クラヴァットを外した。

「それで、何から始めるの?」ケースを開けるヒースに向かってリリーが尋ねた。

「基本から始めよう。まずは、構え方と握り方だ。それから、動き方と突き方の基礎を教えよう。最後に、簡単な攻撃と防御を練習する。今回以降のレッスンでは、相手に勝つために必要な戦術と戦略を教えよう。だが、今日のところは基本的なところだけをやってみればいい」

ヒースは細長い剣を抜くと、鋭い剣先につける安全用の覆いをリリーに確認させた。それから、正しい構え方を見せた。右腕を伸ばして剣を上げ、左腕を上向きに曲げる。次に彼は基本的な動作をやって見せた。突きと受け流し、フェイント、突き返し、姿勢の立て直し、受け返し、突進だ。その後、リリーに一つひとつ練習させた。

ヒースはリリーの体に何度も触れることができてうれしかった。持って生まれた運動能力の高さと敏捷性のおかげで、リリーが次々と課題をこなしていくことも喜ばしかった。

最後に、向かい合わせで立つと、彼はリリーに前進動作と後退動作のやり方を教えた。

「フェンシングは、ぼくらがやっているゲームと似ているといえば似ている」ふたりで前進と後退の動作を練習しながら、ヒースが言った。「防御しながら攻撃と撤退をくり返して突きを決めるわけだから」

「そうね」リリーが少し息を切らせて答えた。「あなたの腕前はすばらしいわ」しばらくしてヒースが休みを入れたとき、リリーが言った。

「もう少し練習すれば、きみもぼくの相手ができるようになるさ」

リリーは声をあげて笑った。「あなたの相手がつとまるようになるだけでも、一生かかりそうだわ」

ヒースの意見はちがった。リリーはすでに彼にとって対等の相手だった。もちろんフェンシングではそうではないが。それでも、人生への熱意や、のびのびと自発的なところや、いじらしいほどの元気さを見ていると、ヒースは心の奥底まで喜びにふるえずにはいられない。

まだ知り合ってそれほど時間が経っていないというのに、リリーに対して感じる絆《きずな》の強さは驚くべきものだ。これまでそんな感情を抱いたことがある女性は、マーカスの妹エレノアだけだった。実際、リリーの態度はエレノアと似て、まるで兄に対するように親近感はあるがプラトニックな接し方だ。

ヒースはすぐにでもこの状況を変えるつもりだったが、そんな状況を楽しんでもいた。なぜなら、こうしていると親友たちのそばにいる気分がよみがえるからだ。遠縁の親戚は今も生きてはいるが、ヒースにとって肉親と呼べる人間は皆無だった。だから、マーカスとドリューは兄弟のようなものだ。もう何年も彼らとの絆は大切なものになっていた。喜びや悲しみや仲間意識や友情を彼らと分かち合ってきた。

マーカスとドリューが花嫁を見つけた今、ヒースはふたりと楽しく過ごした日々をひどくなつかしく思っていた。だが、ふたりの幸せぶりを眺めているうちに、彼はリリーとの将来を思い描くようになっていた。

リリーが妻になれば、いつでも意見を戦わせ、笑いあうことができる。彼女をからかったり刺激したり挑発することができる。ちょうど今のように。そして、ベッドをともにすることができるのだ。毎朝リリーのかたわらで目覚め、ゆっくりと念入りに愛を交わす……そんな日々を想像していると何とも楽しい気分になる。

今すぐ抱いてしまいたい。笑うリリーの目を見下ろしながらヒースは思った。ひどく心をそそる女だ。この艶《つや》やかな髪をクシャクシャにして壁に体を押しつけ、思う存分堪能《たんのう》してみたい。

けれど、ヒースははやる心を抑えた。急いではいけない。妻として望んでいるのだから。それに、たとえ痛いほどの肉欲が満たされるとしても、不注意に誘惑すればきっとリリーを傷つけることになる。それに、リリーの評判のこともあった。もう何年も家族のスキャンダルにまみれてきた状況をさらに悪化させるわけにはいかない。

そうだ。花嫁にするまでは処女のまま守ってやらなくては。とはいえ、求婚を受け入れさせるために情熱を利用しないということではない。だが、彼はリリーの降伏以上のものがほしかった。男と女の間にある至福の快楽を教えてやりたい……。

気がつくと、ヒースはしばらく黙りこんでいたらしい。リリーが不思議そうな顔をして見上げている。「どうかしたの?」

「何でもない。だが、次のレッスンに進む時間だ」

「何のレッスン?」リリーはそう尋ね、ふいにかすかな警戒心を顔に浮かべた。

すぐには答えずヒースは前に進み出てリリーの手から剣をとると、二本の剣をサイドテーブルの上に置いた。そして、リリーの前に戻ったとき、抱きしめたいという欲望にかられた。

「これから興奮とはどういうものか教えてあげよう」彼はリリーの体を引きよせた。

リリーははっきり聞こえるほどハッと息を呑み、両手で彼の肩を突き放そうとした。けれど、ヒースは離そうとしない。

「きみのズボン姿を見てぼくの想像力が激しく乱れたことは話したかな? きみの意図とは逆

の効果になったようだ」

「いったいどんな効果？」落ちつきのないふるえる声でリリーが尋ねた。

「きみのせいで痛いほど興奮してしまったよ」じっと目を見つめながらヒースが言う。

「そんなつもりは全然なかったわ」

「それに、ぼくがきみを興奮させることは否定できないだろう」

リリーの口がぽかんと開いたが、すぐに閉じた。「もちろんそうよ。あなたは、スカートをはいている相手なら誰でも何でも誘惑できるって有名な男性ですもの。でも、わたしの反応なんか意味ないわ。意志とは関係のない純粋に肉体的な反応ですもの」

「ほとんど何も知らないというのに、肉体的な快楽を簡単に否定するんだな」

両手をリリーのウエストにすべり下ろしながら、ヒースはさらにぐいっと体を引きよせ、ふるえる彼女の体の感触を楽しんだ。「きみは深い情熱を持った女だ、リリー。一生独身で生きるには情熱的すぎるのだよ。熱い血のたぎる激しい女だ。それを今から証明してあげよう」

リリーのあごが強情そうにつんと上がった。「情熱って過大評価されていると思うわ」

「きみはそう思うのだろうね。だが、今日からはそんなことを思わなくなるだろう」

手をリリーの腰のあたりまで下ろすと、ヒースは片方の膝でリリーの膝を割ってぐいっと開いた。小さなあえぎ声とともにリリーは後ずさろうとしたが、ヒースはぎゅっとつかんで彼女のお腹を自分の下腹部に押しつけた。

その瞬間、欲望が奔流となってヒースの体を貫いた。激しい男の本能がめらめらと燃え上がる。だが、彼はむりやり欲望を抑えつけた。今は自分ではなくリリーのための時間だ。

彼はわざと自分の太ももを女のふくらみにこすりつけ、リリーの体をわずかに持ち上げて自分のほうに滑り寄せた。リリーの呼吸がうめき声に変わった瞬間、彼は顔を寄せて唇を奪った。

大胆な攻撃にリリーは体をこわばらせたが、ヒースはやめようとしない。じらし、なだめ、もてあそび、探っていく。リリーの唇と口の中が特別な場所だと、彼は舌と唇で語りかけた。

しばらくの間ためらいがあった。だが、やがてヒースの努力は報われた。リリーが激しい反応を返してきたのだ――まるで、自分を抑えかねたように。心をわしづかみにするような甘い感触に彼は不意を突かれ、狂おしいほどの歓喜に襲われた。飢えに突かれたように熱くキスを返してくるリリーに、ヒースの血はわき立った。解き放たれたようなリリーの激しさは奔放といってもいいぐらいだ。

まるで生まれて初めてキスをしたかのように、ヒースはリリーの熱さに包まれ押し流されていた。息もつけないほど興奮が高まった瞬間、彼は引きはがすように唇を離した。

リリーが見つめている。ぼんやりとしたその顔は美しく、髪は乱れ、頬は赤らみ、目が輝いている。その姿を見た瞬間、ヒースはこれまで経験したこともないほど凶暴な欲望に襲われた。

リリーがほしい。だが、意志の力をかき集めて欲望を抑えつけた。

リリーを引きよせたまま、彼は壁に並ぶ椅子のところまで後ずさり、腰を下ろした。それから、片膝の上にリリーをまたがらせた。

リリーは目を大きく見ひらいていたが、彼が自分のシャツを開いて胸板をあらわにしても何も言わなかった。また、彼女の手をとって彼の胸にのせ、熱い男の肉体に触れさせてもリリーは何も言わなかった。

けれど、彼の手が気だるく円を描くように彼女の肩をなで、腕をさすったとき、とうとう彼の名をつぶやいた。「ヒース……」

「何だい……、リリー？」

「こんなこと、やめなくちゃ……」

「おもしろい考えだ。だが、まだ始めたばかりではないか」

リリーの胸を見下ろしたまま、ヒースは彼女のシャツを開いた。その下にはリネンのキャミソールを身につけているが、薄い布地ごしに乳首があられもなく突き出ている。

下着のへりをぐいっと引き下ろすと、彼は愛らしいふくらみをむき出しにして視線を浴びせかけた。そして、ゆっくりと両手を上へすべらし乳房をさっとかすめた。バラ色のつぼみがピンと突き出て、せがんでいるようだ。けれど彼はそれを無視し、代わりに乳首のまわりのなめらかな象牙色の肌を指でたどった。

リリーの体が小刻みにふるえ、鋭い緊張が走った。ヒースが乳房を手でふわりとつかみ、重さを確かめるように手のひらで包みこんだとき、リリーは身ぶるいするように息を吸い込んだ。

手の中でみるみる熱を帯びるやわらかなふくらみは、ヒースに官能的な悦びをあたえてくれる。もっとリリーの手ざわりを確かめたくなって、彼はやさしく乳房をもみしだいた。感触を楽しみ、女の体の硬さとやわらかさに――豊満な乳房のやわらかさと、膝の上に押しつけられた太ももの硬さに――魅せられていく。

彼が親指で乳首のまわりをもてあそんでいるうちにリリーの息が浅くなってきた。乳首がひどく感じやすくなっているのだ、とヒースは思い、今度は指先でそっと先端に触れた。そして、大きく突き出たピンクのつぼみをゆっくりとなで回してリリーの快感を高めたかと思うと、突然、硬くなったつぼみをつまみ上げ、じらすように愛撫した。

リリーが鋭く息を呑んだ。赤らんできた頬を見れば、リリーを性的に興奮させるのに成功したのは明らかだった。ヒースは顔を近づけ、舌先でちろりと一方の乳首をなめた。すでに硬くなっていた乳首が、ゆっくりとエロティックに円を描きながらやさしく丹念になめられるうちにさらに硬く突き出てくる。

「もう何週間も前からこうしたいと夢みていた」ヒースはそうつぶやくと、やっともう一方の乳首を口に含んだ。「きみの体を味わって、こんなふうに吸ってみたかったんだよ……」

彼はやわらかな肉に唇を這《は》わせ、そっと歯をあてたかと思うとじらし、官能的な攻撃でリリーにかすかなふるえの混じるあえぎ声をあげさせた。やがて、乳首をすっぽりと口の中に包みこまれたとき、リリーはすすり泣くような声をあげ、彼の肩にしがみついた。

ヒースはしばらくの間ねっとりと熱くリリーの体を味わっていた。やがて、リリーがかすれた声で言った。「ヒース……こんなこと、やめなくちゃ……」

「きみが〝やめて〟と言わない限りはだめだ」ヒースが答えた。

そんなことをリリーは口にしない。ヒースにはよくわかっていた。明らかに彼女はやめてほしくないのだから。それに、ヒースにしてもやめるつもりはなかった。リリーのしなやかでやわらかな肉体は彼に触られたがっている。彼の腕の中でリリーの体はあたたかく生気に満ち、彼の手と唇の下でその肌は熱くほてり、彼は狂おしい思いに駆り立てられた。すでに男性自身がドクドクと脈打ち、あふれんばかりの欲望で硬く大きくなっている。

そして、うれしいことに、乳首をエロティックに吸われるうちにリリーの体がどんどん熱くなり落ちつきを失ってきた。明らかにもっと吸ってほしいのだろう。指でヒースの髪をつかみ、彼の唇を乳首に引きよせようとしている。

けれど、彼は徐々に唇の動きを止めた。乳首に最後のキスをすると、ヒースは顔を上げてリリーを見つめた。

彼の硬い太ももにまたがったまま、リリーはうろたえた表情で彼を見つめていた。かげりを帯びた目を大きく見ひらいている。彼女の喉のあたりは強く脈打っていた。

「これで……レッスンは終わりなの？」リリーが息もたえだえに尋ねた。声に失望がにじんでいる。

ヒースが微笑んだ。「いいや、まだある」そう言って、リボンをリリーの髪から外し、輝かしい栗色の髪をふわりと肩に広げた。「だが、用心深くやらないと。きみのズボン姿にはとてもそそられるし、ズボンを脱がしてしまいたいという気持ちに負けそうになるが、残念ながら服を着たまま愛を交わさなければならない」

「そんなこと、できるの？」疑わしそうな口調だ。

「ああ、できる。教えてあげよう」

彼は両手をリリーの腰に当てたままわずかに身じろぎし、彼女の体を持ち上げた。そして、自分の膝を上げて、またがったリリーの体を自分のほうにすべり下ろした。

下腹部に感じた摩擦《まさつ》のせいで、リリーは「ああっ」とふるえるかすれ声を上げた。本能的に動いてしまう腰をヒースの膝にこすりつけている。

「それでいい……。さあ、ぼくを乗りこなしてごらん」

何を望まれているか気づいたリリーは、驚きのあまり唇を開いた。けれど、ぐいっと引きよせられ、むき出しの乳房を彼の裸の胸に熱くこすりつけられても抗議の声をあげることはない。

ヒースの両手がリリーを導き、彼女の下半身をゆっくりと確かなリズムで動かしていく。すぐにリリーはリズムをつかみ、自《おの》ずと体をゆらしはじめたが、興奮が高まるにつれて目を閉じていった。

「だめだ、ぼくを見るんだ、エンジェル。きみの美しい目の中で快感が高まるのを見たい」

リリーが目を開いたとき、ヒースは確かに黒い瞳の中に燃え上がる欲望を見た。彼女はまるで自分に何が起きているのかわからないかのように、呆然と快楽と興奮に身をゆだねている。

リリーは彼の太ももの硬い筋肉に体をすりつけて身もだえし、彼の腕の中で背をのけぞらせた。ヒースはいっそう力をこめて彼女の腰をつかんだ。

リリーの荒々しい吐息を耳に感じて、ヒースの体の中に欲望が炎のように燃えさかった。リリーの中に突き入れたい。激しく、深く。きっと彼女の中はなめらかでやわらかく、信じられないほど熱く……。

想像したせいで胸が苦しくなり、男性自身が痛いほど脈打っている。

彼はリリーを抱きしめ、ふたたび唇を奪った。荒々しく舌を突き入れ、リリーの舌にからませていく。せつなく飢えたような反応が返ってきた。リリーはすっかり彼のために唇を開き、彼の舌に陵辱されるままになっている。ヒースはいっそう激しくリリーの体をゆらし、女の裂け目に彼の膝をこすりつけた。

リリーは体じゅうが炎に包まれたような気がした。うずく女の中心に彼の太ももが食い込むにつれて、名づけようもない救いを求めて自ずと腰の動きが激しくなってしまう。息が切れ、顔が熱く、体の奥から渦巻く熱い嵐に全身が包まれていく。原始的な本能に突き動かされるうち、やがて訪れた結末にリリーは衝撃を受けた。突然、押し寄せた強烈な快感の波に圧倒されたのだ。

リリーはどうしようもなく背をのけぞらせた。周囲の世界が崩れおちるような気がする。思わず爪がヒースの肩に食い込んだ。荒れ狂う感覚の潮があふれ出してあらゆるものを押し流し、いつしかリリーは喉の奥から我を忘れた激しい叫び声をあげていた。

ふるえが止まったとき、リリーは力なくヒースの体に倒れ込み、彼の肩のくぼみに顔をうずめた。乱れた呼吸に上下する乳房を彼の胸に押しあてたまま、今経験したばかりの官能の爆発を理解しようとして。

リリーは驚くべき快感に圧倒されていた。体じゅうが信じられないほど熱くてだるい。ヒースにも気づかれている。リリーは確信していた。彼はリリーを抱きしめて、片手でやさしく髪をなでていた。やっと彼女の喉から声が出たとき、それは弱々しくかすれていた。「お願いしたのとはちがうレッスンだったわ、侯爵様」

髪に押しあてられた彼の唇が微笑んだのがわかった。「確かにちがう。でも、きみには必要なレッスンだ。これで、男を避け結婚を否定すれば手に入らないものが何かわかっただろう」

「わたしにわかったことは――」リリーが力なく言い返した。「今日ズボンをはいたのは、まちがいだったってことだわ。もしレディらしい格好をしていたら、あなたはこんな恥知らずなことをしなかったでしょう」

ヒースが押し殺したような笑い声をあげた。「悪いね。きみが何を着ていようと関係なかったよ。粗布をまとって頭に灰をかぶっていたとしても、きみに欲望を感じていただろう」彼の唇がリリーのこめかみに押しあてられた。「今ぼくは人生にこれ以上ないほど興奮しているよ」

突然、硬い男性自身を布地ごしに感じてリリーは体を離そうとしたが、ヒースはさらに強く抱きしめて離そうとしなかった。「それで、初めて味わった情熱の味はどうだったかな？」そうつぶやきながらリリーの耳をかじる。

恥ずかしさのあまりリリーの顔が熱くなった。「ええと……興味深かったわ」

「興味深かったというだけか？」疑い深げに彼が言った。

「そうね……すばらしかったわ」

今度は満足そうな笑い声が返ってきた。「うれしい限りだ。恋人を悦ばせることができたとき、男はプライドが満たされるのだよ」

リリーはなめらかな彼の肌に向かって顔をしかめた。「わたしたち、恋人じゃないわ」

「その件に関してはまもなく善処するつもりだ」

リリーは体を起こしてけわしい目でヒースを見た。「その件にはわたしも意見があるわ」

「もちろんそうだろう。だが、今後はきみもぼくの求婚を拒むことについては、そうかたくなでいられないと思うが」

「わたしのかたくなな態度は全然変わっていないわ、侯爵様」

「ヒースと呼んでくれ」

これほど身分の高い貴族を親しげな名前で呼ぶのは難しかったが、フェンシングを教えてもらう条件として約束したことだから仕方がない。「いいでしょう、でも警告しておくわ、ヒース。わたしを誘惑しても、ゲームに勝つのが簡単になるわけではありませんから」

彼は気だるげに微笑んだ。「簡単に勝てるなら、おもしろくないさ。きみもそうだろう」

残念ながらそのとおりだ。リリーは嘆いた。ヒースと知恵を戦わせることはとても爽快なことだった――今回も含めて何度も負けているとはいえ。

ただのフェンシングのレッスンだったのに、どうして彼は、こんなにすばやく有利な方向に転換できたのだろう？　リリーは腹立たしい気持ちで考えた。彼がかかわるといつも自分はいくじなしになってしまうからだ。官能的な攻撃に屈するものかと強く決意していたはずなのに、燃えるようなキスをされた瞬間、抵抗する力が消えてしまった。

そのとき、不意を襲うようにヒースが顔を近づけてキスをした。ゆっくりとたゆたうようなキス。彼はなんてみだらな唇をしているのだろう。この唇でいつも彼女の心を乱すのだ。体じゅうがふたたび熱くなるのを感じながら、リリーはぼんやりと考えた。

簡単に屈服している自分に気づいて、リリーはむりやり唇を離した。彼の膝から下りようとしたけれど、またもやヒースに阻まれた。

「こんなことまでさせてしまうなんて、自分が信じられない」リリーがつぶやいた。

「求愛の手順として論理的にこうなるはずだったのだよ。ふたりともわかっていたはずだ。きみだって望んでいたと断言してもいい」

その発言にいくばくかの真実があることをリリーも否定できなかった。肉体の悦びがどんなものか、確かに知りたかった。そして、想像していたよりはるかに多くのことを発見した。

黙りこくるリリーの目を、ヒースはじっとのぞきこんだ。「ぼくたちは恋人になるんだよ、リリー。ぼくは確信しているんだ。だが、愛を交わすのは、きみがぼくを夫として望むようになってからだ」

その言葉を拒絶しようとして、リリーは彼のたくましい胸板に手を突っ張った。「そんなの、妄想よ」

「これが妄想なら、すばらしく幸せな妄想だな。きみとベッドをともにすると妄想するほうがさらに幸せだけれどね。結婚したら、快楽と情熱についてあらゆることを喜んで教えよう」

ヒースの宣言のせいで、とんでもなく奔放な想像がかき立てられたが、リリーは心を抑えつけた。「結婚したら、ですって?」彼女はくり返した。「あなたの傲慢さには驚かされるわ」

あざけるようなリリーの口調を耳にして、反逆心が彼のハシバミ色の瞳にきらめいた。「絶対にきみは夫婦の営みを楽しむようになると約束しよう。自慢するわけではないが、ぼくは愛の技にかなり長《た》けているのでね」まるで証拠を見せるように、ヒースは左の乳首にあざけるようなキスをした。

その瞬間、体を貫くように欲望が燃え上がり、リリーは思わず背をのけぞらせて体をふるわせた。不安に襲われて、ヒースの胸を今度はきっぱりと押し戻した。

やっと彼が手を離すと、リリーは彼の膝から下り、よろめきながら背を向けて乱れたキャミソールとシャツを直し、あられもなくむき出しになった乳房を隠した。確かに、ヒースは恋人としてすばらしい技を持っている。疑いようもなかった。

「わたしたちの間に起きたことをフレールに話すつもりなんでしょうね」リリーが不機嫌そうに言った。「そうすれば、また何点か追加されるでしょうから」

落ちついて服の乱れを直す彼の姿をリリーは目の端で眺めていた。「もちろんそんなことはしない。紳士たるもの、己の愛の成果について口にしないものだ。ぼくらだけの秘密だよ」

何も答えないまま、リリーは扉の前まで歩いて鍵を開けた。

「これで今日のフェンシングのレッスンは終わりということかな?」ヒースがのんびりした声で言った。

リリーは肩ごしに鋭い視線を投げつけた。「ええ、そうよ。二度とこんなレッスンを受けるつもりはありませんから。あなたって信用ならないもの」

ヒースが眉をつり上げた。「ぼくが信用ならないって? むしろ、ぼくとふたりきりになったとき、きみが自分を信じられないと言うべきではないのかい?」

情けなくなるほど鋭い問いかけにリリーは答えなかった。けれど、扉をさっと開けて大またで部屋を出ても、真実を否定することはできなかった。自分が、この魅力的で頭にくる悪い男と情熱のひとときを過ごしたかったという衝撃的な真実を。

9

侯爵がなぜ女性を失神させるのか、よくわかったわ。
でも、彼とも他の男性とも恋に落ちるつもりは絶対にないの。
――リリーから姉たちへの手紙

当面ヒースとの危険な遭遇を避けたいとリリーが望んだとしても、その願いは叶えられなかった。なぜならその夜フレールから、生徒たちの実地練習をするために本物の紳士にお相手してもらわなければ、と言われたからだ。

リリーは、この際、迷惑な求婚者をうまく利用しようと思いついた。そこで、胸騒ぎをむりやり押しやると、明日の朝十時に授業を手伝ってほしいという手紙をヒースの屋敷へ送った。

生徒たちに囲まれていれば彼とふたりきりになることはないのだから、抵抗するのも楽なはずだ、とリリーは自分に言いきかせた。

そんな考えは甘いと気づくべきだった。あの驚くべき肉体的経験から日も浅いうちにヒースの姿を目にしたおかげで、官能的な記憶が次々とよみがえり、リリーは打ちのめされた。あいさつを交わすとすぐに無関心を装ったけれど、昨日のエロティックな経験を何一つ忘れることができないでいた。手のひらに感じた波打つ胸の筋肉の動き。硬くてたくましい男の肉体の感触。乳首に吸いついた唇の熱さ。彼がリリーの体に引き起こした荒れ狂う炎のような感覚……。

今リリーは、なぜ女性たちが彼のベッドに飛び込んで愛されたがるのか、よく理解できた。

幸いなことに、フレールとシャンテルが中心になって授業を進めていたので、ふたりがクレイボーン侯爵を生徒たちに紹介し、夜会の予行演習も進めてくれた。

だが、リリーはヒースの影響力の大きさに驚かされることになった。彼は、その場にいた女性たちをいともたやすく魅了し、くつろいだ気持ちにさせて笑わせた。授業が終わる頃には、誰もが彼の前で気絶しかねないほどだった。それでも、ヒースはあからさまに言い寄るエイダ・ショーをたくみにかわし、サリー・ニードの戯れも気持ちよく受け流した。

彼に魅了されたら、枝に止まった鳥すら地面に落ちてきそうだわ。リリーは不愉快になった。けれど、内気なペグ・ウォレス相手に彼が見せた態度には心あたたまる思いがした。彼のやさしい応対に接するうちにペグのおずおずとした態度がやわらいでいったのだ。

授業が終わってからリリーはヒースに声をかけ、心から礼を言った。「当然のことですけど――」リリーは不本意ながらも言いそえた。「今日、生徒たちを手助けしてくださったのですから、フレールからもう一点追加してもらっていいと思います」

「そんなに気前のいいことをしても、大丈夫かな？」ヒースが尋ねた。官能的な唇の端が楽しそうに上がった。「昨日フェンシングのレッスンで一点もらったから、今日また一点もらえれば合計で七点になってしまうね。この調子でいくと、ぼくの勝ちになりそうだ」

リリーが顔をしかめた。ヒースがさらに三カ月求愛をつづける権利を得るのは、望ましくない。それでも、公平な態度を示したかった。「今回は点数をあたえられる価値があると思うわ」

「ドルーリー・レーンに今夜付き合ってくれれば、何点かきみに返してもいいんだよ」

ヒースの忍耐強さにリリーは思わず微笑みを浮かべた。劇場への招待はまちがいなく、ふたりきりの親密な場を手に入れる策略にちがいない。「残念ですが、お断りしなくては。あなたといっしょに公共の場にいるのを人に見られたくないの。お忘れかしら？　それに、今日は予定の時間をすでに使い切ってしまったでしょう？」

彼は、心臓が止まりそうになるくらい魅力的な微笑みを見せた。「何でも試してみなくてはね。ならば、明日レディ・フリーマントルのガーデン・パーティで会うことにしよう。エスコートを申し出たいところだが、ぼくの馬車に同行してくれと頼むのは少々行きすぎかな」

「ありがとうございます。でも、ファニーといっしょに行くつもりですので」そう答えることができて、リリーはうれしかった。チェズウィックはロンドンのメイフェア地区から五マイルほどの距離にあるから、そんな長い時間ヒースとふたりきりになりたくはなかった。今だって部屋じゅうに人がいるというのに、彼が近くにいるだけで落ちつきを失っているのだ。

　そのとき、ヒースがリリーの手をとって軽く指にキスした。その瞬間、リリーは胃のあたりに緊張が走るのを感じた。

　リリーは何でもないふりをした。自分にこれほどの影響を及ぼしていることをヒースに知られて満足感を味わわせたくなかった。けれど、彼が去ってしまうと、情けなくなるほど長い間ぼんやりと立っていた。指先に残る彼の唇の感触をジンジンと熱く感じながら。


　土曜の朝が来た。雲が出て涼しい日だ。リリーは、雨が降ってウィニフレッドのガーデン・パーティが中止になればと願った。午前の授業をいくつか終わらせてから、淡い緑色の小枝模様のモスリン地で仕立てたおしゃれなドレスを身につけ、おそろいのボンネットをかぶった。

　リリーを迎えに馬車で乗りつけたファニーは、さらにおしゃれなドレスを着ていた。きっと、パーティに出席する傲慢な上流階級の人びとに対抗するためだろう。

　けれども、ファニーが頭を悩ませていたのは出席者のことではなく、オロークのことだった。「借金返済の計画を説明する長い手紙を書いて送ったのよ」馬車が出発するやいなや、ファニーはリリーに説明した。「でも、返事が来ないの。だから、心配で」

「この間わたしがしたことの仕返しをしようとしているのかしら?」リリーは顔をしかめながら尋ねた。

「わからないわ。わたしが彼のところに出向いて、ひざまずいて許してくれって言いに行くのを待っているのかもしれないわね」

「土下座なんかしちゃだめよ」リリーが勇ましい調子で言った。「そもそもあなたの借金じゃないんだから」

「わかっているわ。でも、すぐに返せと言われれば、そうするより他ないでしょうね」

リリーはさらに顔をしかめた。「もしよければ、今日の午後ウィニフレッドに、いくらか寄付を頼めないか探りを入れてみるけど」

「その気があるか感触を確かめるだけならいいけど」ファニーが答えた。「でも、うまくいけば、月曜の夜会が終わったら、助けてもらう必要がなくなっているかもしれないわ」

そして、話題は夜会に移り、ふたりは最後の詳細について話し合った。ファニーは自分の着付係を下宿屋に寄こして、生徒たちがドレスを着たり髪をまとめたりするのを手伝わせることにした。

馬車がフリーマントル・パークに到着したとき、リリーは先に来ていた姉たちがテラスですばらしい庭を眺めているのを発見した。アラベラとロズリンがすぐに気づいて駆けより、あたたかくリリーを抱きしめた。それからファニーも交えてなつかしい再会のひとときを味わうと、姉たちは姉妹だけで話をしようとリリーを連れて静かな客間に入った。

リリーは、久しぶりに姉たちに会えて大いに喜んだ。アラベラの結婚式以来、三人はこの数週間頻繁に手紙のやりとりをしていたが、やはり面と向かって話したり笑ったりできるのは格別だった。その上、あれ以来いろんなことが起きていた。とりわけロズリンがアーデン公爵と婚約したことは驚きだった。

アラベラはいつもと変わりなく美しく洗練された姿だ、とリリーは思った。けれど、ロズリンはひときわ美しくなって、まさに輝いているようだ。

「アーデンと結婚するって決めたのは正しい決断だと確信しているの？ ローズ」あらましを説明されたあと、リリーが尋ねた。「まだ引き返す時間はあるのよ。結婚式まであと十日。式が終わったら取り消しはきかないわ」

ロズリンは皮肉っぽい微笑みを浮かべ、アラベラは笑い声をあげた。

「そう言うだろうって話していたのよ、リリー」アラベラが言った。「あなたが結婚を軽蔑しているのはわかっているから。でも、ロズリンはあなたやわたしよりずっと結婚に対して前向きだったでしょう」

ロズリンは、わたしとちがってお父様が暴力をふるうところを見ていないからだわ。リリーは心の中でつぶやいた。それに、アラベラともちがって、愛を告げた婚約者から捨てられたこともないのだもの。

「幸せそうに見えるわ、ローズ」リリーは認めた。

ロズリンの微笑みがやわらいだ。「天にも昇る心地なの。あなたはどう、リリー？ ロンドンでファニーのお友だちや下宿人さんたちといっしょに暮らすのは気に入った？」

「ええ、すごく気に入ったわ」リリーは正直に答えた。「とてもやりがいがあるの。生徒たちにいろいろ教えて、自尊心を高めるお手伝いなのよ。日に日に成果が目に見えてくるの。フリーマントル・アカデミーの生徒たちよりずっと熱心だわ。人生の苦労を知っているからでしょうね。自分で暮らしを立てなければならない子たちばかりなのよ」

「それで、クレイボーン侯爵のことはどうなっているの？」アラベラが知りたがった。

「どうって？」リリーがとぼけた。

「求愛はどんな具合？　侯爵に言い寄られるのは歓迎していないんでしょうね、きっと」

「もちろん歓迎してないわ。月曜の夜会に紳士を連れてきてもらうために我慢しているの」

「でも、クレイボーンはとても魅力的な男性よ」ロズリンが指摘した。「賢くて頭の回転が速いし、カリスマ的な人でしょう。あの人に挑戦されれば少しは楽しいんじゃなくて？」

ヒースがエネルギーにあふれて楽しい男性であることを、リリーは否定できなかった。そばにいるだけでワクワクしてくるし、頭も感覚もいきいきと活発になる。それに、求愛が始まってから、リリーの生活は以前よりずっと活気に満ちたものになっていた。

だからこそよけい危険なのだ。まだ一週間も経っていないのにこんな気持ちになるとしたら、彼がゲームで勝利を収めた場合、彼に惹かれる情けない気持ちにどうやって抵抗できるのか？

「そうね、でもプロポーズを受けるつもりは全然ないわ。今のままでじゅうぶん満足なの。それに、やっと将来のことを考え始めたところだから。あそこの下宿人みたいな女性を助けたいって思っているのよ。もっとよい暮らしができるよう手助けしたいの」

「それは確かにすばらしい目標だわ」ロズリンが言った。「でも、貧しい女性を助けることと夫を持つことは矛盾しないわよ」

リリーはつのるいらだちを感じながら姉たちを見た。「クレイボーン侯爵のことでしつこく問いつめるつもりなら、わたし、もう帰るから」

「ばかなことを言わないで」アラベラがやさしくたしなめた。「わたしたちが理想的な相手と恋に落ちたから、あなたにも同じ幸せを見つけてほしいだけなのよ。少なくともクレイボーンの求愛にチャンスをあげるべきだと思うわ」

リリーは頑固に首をふった。恋になど落ちたくないし、結婚もしたくない。そんな取り返しのつかないことをして男性に支配されるような立場に立つようなまねは絶対にしないと誓っていた。ほとんど抗しがたいほどの魅力の持ち主に出会ったからといって、長年の信念を変えるつもりはない。

「あの人のことはじゅうぶんには信頼できないわ」リリーがそっけなく言った。

「侯爵はお父様とは全然似ていないのではないかしら。マーカスは確かに全然ちがうわ」

「ドリューもそうよ」ロズリンがうなずいた。「クレイボーン侯爵もお父様に似たところはないように思うわ、リリー」

そう、確かにヒースは全然ちがう。リリーは認めざるを得なかった。ヒースはやさしく穏やかでユーモアがある。それに、父が母にしたようにリリーを支配しようとしたり横柄《おうへい》な態度をとったりもしない。それに、暴力をふるいもしない。それどころか、守ってくれる――。

「侯爵を怖がっているとはとうてい思えないわね、リリー」アラベラが考え深げに言った。

そう、彼は怖くなどない。怖いのは、彼に対する自分の反応だった。リリーは、ヒースが感じさせる欲望が恐ろしかった。男性とそんな親密な関係になりたくなかったのに、今ではそのことばかりを考えている。

皮肉な状況はほとんど楽しいといえるほどだ。ほんの数カ月前、アラベラにマーカスの男性的な魅力に負けてはいけないと警告したというのに。今では、自分が姉の経験した強烈な誘惑をこの身で理解しているのだ。

「お父様のことがあるからといって、あらゆる男性を否定してはいけないわ」アラベラが悲しげに微笑んだ。「もちろん、わたしもマーカスと恋に落ちる前には否定していたけど。貴族の男性には自分勝手で思いやりのない人間になるような育て方をされた人が多いわね。それに、そういう男性は人を愛することができないの。でも、クレイボーンは当てはまらないと思うわ」

ヒースに女性を愛する能力があるのかどうか、リリーには見当もつかなかった。この数日で彼の寛大さの片鱗《へんりん》を目にした。それでも、ゲームに勝ちたいからそうしただけかもしれない。

けれど、ヒースの心の中がどうであれ、自分には全然関係ない。リリーは自分に言いきかせ、ぴんと背を伸ばした。「ベル、もうこれ以上この話はしたくないの」

アラベラは反論しようとするかのようにきゅっと唇を結んだが、やがて表情をやわらげた。

「そうね、もちろんだわ。あなたは自分自身で愛を見つけなければいけないのよ、リリー。だから、これ以上押しつけるのはやめにするわ。でも、わかってる？　ウィニフレッドはまだ仲人役をやろうとやる気満々よ。クレイボーンがあなたに求愛していることも全部知ってるわ」

リリーは眉をひそめた。「どうして知っているのかしら？」

「わからないわ。たぶんクレイボーンが自分で伝えたんじゃないかしら」

ウィニフレッドを仲間に引き入れるとは、いかにもヒースらしい。リリーはうんざりした。

「ウィニフレッドの意図がどうであれ――」ロズリンが口をはさんだ。「みなさんには会わないとね。あなた、まだコンスタンスに会っていないわよね、リリー。子どもたちにも。あの子たちのことがきっと気にいるわ」

ロズリンの手紙から、ウィニフレッドが亡き夫の愛人と三人の私生児を引きとったという驚くべき話は聞いていた。実際、今回のガーデン・パーティはコンスタンス・ベインズを地域の上流社会に紹介するために開かれたのだ。聞いた話では、コンスタンスは死の瀬戸際まで行きかけた大病からほぼ完全に回復したばかりだという。

「とても会いたいわ」リリーが姉たちに腕を回しながら言った。「それに、子どもたちへの贈り物も用意してあるのよ、ローズ。あなたが言ったように甘やかしてあげられるようにね」

ロズリンの笑い声はやさしく軽やかだった。「あの子たちは少し甘やかしてあげるぐらいがいいのよ。これまでそんな機会に恵まれてこなかったんですもの」

リリーは今日、コンスタンスや子どもたちと会うことに心を集中するつもりだった。そうすれば、ある魅力的な男性を避けるいい口実になる。けれど、テラスから出るやいなや、リリーの目にヒースの姿が飛び込んできた。親友のダンヴァーズ伯爵とアーデン公爵もいっしょだ。

ヒースと同じように、ふたりとも驚くほどハンサムで男性的な魅力にあふれたスポーツマンだ。公爵は長身で、濃い金色の髪にしなやかな優雅さを漂わせている。一方マーカスは漆黒の髪に、アーデンよりたくましい体つきをしている。だが、ふたりとも自分の愛する女性に夢中らしい。明らかにマーカスはアラベラを、アーデンはロズリンを心から愛している。

ヒースは、興味をそそられたように目をきらめかせてリリーを見つめていた。目と目が合った瞬間、リリーの心臓が情けないほどうれしさにはずんだ。だから、リリーはすばやく顔をそむけて、友人のテスのほうに向かった。テスは子どもたちと笑いながら話をしている。

この午後の試練を無事に乗り切るためには、もっとうまく立ち回らなければ。リリーは自分を叱りつけた。

リリーは、コンスタンスと三人の子どもたちに会って楽しいひとときを過ごした。

コンスタンスは、まだ病み上がりで青白い顔をしていたが美しい女性だった。二人の娘サラとデイジーは、大人になったら母親と同じように美しくなりそうに見えた。

十六歳の息子のベンジャミンはあまり優雅というたちではなく、細身だがしっかりとした体格の少年で、この四年というもの下働きとして働いていた。

ベンはこれほど身分の高い人びとの集まりに同席していても平然とした態度をとりつくろっているが、小さな妹たちは初めてのパーティに興奮を隠せず楽しそうに踊りまわり、ごちそうや楽しみへの期待に胸ふくらませていた。ウィニフレッドは子どもたちにシャーベット――彼らには生まれて初めての経験だ――やさまざまな余興やゲームを用意すると約束していた。あとで、大人が付き添って子どもたちを人工池でボートに乗せることにもなっていた。

他にも、ベインズ家の子と仲良くなれるようにとの計らいで招待された子どもたちがいたから、リリーは子どもの一団の面倒を見るテスの手伝いをしようと進んで申し出た。

こうして、到着してから一時間ほどリリーはヒースからうまいこと距離を置いていた。サラやデイジーといっしょに芝生の上でペルメル（球技の一種）に興じ、木槌《きづち》で木球を打って鉄門に通す技をやって見せたりしていた。

けれど、子どもたちとともに隠れんぼをしようと庭園に戻ってきたとき、リリーはヒースに気づかないわけにはいかなかった。パーティには百人以上の上流階級の客たちが招待されていたが、クレイボーン侯爵は魅力的な態度と屈託のない笑顔のせいか明らかに人びとの心をとらえる人気者となっていた。

だから、彼が取り巻く客たちから抜け出て彼女と子どもたちのそばに近づいて来たとき、リリーはひどく驚いた。

「レディ・フリーマントルからボート遊びを指揮するよう仰せつかったんだ」ヒースはリリーに説明した。

リリーは、庭園の向こうにいる友にけわしい視線を投げつけてから、ヒースののんきな言葉に答えた。「わたしたちをくっつけようとするあからさまな策略じゃない」

「もちろんそうさ。あの人は、きみがここに到着してからぼくを避けていることにちゃんと気づいている」

「でも、あなたにこんな犠牲を払っていただく必要はないわ。子どもたちにもボート乗りにも興味なんかないでしょう？」

「おやおや、ところがそれがあるんだよ。特に、きみとふたりでボートに乗れるチャンスが持てるなら、なおさらね」

リリーはあきれた顔をしたが、子どもたちを楽しませたいというヒースの気持ちはどうやら本当らしかった。彼は、ベンジャミン・ベインズを助手頭《じょしゅがしら》に任命すると、子どもたちを引き連れて庭園を抜け、優雅な芝地を横切って池まで行進していった。

おもしろがって大人たちも数人加わった。やがて、フリーマントル家のたくましい従僕数人の助けを借りて五艘のボートいっぱいに乗船客が乗り込んだ。リリーは岸に残り、客たちが座席につくのを手助けした。そして、ボートは岸を離れ、笑い声や歓声があたりにさざめいた。

子どもたちに囲まれたヒースの姿はリリーにとって驚きだった。下宿屋のアカデミーで生徒たちに接したときのように、彼は子どもたちに対してやさしく魅力的に接していた。とりわけサラとデイジーは、ヒースのそばにいるだけでうっとりとしている。彼はボートを漕いで池のあちこちを回っては、しんぼう強く子どもたちにオールの漕ぎ方を教えている。

ちょうどそのとき、ウィニフレッドがリリーのそばにやって来てやさしく抱きしめると、さっと体を離して叱りはじめた。「まったく、あんたときたら。あのすてきな侯爵に見つからないよう、あっという間にロンドンへ逃げてしまうんだから。いったいどういうつもりだい？　あたしたちをこんなふうにだますなんて根性が悪いよ」

リリーはにこやかな笑顔を見せた。「よくわかっているでしょう。あなたの策略のせいで逃げたのよ、ウィニフレッド」

「なんてこった」中年らしい貫禄でウィニフレッドが言い返した。「あんたによかれと思ってしたことだよ。今だってそうさ。まったくクレイボーンに無駄な骨折りをさせて。償いをしてあげなくちゃだめだよ」

「どういうこと？」リリーが用心深そうな表情で尋ねた。

「子どもたちの番が終わったら、あんたはクレイボーンとボートに乗るんだよ。ふたりきりで。とってもロマンティックじゃないか」ウィニフレッドは美しい風景に手を向けた。「こんな牧歌的な場所でふたりきりなんて」

「ウィニフレッド――」

「ぜひ頼むよ」

リリーがしかめ面をすると、ウィニフレッドは片手を上げた。「わかってるよ。あんたに頼んだって仕方がないってことは。でも、大したことじゃないだろう」そこで、ふざけて口を尖《とが》らせる。「お願いだから、年寄りの気まぐれに付き合っておくれよ」

リリーは腹立たしげにふうっとため息をついた。「あなた、年寄りなんかじゃないでしょう」

「あんたの母親になれるほどの歳《とし》だよ」ウィニフレッドが言い返した。「それに、あんたよりずっと経験を積んでいる。あんただって、愛して必要としてくれる相手がいないまま一人で歳をとりたくないだろう？　あたしみたいに」

反論したい気持ちを抑えてリリーは、クレイボーン侯爵とボートに乗ることにした。

大人たちはしばらく池を回ったところで船遊びに満足したが、ヒースが最後の子どもの一団を岸に返すことができたのは、一時間経ってからのことだった。いいかげん彼が船遊びに飽きていないかとリリーは期待していたけれど、上陸した子どもたちがテスにつれられて姿を消したとき、ヒースは期待に満ちた目でリリーのほうに顔を向けた。「やっときみの番だ」

ひとりでボートに乗ろうとしたリリーに、ヒースが手を差し出した。「一度ぐらいはヒーロー役をやらせてほしいものだ」深い金色の瞳に笑いが浮かんでいる。

手を触れたらどんな影響を受けるか気づいていたので、リリーは彼に触ってほしくなかった。けれど、彼の手を握って支えてもらう以外の選択肢はなかった。それでも、向かい合わせの席に腰を下ろすやいなやリリーはすばやく手を離した。

「レディ・フリーマントルをけしかけて、こういうふうになるよう仕掛けたんでしょう。ちがう？」リリーが尋ねた。ヒースがオールを手にとってこぎ始めた。

「こちらからわざわざ言うまでもなかったよ。あの人のほうが、ぼくらをふたりきりにしたがったのだから。だから、素直にあきらめるんだね。さあ、楽しんでいるふりをして」

リリーは思わず唇をひきつらせた。これほどうまく策略にはめられるとは、笑えてくる。

「わたし、自分でちゃんとボートをこげるわ」リリーは言い張った。そうたやすく折れるつもりはない。「だから、わたしのことをか弱い女性扱いする必要はないの」

「大丈夫さ。そんな誤解はしていないから。きみはか弱いというよりたくましいだろう」いやそうな顔をしたリリーを見てヒースがくすくす笑った。「あとで代わりに漕いでもらおう。だが今のところは、ゆっくり座ってロマンティックなひとときを楽しみたまえ」

リリーが眉をつり上げた。「まさか、わたしがにこにこ笑って気のきいたことでも口にすると思っていないでしょうね？」

「そんなことを考えるわけがないだろう。きみは度を超して率直だから、女性の手管など持ち合わせてはいないはずだ」

リリーは勝ち誇ったようなヒースの笑顔から視線を引きはがし、風景に目を向けた。確かに楽しんでいることは否定できない。こうして池の上に浮かんでいるのは楽しい。たとえ、この魅力的でずるい男といっしょに過ごさなければならないとしても……。いや、むしろそのせいでいっそう楽しいのかも。太陽が雲間から姿を現し、あたりは美しい夏の午後そのものだ。少し風が出てきた。

リリーはここちよい満足感に満たされていた。やがてボートが池の中央あたりに近づくと、ヒースはオールを一本収め、リリーに手をさしのべてボンネットのリボンを引っぱった。

驚いたリリーは彼の手首をつかんだ。「いったいどういうつもり?」

「それでは堅苦しすぎるよ」挑発するようにそう言うと、ヒースはリボンをすっかりゆるめてボンネットを彼女の頭から外した。「じかに風を感じてごらん」

リリーは肩ごしに岸のほうを見たけれど、誰もヒースのいたずらに気づいていない。彼のほうに身を乗りだして、リリーはボンネットを取り返してかぶりなおした。けれど、リボンを結ばないうちに突然、風が起こり、ボンネットのつばをふくらませた。たちまちボンネットがあおられて水の上に飛んでいった。

反射的にリリーは手を伸ばした。けれど予想外のことに手は届かず、代わりに左肩までどっぷり水に潜ってしまった。

水の冷たさに息を呑んだリリーは、もう一方の手でボートのへりをぎゅっとつかみ、あやうく落ちかけたところをなんとか踏みとどまった。背後でヒースがスカートをつかんだ。完全に落ちないように押さえようとしたのだろう。ところが、かえって体重を一方の側にかけてしまったせいで、小さなボートが傾いてリリーは支えを失い、頭から池の中に落ちてしまった。

ヒースの叫ぶ声がしたと思った瞬間、リリーは沈んでいった。冷たい水にショックを受けて口を開いたせいで、がぶっと水を飲みこんでしまった。

パニックに陥ったまま、リリーは空気を求めて息を詰まらせ、手足をばたつかせた。けれど、すぐにたくましい腕が現れてウェストをつかんだ。

恐怖が混じった声でヒースは彼女の名を呼んだ。やがて、彼の声がやさしくなった。「大丈夫。ぼくがつかまえているから」なだめるようにそうつぶやくと、彼はリリーを抱きしめたまま立ち泳ぎを始めた。

彼女を助けるため池に飛び込んでくれたのだ。ひとしきり咳こみながらリリーは気づいた。やっとのことで呼吸ができるようになったリリーを、ヒースはさらに強く抱きしめた。「大丈夫かい？」心配そうな目を向けて彼が尋ねた。

ヒースの顔がすぐ近くにある。リリーは彼の肩にしがみついた。手を離したくはなかったが、むりやり力をゆるめて落ちつこうとする。

「ええ……」リリーはあえぎながら答えた。「大丈夫よ」

彼の唇の端が上がった。「大丈夫そうには見えないよ」

「息が……つければ……」

まるでその言葉を否定するかのように、ふたたびリリーは咳きこみはじめた。けれど、ヒースにしっかりと体を支えられているうちに、声が出せるようになった。

「ありがとう」やっと声が出た。「でも、あなたまで飛び込んでびしょ濡れになる必要はなかったのよ。自分で何とかできたわ」

「きみが溺《おぼ》れてしまうと思った」

「わたし、泳げるの。子どもの頃、バジル・エドウズから教わったから。さっきは落ちたショックでしばらく体が動かなかっただけ」しばらく黙りこむと、ふいにヒースの体が押しつけられているのに気づいた。「もう離してくれて大丈夫よ。あとはひとりでできるから」

「長いスカートとペチコートをはいたまま泳ぐのは難しいはずだ」

「ひとりでできるわ」リリーがくり返した。

いやそうな顔をするヒースを押しのけてリリーは体を離した。だが、彼の言うとおりだった。リリーはすぐに気づいた。なんとか沈まずにいられるが、しっかり浮かんでいるとは言いがたい。スカートがまるで船の錨《いかり》のように重かった。それに、脚を蹴って泳ごうとしても、布地が絡《から》まってうまくいかない。

ひどい苦労の末、やっとのことでリリーは数ヤード離れたボートまで泳ぎついた。手を伸ばしてへりにつかまる。

しばらく休んで力をとりもどしてから、ボートに乗り込もうとしたが、とうてい無理だった。びしょ濡れのドレスの重みが体にずっしりとかかり、体を持ち上げようとしてもボートが傾いて乗り込むことができないのだ。

「お手伝いしましょうか、お嬢さん？」いらだってののしりの言葉をつぶやくリリーに、ヒースが穏やかな声で言った。

水のしたたる前髪を払いのけながら、リリーは肩ごしにヒースを見た。どうやら彼女の苦労を見て楽しみ、敗北を認めさせたいらしい。でも、助けを求めて彼を満足させるつもりはない。

すでに岸辺へと集まってきた人びとが心配して、おろおろとリリーに声をかけてくる。

「大丈夫よ。心配ないわ」リリーが返事をした。「そちらへ行きますから」

ボートから手を離すと、彼女はいちばん近い左手の岸を目指して泳ぎ始めた。絡まるスカートのせいで、のろのろとしか進まない。

ヒースの声がした。どうやら彼女の判断をよく思っていないらしい。「いったい何を考えているんだ、リリー？」

リリーは小刻みに泳ぎつづけている。もっとも、なかなか進まないことにいらだちを感じていたが。「自分でなんとかしようとしているところ。あなたに救ってもらって、また点数を稼がれたくないから。あと三点しか残っていないもの」

「今回は点数は要求しないと言ったらどうする？」

「ありがとう、侯爵様。でも、こういうのもなかなか刺激的な運動だわ」

「リリー……」どうやら、笑いと怒りがせめぎ合っているらしい。

リリーは絶対に折れようとしない。ヒースはやっと追いつくと、そのまま脇を泳いだ。「今までとんでもなく頑固だと言われたことはないのかな、ミス・ローリング？」

「ええ、しょっちゅう言われるわ。あなただって言ったじゃない。でも、事前に警告しておいたでしょう？　お忘れかしら？」

何人かの人びとがリリーの意図を察して、手を貸そうと池のほうに駆けよった。ベンジャミンを先頭に三人の侍従がやって来た。そのあとをウィニフレッドが息せき切って駆けてくる。恰幅《かっぷく》のよい体格のせいで後《おく》れをとってしまうのだ。

次第にリリーは手足の疲れを感じ始めたが、やがてありがたいことに、足が水底につく浅瀬に出た。けれども、立とうとしてもうまくいかない。靴は脱げていたし、ストッキングをはいた足がすべって、砂を含んだ泥の上をうまく歩けないのだ。なんとか足がかりをとらえたものの、濡れた衣服が鉄の鎖のように重く、思うように体を起こせない。

あやうくつんのめりそうになったあと、ようやく水が腰の高さ程度になったとき、リリーは尖った石を踏んづけた。痛みに思わず叫び声を上げると、ヒースが腹立たしげに息を吐いた。

「もうじゅうぶんだ」そう言うと、彼はリリーのそばに近づいた。

そして、有無を言わせずリリーの体を抱き上げて岸のほうへ歩いていった。

リリーは抗議の声をあげようとしたが、ずんずんと水をかき分けていくヒースの勢いに負け、そのまま彼の首にしがみつくしかなかった。やがて、彼は傾斜面を登って岸にたどり着いた。

「下ろしてよ！」水が膝程度の高さになったとき、リリーが叫んだ。

「喜んで」ヒースが答えた。「きみは、浜に打ち上げられた鯨みたいに重いぞ」

そう口にした瞬間、ヒースが転んでガクッと膝をついた。だが、しがみつくリリーをしっかりと抱きしめたままだ。と、そのとき、ふたりは同時に声をそろえて悪態をついた。

思わずおかしくなって、ふたりは笑い声をあげた。ふと目と目が合った。

やがて彼がリリーを抱いたまま立ち上がった。いつしか笑い声がやんで、ふたりは微笑み合っていた。

「きみが相手だと、ヒーロー役をやらせてもらうのは難しいな、スウィートハート」

リリーの唇の端が楽しげに上がった。「あら、ある程度はヒーローだわ。もっとも、あなたがボンネットのリボンを外さなければ、こんなことにはならなかったけど」

乾いた地面にたどり着いた頃には、何人かがふたりのそばに集まっていた。

ウィニフレッドは息を切らしながら、最初に話しかけた。「なんてすばらしいんだろう、侯爵。あんたはリリーの命を救ったんだ」

「それは誉めすぎでしょう」ヒースがそっけなく答えた。

「そうよ」リリーが辛辣な口調で言った。「わたしだってがんばったんですから」

ヒースはリリーを見てにっこりと笑ったが、ウィニフレッドは首をふった。「でも、やっぱりロマンティックじゃないか」あくまで言い張る。

友のおしゃべりを無視して、リリーはヒースに向かって言った。「下ろしてください、侯爵様。もうじゅうぶんヒーロー役は務めたでしょう」

ヒースが素直にその言葉に従うと、リリーは靴下ごしにやわらかな足裏をでこぼこした地面にぶつけて顔をしかめた。

それを見てウィニフレッドが眉をひそめた。「靴もはいていないのに屋敷に歩いて戻るのは無理だよ」

「屋敷には戻らないわ、ウィニフレッド。このままダンヴァーズ館に戻ります。そうすれば、びしょ濡れのドレスを着替えられるから」

突然、ウィニフレッドの目が何かを考えるように光った。「そうだね、もちろん帰ったほうがいいさ。うちには、あんたに合うドレスはないからね。ついでに、送っていってやってくれよ、クレイボーン侯爵。あんたも乾いた服が入り用だろう。ダンヴァーズ伯爵ならたっぷり服を持っているから借りればいいさ」

リリーは反論したかったけれど、ふたりとも頭のてっぺんから足の先までびしょ濡れで、そろそろ体が冷えてきた。

結局、ヒースが決断を下した。「ぼくの馬車でいっしょにダンヴァーズ館まで行きます、レディ・フリーマントル。このまま馬小屋まで行けば、皆さんをわずらわせることもない」

満足そうにうなずきながらも、ウィニフレッドは推し量るような目で濡れそぼったリリーの姿を見た。「従僕に何枚か毛布を持ってこさせよう……」

「馬車の中に膝掛けが何枚かあります」ヒースが言った。「急にこの場を去ることになって申し訳ありません」

簡単に会釈すると、ヒースはふたたびリリーを抱き上げて馬小屋に向かった。鋭く息を呑むリリーを無視して。

抵抗しても無駄だとリリーはわかっていた。それでも、ウィニフレッドの耳に届かないところまで来たとたん文句を言い始めた。「あなたって、ウィニフレッドの策略を恥ずかしげもなく利用しているんだわ」

「そうかもしれない。だが、ふつうの求愛方法ではきみには効かないからね。ぼくとしてはチャンスがある限り利用するというものだ」

リリーの口からもれたのは、嘲笑と楽しげな「ふん」という声の中間のような音だった。

「こんなドタバタ喜劇をロマンティックだなんて言わないでしょうね。ウィニフレッドじゃあるまいし」

「そうさ、とてもロマンティックとは言えない。今のきみはまるで溺れたドブネズミみたいだ」

リリーが怒ったふりをして目を大きく見ひらいた。「あら、あら。最初は鯨で、今度はドブネズミなの？　ほんとうにすてきな誉め言葉を言ってくれるわね」

ヒースがにっこりと笑った。「きみは、誉め言葉をありがたがる女性ではないからね。初めて会ったときすぐにわかったよ」

彼を調子づかせてしまうのは賢明ではないとわかっていたけれど、リリーは思わず微笑み返していた。確かに、ヒースの力強い腕に抱かれ、あたたかくたくましい体に包まれている喜びを否定することはできなかった。いつのまにか太陽が雲間に隠れ、濡れたドレスをまとった体のあちこちに鳥肌が立ってきた。

馬小屋の前に着いたところで馬車の前に行くと、すっ飛んできた召使いたちがあわてて命令どおりに扉を開けた。ヒースはそのままリリーを中に入れた。

びしょびしょのスカートを整えながら、リリーは革張りの座席に腰を下ろした。じっとり湿った布地が手足と背中に張りついて、体がゾクゾクしてふるえている。

御者に命令すると、ヒースは馬車に乗り込んでリリーの隣に座った。ぶあつい毛布を手にしている。毛布で体を包まれてリリーは感謝したい気持ちになった。けれど、彼に腕を回されて体を引きよせられたとき、思わず身がまえた。「侯爵様――」

「黙って。ぼくに体をあたためさせてくれ。さもないと、館に着く頃には凍えてしまう」

いやいやながら、リリーはヒースの体に包みこまれた。こんな無防備な立場に追い込まれてしまうなんて。もっとも、ヒースのやり方には感心せずにはいられなかった。リリーがどんな手をくり出して求愛を阻止しようとしても、いつも反撃を受けてしまうのだ。首をふりながら、リリーは自分とヒースに対して静かに笑った。

ヒースは指を伸ばしてリリーのあごをとらえ、顔を自分のほうに向けた。「きみの笑い声が好きだ」彼の目がいとしげにリリーを見つめている。「笑うときに輝く瞳も好きだ」

リリーは突然、息が止まるような気がした。

そのとき、馬車が動き出し、リリーの体がヒースにぶつかった。気まずそうに身じろぎすると、リリーは目をそらした。それでも、彼を無視することはできない。なぜなら、彼の親指が首筋をかすめるようにたどっていったからだ。神経の先端がゾクゾクするような感覚に襲われて、リリーの体がふたたびふるえた。

「もうじゅうぶんです、侯爵様」

「いいや、まだだよ、エンジェル。もっと体をあたためないと。キスであたためてあげよう」うなじに唇を押しあてられ、胸とお腹にざわめくような興奮を覚えたとき、リリーはヒースをキッとにらんだ。「溺れたドブネズミにキスなんかしたくないはずだわ」

ヒースの笑顔はのんびりしているが力強く、どうしようもなく見ている者を巻きこむ力に満ちていた。「何回言ったらわかるんだ？　きみがどんな格好をしていようと、ぼくは気にしないってことが。どんな姿でもきみは魅力的だ」

ヒースもまた、びしょ濡れでもやはり魅力にあふれている。ハンサムな顔を見上げながらリリリーは思った。濡れた髪が黒っぽく光り、少しカールしているせいで、手を伸ばして指を差し入れてみたくなる。それに、こんな罪深く官能的な微笑みに耐えることなどできるだろうか？　だからだろう。ヒースが顔を近づけてきたとき、リリーが顔をそむけなかったのは。彼のキスはやさしく、約束どおりリリーの唇をあたため、さらに感じやすい体の部分まで熱くした。恥ずかしげもなく騒ぐ血を嘆きながら、リリーは小さなため息をもらした。太ももの間に熱く湿った気配が強まっていく。やめさせなければ。それはわかっていた。けれど、誘惑に満ちた唇が女の正気を奪ってしまう……。

やがて、ヒースの一方の手が毛布の下にすべり込んだかと思うと、片方の胸に触れ、所有欲もあらわに握りしめた。リリーは決然と体を引き離し、乱れた正気をとり戻そうとした。

「まさかここで愛を交わすつもりではないでしょうね。こんな昼間の馬車の中で」息を切らせて叫んだ。「こんなことしてはいけないわ」

「いいや、それも悪くないかと思っている」

「館までたった一マイルよ」

「御者《ぎょしゃ》にゆっくり行ってくれと伝えてある。池に落ちてきみがショックを受けているから、とね。ぼくがやろうとしていることをする時間はたっぷりある」そう言って指を一本さしだしてリリーの喉に当て、ドレスのえり元までつつっと下へ走らせた。「だが、約束しよう。今日はきみを頂点まで興奮させたりしない。召使いたちにきみの悦びの声を聞かれたくはないからね」

昨日と同じように悦びの声を上げさせられる。そう思っただけでリリーは喉の渇きを覚えた。そして、心を引き裂かれたままじっとしていた。ヒースの親指がじらすようにリリーの肌をそっとなで回している。彼の体から放たれる強い熱のせいだろうか。リリーは彼がほしくなった。官能のざわめきが体じゅうに広がっていく。信じられないことに、リリーは彼に愛を交わしてほしかった。

リリーはぎゅっと目を閉じた。ヒースは悪い男だ。体の中に潜む衝動を彼によってかき立てられてしまう。

自己嫌悪に思わず声をあげながら、リリーは彼の腕から逃れて向かい側の座席に移動した。あわてたせいで毛布が腰のあたりに落ちた。「あなたって悪魔みたいだわ。わたしに慎み深さを全部忘れさせようとするのよ」

「そもそも、そんなに慎み深くはなかっただろう」

確かにそれは真実だった。リリーの中に潜む野性を、ヒースはただ促しているだけだ。そっと手を貸して、リリーをあられもなく奔放にふるまわせている。そして、それはリリー自身が望んでいたことだった。けれど、今度こそそんな願望に負けたりしない。リリーは誓った。

だが、そんな決意も役には立たなかった。ヒースがゆっくりと何もかもむき出しにするような視線でリリーを見つめていたからだ。

「お願いだから、そんな目で見ないでくれる？」リリーは腹立ちまぎれに言った。

「そんな目って？」

「まるでわたしのドレスを脱がしたいと思っているような目よ」

「確かに脱がしたいと思っているよ、ダーリン」放蕩者めいた官能的な微笑みを浮かべている。「きみに欲望を抱いていれば、仕方のないことだろう？　そのモスリンのドレスでは、きみの魅力があらわになってしまっているからね」

リリーはドレスを見下ろした。濡れたドレスのボディスと下着ごしに乳首の輪郭がくっきり浮き出ている。頬を赤く染めながら、あわてて毛布を引き上げ、彼の熱い視線から胸を隠した。

ヒースがつらそうにため息をついた。「きみが見せてくれないのなら、ぼくとしては想像で補うしかないようだ」

リリーは疑い深げな視線をヒースに向けた。いったい次に何をするつもりなのだろう。彼の目に浮かぶ怪しげなきらめきは信用ならない。

予感は当たった。次の瞬間、ヒースはズボンの前部に手を伸ばしてボタンを外した。リリーはハッと息を呑んだ。彼は下着を開くと、奔放な姿になった男性自身をむき出しにして驚くリリーの目にさらしたのだ。

「言葉を失わせてしまったのかな？　意外だね」

リリーはごくりとつばを飲んだ。「あなたって、ほんとうに悪い人ね」声がかすれている。

「そうかもしれない。いずれ、ぼくが欲望の強い男だときみにもわかるだろう」

彼が男性自身を手のひらに包みこむのを、リリーは目を大きく開いて見つめていた。太く硬く突き出た様子からすると、かなり興奮しているようだ。

男性のむき出しの下腹部を見るのは初めてだった。もちろん大理石の彫刻では見たことがあるけれど、ヒースのものはそれよりずっと大きく男らしさがみなぎっている。リリーはすっかり心を奪われて目をくぎ付けにされていた。やがて、彼は怒張したものをそっとさすり始めた。

「きみがやってくれればうれしいのだが」

リリーが啞然としていると、ヒースは体を近づけ、驚いたことに毛布の下に隠れたリリーの左足首をつかんでストッキングを脱がせた。そして、彼女の足を自分の膝にのせ、足裏をやさしくマッサージしてあたためてから、ぐいっと引っぱってむき出しの男性自身に触れさせた。

その感触にリリーは心を奪われた。目をそむけることができない。熱く石のように硬い男性自身が裸足《はだし》の足裏で奇妙にエロティックに感じられる。

「リリー」ヒースの静かな声がする。「ぼくの隣に座るんだ」

彼女はふっと目を上げた。本能的に何を望まれているのか理解できた。「わたしに……してほしいの……手で……？」

「そうだ」じらすような微笑みを浮かべ、誘惑に満ちた目で見つめている。「きみを興奮させてあげたとき、どんなに感じたか覚えているね。だから、ぼくも興奮させてもらえれば、どんなに感じるかわかるだろう？」

突然、リリーは心臓が激しく鼓動するのを感じた。けれど、恥ずかしげもない要求を拒む意志の力を失っていた。魅力的なハシバミ色の目が放つみだらな光に引きよせられるように、リリーは立ち上がって彼の隣に腰を下ろした。毛布が膝からすべって床に落ちた。

すぐさまヒースは彼女の手をとって裸の下腹部に導いた。リリーは鋭く息を呑み、硬い男性自身を握りしめた。ドクドクと脈打つ命が指に伝わり、握りしめる手に反応してぴくりと動く。

リリーの体に緊張が走ったが、ヒースはくつろいだ様子で座席の背に体をあずけた。彼女の手をやさしく握って彼自身を愛撫するよう導き、あるいは陰嚢まで握らせたり、丸みを帯びたヴェルヴェットのようになめらかな先端を指先で触らせたりしている。やがて、怒張したものを手のひらに握らせた。どうやって快楽を得るかリリーに教えると、ヒースは彼女の手をゆっくりと上下に動かした。

リリーの体にみだらな戦慄が突き抜け、あらゆる感覚を刺激したかと思うと、体の奥から炎が燃え上がった。男性自身の感触のせいで、彼の目にうごめく気だるい情熱の炎のせいで、リリーは体じゅうが熱くなった。

「もっと強く握っておくれ。痛くはないから」ヒースの声がわずかに乱れている。リリーはこすり上げる速度を速めた。

すぐに彼の顔に緊張が走り、肌に赤みが差した。その目は、ぼんやりと見返したまま本能的な欲望に熱く燃えたぎっている。

彼のあごにぐっと力がこもる。二人は指を重ねたまま、男性自身を激しく握りしめては上下運動を強めていく。すでにヒースの息は荒く乱れ、その指はリリーの指を固く締めつけている。けれど、頂点に達する直前、彼はリリーの手を離して、自分の手で彼自身の先端を握りしめた。歯を食いしばり目を閉じたまま、彼は手のひらに精を放った。その瞬間、爆発するような激しさに彼は痙攣《けいれん》するように腰をのけぞらせた。

リリーは目を丸くしたまま見つめていた。ヒースの体が小刻みにふるえ、やがて落ちついた。やっと目を開けると、彼はリリーに微笑みかけた。「きみと密会するのが楽しみになりそうだ」声がかすれている。

答えることができないまま、リリーはぼんやりと座っていた。唇をわずかに開け浅い息をつきながら、呆然と体をふるわせている。

黙りこくるリリーの前で、ヒースは上着のポケットからハンカチを取り出して、濡れた手をふき取り、落ちつきはらった様子で服を整えズボンのボタンを閉めた。

リリーは乾いた唇をなめた。「これだけなの？」

「もっと何か期待していたのかい？」

「えっ……ええ」少なくとも誘惑されると思っていた。なのに、熱くうずく体を抱えたままほっぽり出されている。

「残念ながら、もう時間がない。もうすぐダンヴァーズ館に到着する」

快活そうな口調で言うヒースをリリーはにらみつけ、突然、彼の意図を悟った。「わざとだったのね？」

「そうさ。情熱についてもう一回レッスンをしたままでだ。これで、満たされないまま痛いほど興奮した状態がどんなものか、きみにもよくわかっただろう……。いつもは、きみがぼくをこういう目に遭わせているのだよ」

ヒースはわざとリリーを興奮させたまま放置して、いらだちと飢えに悩ませているのだ。

「とても公平とは言えないわ」リリーがつぶやいた。「陰険と言ってもいいぐらい」

彼が浮かべたかすかな微笑みは魅力的だった。「きみは自分で運命を変えられるんだよ。ただ、ぼくと結婚すると言えばいいだけだ。そうすれば、ぼくは喜んでいつでもきみの肉欲を満たしてあげよう。それまでは、きみの純潔は安全そのものだ」

その目には笑いがこもっていた。そして、挑戦も。

リリーには受けて立つ気のない挑戦だ。

またしてもリリーは、腹立たしいほど魅力的なクレイボーン侯爵に向かって無言の悪態をついた。今回は、信じられないほど官能的な悦びを餌に結婚を承諾させようとしたのだ。

「そういうことなら、わたしは我慢しなくては」リリーはそう言い放つと、憤然と席を立ち、落ちた毛布とストッキングを拾い上げた。「ひとつだけ言っておくことがあるわ。こんなばかげたゲームはもうたくさんよ！」

10

やさしい恋人というものの信じられないような魅力が今のわたしにはわかるわ。

――リリーのひとりごと

「引き分けというところね」翌日の午後、池で起きた一件を聞いたフレールが宣言した。「どう思う、シャンテル？」

リリーは、シャンテルがクレイボーン侯爵に向かってすまなそうに微笑むのを目にした。今、一同はシャンテルとフレールの居間に集まり、侯爵の成果を判定している最中だ。けれど、心やさしいシャンテルは誰も――ハンサムな貴族の男性は特に――失望させたくなかった。

「残念ながら、そういうことでしょうね、侯爵様」シャンテルがつぶやいた。「今回は、得点も失点もないということになりますわ。リリーをボートに乗せたのはよかったけれど、あなたの目の前で彼女は池に落ちてしまった。しかも、あなたの助けを借りずに池から出た。その上、着替えのためにダンヴァーズ館までリリーをエスコートしたわけですが、その点ではあなたも乾いた服に着替えたわけですから、ご自分のためでもあったわけです。まとめると、こういう話ということでよろしいかしら？」

「公正な評価と言うべきでしょうね」ヒースが穏やかな声で言った。リリーはホッとした。ヒースが馬車の中で手にした愛の成果について口にするのではないかと心配だったのだ。ヒースと目が合ったとき、彼があの恥ずかしい出来事を思い出しているのにリリーは気づいた。そして、彼が他言しないでいることをうれしく思った。

実際、ゲームの結果を左右するようなことは、昨日あれ以上起きなかった。あれからヒースの行動は慎重きわまりないものだった。ふたりは館で服を着替えると、フリーマントル・パークに戻ってガーデン・パーティにふたたび参加した。

もちろん、ウィニフレッドはリリーとふたりきりになるやいなや、侯爵の求愛に協力するようせっついたばかりか、ふたりの間で起きたことを細々と聞きたがった。けれど、リリーは何があろうともあの情熱的な密会について告白するつもりはなかった。

それでも、リリーを侯爵のそばに追いやりつづけるウィニフレッドの策略がやまないのは最悪だった。ファニーの友人たちの借金返済を支援してくれないかとリリーが探りを入れたとき、ウィニフレッドは仲人役のチャンスとばかりにすぐさま断った。クレイボーン侯爵に頼んだほうがいいと言うのだ――もちろん、リリーが従うようなアドバイスではなかったが。

「ですから、侯爵様――」フレールは採点の話題をまとめにかかった。「これで今のところ合計七点ですわ。あと三点必要ね」

「もしかしたら、これで点数を上げてもらえるだろうか」ヒースはそう言うと、サイドテーブルに手を伸ばして、今日抱えてきた包みを手にとった。

そして、彼といっしょに長いすに腰を下ろしていたリリーに包みを手渡した。彼女は用心深そうな表情で受けとった。高価な金箔《きんぱく》を施した紙でつつんでリボンをかけた包みだ。

「まあ、贈り物ね！」シャンテルがうれしそうに言った。「さあ、開けてみて、リリー」

リリーがリボンをほどいて包みを開けると、革装の書物が現れた。

「何かしら？」シャンテルが尋ねた。「ソネットの本？」

「いいえ」リリーは題名を読み上げた。「ジョージ・ウィルキンズ著『南洋諸島旅行記』」

「きみにはソネットよりこれのほうがいいと思ってね」ヒースが説明した。「ウィルキンズは王立協会のメンバーで、サー・ジョセフ・バンクスの秘蔵っ子なんだ。太平洋の原住民の文化について彼が書いた回想録だから、とてもおもしろい読み物だと思う」

シャンテルがきょとんとした顔をした。「どうしてリリーが、どこか遠くの島に住む異教徒の生活になんか興味を持つと思うの？」

ヒースの楽しげな視線がリリーの目をふたたびとらえた。「なぜなら、根が冒険家だと本人に聞いたからです」彼は答えた。

「ほんとうなの、リリー？」シャンテルがあっけにとられた口ぶりで尋ねた。

リリーは微笑んだ。母と同じような口ぶりだったからだ。冒険に出たいという娘の願望を母はことあるごとに嘆いたものだった。「残念ながらほんとうなの、シャンテル。でも、人には伝染しないからご心配なく。どうして特にこの本を選ばれたのかしら、侯爵様？」

「ウィルキンズがわたしの仲間だからだ。それから、光栄なことにサー・ジョセフはわたしの友人でね」

リリーは驚かずにいられなかった。もっとも、そばにいる友人たちにはまったく意味の通らない話ではあったけれど。

「サー・ジョセフってどなた？」フレールが尋ねた。

リリーはフレールに顔を向けた。「王立協会の会長さんなのよ、フレール」王立協会は、自然科学の発展のために設立された学術組織で、過去何十年にもわたって数多くの科学的探検を計画しては世界中に探検隊を派遣してきた。「サー・ジョセフは、かつてキャプテン・クックとともにエンデバー号に乗って、太平洋やオーストラリア沿岸を探検したこともあるのよ」

「あなた、そういうことに興味があるの？」

「ええ。でも、クレイボーン侯爵様もそうだと聞いて正直、驚きました」

リリーの隣で、ヒースが長いすに背を伸ばした。「友人のアーデンが王立協会の熱心な会員で、彼の薦めもあって関わるようになったんだ。ぼくがいちばん興味があるのは探検でね。これまで三回、探検隊に出資している。最近のものではウィルキンズの探検隊がそうだ」

リリーは賞賛のまなざしでヒースを見つめていた。そういえば、そもそも大胆な冒険家か探検家のようだという第一印象を受けたのだった。「探検に興味をお持ちとは知らなかったわ」

「ぼくについてきみが知らないことは、たくさんあるだろうね」

フレールが口をはさんだ。「確かに、この贈り物は一点の価値があると思いますわ、クレイボーン侯爵様。とても配慮と創意工夫に富んだものですからね。ふつうの方なら詩集を持ってくるところでしょう。まさにリリーがほんとうにほしがっているものに、あなたが心を向けている証拠ですわ」

「ほんとうにほしがっているものに心を向けているのは確かだ」リリーにしか聞こえないような小声でヒースがつぶやいた。

わざと挑発的なことを聞かせられたリリーはキッと鋭い視線でヒースをにらみつけ、あわてて話題を変えようとした。あと二点で彼がゲームに勝ってしまうといういらだたしい事実について、もう考えたくもない。「ありがとうございます、侯爵様。読むのが楽しみですわ。ところで、明日の夜会に出席してくださる方々の選定について報告していただけますかしら?」

「すでに十三人出席を約束してくれている」

シャンテルが大喜びで手を打ち鳴らした。「すばらしいわ、侯爵様!　ファニーの招待客も含めて、これで三十人近くの身分あるお客様が出席してくださるということよ」

ヒースはつつましやかな微笑みを浮かべた。「一人、お知り合いの方が出席されますよ、ミス・アムール。プール子爵です」

「まあ！　もう長いことお会いしていないわ。奥様が……わたしとの関係に反対されて、お別れしたの」

「奥様が亡くなられて、今はおひとりですよ」ヒースが伝えた。

「ええ、噂で聞きました」シャンテルがとまどったようにため息をついた。輝かしい過去を思い起こしているのだろうか。「プール子爵様はいつもわたしにとってお気に入りの殿方のひとりでしたわ。とても独創的な恋人というわけではなかったけれど、楽しくて、とりわけ詩才に恵まれた方だったの。わたしのためにソネットをつくってくれて、しょっちゅう競争に勝ったものだったわ。覚えてる、フレール？」

「よく覚えているわ」何かを考えこむような表情がフレールの目に浮かんだ。「明日、子爵様が出席されるというなら、この機会によりを戻せるかもしれないわね」

「がんばるわ。でも、いずれにせよ、またお会いできるなんて楽しみよ」

「最高にすばらしい姿でお会いしないとね」フレールがアドバイスした。「歳月はわたしたちの味方ではありませんもの。わかるでしょう？」

「そうね。でも、ファニーの着付係が腕によりをかけて、すてきなお化粧をしてしゃれた髪型に整えてくれるはずよ。それに、リリーが目も醒めるような衣装を買ってくれたんですもの」

シャンテルがリリーに微笑みかけた。「あなたのドレスがその半分もすてきなものだったらよかったのに」

「わたしはシンプルなイブニング・ドレスでじゅうぶんなのよ」リリーが答えた。「生徒たちを輝かせなければいけない場なんですもの」

ヒースが渋い顔で見つめている。「まさかきみは夜会に出るつもりではないだろうね？」

リリーが眉をひそめた。「あら、もちろん出席します。どうすると思っていらしたの？」

ヒースの表情は渋いままだ。「出席者は、きみがふだん会うような相手ではないんだぞ」

「そんな場所にいてはいけないというなら、わたし、変装します。仮面とターバンで。それなら、わたしとわからないでしょう」

「それでも、出席する必要などないじゃないか」

あからさまに不満そうなヒースの様子に、リリーは目を見ひらいて驚いた。やがて納得がいった。彼は、独身の友人たちからリリーが高級娼婦の仲間だと思われるのを心配しているのだ。

「でも、どうしても出席しないとならないのよ、侯爵様。生徒たちが手助けを必要とする場合もあるかもしれないので。放っておけないのはおわかりでしょう？　明日の夜会はあの子たちの将来にとってすごく重要なものなんです。それに、うまくいけばオロークの借金の支払いの役に立つこともご承知でしょう」

ヒースは反論しないものの、何も言わずじっとリリーを見つめている。穴が空きそうなほど鋭い視線を向けられて落ちつかない気分になったリリーは、さっと立ち上がった。「本をくださってありがとうございました、侯爵様。申し訳ありませんが、もうすぐ次の授業ですので失礼します。明日八時に夜会でお会いしましょう。残念ですが、それまで一日じゅう準備で忙しくなりますので、お会いする時間はありません」

「では、明日の夜八時に」ヒースも立ち上がった。

丁寧に会釈をするヒースに背を向けて、リリーは扉に向かった。彼の顔に不満そうな表情が浮かんでいるのはわかっている。

それでも、今、そんなことを気にしてはいられない。今だけではなくて、ずっと——リリーは反抗的な気分で自分に言いきかせた。

今、気にすべきことは、夜会を成功させることだ。生徒たちが思いやりのあるパトロンを見つけて、よりよい生活ができるようになるように。

ヒースは、月曜の夜会にリリーが出席するつもりでいることが大いに不満だった。未来の侯爵夫人をそんないかがわしい集まりに出席させたくなかったし、友人や知り合いの独身男たちからあからさまに言い寄られるような場にいさせたくなかった。

だから、翌日の夜会に彼は早めに出席し、しっかりとリリーを見張ることにした。

けれども、リリーが客たちと歓談する姿を、彼はやきもきしながら眺めていた。確かに彼女の顔は唇とあごを除いて四分の三ほど仮面におおわれていたし、優雅なターバンで艶やかな髪をすっかり隠している。それでも、何を身につけようがリリーらしさを隠すのは不可能だ。彼女はいきいきと生気にあふれ、肉感的な魅力を放っていた。部屋じゅうの男がリリーを意識している。これだけ競争相手がいるというのに、大したものだ。

夜会は、摂政皇太子《プリンス・リージェント》（のちの王ジョージ四世）の仲間たちがカールトン・ハウス（摂政皇太子の住まい）で開くきらびやかな催しにも負けないほど優雅な雰囲気に満ちていた。応接間があふれかえるほどの賑《にぎ》わいだ。ここに集められた娘たちは、誰もがレディのようなふるまいと話し方を身につけている。ヒースは感心せずにはいられなかった。リリーの〝アカデミー〟のおかげで、みんなロンドンで一流の高級娼婦として恥ずかしくない美女に変身したのだ。

フレール・ドリーとシャンテル・アムールは、まるでメンドリのようにうれしそうな顔で娘たちを眺めている。フレールは黒いレースをあしらったまっ赤な絹のドレスを身につけ、シャンテルはダチョウの羽根飾りをあしらった紫のサテンのドレスで輝いている。もっとも、シャンテルのかけた紫水晶《アメジスト》とダイヤのネックレスは人造宝石だろうとヒースは疑っていたが。

最初の一時間ほど、ヒースはリリーのそばを神経質にうろついていたが、リリーはグループからグループへと移動して彼を無視した。その後、彼女はプール子爵のそばに張り付いて、一時間ほど笑ったり戯れの言葉を交わしたりシャンペンを飲んだりして過ごした。

だが、まだ最悪というほどではなかった。夜会も半分ほど過ぎた頃、リリーのそばに関心をあらわにした若い男が二人近づいてきた。

一人の男がリリーの手にキスをしたとき、ヒースは思わず両手の拳を握りしめていた。だが、その男にリリーが笑顔を向けた瞬間、忍耐がプチッと切れた。ヒースはすかさず大またで近づいてリリーの前に立った。

「ああ、ここにいたんだね、ダーリン」歯をかみしめながらそう口にすると、ヒースはリリーの肘《ひじ》をつかんで男たちの前から引き離した。

そのまま応接間を出ようとするヒースにリリーは逆らった。「いったい何をするつもり?」

「きみをここから連れ出す」

「だめよ。お話ししたでしょう? 生徒たちのために、わたし、ここに残らないと」

「だめだ。きみはここにいるんじゃない。ぼくが許さない」

「許さない、ですって?」驚きのあまり、リリーの声がうわずった。

「そうだ」ヒースは、リリーの腕をつかむ指にいっそう力をこめて言い放った。「さあ、いっしょに来るんだ」

「あなたって、傲慢で横暴で――」

ふたりのいさかいを見つめる周囲の目に気づいて、リリーは声をひそめた。無言のうちに怒りをつのらせたままリリーはヒースに従って応接間を出て、階段を上がった。リリーの寝室がある三階に向かっていく。

廊下の壁にはろうそくの燭台《しょくだい》がひとつしかなく、あたりは薄暗かった。そして、扉を閉じたとき、リリーの寝室にまったく明かりが灯っていないことにヒースは気づいた。それでも、カーテンが開けてあったので、やがて彼の目は、小さな部屋に差しこむ月明かりに慣れていった。

リリーが仮面を引きはがし、くるりとふり返った。腰に手をあてている。表情を見ると、明らかにヒースの所有欲もあらわな行動に怒りを感じているらしい。

「いちいちわたしの行動を指図しないでほしいわ、クレイボーン侯爵様！　わたし、あなたのものじゃないのよ」

リリーの言葉はヒースの怒りをかき立てただけだった。めったにカッとなることがないヒースだったが、めらめらと怒りの炎が燃えたった。「それはちがう、リリー。きみはぼくのものだ。それに、きみがふしだらな女のように他の男といちゃつくのを見ているのは耐えられない」

「いちゃつくですって？」リリーの声が一オクターブほど高くなった。「そんないわれのない言いがかりをつけられるようなことを、わたしがしたって言うの？」

「プールが来てから、きみはずっと彼にヘラヘラ笑顔を見せてベタベタしているじゃないか」

リリーは半ば驚き、半ば怒った顔をした。「ここにいる男性の中で唯一いっしょにいても安全な男性だと思ったからよ」目がけわしくなった。「プール子爵に嫉妬しても意味がないわ！　あの方はわたしのおじいさまと言ってもいいぐらいのお年よ。第一、わたしには全然興味をもってらっしゃらないの。さっきからずっとシャンテルの思い出話ばかりしていたのよ。とにかくシャンテルに夢中なの。だから、わたしには人畜無害といっていいでしょうね」

「色目を使っていた男どもが二人いただろう。あいつらは人畜無害じゃない。きみをベッドに連れ込もうと虎視眈々《こしたんたん》としていたぞ」

「そうだったらどうだと言うの？　あなたに嫉妬する資格なんかないじゃない！」

心の片隅でヒースはちゃんと気づいていた。今感じているこの激しい感情はこれまで経験したことのないものだった。生まれて初めて女のことで嫉妬しているのだ。プールと若いライバルたちのせいで、彼は無性に腹が立っていた。というより、リリーが男たちに見せた関心に激怒しているというべきだろう。リリーを自分の巣に連れかえって、ライバルの男たちの手が届かない場所に隠してしまいたい。ヒースは、そんな男の本能を刺激されていた。

どうして、この跳ねっ返りのおてんば娘は彼をこんな目に遭わせるのだろう？　他の女にこんな思いを味わわされたことなどないというのに。

リリーは、耳に殴りかからんばかりに彼をにらみつけている。「こんなばかげたことってないわ。わたし、今すぐ夜会に戻りますから。行かせてちょうだい」

「だめだ」

「だめですって？」

「だめだ」そうくり返した瞬間、ふたりの間で緊張がピシリと音を立てたような気がした。リリーから抵抗されるのも、拒絶を食らうのも、もううんざりだ。リリーはあんな好色な男どもがほしいわけがない。リリーがほしいのはぼくだ。

それをリリー自身に証明しようと、ヒースは前へ進み出て彼女をぐいっと抱きよせた。最初は征服欲と支配欲に満ちたキスだった。そこにはやさしさのかけらもなかった。ヒースは所有欲に身をまかせて、リリーの唇を激しく奪った。情け容赦なく、無慈悲に舌を突き入れ、怒りのこもった欲望に突き動かされるまま執拗に、あふれんばかりの情熱でまさぐっていく。

リリーはヒースの欲望を感じていた。彼のたくましい両手にいっそう強く抱きしめられている。一瞬の抵抗ののち、リリーは完全に身をまかせた。突然、欲望が襲いかかり、リリーはヒースに包まれたまま力を失って激しく奔放にキスを返していた。

彼の激しさをむさぼっていく……。けれど、怒りのこもったキスはやがて熱くやさしいキスに変わっていった。荒々しくここちよく、驚くほど官能的なキスだ。リリーは力に圧倒されて、どうしようもなくすすり泣いた。

リリーの心臓が早鐘のように打ち、息が荒くなっていく。と、そのとき、ヒースが体を離してじっと彼女を見つめた。リリーは欲望がドクドクと音を立て、太ももの間が脈打っているような気がした。

鼓動がさらに速くなった。わたしと愛を交わそうとしているのだわ。彼の目に、張りつめた表情に、その意図をリリーは読みとっていた。青白い月明かりがあたりを照らしている。

「きみがほしい、リリー」ヒースが静かに告げた。声は低くかすれて、ふるえている。「きみもぼくがほしい。わかっている」

「ええ」リリーの答えはそれだけだった。

リリーのうなじに片手を回すと、ヒースは首の付け根を軽くじらすようにさすり、頭からターバンを外した。髪をまとめたピンを手早く一本一本抜いてから、豊かな髪を肩に広げた。

それから、リリーの体じゅうをやさしくなで始めた。心を奪う誘惑に満ちた手の動きであらゆる場所を探り、ドレスごしに体の輪郭をたどっていく。やがて、リリーはうずきを感じて小刻みに身をふるわせた。

「服を着たままでするの？」リリーが息もたえだえにつぶやいた。

その瞬間ヒースが浮かべた微笑みを見て、リリーは息が止まりそうになった。「いいや、ちがうよ。きみのすべてが見たい。きみのすべてを感じて味わいたい……。きみにも同じことをしてほしい」

そう言うと、彼はリリーの服を脱がし始めた。彼女には指一本触れさせないまま。ゆっくりと脱がすしぐさを、リリーは意識せずにはいられない。心臓が乱れた鼓動を打ち、肌がピリピリと緊張している。

最後の衣装を脱がすと、彼は一歩退いてリリーの裸体を眺めた。目で愛撫するように見つめる彼の表情は、まるで神を見るようにおごそかだった。「何度この瞬間を夢みたことか……きみの体は完璧だ。なんて美しいんだろう。生まれたままの姿できみと愛を交わしたらどんな気持ちがするのだろう……」

リリーも想像していた。何度も。だからこそ、ヒースが彼女をベッドに座らせてから離れたとき、驚きと失望を感じたのだった。

けれど、ヒースが離れたのは服を脱ぐためだった。リリーはうれしかった。ヒースが上着とヴェストを脱ぎ始めた。クラヴァットとシャツを脱ぐ。靴。ストッキング。そして、サテンのズボン。

初めてヒースの裸身を見た瞬間、リリーは息が止まるような気がした。完璧な姿だわ。視線をさまよわせながらリリーは思った。美しい肩。広い胸板。引き締まったウェストと腰。長くたくましい脚。

しっかりとした骨格の体を包みこむサテンのような肌の下で筋肉が波打っている。そして、太ももの付け根から怒張した男性自身が荒々しく突き出ている。

その姿を見てリリーは喉の渇きを覚えた。まるで催眠術をかけられたかのように、ただ見つめていた。気がつくと、ヒースが目の前に立っていた。彼は指を一本さしのべて彼女のあごに当て、すっと顔を上げさせた。リリーは暗く輝く彼の瞳に吸い込まれていた。

小さなベッドに横たわるよううながされたとき、リリーの体がふるえた。そして、ヒースがかたわらに横たわって体を伸ばしたとき、期待のあまり体の奥がキュッと引き締まるような気がした。

ふたりの裸体がふれあった瞬間、リリーは鋭く息を呑んだ。なんてすばらしい感触だろう。あたたかくてなめらかなのに、硬くて筋肉質なのだわ。このうえなく男性的な手ざわりの見事さに感覚が生き返る思いがする。むき出しの皮膚のやわらかさ。その下に隠れた熱と硬さ。そして、彼の下腹部……。硬く大きな男性自身が脈打ち、腹部を打たんばかりに緊張している。燃え上がらんばかりに熱い。

落ちつきなく身じろぎして、リリーは彼の体に体を押しつけた。もっと近づきたかった。

「だめだ。じっとしているんだ。気持ちよくしてあげるから」ヒースがつぶやいた。

リリーは素直にベッドにあおむけになって身をまかせた。けれど、彼が体をなで始めるとじっとしているのは難しかった。手が肌の上をすべっていく。まるで吐息のようにかろやかに。乳首が苦しいほど硬くなっている。突き出たつぼみの先端を彼の手がスッとかすめた瞬間、リリーの体の中に火花が飛び散った。やがて、炎は下へ向かい、女の中心に火をつけた。

リリーは唇をぎゅっとかみしめ、ヒースのたくみな手の技に屈服していた。純粋な官能の悦びに心を奪われている。魔法のような手の動き。静まりかえった夜の闇《やみ》。月明かりが音もなく、まるで水銀のようにとろりとしたたっている。

ヒースの両手が乳房を離れ、長い髪の中に差し込まれていく。その間も彼の唇がやさしい攻撃を加えている。羽根のようなキスが、リリーの喉をじらすように愛撫し、やがてあごからほお骨へとたどっていく。そして、夢のようにゆっくりとエロティックに彼の唇がリリーの唇をとらえた。

ヒースの唇に魅了されたまま、リリーの唇からため息にも似たやわらかな音がもれた。しばらくの間、リリーは彼の下でじっと動かなかった。彼の吐息を吸い込み、彼の味を堪能し、体を包みこむ熱い感触と男の匂いをむさぼった。彼の指にやさしく髪をすかれ、深いキスをされるうちに、ため息はいつしかすすり泣きに変わっていった。

リリーは恍惚《こうこつ》の境地にいた――ヒースのやさしさに魅せられ、彼のここちよさに心を奪われたまま。

ヒースは夢のような快楽をあたえつづけ、神秘的な力でリリーの意識を遠のかせた。今このとき、ふたり以外にこの世には何もない。そんな気すらしてくる。それでも、彼のすべてが知りたい、もっと満たされたい、という思いにリリーの体は突き動かされていた。

彼の手がむき出しの胸のふくらみに戻ってきたとき、リリーは泣きたくなるほどうれしかった。痛いほどうずく乳首の一方を親指と人差し指でつまみ上げられた瞬間、燃え上がるような快感が脈打ち、お腹のあたりにゾクゾクとふるえが走った。

やがて、ヒースは片手で乳房をつかんで先端を口に含むと、唇で確かめるように乳首を吸い、熱い舌先でなめた。リリーは体をふるわせて鋭く息を呑んだ。とろかすような熱が体じゅうを焼き尽くしていく。かき立てられる快感にたまらなくなったリリーは、ヒースの髪に指を食い込ませて胸に彼の顔を押しつけた。

けれど、どうやらヒースはリリーの乳首を責め立てるだけでは満足していないらしい。突然、リリーの手をふりほどくと、唇をゆっくりすべらせて腹部に押しあてた。

唇がたどった跡がリリーには焼けつくように感じられた。だが突然、体がこわばった。ヒースが太ももの付け根の茂みに唇を寄せたからだ。

「力を抜いて」ヒースがつぶやいた。「傷つけたりしない」

心臓を激しく鼓動させながら、リリーはおとなしくじっと待った。彼の大きな手が太ももを押さえつけてぐいっと開き、女の中心をさらけ出した。ヒースは、ゆっくりと唇をリリーのやわらかな肉に押しあて、長く熱いキスをした。リリーの喉の奥深いところからせつなげなあえぎ声がもれる。

ヒースは容赦しなかった。時間をかけて舌を這わせ、じらすように裂け目のひだをやさしく深くえぐっていく――ヴェルヴェットをすべらすようなタッチで。リリーの体の奥に熱い刺激が次々と流し込まれていく。

彼はリリーの体を心ゆくまで味わっているらしい。最初はゆっくりと気だるそうだった動きが、いつしか激しくなった……。彼の舌は蝶《ちょう》の羽ばたきのように繊細でかろやかに動いていたかと思うと、しばらくして強く荒々しく執拗な動きに変わり、その変化は交互にやって来た。

容赦なくあたえられる刺激に、リリーの息はみるみる荒くなり、心臓が苦しげに鼓動を打ち鳴らす。心をわしづかみにされるような強烈な快感のせいで欲望はつのるばかりだ。感覚という感覚がわななないている。けれど、ヒースがあたえる快楽の拷問はやまず、やがてリリーは恍惚のあまり気が遠くなった。

次第にヒースのリズムが速くなり、リリーの開いた唇から苦しげなうめき声がもれた。そして、一本の指が肉の中に差し込まれたとき、激しい欲望の炎がリリーの体を貫いた。ヒースの唇の下でリリーは身をよじり、ほとばしる快感にあられもなく身をまかせた。なんということだろう……。熱くて、激しくて、何が何だかわからない。ありとあらゆる感情がリリーに襲いかかった。欲望。悦び。飢餓感。せつなさ。リリーは背をのけぞらせて叫び声を上げ、圧倒的なエクスタシーの渦に巻きこまれた。

やっと嵐が収まったとき、リリーはハッと我に返った。ヒースがかたわらで体を伸ばしてじっと見ていた。彼の瞳に浮かぶ金色のきらめきの中に、さまざまな感情がうごめいている。性的な飢餓感。やさしさ。所有欲。このうえない満足感。

彼の指がさまようようにリリーの顔に触れた。流れる影のようにかろやかに指が愛撫する。突然、喉にこみ上げた奇妙なうずきを、リリーはむりやり抑えつけた。ヒースの情熱はリリーの中の野性を呼び覚ましたけれど、同時に激しい心の動揺も引き起こしていた。彼が示した親密で細やかなやさしさに、リリーは驚愕と恐れを感じていた。それは、彼があたえてくれた肉体の解放感より強いものだ。

愚かなことに、まぶたの奥で涙がこみ上げてきた。リリーはすばやく顔を伏せ、熱い彼の胸に顔をうずめた。男からこんなやさしさを受けたことはなかった。涙が出るようなやさしさなんて知らなかった。そんなことがありうるとは考えたこともなかった。両親はいつもケンカをしていたから、ふたりの結婚生活は戦場のようだったのに。

リリーはやさしさに抗するすべを知らなかった。

そんなものに屈したりしない。リリーは胸のうずきを押し殺し、ヒースから体を離した。親密感あふれるひとときをわざと中断しようとしたのだ。

ヒースは明らかにリリーの意図を感じとったらしく、手を伸ばしてリリーの体を引きよせ、ぴったりと自分の体で包みこんだ。リリーは抵抗しようと体をこわばらせたが、感覚は意志を裏切って、男らしいぬくもりを存分に味わっていた。

しばらくの間、ヒースはリリーを抱きしめていた。唇でやさしく髪にキスをし、指先で腕や背中や腰や太ももを愛撫しながら。硬い男性自身がお腹に当たるのをリリーは感じていたが、彼は自分の欲望を満たそうとはしなかった。

「もっと……しなくていいの？」とうとうリリーはかすれた声で尋ねた。

「今はだめだ」静かなつぶやきがリリーの耳をくすぐった。「もちろんしたいよ。ここにずっといて一晩じゅうきみと愛を交わしたい。最後まで行きついたときどれほどの悦びが待っているか、きみに教えてあげたい。だが、結婚するときみが言ってくれるまで、ぼくは我慢する」

こんな硬くなるまで興奮しているなんて、とてもつらいはずだわ。これまでのレッスンのおかげで、リリーにも想像はついた。ヒースの苦しみをやわらげてあげるのは当然のことだ。リリーは考えた。「わたし、してあげるわ……お望みなら。この間、馬車でしたみたいに」

苦しげな微笑みを浮かべてヒースが答えた。「ほんとうにきみと結ばれるまで待とうと思う。きみに教えなければならないことを今夜は教えられたから、ぼくは満足だ」

問題は、リリーが満足していないことだった。確かにヒースはすばらしい快楽をあたえてくれた。けれど、それはどこか……不完全だという気がした。

黙りこくるリリーの頭を、ヒースの手が包みこんだ――あれほどリリーの体を悦ばせたのも、この手だった。彼は彼女の顔を傾けると、じっとのぞきこんだ。

「きみに情熱がどんなものか知ってほしかったんだよ、スウィートハート。結婚を避ければ何をあきらめることになるかわかってほしかった。一生独身で処女のまま、むなしい夜を過ごしたくはないはずだ。もうすぐきみにもわかってもらいたいと思っている」

確かにひとつ信じられることはある。リリーは永遠に処女でいたいと思わなくなっていた。ヒースが教えてくれた驚くべき情熱を経験した今、心は決まっていた。

この否定しがたい発見にリリーはぎゅっと目を閉じた。ヒースの戦略は成功した。リリーは今、この男の愛人になりたいと思っていた。

彼と結婚したくないとしても、彼のやさしさがほしくないとしても、情熱と欲望という不思議な神秘を彼に教えられたいとリリーは望んでいた。

11

侯爵の関心をそらそうと必死だったけど、
まさか自分が嫉妬する羽目に陥るとは思わなかったわ。
――リリーからファニーへ

ヒースがもたらしてくれた官能的な安らぎに満たされて、リリーは彼の腕の中で眠りについた。肉体的には満足していたけれど、心は乱れに乱れていた。いつしか夜も更けた頃、ヒースがリリーを目覚めさせた。彼女のベッドにいるところを人に見られたくないとささやくと、彼は別れのキスをして去っていった。そのキスのせいで、リリーの心はふたたび動揺した。情けないほど彼がほしかった。

自分の弱さに愕然《がくぜん》としたまま、リリーは起き上がってネグリジェをまとった。独り寝のベッドに戻ったものの、朝まで何度も寝返りを打ちながら眠れぬ夜を過ごした。ヒースに触れられた記憶や彼のぬくもり、やさしさが、どうしても忘れられない。やがてまだ朝も早いうちに起床した。とろんとした目をして疲れきったまま、ヒースの巧妙な戦術に嘆かわしいほど反応してしまった自分をののしらずにはいられなかった。

ヒースはリリーに驚くべき体験を味わわせただけではない。彼の情熱がほしくてたまらなくさせ、ふたりの関係を深めたいという欲求に悩ませることとなったのだ。

愛の行為の強烈な記憶を抑えつけようとして、リリーは顔を洗って服を着替えた。今、ジレンマに陥っていた。ヒースを避けるためにロンドンを離れるという手が使えないのは残念だ。夜会は終わって教師役の任務はもう必要ではなかったが、ヒースと求愛のゲームをする約束はまだつづいていたから、名誉を重んじれば最後までゲームに付き合う必要があるだろう。とりわけ、彼が夜会にすばらしい候補者を連れてくることで約束の一端を果たしたことを考えれば、当然のことだ。それに、オロークに対する友人たちの借金もまだ支払われていないのだから。

けれども、ヒースに対する警戒をこれ以上ゆるめるわけにはいかない。リリーは思いを新たにした。特に、彼の愛人になりたいという愚かな願望は、さっさと頭から追いはらわなければ。もしかしたら、彼がゲームに勝つという困った事態について対策を立てるべきかもしれない。一週間のうちにあと二点獲得すれば、さらに三カ月正式に求愛する権利が渡ってしまうのだ。

つまり、彼に対して心の壁を築いておかなければいけない。さもなければ、自分はあまりに無防備なまま彼に接することになる。

リリーはどうしたら防御を固められるか考えながら、朝食をとるために階下へ下りていった。驚いたことに、食堂にはフレールとシャンテル、おまけにエイダ・ショーがいた。年老いた美女たちが十時前に起きているのはまれなことだった。

エイダは、クリームを一皿たいらげた猫さながらに満足していたし、年配の高級娼婦たちは満面に笑顔をたたえていた。

「夜会は大成功だったわ、リリー」すぐさまフレールが言った。「十四人の娘がパトロンと契約できたのよ」

「そうよ」エイダが相づちを打った。「わたしがいちばんいい成果を上げたわ。お金持ちの伯爵がわたしを愛人にしてくれるって言うの」

「それにわたしにも――」シャンテルがうれしそうに言った。「プール子爵がまた興味をもってくれたのよ。もしも、うまいカードを切って対処できれば、子爵が借金を一部肩代わりしてくれるんじゃないかしら」

「お忘れかもしれないけど――」フレールが皮肉っぽく口をはさんだ。「そもそもカードのせいで、わたしたち、こんな災難に見舞われてしまったのよ」

「もちろん忘れてなんかいないわ」シャンテルが言い返した。「ただの言葉のあやよ。それとも、あなた、嫉妬してるのかしら？　わたしが今ごろになっていい人を見つけたから」

フレールがあざけるように笑った。「そんなわけないでしょう！　あなたにいい人ができたからって焼くわけにはいかないわ。特に、年をとってでっぷり太って、会釈するたびにギシギシ音がするようなお相手ではね。子爵ったら、わたしよりたくさんコルセットを身につけてるんじゃなくって？」

シャンテルがむかっ腹を立てた顔をして口を尖らせたとき、リリーは急いで口をはさみ、夜会の成功を祝った。そのとたん、二人の高級娼婦はうっとりとした表情を浮かべて、昨夜のすばらしさを口にしたり、生徒たちの成果を説明したりした。これで、娘たちは生活向上のチャンスに恵まれて、裏社交界の階段をさらに上がることができたのだ。

フレールとシャンテルが朝食を終え、食堂を出た頃には、ふたりはすっかり仲直りしていた。リリーはエイダとふたりきりで食堂に残された。昨夜は誰もが忙しくて、彼女が夜会から抜け出し、二度と戻ってこなかったことに気づいていないらしい。リリーは心の中でホッとしていた。夜会の最後の数時間、寝室でクレイボーン侯爵としていたみだらで恥ずかしい行為について告白したくはなかった。

そのせいで、エイダに話しかけられたとき、リリーは上《うわ》の空の状態だった。

「クレイボーン侯爵はあなたに夢中みたいですね、ミス・ローリング」エイダが言った。

「どうしてそんなことを言うの？」リリーはコーヒーをすすりながらぼんやりと答えた。

「あなたがそばにいると、侯爵はわたしたちに目もくれないし……あなたがいなくてもですが」

「わたしとしては、他の女性に目を向けてほしいところだけど」リリーは低い声でつぶやいた。

「ほんとうに？」エイダの声は驚きに満ちていた。「侯爵によそ見してほしいんですか？」

思っていたことをつい口に出してしまったと気づいて、リリーはハッと視線を上げた。エイダが抜け目ない表情で見つめている。

「たいていの女性は――」エイダが指摘した。「あんなすばらしい男性から注目されるなら魂を売ってもいいって思うでしょうね」

頬が赤くなるのを感じながら、リリーはトーストにマーマレードを塗る作業に専念した。

「そうかもしれないわね。でも、わたしは自分の魂はちゃんと自分で持っていたいわ」

「侯爵はあなたと結婚したいって言っているとか」エイダが身を乗りだした。

「本人はそのつもりのようね。でも、わたしは結婚したくないの」

「侯爵夫人になりたくないんですか？」エイダはそんな冒瀆《ぼうとく》行為なんて理解できないとでも言いたげに目を大きく見ひらいた。「もしもクレイボーン侯爵にパトロンになってもらえるチャンスがあったら、わたし、一瞬の迷いもなくあの新しいパトロンを放り出しますよ」そう言って、ため息をついた。「でも、わたしは他人の男を盗んだりしません。少なくとも、あなたみたいに親切にしてくださった方ならなおさらですわ、ミス・ローリング」

「クレイボーン侯爵はわたしの男ではないわ、エイダ」リリーが強い調子で言った。

打算的な光がエイダの目に灯る。「なら、わたしが侯爵の気を引いてもかまいませんか？」

顔をしかめたリリーは、若くて美しい高級娼婦がヒースを誘惑しようとする場面を思い浮かべた。すぐにいやだと思った。それでも、エイダが彼を追いかけるのを止めさせる権利はリリーにはなかったし、そんな権利を持ちたいとも思わなかった。

「わたしには〝やめて〟と言う権利はないわ」リリーが言った。

「かまわないとおっしゃるなら……わたし、やってみようかしら。成功の見込みがあるわけではないですが。殿方を誘惑するのはたいていあまり難しくありません。でもクレイボーン侯爵は恋人としてすばらしいって評判の方ですしね。女を悦びのあまり泣かせるって聞いたことがあります。そんな方を満足させたり、愛人にしてもらったりするのは簡単じゃないでしょうね。まして、どんな女でもよりどりみどりで選べる方みたいですし」エイダが首をふった。「でも、わたしができないなら、できる人なんていませんもの」

その言葉にリリーはうなずくしかなかった。炎のように赤い髪とすばらしい曲線美を持ち合わせた肉感的な美女であるエイダは、ヒースのように女を見飽きて目の肥えた貴族の男にも魅力的に見えるはずだ。まして、この一カ月でエイダは下品さを克服し、その気になれば上流階級らしい話し方もできるようになっていた。ヒースが心を惹かれることだってありうるだろう。

「あなたの言うとおりでしょうね」リリーがかすかな微笑みを浮かべて言った。

エイダがえくぼを見せた。「それに、もしわたしにできないなら、それだけ侯爵があなたに夢中だってことになるんではないかしら」

「どういう意味？」

「すぐわたしに興味が移るようなら、結局はあなたに忠実じゃなかったとわかります。運命を託す相手と決める前に男の本性がわかったほうがいいってことです。わたしの持論ですけど」

「そのとおりよ。父が根っからの放蕩者だったから、わたし、父みたいな夫はほしくないの」

父親の放埒《ほうらつ》な日々を思い出してリリーは思わず唇をゆがめた。ヒースが父親に似ているとは思わないが、高級娼婦の誘惑にたちまちなびくようだとしたら、そもそも彼がリリーをそれほど求めていなかったことになる。

それに実際、エイダが彼を誘惑できるとすれば、彼の求愛をやっかい払いできる。ヒースの肉体的な欲求が他の女性で満たされれば、リリーに欲望を抱くこともなくなるだろう。

「ご心配なく。あなたの邪魔はしないわ、エイダ」リリーがつぶやいた。「実を言うと、クレイボーン侯爵は十一時に来る予定よ。どうぞわたしの代わりにお出迎えしてあげて」

「まあ、ありがとうございます、ミス・ローリング。わたし、うまくやれると思いますわ」

エイダの計画は比較的簡単なものだった。侯爵が到着したら、正面階段を下りて途中で転んだふりをする。そうすれば、侯爵は助けざるを得ないだろう。そもそもエイダは女優だから、演技力をうまく利用しようと考えたのだ。

けれど、リリーの心はゆれていた。ヒースに誘惑をしかける計画に反対はしなかったものの、午前中ずっと不思議なほど落ちつきを失っていた。だから気がつくとリリーは、十一時になるまでフレールの居間にある炉棚の時計をじっと見つめていた。

やがて玄関のノッカーをたたく音がしたとき、リリーは廊下にそっと出て階段の上の端までそろそろと近づいた。階段の下ではエイダが演技を始めようと待ちかまえている。

密《ひそ》かに見下ろすリリーの目に、すべてがエイダの計画どおり進行するのが見えた。クレイボーン侯爵が下働きの少年に帽子を渡した直後、エイダは階段の最下段で足をひねったふりをして、優雅なしぐさで寄せ木張りの床に転んで見せた――まさに侯爵の真ん前で。

エイダが上げた小さな悲鳴を耳にして、ヒースはすぐさま助けの手をさしのべた。そして、彼女が横になりたいと口にすると、彼はソファのある手近な客間へ運ぶ羽目になった。

残念ながら、リリーがいる二階の踊り場からはエイダとヒースの間で何が起きているのか見ることも聞くこともできない。

そのままじっと待っていたものの、五分でリリーの忍耐が切れた。階段を下り、ゆっくりと廊下を歩いて客間の扉の前に出る。けれど、ふたりのつぶやく声以外何も聞こえない。

すぐにでも客間に飛び込みたい衝動を抑えつけ、自分をたしなめながらリリーは廊下に立っていた。こんな情けない状況でうろついている自分が信じられない。ヒースがエイダにキスしていても、触っていても、愛撫していても平気だ。たとえリリー自身にしてくれたようにエイダに快楽をあたえていたとしても――。

ヒースが美しい高級娼婦と愛を交わしている――そんな耐えがたい光景を想像してリリーは

思わずうめき声を上げそうになった。そしてすぐに悟った。自分を欺こうとしても無駄だ。ヒースが他の女とふたりきりでいるなんて考えたくもない。自分以外の女にキスをしたり、快楽をあたえたりしてほしくなかった。

ヒースが何かを言ったあとおもしろそうにくすくす笑うのを耳にして、リリーは体をこわばらせた。今すぐエイダに誘惑をやめさせなければ！　計画に賛成したのは取り消しよ！

何を目にすることになろうと、しっかりしなければ。リリーは気を引き締め、いかにも悠然とした足どりで客間に足を踏み入れたが、中に入った瞬間ハッと足を止めた。

エイダは物憂げな色っぽい姿勢でソファに横たわっている。ヒースは彼女の足もとに腰かけて娘の裸足の足を膝にのせていた。靴とストッキングがカーペットの上に投げ捨てられている。彼はエイダの足首をやさしくさすっていた。ちょうどガーデン・パーティの午後、馬車の中でリリーの足をさすったように。

リリーは愕然とすると同時に、鋭い嫉妬に心を貫かれた。けれど、二つの感情を押し殺して、わざとらしく咳ばらいをした。

エイダが驚いたように顔を上げた。「あら、ミス・ローリング。いらっしゃるなんて知りませんでしたわ」

リリーはむりやり微笑みを浮かべた。「十一時に侯爵様とお会いするはずだったんだけど、遅れてしまって」

エイダとふたりきりの現場を見られたというのに、ヒースは何食わぬ顔をしている。それどころか、リリーのために立ち上がろうともしない――ふつう紳士なら立ち上がるのが礼儀というものだ。

「エイダ、足が痛いの？」リリーが当てつけるように娘の足を見て言った。

「ええ、さっきまで痛かったんですけど――ひどく足をくじいてしまって――でも、クレイボーン侯爵様が痛みを全部とってくださいました」エイダは、コール墨で黒く染めた睫毛をパタパタさせた。「こんなすてきな方に助けていただくなんて、すばらしいことですわ」

「そうね」リリーがそっけない声で答えた。「侯爵様はヒーロー役がお好きですからね」

ヒースは美女の関心を一身に受けて楽しそうだ。リリーはなんだかムシャクシャしてきた。

「エイダ、エレンを呼んで冷湿布を持ってこさせましょうか？」

けれど、呼び鈴のそばに行こうとしたとき、ヒースがのんきそうな声で言った。「湿布はミス・ショーの寝室に運ばせてくれ。この人は歩けないから、ぼくが抱いて運ぼう」

「まあ、ありがとうございます、侯爵様」エイダがハスキーな声でつぶやいた。「助けていただかなかったら、わたし、どうしたらいいのかわかりませんでしたわ」

「苦しんでいるきみを放ってはおけないからね」ヒースは、いつくしむように微笑んでいる。

リリーは唇をかみしめていたけれど、彼の求めに応じるほかなかった。女中のエレンが部屋に駆けこんできたときには、ヒースはにこやかに微笑みかけながらエイダを抱き上げていた。

一方エイダは彼の首に腕を回して、うっとりとした表情で見つめ返している。

娘を抱えたままヒースが客間から大またで出て行くと、リリーはすばやくエレンに指示し、自分はエイダの靴とストッキングを拾い上げ、彼のあとを追って階段を登っていった。

エイダの寝室は二階の廊下の突きあたりだ。リリーはなんとか先回りしてヒースのために扉を開けた。彼はエイダを抱えたまま中に入り、ゆっくりと娘をベッドに下ろした。けれど、エイダは彼の首に腕をからませたまま、耳もとで何かをつぶやいた。ヒースが静かに笑った。

気がつくとリリーは歯をかみしめていた。ヒースが美女の腕を外して礼儀正しく暇乞《いとまご》いをしたとき、リリーは安堵の息をついた。

けれど、彼のあとについて廊下に出たとき、驚いたことにリリーはヒースにぐいっと肘をつかまれた。「ふたりきりになれるところはあるかな?」

リリーはヒースをにらみつけた。彼の声はまるで怒っているようだ。「フレールの居間でいいかしら?」

「いいだろう」ヒースがそっけなく答えた。

どうしてこんなに怒っているのだろう? リリーは不思議に思いながら先に立って歩いた。

ヒースが後ろ手に扉を閉めたとき、リリーは緊張を覚えた。昨夜のことがあってから、二度と彼とふたりきりになりたくなかった。

それでも、明らかに昨夜の愛の行為をもう一度やろうというわけではないらしい。しばらくの間リリーをじっと見つめてから、ヒースはつかつかと彼女の前に歩み出ると目の前で足を止めた。威嚇するような態度を見せられているのに、ヒースのそばにいることでリリーの体はすばやく反応した。そばにいられると、息をするのも苦しく、まして頭も働かなくなってしまう。

「きみはエイダにぼくを誘惑させたね？」ヒースがぶっきらぼうに尋ねた。リリーが黙っていると、彼のあごがピクッと動いた。「否定しなくてもいい。エイダが白状したから」

ふいに納得がいってリリーは大きく目を見ひらいた。「あの子に言わせたのね？　あなたの魅力を使って告白させたんだわ」

「罪状は甘んじて認めよう」彼はすぐに言い返した。

「どうしてわかったの？」

「エイダが妙に積極的だと思ったからだ。それに、長年の経験から策略はすぐに見抜ける」

「ああ、そうね。忘れていたわ」リリーが答えた。「数え切れないほどたくさんの女性があなたの足もとに身を投げてきたんだったわね。だから、エイダのケガを心配したふりをして――やさしく足首をさすってあげてたわ――みんなわたしに見せつけるためだったのかしら？」

「そうさ。エイダの足首はまったくケガなどしていない」

リリーは、さきほど感じた強烈な嫉妬の感情を思い出し、拳をぎゅっと握りしめた。ヒースはわざと別の女に関心があるふりをして足をなでていたのだ。

だが、彼の非難はまだ終わっていなかった。「きみはエイダのたくらみに賛成したと認めたね。ぼくが知りたいのは、なぜそんなことをしたか、だ」

「はっきりしているわ」突き刺すようなヒースの視線に耐えかねて、リリーは言い返した。

「エイダの話では、きみはぼくが亡くなった父上と同類だと、スカートをはいていれば誰でも追いかけるような男だと、証明しようとしたということだが」

「ええ、それも理由の一つだわ」

その答えを聞いたとたん、彼の目に火花が散った。「そして、他の女をあてがってぼくを追いはらおうとしたんだな？　なんてことをするんだ、リリー」

激しい怒りを向けられてリリーが顔をしかめると、ヒースは見るからに感情を抑えようとあごをグッとかみしめた。「いったい何を考えているんだ？　エイダがぼくを誘惑できるとでも思っていたのか？　きみがいるというのに、ぼくがエイダみたいな女性を求めるとでも？」

リリーは身を守るように体を抱きしめた。「正直に言えば……そう思っていたわ。エイダに肉欲を満足させられたら、あなたはわたしのことをもうほしがらないだろうって」

「まったく、リリー……」いらだちをつのらせてヒースは髪をかきむしった。「ぼくはきみと寝たいだけじゃないんだよ。きみのことを妻として望んでいるんだ。寝るだけなら、相手はいくらでも見つけられるさ」

「わかっているわ」申し訳ない気持ちになって、リリーは小さな声で答えた。

「言っておくが、きみの策略の餌食《えじき》になるのはごめんだ」

リリーはソファの前まで行くと、腰を下ろした。「ごめんなさい。エイダにあなたを誘惑させたりするんじゃなかったわ。それに――」リリーは唇をかみしめながら言った。「あの子が危険を冒すことになるって気づいていなかったの。新しいパトロンを見つけたばかりだというのに、あなたといちゃついているところを見つかれば、何もかもだめになってしまうわ」

リリーにとって幸いなことに、ヒースの声から、わずかだがとげとげしさが減っていた。「だから、止めようとしたのか？　エイダがパトロンをなくすことを心配したからか？」

「あの……ちょっとちがうの」

「じゃあ、何だ？」

リリーは思いきってヒースの顔を見た。まだ怒りであごに力がこもっている。「わたし……あなたがエイダにキスするのがいやだったの」

ヒースは一瞬じっと見つめてから、口もとから力を抜いた。「きみは嫉妬したんだ」

思いがけず顔が赤くなるのを感じてリリーは首をすくめた。「ええっと……そう」

しばらく沈黙がつづいた。やがて、ヒースがリリーの隣に腰を下ろした。「ぼくは喜ぶべきなんだろうね。それに、希望を持つべきなんだろう。きみが嫉妬に駆られたとしたら、ぼくの求愛がうまくいっているということだから」

ヒースの声に漂うかすかなユーモアの気配に気づいて、リリーは体をこわばらせた。「そんなに期待しないでほしいわ、侯爵様。わたし、今もあなたと結婚するつもりはありません」

ヒースの視線がさらに強まるのをリリーは感じた。「きみは嫉妬していたと認めるのに、ぼくのプロポーズについて考える気はないというのだね？　それでは筋が通らないではないか。どうしてそんなにぼくと結婚したくないんだ、リリー？」

「理由はもうお話ししたわ」

「きみのご両親の関係がひどかったと言っていたね。だからといって、ぼくらの結婚がそうなるとは言えない」

リリーは肩を怒らせて目を上げた。「あなただって子どもの頃ずっとあのケンカを見聞きしていたら、そんなに結婚したいって思わないはずよ」

ヒースは穴が空きそうなほどまじまじとリリーを見た。「ということは、ぼくらの結婚生活も戦場のようになると信じているんだね。きみの両親と同じように」

「わ……わからないわ」リリーはやっと答えた。「でも、危険を冒したくないの。一生、母のようにみじめな人生を送るのはいやだから」

ヒースのあごにグッと力がこもった。「またきみはぼくとお父さんを同じだと思っている」リリーが答えないでいると、彼はうなるような声をあげた。「いったいきみのお父さんはきみのお母さんにどんなひどいことをしたんだ？」

リリーは息を呑んだ。胃のあたりが心の古傷のせいで縮み上がった。「話したくないわ」

「いいかげんにしてくれ、リリー！　きみのお父さんのしたことが何一つわからないなら、ぼくは彼とちがうことをどうやって反論できる？」

「いいわ……」しぼり出すように言葉を口にすると、つらい気持ちがこみ上げた。「どうしても知りたいというなら……。父は母を殴ったの！　拳で殴り倒して、母が叫び声をあげるまで何度も蹴ったわ。わたし、それが耐えられなかった！　だからナイフをとって父に言ったの。お母様を殴るのをやめないと殺してやるって！　本気だったわ。もう一度、父が母に手を上げていたら、わたし、殺していたでしょうね。これが、あなたが聞きたかったこと？」

ほとんど叫んでいるような声だった。やっと口を閉じたとき、リリーはあえぎながら、ふるえる息をついていた。

ヒースは食い入るようにリリーを見つめていた。リリーは歯を食いしばり、絶対に目をそらすまいと見返した。けれど胸は重苦しく、喉に熱くこみ上げるものを感じ、今にも目から涙があふれそうになっていた。

やがてヒースの表情がやわらいだ。鋭いハシバミ色の瞳の中にリリーは同情を読みとった。涙をこらえながらリリーは、ふいにやさしくなったヒースの視線から目をそらした。同情なんかいらない。哀れみなんかほしくない。やさしく触られるのもいやだった。それでも、避けるすべはなかった。あたたかなヒースの指先がそっと伸びて、リリーの顔を上げた。

「きみは、お父さんの暴力からお母さんを守らなくてはならなかったんだね」ヒースの声はやさしさに満ちていた。

冷静さを失うまいとして体をこわばらせたまま、リリーはうなずいた。やっと口をついて出たのは涙声だった。「いちばん残念なのは、母を救えなかったことよ。一年後、母は苦しみのあまり愛人をつくって家を追い出され、国を出て行くことになったの。その後のスキャンダルは……もう知っているでしょう」

しばらくの間ヒースは何も言わなかった。やがて、手をさしのべてリリーの顔を両手で包みこんだ。「ぼくは絶対にきみを殴ったりしない、リリー。絶対にね。どんなに腹を立てても女性には暴力をふるわない」

リリーは彼の顔をのぞき込み、そこに真剣な表情があるのを見て反論しなかった。なぜか、ヒースが自分に暴力をふるわないと信じられる気がした……。けれど、心を傷つけるかどうかは、また別の問題だ。

「それでも、男性にそうした力をふるわれることを許す気にはなれないの。あなたの妻になったら、わたしは法的にあなたの財産になってしまうわ。殴られたら――殺されても――わたしに身を守る方法はないの」

リリーに手を上げるというばかげた考えを思い浮かべて、ヒースはぐっと歯をかみしめた。もちろん、たとえどんなに腹立たしかろうとリリーの考え方を尊重する気ではあったが。けれど、彼はいらだちを隠し、手の甲でリリーの頬をなでた。

リリーの黒い瞳が大きく見ひらかれ、あふれそうな涙でキラキラ輝いている。ヒースの胸に、守ってやりたいという強烈な思いがこみ上げた。そして、彼女の父親を墓場からよみがえらせ、妻と娘にした仕打ちの償いをさせてやりたいという激しい欲求が突き上げた。

だが少なくとも今ヒースは、リリーのことをかなり理解できるようになっていた。なぜこれほど自立にこだわるのか。どうして自分の人生の決定権を守りたがるのか。男に運命をゆだねることへの恐怖心。そして、ヒースを放蕩者の父親と執拗に同一視する気持ちすらわかるような気がした。これほど苦い経験をしていれば、ヒースも同類だと思っても仕方がないだろう。

ヒースが彼女の首をそっとさすると、リリーはギクッと体を離した。明らかにとまどった様子だ。

「ごめんなさい……」さっと涙をぬぐうと、リリーはふいに立ち上がり、指を組み合わせてヒースを見下ろした。「エイダに誘惑させて、あなたを怒らせてしまったとしたら申し訳ないと思っています。でも、これでよかったのかもしれないわ。わたしがあなたの妻になるつもりがない理由がよくわかったでしょうから」

かろうじて聞きとれるほど小さな声でそう言うと、リリーはくるりと背を向けて部屋を出て行った。物思いに沈むヒースをひとり残して。

それからしばらくの間、ヒースはじっと考えこんでいた。リリーへの求愛について。彼女の告白にどう対応すべきなのか。

まずは、リリーにはっきりとわからせる必要がある。彼がリリーの父親とも、女に暴力をふるったり支配したりする男ともちがう人間だとわからせなければならない。

ヒースのあごに力がこもった。母親を救うために父親を脅したと告白したとき、リリーの目に浮かんだ深い傷の痛みが忘れられなかった。同じ表情を見た記憶があった。リリーがオロークを追いかけて彫像をふり下ろしたときに見た表情だ。そして、路地でいじめられていた雑種犬を守ろうと、荒くれ男たちの中に飛び込んだときの表情も同じだった。

それに、夜会に招待する候補者についてやさしさを条件にするよう言い張ったわけも、これで説明がつく。下宿屋にいる娘たちがひどい目にあったことを激しく怒っていたのも、このせいだろう。そういえば、二人の娘を身を売る世界から救ってダンヴァーズ館でまともな職に就けるよう面倒を見ていたこともあった。

リリーの行動はどれも、弱い立場にある者を守りたいという強烈な欲求の現れなのだ。そう思うと、リリーに対するやさしい気持ちがこみ上げてきた。

だが、父親の話を聞いてしまった今――リリーの目と声に痛みを感じとってしまった今――彼女に結婚を承諾させることがいかに困難か痛感せずにはいられなかった。恋人であれ夫であれ、リリーはどんな男にも身をゆだねることを恐れている。決して防御をゆるめないだろう。

やさしさを、親密感を、信頼を、リリーに教えなくてはならない。ヒースは確信していた。リリーは、森に棲《す》む野生動物のようなものだ。警戒心が強くおびえている。やさしさで心をやわらげてやらなくては。

昨夜リリーを腕に抱きしめたのは、その第一歩だった。リリーは彼以前にどんな男に対してもあれほどの親密感を抱いたことはないはずだ。ヒースは財産を半分賭けてもいいと思えるほど確信していた。

ヒース自身も、あんなにやさしい感情を女と分かち合ったことはなかったし、それが非常に特別なものであることも気づいていた。

記憶がよみがえり、ヒースは一瞬、目を閉じた。自分の体にすっぽりと収まった裸のリリーの手ざわり。彼女のぬくもり。匂い。リリーの情熱は彼にしかかき立てられないものだと、ヒースは本能的に気づいていた。そう思うと、深い満足感がこみ上げてくる。だが、彼はリリーの肉体を思いのままにできる以上のことを望んでいた。

リリーを妻にしたい。

けれど、それはこれまで経験したことのない挑戦だった。リリー自身が結婚を決断しなければ意味がないことだ。強制はできない。リリー自身が望んだ結果、彼を夫にするのでなければならなかった。

それが可能なのは、彼に対する愛が疑いや恐怖を克服できるほど強くなったときだけだ。

つまり、リリーに愛されるよう努力しなければいけないということだ。

ヒースの表情がかげった。もしかしたら性的な技を利用するのは心を勝ちとるよい方法ではないのかもしれない。結婚を迫るのもまずいような気がする。追いかけられていると感じる限り、リリーは防御を固めたままだろう。

だが、もしも求愛活動を中止したら？　追いかけるのをやめたらどうなる？

確かなのは、彼自身にとっても利点があるということだ。このところ毎朝、どうしようもないほど性的に興奮してつらい思いを味わっている。そして、リリーに触れるたび、キスするたび、抱きしめるたびに、苦しみは強くなっていた。もう一晩何もせずにリリーと過ごすようなことがあれば、真の意味で愛を交わさずに愛を交わすようなことがあれば、もう抑えが効かなくなりそうだ。リリーに対する激しい肉欲に負けて一線を越えてしまうにちがいない。

だが、ここでいったん撤退すれば、何とか燃え上がる欲望をコントロールできるだろう。少なくとも、これ以上リリーと性的に親密な状況になることを避けるのは賢明だ。そして、しばらく求愛をやめるほうがいいだろう。常に結婚を迫るより、考える時間をあたえるのだ。

その間に、リリーの信頼と尊敬を勝ちとる方法を考えることにしよう。ヒースはゆっくりとうなずきながら思った。そうすれば、もっとりっぱな面を見せられる。きっとリリーは彼のことを見直して、軽蔑と恐怖を感じさせるような男ではないと信じるようになるにちがいない。

12

なんだか変なのよ。侯爵がゲームをあきらめてしまったみたいなの。

――リリーからファニーへ

翌日の水曜日、ヒースはまったく姿を現さずリリーは驚いた。すっかり頻繁な訪問に慣れていたせいで、ずっとこの調子でつづくと思っていたのだ。その日は彼の声を耳にすることもなく、手紙を受けとることもなく終わった。

そして、木曜になっても状況は変わらなかった。だから、その晩劇場のボックス席に彼がフレールとシャンテルを招待したと聞いたとき、リリーはひどくとまどった――彼女は招待されていなかった。

プール子爵もいっしょだという。夜会以来、明らかに子爵はシャンテルに夢中でほとんどこの下宿に住み込んだも同然だった。シャンテルにとって喜ばしいことだが、リリーにとっても心あたたまる展開といえた。

ヒースが口にした劇場への誘いを一度は断ったのだから、今回誘われなかったことに異議を唱えることなどできない。けれど、一同を迎えに来たヒースはリリーにほとんど言葉をかけなかった。

フレールとシャンテルは何も気づいていない。クレイボーン侯爵が用意してくれた楽しみに興奮しているせいだ。玄関ホールで、ふたりは肩掛けと扇子を手に笑いながらおしゃべりに興じている。

観劇後は一流のホテルで夕食をとる予定だから先に寝てちょうだい、とリリーに告げると、一行はあわただしく出かけていった。急に騒々しさが消え、屋敷の中はひどく静かになった。

そのせいだろうか。落ちこんだ気分になったリリーは、何か読む物でも探そうとぼんやり歩くうちに応接間へ足を踏み入れた。夜会が終わった今、あまりすることもなく宙ぶらりんな気分だ。数人の生徒たちの求めに応じて時々レッスンをしているが、ほとんどの生徒は――少なくとも新しいパトロンを見つけた娘たちは――必要に迫られているというわけではなかった。

日刊紙のモーニング・ポストがテーブルに置いてあるのを見て、リリーはパラパラとページをめくりはじめた。社交欄とファッション欄に目のないフレールとシャンテルは朝刊と夕刊の両方をとっている。いつもならリリーは読書欄や議会の動向や海外ニュースや出入港情報に興味を引かれるのに、今は何もおもしろく思えない。

ただ、心に浮かぶのはヒースのことばかりだ。もうリリーへの求愛を止めてしまったのだろうか。もしかしたら、はっきり結婚しないと言われたせいで、彼はふたりのゲームを最後までつづける意味がないと考えたのかもしれない。

そう思うと、奇妙なことに安心より失望を感じてしまう。ヒースをやっかい払いできたと、せいせいしてもいいはずなのに。

残念な気持ちなんてすぐに消えるはずだわ。リリーは自分に言いきかせた。しばらくはヒースがいなくなって物足りない気がするかもしれない。このところ邪魔になるほど彼の姿を見ていたのだから。でも、すぐに慣れる。それでも、この二日間ヒースがそばにいなくてさびしく感じていることは否定できなかった。あれほどじらしたり挑発したり興奮させたりしていたのに。なんだか恋しくなる――。

頭に浮かぶ物思いをリリーはきっぱりと断ち切った。ヒースが求愛をつづけるかどうか、あれこれ悩むなんて意味のないことだ。けれど、ふたりで過ごした情熱の夜のあと、ヒースが彼女の欠陥に気づいてしまったのではないかと思わずにはいられなかった。ファニーや他の情報源から、男性の肉欲は満たさなければならないものだということはよく知っていた。それに、自分があまりに経験が浅く不器用な処女だから、ヒースのような経験豊かな男を満足させることなど無理だという気がした。

実際、これほど長く彼が禁欲しているのは驚くべきことだ。

愛人なら自分で見つけられるとぶっきらぼうに言った彼の言葉を思い出して、リリーは思わず顔をしかめた。もうわたしを追いかける価値がないとすでに考えているのかも。そうだとしたら、もう愛人を見つけているかもしれない。

彼が新しい愛人と愛を交わすと想像するだけで胃がきりきりと痛み、気分が落ちこんでくる。なんてばかなの。そう自分を叱りつけると、リリーは新聞をテーブルに置いて立ち上がった。寝室に戻って、ヒースにもらった南洋の旅行記の本をとってこようと考えたのだ。すでに一回読んでいたが、時間がなくてまだじっくり読みこんでいなかった。彼が言ったとおり、すばらしく魅力的な本だ。

けれど、正面の階段を二階まで登ったとき、まぎれもないすすり泣きが耳に飛び込んできた。廊下の奥の右側だ。リリーは声のするほうに足を向け、開いた扉の前に立った。

ペグ・ウォレスが二人の下宿人と共同で使っている寝室だった。驚いたことに、ベッドに腰を下ろしたペグが、すすり泣く娘の肩を抱いているではないか。夜会でパトロンを見つけられなかった生徒の一人で、ベティ・ダンストという名の娘だ。

ベティは体の奥底からしぼり出すような低い声で泣きじゃくっている。

リリーがおずおずと中に入ると、ペグが顔を上げた。悲しげでつらそうな目をしている。

「お騒がせしてすみません、ミス・ローリング。扉は閉めておくつもりだったんです」

「ベティは具合でも悪いの？」リリーはベッドに近づきながら静かに尋ねた。

ペグは顔をしかめ、ベティはぎゅっと手を顔に押しあててさらに激しく泣いた。「具合が悪いといえば具合が悪いんですけど……」ペグが答えた。「妊娠してしまったんです」

リリーは、これまで遭遇したことのない事態にためらった。「何かわたしで役に立てることがあるかしら？」

ペグは暗い顔で首をふった。「ないと思います、ミス・ローリング。あなたみたいにりっぱなレディにやっていただけるようなことは。でも、そう言ってくださるだけでありがたいです」ペグが急いで答えた。

ベティのかたわらに腰を下ろして、リリーは彼女の肩にそっと手を置いた。「話だけでも聞かせてちょうだい。何を悩んでいるの？」

ふるえながらうなずくと、ベティは何回か息を吸い込んで嗚咽《おえつ》をこらえ、手に握りしめたハンカチであふれる涙をぬぐった。「あの……わたし……どうしたらいいのか、わからないんです。このままではいられません。そんなことをしたら、どうなるでしょう？　お腹が大きくなったら……働けなくなってしまうから」

ベティは、近くの紳士向けクラブに雇われていた。高級な売春宿も同然の場所だ。もう二年働いている。父親はドーセットシャーの大きな屋敷で庭師頭をしている。屋敷の馬丁に誘惑されたことがきっかけでベティは父親から勘当され、仕方なくロンドンにやって来た。飢え死にしそうになったあげく、娼館で働く仕事を見つけたのだ。生きるために選択の余地はなかった。

「お腹の子の父親は？」リリーが尋ねた。「助けてもらえないの？」
ベティはふたたび声をあげて泣いた。「誰が父親かわからないんです。十人ぐらい可能性はありますけど。それに、誰もこんな私生児のことなんか気にかけてくれません」
リリーは愚かな質問をしたことに気づいて唇をかんだ。これ以上何を言っていいのかわからなかった。
ベティは涙に暮れながら苦しい心の内を語りつづけた。「下宿代を払うお金もなくなってし
まうし、これから何カ月も稼げなくなるでしょう。ミス・ドリーに追い出されるわ。そうなっ
たら、もうどこへ行けばいいのかわからない――」
「あの人はそんなことをしないわ、ベティ」リリーがつぶやいた。
「もしもこのままいさせてもらえても、子どもが産まれたらどうしたらいいのか……。どうや
って面倒見たらいいんでしょう？」
ふたたびふるえだしたベティの声をさえぎるように、ペグが静かに言った。「ベティはわか
っているんです。近いうち産婆のところに行かなくちゃいけないと。だから泣いているんです」
ペグが何を言おうとしているのか理解して、リリーは胃がきゅっと痛むような気がした。
「あなた、赤ちゃんを産みたいの、ベティ？」
「はい……。父親が誰かわからなくても産みたいです。でも、どうしたらいいのかわからなく
て。また街頭に戻る気はしません。あんなお腹がぺちゃんこになるほど空腹になる思いは、こ

の子にはさせたくないんです。あんな死にたくなるほどみじめな思いは。絶対にだめなんです、ミス・ローリング。そんなことをするぐらいなら、今すぐ死なせてやります」

ふたたび泣き出したベティを慰めようと、リリーはやさしく背中をなでた。この娘の今後を思うと胸が張り裂けそうになる。このままこんなみじめな状況で放っておくわけにはいかない、とリリーは思った。

「ベティ……。そんなに泣いていると体にさわるわ。お願い、聞いてちょうだい。何か解決策はあると思うの。わたしの友人の中に助けてくれる人がいるかもしれないわ。将来の心配をせずに子どもが産めるよう雇ってくれる人がいるんじゃないかと思うのよ」

ふいにベティは泣きやみ、顔を上げた。不安と希望がない交ぜになった表情を浮かべている。

「ああ、ミス・ローリング……。そんなことができるとお思いですか？」

「きっとできるわ」リリーは力づけるように言った。「他に手だてがなければ、あなたが子どもを育てられるよう、わたしがお金を出しますから」

「ああ、ミス・ローリング」ベティがため息をついた。「あなたはまるで天使のような方です。そんなことを言ってくださる人は他にはいませんもの。でも、お金をいただくわけにはいきません。わたし、働けます。自分で働いて暮らしを立てたいんです」

涙に濡れた顔に真剣な表情を浮かべている娘をリリーは確かめるように見つめ、その気持ちを理解した。ベティはほどこしではなく自立を望んでいるのだ。これまでローリング姉妹が望んできたのと同じように。

「そういうことなら、ある程度しっかりとした収入になる仕事を見つけなければね」リリーが言った。「自分でどういう仕事に向いていると思う？」

「わたし、草花を育てるのが得意なんです……。物心ついたときからずっと父の助手として働いてきましたから」

「そうなの。じゃあ、わたしのほうで心当たりを探してみるわ。とりあえずは、顔を洗って横になったらどう？　泣いてばっかりいては赤ちゃんにもよくないわ」

「わかってます」すでに落ちついたのか涙は収まっていた。ベティはハンカチで目元をぬぐいながら鼻をすすり上げた。「でも、横になってもいられないんです、ミス・ローリング。もうすぐ仕事に行く時間ですから。遅れたら絶対マダムから首を言いわたされてしまいます。そんなことになれば、今より状況が悪くなってしまいますもの」

リリーは顔をしかめながら首をふった。「赤ちゃんがいるんだから仕事をつづけてはだめよ。絶対にだめだわ、ベティ。もうクラブに戻るのはよしなさい。連絡は明日すればいいわ。今日のところは、何も心配しないで休まなくちゃ。いい考えが浮かんだらすぐに話すから」

ふたたび涙を流しながら、ベティはほとんど神様でも見るような目でリリーを見た。「ありがとうございます、ミス・ローリング。お礼の言いようもありません――」

「お礼なんか言わなくていいのよ。以前わたしと姉たちも、ある親切なレディから助けてもらったことがあるの。それに比べればたいしたことではないわ」リリーはウィニフレッドのことを思い出していた。三年前、寛大にもウィニフレッドが出資してくれたおかげでフリーマントル・アカデミー・フォー・レディーズを立ち上げることができ、姉妹はベティのような運命にさらされずにすんだのだ。「わたしたちが受けた恩を別の形で返そうと思っただけなのだから」

元気づけるようにベティの肩をポンとたたくと、リリーは立ち上がって扉のほうに向かった。けれどそのとき、静かな声が呼び止めた。「ミス・ローリング？」

「何かしら？」

リリーが立ち止まって待っていると、ペグがゆっくりと立ち上がり、ためらうようなしぐさをしてから目を落とし、スカートをつまみ上げた。やがて、決心したようにごくりとつばを飲みこんだ。「ミス・ローリング……。あの、どうお思いになりますか……？」そこで咳ばらいする。「つまり、あなたのお友だちに……お願いできますでしょうか？　わたしにもちゃんとした仕事を見つけてくださるよう……」

リリーはとまどった目でペグを見つめた。ペグもまたベティと同様、路頭に迷って身を売ることになった娘だった。そもそもはロンドンにある貴族の屋敷で小間使いとして働いていたのだが、酔っぱらったその家の主人に迫られてむりやりキスされたところを奥様に見つかったために推薦状なしで追い出されたのだ。そんなやめ方ではまともな仕事が見つかるわけもなく、ペグはやっとのことでロイヤル・オペラの踊り子の仕事を見つけた。もっとも、バレエの才能を見込まれたのではなく際立った美貌のおかげで雇われたのだ。

それはともかく、非常に裕福な准男爵がパトロンについたばかりであることを考えれば、ペグの言葉は謎めいて響いた。

「サー・ロバートと契約できて満足しているのかなって思っていたのだけど」リリーがおずおずと言葉を返した。

「もちろん満足しています、ミス・ローリング。あの……サー・ロバートはすばらしいパトロンです。でもわたし……ほんとうは愛人になりたくないんです。正直に言えば、いやなんです」

小さいがきっぱりとした声だった。「わたしだって娼婦になる前はちゃんとした娘でした。だから、罪深いことをするとき……死にたくなることもあります」

リリーの心に罪悪感がナイフのように突き刺さった。ペグはただ引っこみ思案だとばかり思いこんでいた。まさか、死にたくなるほど不幸だったとは……。

「そんな気持ちだったなんて知らなかったわ、ペグ」リリーはつぶやいた。胸の奥に吐き気がこみ上げてくる。「ごめんなさいね。レッスンに参加させたり夜会に出させたりして。それがあなたの望みだとばかり思っていたものだから」

「ああ、ちがうんです、ミス・ローリング……そんなつもりで言ったんじゃないんです！　レッスンしていただいたことはすごく感謝しています。ほんとうに。体を売って生活費を稼がなくちゃならないなら、裕福な紳士が相手のほうがずっといいですから。あなたはすばらしい方です。礼儀作法を全部教えてくださったんですから。でも、もしも可能ならば、この生活から足を洗いたいんです。手を貸してくださったら……これ以上うれしいことはありません」

リリーはしばらく口を開くことができなかった。二人の娘たちの苦労を思うと涙がこみ上げそうになる。苦しみばかりの人生。家族もなく未来もなく希望もない。でも、わたしにはそれを変えることができるはずだ。

「もちろん手を貸すわ、ペグ」リリーは感情のこもった声できっぱりと言った。「できる限りのことはします」

ペグは唇をふるわせて微笑んだ。「わたしには少なくともひとつ技能があります。針仕事が得意なんです。仲間の踊り子たちのために衣装を縫ってあげることもあるんですよ。仕立て屋で見習いとして働けないかと思うんです……。あるいは着付係の助手になれれば……」

「ほんとうです、ミス・ローリング」ベティが自分の苦しみも忘れて話に割り込んできた。「ペグはものすごくファッションの才能があるんです。機会があれば自分でデザインもするんですよ。ぜひスケッチを見てあげてください。すごくいいですから」

「全然知らなかった」リリーは感心した。

ペグが顔を赤らめた。「あの、ちゃんとした訓練を受けたことはないんです。でも、去年ミス・ドリーのためにドレスをデザインしたんですが、とても満足したと言ってもらえました」

「何とかしてみるわ。約束します」

最善を尽くそう。リリーはそう心に誓い、自分の寝室へと階段を上がった。部屋に入ると、腰を下ろしてベティとペグのために何ができるか、あれこれ頭を悩ませた。

ふたりだけの問題ではない。リリーは怒りと当惑に襲われながら考えた。この世には同じような現実に直面する娘たちが数え切れないほどいるのだ。貧しく頼る者もなく無防備な娘たち。

リリーは決心した。貧しく不幸な娘たちが身を寄せて助けが得られるようにするために、自分に何ができるか考えなくては。生きるために売春に走らなくてもいいよう手に職をつけられるような安全な場所をつくるのだ。

でも、まだ先のことだ。まずは目の前の娘たちを助けなければ。

ペグに向いた仕事を見つける自信はある。でも、お腹に赤ん坊を抱えたベティのほうはかなり難しいだろう。

一刻も早くフレールとシャンテルに相談したかった。仕事が見つかるのが早ければ早いほど、あれほどいやがっている仕事から足を洗って新しい人生を始めることができるだろう。

けれど、年老いた高級娼婦たちはまだクレイボーン侯爵とプール子爵とともに観劇中だ。それに、バジルも遊び仲間や仕事仲間とともにお気に入りの酒場に出かけている。夜会が成功に終わってから、生徒たちに教える必要もなくなったバジルはさっさと元の生活に戻っていた。

ウィニフレッドにベティを助けてくれと頼んでも無駄に終わりそうな気がした。いつもなら、ウィニフレッドは労働者階級の人びとに同情してくれるだろう。自分自身、労働者階級の出身だからだ。製造業と炭鉱で財をなした実業家の父親から莫大な遺産を受けついだ彼女に頼めば、いつもなら寛大に〝うん〟と言ってもらえるはずだった。けれど今回は、クレイボーン侯爵に頼めと言われるにちがいない。

義理の兄であり元後見人であるマーカスに頼むという手もある。でも、先月ダンヴァーズ館へ二人の娘を送り込んだばかりだ。

「やるべきことはわかっているわ」リリーは自分に向かってつぶやいた。

結局、唇をかみしめながら気のりのしない結論に達した。これ以上恩を受けたくないから頼みたくはないけれど、ヒースに頼むというのがいちばん可能性のある選択肢だ。男性に頼ることに嫌悪感を感じるからといって、ベティにとって最善の道を避けてはいけない。

裕福な貴族として、ヒースはいくつもの領地を所有し、たくさんの召使いを抱えている。リリーには手の届かないものばかりだ。それに、自ら野良犬の住みかを見つけてくれたではないか。若い娘とその赤ん坊のために同じような心づかいを期待してもいいような気がした。

その上、姉のアラベラが最近口にしていたとおり、ヒースは自分勝手で思いやりのない典型的な貴族の男性とはちがう。もっともリリーに対しては、点数を稼いでゲームに勝ちたいという下心を抱いているのは確かだけれど。

とにかく、まずヒースに相談しよう。そう決心すると、リリーはどうやって説得するか考え始めた。

三時間経った。そろそろ劇場から馬車が戻ってくる頃だろう。一階まで下りたリリーは玄関ホールにある従僕用のベンチに腰を下ろすと、壁の燭台の明かりで旅行記を読みながら一行を待つことにした。

通りを走る馬車の音を耳にするやいなや、リリーはショールをはおって玄関に急いだ。外に出たとたん、クレイボーン侯爵が一行とたたずむ姿が目に映った。すっかり夜も更けているというのに、馬車のランプが長身でたくましい彼の姿を照らし出している。歩道の縁石のあたりに立って一行に別れを告げているところだ。

ヒースが屋敷に入ってこない場合を考えたリリーは、石段を下りて歩道に向かっていった。最初に気づいたのはプール子爵だった。「ああ、ミス・ローリング。今夜またお会いできるとは思いませんでしたよ。すばらしい舞台でしたぞ。実にすばらしい。いっしょにいらっしゃるべきでした」

世間の注目を浴びたくないリリーの事情についてシャンテルから聞いているはずなのに、年老いた子爵は少々忘れっぽかった。

子爵の言葉にリリーは適当につぶやきを返したが、意識はヒースにだけ向いていた。やがて、ヒースが眉を上げて尋ねた。「何かまずいことでも起きましたか、ミス・ローリング？」

「できれば、ふたりきりでお話ししたいんですけど、侯爵様」

一瞬ためらってからヒースはうなずいた。「もちろんかまいませんよ。屋敷の中に入りますか、それとも馬車のほうがよろしいかな？」

ちらりと馬車を見てリリーは顔を赤らめた。前回馬車でふたりきりになったときのことを思い出したのだ。「屋敷のほうにいらしていただけますか」

ふたりは、フレールとシャンテルとプール子爵のあとから屋敷に入った。と、フレールが口を開いた。「お話が終わったら、わたしたち、居間で待っているわ」

リリーはうなずいてから、ヒースをつれて近くの客間に入った。

「ワインでもいかが？」扉を閉めるとすぐにリリーが尋ねた。

ヒースが射抜くような視線を投げた。「どうしてそんなに形式ばったことを言うんだい？」

「ドキドキしているからだと思うわ」

「どうしてドキドキする？」

「そうね」かすかに楽しげなヒースの口調を無視してリリーは答えた。「これから……かなりのことをお願いしなくてはならないから」

ヒースは一瞬リリーを見つめてから、まるで信じられないとでも言いたげにゆっくりと言葉を口にした。「ぼくに頼みがあると言うのか？」

「ええ、でもわたしのためじゃないわ」

ヒースの唇に皮肉っぽい笑みが浮かんだ。「自分のためだったことなどないじゃないか」

「お座りになったらいかが?」

「いや、立っているほうがいい。さあ、白状してごらん、リリー。いったいどんな頼みだ?」

座ったほうが説明しやすいと考えたリリーは、椅子に浅く腰をかけた。「つまり……下宿人のひとりが難しい問題にぶつかってしまったんです。ベティ・ダンストのことは覚えてる?」

「小柄で黒髪、青い目の娘。ちがうか?」

リリーは驚かなかった。女については目利きの彼なら、当然きれいな娼婦のことは覚えているだろう。「そう、それがベティよ。困ったことに妊娠してしまったの」

ベティの置かれた状況をかいつまんで説明していくうちに、リリーは改めて腹が立ってきた。若い娘が街に放り出されて否応なく売春宿で働くことになり、やがて誰ともわからない客から孕《はら》まされる――なんて不公平な運命だろう。

「子どもができたのはあの子のせいじゃないわ」リリーはこわばった声で言った。「でも、本人は子どもが産みたいと言うの。子どもがちゃんと育つ環境が用意できれば、だけれど」

ありがたいことに、ヒースはリリーの話を真剣に考えているようだった。「ベティは結婚を望んでいるのか? ちゃんとした結婚から生まれた子にしたいということだろうか?」彼は尋ねた。「ふつうなら、夫を見つけてやるということになるだろう」

その言葉を耳にして、リリーはためらった。予想外の案だったからだ。「わからないわ。でも、あの子は結婚を望んでいないと思うの。それに、本人が望まないのにむりやり結婚させるわけにもいかないわ」リリーはきっぱりと言った。「望まない結婚に縛りつけられるのは、今の状況と同じぐらいひどいことだわ。もっとひどいかも」

リリーの激しい反応にヒースはかすかな微笑みを浮かべた。「結婚についてきみがどう感じているのか、よくわかっている。だが、ベティの意見はきみとちがうかもしれない」

「あの子から聞いたの。自分で働いて生活を立てたいって。父親が大きなお屋敷の庭師頭だったそうよ。それで、本人も草花を育てるのが得意なんですって。それで思ったのだけれど、あなたの領地で仕事を見つけてやってもらえませんか？　安全に子どもが育てられるような場所で。ロンドンより田舎で育つほうが子どもにとってもいいことだと思うの」

ホッとしたことに、ヒースがうなずいた。「うちの領地の女中頭が面倒を見てくれるかもしれない。だが、その前にまずベティ本人と話そう。本人の意思を直接確かめておきたい」

「ありがとう！」リリーはそう言って腰を上げた。「すぐにベティを連れてきます――」

ヒースが手をつかんだ。「こんな夜遅くに会う必要もないだろう。だが、心配はいらない。この件はぼくがなんとかする」彼はリリーのほうに頭をかしげた。「これでもう一点いただけるということでいいのだろうね？」

「そうなるわね。でも、ベティが大きらいな生活から足を洗えるなら、それだけの価値はあるわ」

「いいだろう」彼はつぶやいた。「これで用件が終わりなら……」

まるですぐにでも立ち去りたいかのように、ヒースは肩ごしに扉を見た。けれど、リリーは彼に帰ってほしくなかった。ペグの件は口にするつもりはなかったのに、気がつくとリリーは待ってほしいと口走っていた。

「もうひとつあるの」リリーは一歩近づいた。

ヒースは物問いたげに視線を向けた。「何だい？」

「別の下宿人のことなんです……。でも、ちょっと不作法なお願いで……」

いかにも儀礼的に待つヒースに、リリーはあわてて説明した。「以前、何人か愛人がいたと言っていたでしょう。だから、その方たちが利用していた仕立て屋をご存じないかと思って」

「何だって？」眉をぐいっとつり上げ、ヒースはまるで聞きちがいでもしたかのようにリリーを見つめた。

リリーは頬が赤くなるのを感じた。「ええっと、あの……。ペグ・ウォレスのことなの。高級娼婦として働くことがひどくつらいらしくて。新しいパトロンがついたから暮らし向きもかなりよくなるはずなのに、足を洗いたがっているんです。だから、仕立て屋の見習いとして働き口を探してあげると約束したんです。それで、あなたが過去の愛人のために仕立て屋の費用をたくさん支払っているなら、何軒か仕立て屋にコネがあるんじゃないかと思って。どこか一つに口利きしてもらえば、ペグの働き口も見つかるんじゃないかと考えたんです」

黙ったままじっと見つめるヒースに、リリーはあわてて言いそえた。「マーカスには昔の愛人のことを聞いたりできないわ。だって、もう姉と結婚しているから」

「だが、ぼくなら聞けるというのだね？　名誉に思うべきなのか？」

リリーはおずおずと微笑んだ。「そんなことはないと思います。ただ、夫の放蕩時代を思い出させてアラベラにいやな思いをさせたくなかっただけ。わたしの知り合いの中で、そういう経験のある紳士はあなたしか思いつかなかったの」

ヒースの唇の端がくいっと上がった。彼は信じられないといった顔をしてゆっくりと首をふった。「いつになっても、きみには驚かされるね、リリー」

その言葉を耳にして、リリーはひどく気まずい思いを味わった。「いいわ。どうぞ、この件は忘れてください。わたし、自分でペグの働き口を探してみます……。でも、今年わたしたち姉妹のドレスをつくってくれた仕立て屋はかなり高級な部類に入る店だから、元高級娼婦の娘を雇ってくれそうにないと思うの。ファニーの行きつけの店に頼むこともできるけど、お客はほとんど女優さんやオペラ座関係の人だから……。ペグには昔の生活と決別するチャンスを用意してあげたいのよ、できれば――」

「ぼくにできることは考えてみよう」ヒースが口をはさんだ。

リリーは口を閉じ、落ちつかない視線を向けた。「ペグを助けてくださるの？」

「ああ、できることなら助けてあげたいと思っている。だが、ぼく自身は女性向けの仕立て屋には疎《うと》いものでね。エレノア・ピアースに話してみよう。彼女ならいい手を思いつくはずだ」

リリーは顔をしかめた。先月アラベラの結婚式でマーカスの妹に会って、かなり楽しいひとときを過ごしていた。いきいきとして美しいレディ・エレノアは、最先端のファッションに身を包んだ大金持ちの相続人だ。けれど、エレノアも独身の貴族の娘で、評判を守る必要がある。

「レディ・エレノアのこと？」リリーは半信半疑のまま尋ねた。「あの人だって、娼婦のことに関わりたくないかもしれないわ」

「いや、あの子は気にしないさ」ヒースが断言した。「ネルは気弱な娘じゃないからね。明日の朝会ったときに頼んでみよう」

「明日、会う予定なの？」リリーが尋ねた。ヒースとエレノアの関係がどうにも気になる。

「ああ。明日一緒に公園で乗馬をする約束なんでね。ときどき乗馬に付き合っている。最近はマーカスがダンヴァーズ館にいることが多いから、こちらにお鉢が回ってくるというわけだ。かなり熱心な乗り手だよ。もっとも、きみほどではないが」

リリーはふたりといっしょに乗馬を楽しみたい気持ちになっていた。けれど、もちろんヒースと過ごす時間を最小限にとどめるためには、そんなことをするわけにはいかなかった。このところ馬に乗れないでいるからだろう――鋭い嫉妬に心を貫かれるのは。どうやらヒースはマーカスの妹と仲がいいようだ。でも、そんなことは気にしない。ヒースがここに来て求愛していないとき何をしていようが、どうでもいい。

ただ気になるのは、彼が娘たちに何をしてくれるかだけだ。そう思ったところで、リリーの心は突然、そもそもの話題に立ち返った。

「そういうことなら、レディ・エレノアに頼んでもらえればとてもありがたいわ」リリーはヒースに言った。「あまりあの方のご迷惑にならないといいんですけど」

「それは心配いらない。きっとネルはペグを助けようというきみの気持ちに感心すると思う。仕立て屋の件でどういう話を聞いたか、あとでぼくがきみに伝えよう。で、他に用は？」

リリーは驚いて目をしばたたいた。ヒースは帰りたくて仕方がないのだ。「ええ、これで全部です。わたし、とても感謝して――」

「きみに感謝してもらう必要はない、リリー」そう言うヒースの表情は謎めいていた。

すばやくお辞儀をしたあと、ヒースは背を向けて客間を出て行った。あとに残されたリリーは彼の姿を見送っていた。心は、彼の寛大さに対する感謝と、いかにもそばにいたくないとでも言いたげな彼の態度を見た悲しみに引き裂かれていた。


「もちろんお役に立ちたいわ」ヒースから説明を聞くとすぐにレディ・エレノアが言った。「もう心当たりの仕立て屋がいるのよ。この乗馬服をつくってくれた人」

ヒースは品定めするような視線を向けた。ここはハイド・パーク。今エレノアは、彼の隣で馬に乗っている。身にまとった洗練されたエメラルド色の乗馬服と、頭にかぶったおしゃれな軍帽は短くカールした黒髪とバラ色の肌を完璧に引き立てている。「なかなかいいね」彼は感心の声をあげた。

マーカスのおてんばな妹がえくぼを見せた。「誉めてくれてありがとう。でも、全部マダム・ゴーティエのおかげなの。仕立てそのものもすばらしいのだけど、ファッションの感覚が優れているのよ。それから、先週たまたま耳にしちゃったんだけど、腕のいいお針子が見つからないって嘆いていたわ。もしペグが針仕事だけでなくデザインの才能も持ち合わせているなら、マダムは大喜びするはずよ。面接の手はずを整えてから、細かいことはあとで知らせるわ」

ヒースは感謝の気持ちをこめて微笑んだ。「きみなら助けてくれるとわかっていたよ」

エレノアは首をふった。「ミス・ローリングの努力に比べれば、わたしなんかほんの少しお手伝いしているだけだわ。そういう女性たちに対して同情心を抱くこと自体、とてもすばらしいことだと思うの。でも、あの方がそこまで慈善活動に関わっているなんて知らなかったわ。お友だちのミス・ブランチャードがいくつか慈善活動をしているのは知っていたけれど」

ヒースもまたリリーの優しい心に感心せずにはいられなかった。またもや彼女は虐《しいた》げられた無力な者たちを助けようとしているのだ。親しくなった娘たちの話をするリリーの目がどんなに輝いていたか思い出さずにいられない。

「リリーもミス・ブランチャードについて同じことを言っていたよ」ヒースが言った。

「わたし、ミス・ブランチャードに慈善活動のことを聞いてみるつもりよ」エレノアは考え深げにそう言うと、好奇心に満ちた視線を投げかけた。「こういう話が出てきたってことは、あなたのミス・ローリングへの求愛はうまくいっているってことかしら？」

ヒースは肩をすくめた。「まあまあというところだな」

「まあまあですって？」エレノアはふざけて顔をしかめた。「ほかに言うことはないの？　あなたって残酷な人ね、ヒース！　あなたにお祝いが言えるかどうか、わたし、死ぬほど知りたいのよ」

エレノアのおちゃめな話しぶりに、ヒースは笑い声をあげずにはいられなかった。元気にあふれたエレノアは、実の妹のいない彼にとって妹のような存在だ。彼女が生まれたときから知っているし、よちよち歩きの頃からエレノアは彼を意のままにあやつってきた。

エレノアを見ていると、なぜかリリーを思い出す。かなり共通点があると言ってよかった。ふたりとも、魅力的で人の心を惹きつけるものを持っているばかりか、率直で独立心が強く寛大な心の持ち主だ。二十歳のエレノアは、リリーより一つ年下だが、求愛ゲームについてははるかに経験豊富だった。すでに結婚市場に出て二シーズン過ごしている。社交界デビュー以来ネルは二度婚約しているが、両方とも自分から破棄している。叔母のレディ・ベルドンにとっては頭の痛いことだ。

「ぼくの求愛について何か重要な進展があったら――」ヒースが口を開いた。「きみにはすぐ知らせるさ」

「なんだか、はかばかしくない感じがするわね。ミス・ローリングに求愛するのに、わたしの助けはほんとうにいらないの？　ドリューがロズリンにロマンティックな求愛をしようとしたとき、わたし、いいアドバイスをしてあげられたのよ」

「二度も求婚者を突っぱねた人間が、よりによって仲人役を買って出るというのかい、ネル」

エレノアがいたずらっぽい微笑みを浮かべた。「そうよ。でも、わたしが独身を貫いているからといって、真の愛を見つける手助けができないってことにはならないわ」

「まあ、そうだな。きみはどうしようもなくロマンティックな人だからね」

「そういうこと。だからこそ、婚約を破棄したの。だって、二人の婚約者はどちらも、わたしが望んだようにわたしのことを愛してくれなかったから。でも、マーカスとドリューは奇跡的に愛を見つけたのよ。だから、わたしだって希望は捨てないわ。あなただってそうよ」

ヒースはどう答えていいのかわからなかった。これまで恋に落ちたことなどなかったが、リリー相手に恋に落ちると想像するだけで心が騒いだ。そんな相手はリリーしかありえなかった。リリーのほうも彼を愛するようになったら……。

「まあ、とにかく――」ヒースはのんびりとした声でネルの言葉に答えた。「きみはきみで自分の恋愛のことを考えていればいいさ。ぼくのことは心配いらない」

エレノアが顔をしかめた。「そう言うと思っていたわ。でも、あなたが結婚という足かせに自分からはまろうと考えているなんて、すごく驚いているのよ」

彼自身、いささか驚いていた。これまでひとりの女に縛りつけられたいと望んだことなどなかったのに。つい最近まで、ヒースは筋金入りの独身主義者だった。自由と冒険に満ちた生活を愛していた彼は、高貴な血筋をつなぐためだけに情熱に欠ける退屈な結婚生活に縛りつけられるようなまねはしないと固く決意していた。けれど、リリーへの求愛を始めてから、彼女が看守なら結婚という牢獄に囚われても満足だと思うようになっていた。

「でも、わたし、わかってるのよ」エレノアが彼の物思いをさえぎるように声をかけた。「どうして、あなたがミス・ローリングに惹きつけられるのか。それに、あの人があなたにとって最高のお相手だと思ってもいるの。あなたたちふたりはとても相性がよさそうよ」

確かにそうだ。ヒースは心の中で同意した。リリーほど妻として完璧な相手に出会えるとは思ってもみなかった。

相性が最悪だった両親。性格も人生観も対照的だった。母は陽気で魅力的な女性で、いつも笑っていた。父はといえば物静かで礼儀正しく、恐ろしいほど退屈な男だった。レディ・クレイボーンの死後、父は退屈な性格に磨きをかけ、いっそう自分の内に引きこもるようになった。子どもの頃ヒースは明るい母が大好きだった。もっとも、母は自分の楽しみを何より大切にする人間だったが。その点、自分以外の人間のことを大切にするリリーとは大ちがいだ。

だが、リリーと愛で結びつくことができるにせよできないにせよ、妻として彼女がほしかった。最初に考えたように跡継ぎを産んでくれる妻としてだけではない。退屈を紛らわせ、ベッドの楽しみをあたえてくれる妻としてだけでもない。もちろん、いずれも結婚したい大きな理由ではあるが。

いや、ちがう。ヒースはリリーという女そのものがほしいのだ。いきいきとして真剣で、生きる情熱に満ちたリリーは彼の心をときめかせる。彼女の激しさにも心を動かされるが、その激しさの裏にはあたたかみと思いやりが隠れているのを彼は知っている。そう、リリーはこれまでに出会ったどんな女とも比べようもないほどヒースの血をわき立たせるのだ。

だが、愛に通じる可能性にリリーが心を閉ざしている限り、彼女への気持ちをこれ以上つのらせたりするのは賢明ではないだろう。ヒースは自分を戒めた。これほど破りがたい防御の態勢を固めた女と出会ったのは、生まれて初めてのことだった。

そのせいで、ヒースは言いようもないほどいらだたしい気持ちに襲われていた。両親を結びつけていたような冷たい便宜結婚以上の関係でリリーと結ばれたいと望んでいるせいだろうか。

リリーへの求愛についても、もっと自由にやりたいと思っていた。ふたりで堂々と公共の場に姿を現したい。エレノアと同じように彼女とも公園で乗馬を楽しみたい。観劇やガーデン・パーティへいっしょに出かけたい。ふつうの求婚者なら許されるようなちょっとした親密なひとときを楽しみたい。とりわけ、彼はリリーを独占したかった。

だが、そんなことができるのはもっと先のことだろう。

何たることか。リリーに対して積極的な求愛は控えようと決めたのは誤りだったのかもしれない。ペースをゆるめることで彼女の警戒心を解けば、かたくなな心もやわらぐのではないかと思ったのだが、何の効果もなかったのかもしれない。

いらだつ気持ちを追いやって、ヒースは魅力的な連れに心を戻した。だが、親しいエレノアとはいえ、リリーとの関係についてこれ以上話したくはなかった。

「それにしても、きみには驚くよ、ネル」ヒースは話題を変えた。「こんなのんびりと馬を歩かせておしゃべりに興じているとはね。早駆けを楽しむ気はないのかい?」

「それもそうね」エレノアはそう答えると、手綱を握りしめた。

「湖の端まで競走しようか?」ヒースが挑んだ。

「いいわね。行くわよ!」エレノアが叫んだ。そして、馬のわき腹に蹴りを入れて走り去った。

楽しい気分になったヒースはひとり残されたまま、活発なリリーのことを思い出していた。


その日の午後、ヒースはエレノアの件を伝えるためにリリーの元を訪れた。マダム・ゴーティエの店で明日ペグが面接を受けられるよう段取りがついていた。客間に呼ばれてこのニュースを知らされたペグは大喜びだった。うまくすれば、仕立て屋見習いというきちんとした働き口が手に入るのだ。ペグはヒースに感謝の言葉を浴びせかけた。

けれど、ベティの反応は最初まったくちがうものだった。将来の希望をヒースに尋ねられると、そわそわと怯えた様子を見せ、ぎこちない返事を返してくる。はい、侯爵様。いつか夫が見つかればいいかもしれません。はい、田舎暮らしに戻れるのはうれしいです。そんな具合だ。それでも、とりあえずはひとりで安全に暮らすことと、街頭へ戻る心配なしに子どもを産むこしかし、ヘザーが自分の村に来てから、ベティは自分のかわいい娘がヒースに面倒を見てもらえるよう計らうと申し出たとき、ベティはしばらくの間まじまじと彼を見つめていたが、突然わっと泣き出した。

すぐさまリリーは娘の肩を抱いて苦しみをやわらげようとしたが、驚いたことにベティはその手をふりほどいたかと思うと、ヒースの前にひざまずいた。

「ああ、侯爵様！」娘はさめざめと涙を流し、彼の手をとって熱烈なキスを浴びせかけた。「あなたは聖人のような方です。ミス・ローリングと同じように。絶対わたしを雇ったことを後悔させるようなことはいたしません。神に誓って。きっとお金はお返しします」

ひれ伏さんばかりに感謝するベティの様子に驚いたヒースは、娘をやさしく立たせると、女中頭の下でしっかり働いてくれれば何も返さなくていい、と言って聞かせた。

やっとベティが彼のそばから離れ、喜びに鼻をすすり上げながら部屋を出て行ったとき、リリーはただヒースの顔を見つめて立ちつくしていた。やさしい表情だ。

「どんなにお礼を言っても言いつくせないわ、ヒース」リリーは感謝の気持ちのこもった声でつぶやいた。

ヒースは、やさしさに満ちた彼女の黒い瞳に心を奪われていた。今すぐリリーをこの腕に抱きしめたい。そんな衝動をむりやり抑えつけ、彼はただ肩をすくめた。「礼にはおよばない」

「お礼を言わないわけにはいかないわ。あの子の命を救ったと言っても言い過ぎではないもの。それに、赤ちゃんの命も」リリーはためらった。「こんな寛大な思いやりを示す人はめったにいないわ。貴族の男性の場合は特に」

無意識に彼の階級をおとしめる言葉を耳にして、彼は皮肉っぽい微笑みを浮かべた。「そのうちぼくのことを慈善事業家にしかねないな、きみは」彼は気軽な調子で言った。

リリーは何かを考えこむ表情をして彼を見つめ、小首をかしげた。「それもすてきなことかもしれないわ。考えてもみて、ヒース。あなたの莫大な財産を高貴な目的に活用できるのよ。助けられる人はほんとうにたくさんいるんですもの……。それに、親切な行為をすることで大きな満足感だって得られるわ」

リリーに認めてもらえることのほうがずっとうれしい。ヒースは思った。こんなふうに見つめられると、全財産を放り投げてもいいような気すらしてくる。

貧しく迫害された者たちにほどこしを与える自分の姿を想像して、ヒースは思わず心の中で首をふった。それでも、リリーの活動に手を貸すと思うと、驚くほど心が惹きつけられる。彼女にはヒーロー役を演じたがると非難されたが、確かにそれは事実だ。ヒースはリリーの目にヒーローとして映りたかった。そして、彼女のために竜を退治する騎士になりたかった。

「ごいっしょにお茶はいかが？」リリーがやさしい声で尋ねた。

長居をするつもりはなかったのに、気がついたらヒースはうなずいていた。リリーに連れられてフレールの居間へ行くために階段を登りながら、高貴な目的のために財産を使ったら、というリリーの言葉が頭の中で鳴り響いていた。

そんなことを、これまで真剣に考えたこともなかった。自分の楽しみに夢中で生きてきたせいにちがいない。

もしかしたら、人生の見直しをするときが来たのかもしれない。リリーが不幸な者たちに寄せる心づかいを見ているうちに、ヒースは自分の目標や望みに対して疑問を感じずにはいられなくなっていた。

とてつもない特権と富を利用できる立場に生まれついた自分は、多くのものをたやすく手に入れることができるのに、果たすべき責任はわずかでしかない。母親に甘やかされて育ち、母親と同じように自分だけの満足ばかりに心を向けてきた。

そして十歳のとき母を失ってからというもの、心の苦しみから逃れたいばかりに父の命令に反抗し、大ケガをしかねない危険を伴うような行動に飛び込む日々を過ごしてきた。

大人になってからも、自分の才能や財産を賢く使いこなしてきたとは言えないだろう。ヒースにとって人生はゲームであり、快楽と興奮の追求こそがいちばんの目的だった。喜びも情熱も感じない陰鬱《いんうつ》な暮らしに埋没した父のようになるまいと強く決意していた。

だが、父の影響を受けるものかという思いが強すぎた。ヒースは今そう感じていた。もっとまともな人生を生きなくては。

考えてみれば、リリーは彼にとって生まれて初めて努力しなければならない対象だった。彼女を自分のものにしようという挑戦のおかげで、彼は目を開かされた。リリーに触発されて、彼は社会に、自分より大きなものに貢献したいという気持ちを抱くようになっていた。もっとよい行動をしてもっとよい人間になって、リリーにふさわしい男であると証明したい。

屋敷に戻ったら、テス・ブランチャードに手紙を書いて慈善活動への援助を申し出てみようか――。

そんな物思いからヒースはハッと我に返った。ふたりは居間に足を踏み入れていた。驚いたことに、ファニーがフレールとシャンテルのそばにいた。女たちはボソボソと何かを話し合っていたが、リリーにつづいてヒースが入ってきたのを見て、いっせいに口を閉じた。

ふり返ったファニーの顔を見て、リリーが驚きのあまり体をこわばらせた。

ファニーの下唇が割れて出血している。あごに打撲の跡が指の形で残っていた。

「いったいどうしたの、ファニー？」リリーが叫んだ。怒りと狼狽が声に表れている。

ファニーが恥ずかしそうな顔をして首をすくめた。「何でもないのよ、リリー。ほんとうに」

「何でもないってどういうこと？　誰かに殴られたんでしょう！」

「そういうことじゃないの……。ミックは自分の力がわかっていないから」

リリーが一歩踏み出した。激しい怒りに拳を握りしめている。もうすぐ爆発する、とヒースは気づいた。

13

彼と結婚するつもりはないの。

でも、愛人になるのも悪くないって気がしてきたわ。

――リリーからテス・ブランチャードへ

「ミック・オロークなの？」リリーが問いつめた。明らかに激しい怒りと驚きに満ちた顔だ。

「あいつ、あなたのことを殴ったの、ファニー？」

ヒースはファニーが顔をしかめたのに気づいた。「ええ」ファニーが答えた。「でも、本気でわたしを傷つけようとしたんじゃないと思うわ。またパトロンになるという申し出を断ったら、あの人、怒り出してわたしにキスしようとしたの」

「もちろん傷つけようとしたに決まっているわ！」リリーが言い返した。「先週フレールに〝この家から出て行って〟と言われたときだって、あの乱暴者は彼女にケガさせたじゃない」

「フレールが育ちの悪い田舎者呼ばわりしたからよ。生まれ育ちのことを侮辱されたと感じると、ミックはカッとなっちゃうの」

「わたしは男性がずっと力の弱い女性を攻撃するのを見ると、カッとなっちゃうわ！」

「わかってるわ、リリー」ファニーがなだめるように言った。「でも、あの人にはそんなこと、わからないのよ。ロンドンのスラム街育ちで、何かを手に入れるには戦わなければならなかった人だから。そのせいで、わたしたちとは礼儀についての考え方がちがうの」

説得力に欠ける説明を聞いてヒースは歯をかみしめ、リリーは信じられないとでも言いたげな顔をしてファニーを見つめた。「あんな男をかばうつもり？　信じられないわ！」

「ちがうわ」ファニーがわずかに言い訳がましく答えた。「ただ、あの人の考え方を説明してみただけ」

「あいつの考え方なんかどうでもいいわ！　あなたに暴力をふるう権利なんかあいつにないんだから」

ファニーは痛ましそうに微笑んだ。「ミックはそんなふうに考えないでしょうね。自分のお金が足りないからわたしが拒んでいると思いこんでいるの。そうじゃないのに。わたしがいやなのは、あの人の所有欲なの。でも本当のことを言うと、わたしのことは心配していないのよ。心配なのはフレールとシャンテルのことなの。ミックはふたりを債務者監獄に送り込むという脅しを実行に移すって言っているのよ。わたし、賭博場に行ったの。借金を返済するまであと二週間待ってくれって頼みにね。でも、聞いてくれなかったわ」

「わたしの言うことなら聞くでしょう！」リリーがきっぱりと言い放ち、急いで扉に向かった。

「むりやりにでも言うことを聞かせるまでよ」

悪い予感がしたヒースはリリーの前に立って道をふさいだ。「いったい何をするつもりだ？」

「今すぐあの乱暴者の賭博場に行って立ち向かうわ。少なくとも言いたいことは言うつもり」

「そんなことをしてもだめだ」

「そっちこそ、どういうつもり？」リリーは拳を握りしめながら問い返した。

リリーは口から火を吐きかねないほど激怒しているが、明らかに頭はうまく働いていないようだ。「オロークの対処はぼくにまかせてくれ。ぼくが相手なら、向こうも真剣な態度を見せるだろう」

リリーは反論したそうな様子を見せたが、しばらくためらっていた。ヒースの言い分が正しいことはわかっているようだ。

怒りを見せながらも黙りこくっているリリーに、ヒースは一歩踏み込んだ。「ここは抑えてくれないか、エンジェル。うまく対処すると約束しよう」

リリーは警戒するように視線を向けた。明らかに助けを受けたくない様子だ。「これはあなたの問題ではないでしょう」

「いや、ぼく自身の問題として考えている」ヒースの視線に力がこもった。「この件でぼくとケンカはしたくないだろう、リリー。きみは勝てないよ」

「オロークに二度とファニーを傷つけないようにさせるって約束してくれる?」

「約束しよう」

考えこむリリーを彼はじっと待っていた。この腕の中に抱きしめて守ってやりたいという強烈な思いがこみ上げてくる。怒るリリーの姿は美しく、友人に対する忠実な態度はりっぱなものだ。それでも、ヒースは彼女の安全を確かなものにしたかった。オロークのところに乗り込めば、たとえ直接の危険がないとしてもトラブルを招くだけだ。そんなことはさせたくない。

リリーがこくんとうなずいたとき、ヒースは彼女の乱れた髪を直し、安堵と満足の微笑みを隠した。

リリーのために、竜を退治する騎士になるチャンスがほしかった。その機会が思ったよりも早くやって来たのだ。


オロークの賭博場は、下宿屋からそう遠くないボンド・ストリートのすぐそばにあったので、ヒースの馬車はさしたる時間もかからずに到着した。大きな男に通されて中に入ると、上流階級風の豪華な内装が目に入った。オロークは賭博場の裏手にある執務室にいた。机の向こう側に腰掛けている。

漆黒の髪にがっしりとした体格をしたオロークは、先週リリーが立ち向かったごろつきたちにどこか似た雰囲気を備えている。あごの張ったいかつい顔だちに、少なくとも一度は骨折したことのある鼻をしている。

ヒースが中に通されると、オロークは顔に驚きと用心深い表情を浮かべたが礼儀正しく立ち上がった。

「クレイボーン侯爵……いったいどんなご用件でおいでいただいたんでしょうな？」あからさまに丁寧な口ぶりで彼は尋ねた。

「こちらの身元は承知ということか」ヒースが答えた。

「当然ですよ。ロンドンじゅうの富豪について心得ているのも、自分の仕事の一部でしてね」

オロークがためらいを見せた。「それに、先週あのあばずれ女どもの家でもお見かけした」

ヒースが眉をつり上げた。「あばずれ女どもだと？」

「フレールとシャンテルですよ。わたしが帰るとき、あんたは階段の上にいた」

「きみがたたき出されたとき、ということだな」

あごをピクッとひきつらせたもののオロークは怒りを抑え、机の手前にある木の椅子に手を向けた。「座ったらどうです、侯爵？」

「せっかくだが、けっこうだ。それほど時間のかからない用件なのでね」

ヒースは帽子をかぶりステッキを手にしたままだ。オロークはしげしげとステッキを眺めてからヒースに目を合わせた。「どういうご用件か察しはついとります」

「そうか」

「あの売女《ばいた》どもの代理で見えた。そういうことでしょう」

「ひとつにはそうだ。だが、きみのミス・アーウィンに対する虐待のほうが問題だ」

オロークは濃い黒の眉をぎゅっと寄せた。「そんなつもりはなかったんでね。ファニーを傷つけるつもりなんか、これっぽっちもありません。愛してますから」

「きみの場合、どうやら一風変わった愛の示し方をするようだな」

「そうですかね？」オロークの口調にはかすかにけんか腰の気配があった。「そいつがあんたとどういう関係があるんです、侯爵？　ファニーと親しいわけじゃないんでしょう？」

「彼女の客かという意味なら、答えはノーだ。だが、それでも彼女はわたしの庇護の下にいる。ミス・アーウィンは友人の友人という関係だ」

腑に落ちたようにうなずくと、オロークは椅子に背をあずけた。「そういうことか。おれに襲いかかったあの火の玉娘にご執心というわけだ」

まさにリリーにぴったりの言葉を耳にしてヒースは思わず口もとをゆるめた。「まあ、そう呼びたければ呼べばいい。あの〝火の玉娘〟をいつか妻にしたいと思っているのでね。だから、彼女にとって友人の安全が重要な問題であるなら、わたしにとっても同じことだ」

「あの娘に送り込まれたというわけですかい？」

「自分の判断でここに来た」ヒースは冷たい微笑みを浮かべた。「あの娘をここに来させないようにしたのだから、きみは喜ぶべきだろう。彼女はきみの血を見たがっていたぞ」

「あんたはちがうと？」

「警告にとどめておきたいと言っておこう。もしきみがふたたびミス・アーウィンを傷つけるようなことがあれば――髪の毛一本でもだめだ――ただではおかないからな」

オロークが見返した。「いったいどうするおつもりで、侯爵？　決闘でも申し込もうとおっしゃるんですかい？　そいつは公平とはいいがたいですな。あんたはロンドンでも一、二を争う剣の使い手と評判だ」

「イングランドで、と言っておこう」ヒースは穏やかに言い返した。「それに、銃の腕前も悪くはない」実際には正確無比の腕前だった――もっとも、オロークも承知しているようだ。

オロークは、ヒースが手を置いているステッキの金色の握りに視線を落とした。「どうやらそいつは仕込み杖《づえ》ですな」

「丸腰で敵と対面しない主義なのでね」

「おれはあんたの敵じゃありませんよ」

「きみがミス・アーウィンを虐待しつづければ敵だ」

オロークは歯をかみしめた。「じゃあ、そのうち夜明けにおれと撃ち合うとでも？」

「それも可能性のひとつだ」ヒースが答えた。「別の道もあるが。この賭博場を閉店に追い込めば、もっと大きな痛手になるかもしれないな」

脅迫の言葉を耳にしてオロークのけわしい表情が深まった。「こちらの商売にとどめを刺そうって言うんですかい」

「必要ならな。女性を虐待するような男を滅ぼすのにまったく気はとがめないのでね」そこで言葉を切り、相手によく考えさせてからきっぱりとこう言い放った。「賭博場の評判なんてものははかないものだ。そう思わないかね、ミスター・オローク？　不正な勝負が行われていると噂が立てば……」

「うちはまっとうな商売をやってますぜ！」

「そうだろうな。だが、いかさまの噂というものはなかなか消えないものだ」

オロークは見るからに怒りの表情を見せたものの、ただ問いを口にしただけだった。「何をしろとおっしゃるんで、クレイボーン侯爵？」

「さっき言ったとおりだ。ミス・アーウィンに手を出さないでほしい」

「いいでしょう。約束しますよ！」オロークがすばやく答えた。

「それから、彼女の友人たちを監獄へ送るという脅迫を撤回してもらおう」

「どうしてそんなことを？　あの借金は合法的なものですぜ」

「合法的なのだろうな。だが、それでも後ろ暗いところがあるだろう。きみはふたりを賭けトランプに誘い込んで、支払う能力以上の莫大な金額を賭けさせた。まあ、どんな借金であろうと、いずれふたりはきみに金を返すはずだ。もし返せないなら、わたしが全額払おう」

にらみつけるオロークにヒースはにこやかに微笑んで見せた。「今日にも銀行から手形を振り出すことができたんだが、わたしの〝火の玉娘〟は誇り高くて独立心が強いものでね。自分で問題を解決したがってる。そういうわけで、どうしてもとお呼びがかからない限りは、わたしは介入しない」

オロークはいらだたしげに首をふった。「あんたの金はいらん、侯爵」

「ならば、望みは何だ？」

「ファニーだ。おれはファニーがほしい」

ヒースは勧められた椅子に腰を下ろした。こうなるのではないかという予感はあった。「説明していただこうか？」

オロークのしかめ面にいらだちと悲しみがよぎった。「初めて会ったときからファニーにはぞっこん惚《ほ》れちまいましてね。実際、おれはあいつの最初のパトロンだったんでさ」

「だが、ファニーの気持ちはちがった」

オロークの唇が苦々しげにゆがんだ。「まあ、当時はそういうことで。結婚して堅気《かたぎ》の暮らしをさせてやろうと言ってやったものの、すげなく断られましたよ。十六歳だったファニーは、あの頃のおれがあたえてやれなかったような贅沢《ぜいたく》な暮らしをしたかったんですな。だが今は、おれも大金持ちだ。あいつに豪勢な暮らしをさせてやれる。それなのに、結婚を申し込んでも見向きもしない。おれを夫にしたくないの一点張りでさあ。大金を失おうとしているってのに。

思うに、あいつはおれみたいな男より自分のほうが上等だと考えてるんじゃないですかね。だが、よくよく言って聞かせれば、あいつもわかるはずですよ」

「ということは、きみは借金を利用してファニーをとりもどそうとしているというわけだな」

ヒースが言った。

「そうでさあ。金のことなんざどうでもいいんでね。それに、あのばばあどもを監獄に送るつもりもありませんや。だから、あんたに借金の清算をしてほしくないってわけでね。あんたに支払われたら、ファニーに結婚を納得させる材料がなくなっちまう」

ヒースは軽くうなずいた。この男のジレンマに同情はできる。なぜなら、ヒース自身リリーに結婚を納得させようと必死に努力している最中だからだ。だが、同情できるからといって許すわけにはいかない。

話をつづけるにつれて、オロークの口調が愛想のよいものになってきた。「あんたは話のわかる紳士と見えるな、侯爵。うまく話をつけましょうや」

「話はつくと信じている。こちらの要求はいたって簡単なものなのでね」

「おれは二度とファニーを傷つけたりしない。誓って」

「いいだろう。まだ求婚をつづけるつもりなら、ご友人方への脅迫抜きでやってもらおう。午後のうちにフレールとシャンテル宛に手紙を書いて、返済期限は必要なだけ待つと伝えるんだ。礼儀正しくやるんだぞ」

「いいでしょう、侯爵」オロークがいやそうに返事をした。「どうやら、そうする以外選択肢はないようだ」

ヒースは微笑んだ。「察しがいいな、ミスター・オローク。きみが抜け目のない実業家でいてくれて、こちらとしても喜ばしい限りだ」


その日の午後、リリーはヒースから知らせを受けとった。けれど、短い手紙に書いてあったのはオロークの件をうまく対処したということだけだった。それだけの内容では大いに満足したとはいえなかった。ファニーを傷つけたあの乱暴者に厳しい罰をあたえてほしかったが、察するところヒースは強く警告しただけでオロークを許したようだった。

けれど一時間後、フレールとシャンテルがオロークから大げさな謝罪の手紙を受けとった。その中には、ふたりに苦痛を与えて申し訳なく思っていることや、借金返済を急《せ》かさないことが書きつらねてあったので、リリーは大いに満足することになった。

そして、友人たちが投獄される危険から逃れられるよう助けてくれたヒースに、リリーは心の底から感謝した。ファニーをオロークから守ってくれようとする気持ちもうれしかった。ベティとペグのことではさらに感謝の気持ちが強かった。すすり泣く娘を慰める彼のやさしさを目にしたとき、リリーの心はなごんだ。安全な暮らしを娘に約束したヒースの言葉には、強い説得力があった。

だが、今夜下宿屋で夕食会を催すからとフレールから招待されたのに断ったところを見ると、彼は明らかに感謝されたくないようだ。わたしがいるから断ったのだわ。リリーはそう思わずにはいられなかった。ヒースは意図的に彼女を避けているらしい。

誘惑のゲームはリリーを狂わんばかりに夢中にさせたけれど、ゲームの中断は心の落ちつきを失わせた。なぜヒースは退いたのだろう。リリーの心はざわめいた。もしかしたら愛人をつくったのかも。そう思うと居ても立ってもいられなくなる。最近ヒースは何をして過ごしているのだろう。もしかしたら香水を漂わせた美女の腕の中にいるのかもしれない。今この瞬間にも、あの官能的なやさしさを発揮しながら肉欲を満たしているのかも……。

ありありと浮かんでくる想像を止めることができないまま、その晩リリーはベッドの中で寝返りをくり返し眠れぬ夜を過ごした。土曜の朝、このジレンマを理解してくれる相手に話をしようと決心した。というわけで、テスが慈善活動のためにロンドンまでやって来たのを幸いに、リリーは彼女を昼食に誘った。

ふたりは屋敷の裏手にある小さな庭に落ちついた。ニレの木陰のおかげでまばゆい夏の日ざしからさえぎられた場所だ。

リリーはまず、クレイボーン侯爵が最近示してくれた寛大な行為についてテスに話して聞かせた。けれど気がつくと、彼の求愛が終わりそうなことに対する複雑な感情を告白していた。

テスが見せた最初の反応は驚きだった。「侯爵が追いかけてこなくなれば、あなたは喜ぶものとばかり思っていたわ。ずっとそう言っていたでしょう?」

「ええ、喜んでいるわ」リリーはきっぱりと言った。「つまり……侯爵夫人にしたいと思われなくなれば、それはうれしいことなの」

「じゃあ、なぜそんなに憂鬱になっているの?」

「どうしてかよくわからないのよ」リリーは肩をすくめた。「たぶん、ほとんどすることもないのにここに閉じこめられているものだから、イライラしているんだと思うわ。借金の返済が終わってみんなの身が安全にならないうちはロンドンを離れられないって思っているの。ロズリンとアーデンの結婚式は火曜日にセント・ジョージ教会で行われるから、もちろんわたしはここに残っていたいわ。それに、その前の晩はふたりのためにマーカスが晩餐会を開くから、それもあるわね。それから、クレイボーン侯爵とのゲームの結果も待たなくてはいけないし。約束の二週間は月曜に終わるの。昨日、下宿人の一人にケントの領地で暮らせるよう手配してくれたから一点追加されて、ここまでで九点獲得しているわ。ほとんど勝ったも同然ね。でも、あの人、ゲームを最後までつづける気がなくなったのかもしれないの」

「それが気にかかっているの? あの人に愛情を感じるようになったからゲームを終わらせてほしくない。そういうこと?」

リリーはためらった。「〝愛情を感じる〟というのは強すぎる表現じゃないかしら。でも、とても魅力を感じているのは確かよ」

それっきり黙りこくるリリーをテスは鋭い視線で見つめた。「まだ言っていないことがあるんじゃない、リリー？　侯爵は何をしたの——あなたがそんなに魅力を感じてしまうようなことを？　キスされた？」

リリーは躊躇《ちゅうちょ》した。テスはリリーのことをよく知っている。「わたしたちがしたことは、キスよりはるかに親密なことよ」

「そんなに親密なことをしたの？」

「ええ。実際のところ、それが気に入ってしまったの——とても」

テスはわずかに顔をしかめた。「愛を交わすようなことまでさせたんじゃないでしょうね？」

「いいえ。まだ処女よ。わたしが結婚するって同意するまで、それ以上のことはしないってあの人は言ったの。でも実を言うと、わたし……それ以上のことがしたかったのよ、テス」リリーの声が低くなり、つぶやきになった。「クレイボーンが言うの。わたしは一生独身でいたくないだろうって。確かに一部は真実だわ。男の人と——彼と——寝るのがどんなふうなのか知りたくなってしまったのよ。情熱について、快楽について知りたいの」

「わたしもよ」テスが静かにため息をついた。

リリーはいぶかしげな視線を向けた。「あなたも、愛を交わすことがどんなことか知りたいというの？」

「そうよ。もうしばらく考えているわ。でも、心がとがめて結局いつも貞節を守ってしまって。

残念ながら」テスが皮肉っぽい表情で顔をしかめた。「リチャードが出征して戦死する前に体を許すこともできたのに、結婚まで貞節を守ってしまったの。とても後悔しているわ。あなたの想像以上でしょうね、リリー。チャンスがあるうちにふたりの時間を過ごしたかったわ」

テーブルの上で手を伸ばしてリリーは友人の手をとった。「ああ、テス。わたしったら残酷なことを言ってしまったわ。婚約者を亡くしたあなたに情熱や愛の行為のことを話すなんて。どうか、至らないわたしを許してちょうだい」

テスは元気そうな微笑みを浮かべた。「許すようなことは何もないのよ。喪に服すのは終わりですもの。あれからもう二年になるわ。嘆きつづけているわけにはいかないでしょう。リチャードだってそんなことは望んでいないはず。愛する人を失っても自分の人生を生きなくちゃいけないってわかったのよ」

「そうよ、生きなくちゃいけないわ」リリーがあたたかい声で言った。「それに、あなた、結婚して子どもを産む希望を捨てていないんでしょう？」

「ええ、捨てていないわ。いつか夫と子どもがほしいと思っているの。たとえリチャードがいなくても」テスが遠い目をした。「あんなふうに深く人を愛せるようになるかどうかわからない。真の愛は一度きりとも言うし……」ふいにテスがリリーに視線を戻した。「でも、わたしのことはこれでもうじゅうぶん。今、問題なのはあなたの将来だわ。何が希望なの、リリー？自分でちゃんとわかってる？」

リリーは悲しげに笑った。「そうね、正直に言うと……クレイボーン侯爵を恋人にしたくて」

テスがためらった。「結婚は考えてるの？」

「いいえ。でも、あの人の愛人になったらどうかと思っているの。びっくりした、テス？」

「驚いたとは言えないわね。でも、重要な問題があるんじゃないかしら」

今度はリリーがため息をつく番だった。「わかってるわ。紳士が何人愛人を持とうと許されるのに、レディの場合はほんのちょっと貞節を疑われるだけでも評判がメチャクチャになってしまうものね」

「まさにそうよ」テスがうなずいた。「でも、それが世間だわ」

「それでも――」リリーが考えこみながら言った。「関係を秘密にしてスキャンダルを避けることができると思えれば、わたし、ためらわないわ。結婚するつもりがないなら、処女を失ってもたいして問題にはならないのだし」

「そうね」

「それに、クレイボーンとの関係は長くはつづかないでしょう。絶対長くはつづけないつもり。関係を終わらせたくないほど彼に夢中になるような危険は冒さないわ」

「彼と恋に落ちたりしたら大変なことになるんじゃない？」

「そうね」リリーは強い調子で答えた。誰かを愛することで生まれるみじめさや心の痛みを感じたくなかった。男に対する愛によって縛られたくなかった。長い間、母の苦しみを見てきたのだから。母は結婚当初、父を愛していた。その結果、あんな目にあったのだ。

リリーはきっぱりと首をふった。そんなみじめな状態から母を救えなかったことは大きな後悔となって心に残った。でも、自分のことは自分で救えるはずだ。そのためには、心の防御を強固にさえすればいい。

確かに、知り合ってまだ間もないというのに、ヒースのことはとても尊敬している。それに、自ら親身になって友人たちを助けてくれたことには、言いようもなく感謝している。それでも、尊敬と感謝の気持ちをそれ以上のものにするつもりはなかった。

ヒースとの情事は、肉体的な快楽の追求以上のものにしてはならない。情熱に対する激しい好奇心は満足できるだろう。それに、ヒースと愛を交わせば、このところ容赦なく苦しめられている欲求に終止符を打つことができるだろう。それに、彼が別の女の腕の中で慰めを求めるのを防ぐ役に立つかもしれない。

いちばん重要な点は、彼の愛人になると言えば、ヒースは永遠に結婚をあきらめるかもしれないことだ。少なくとも、これほど大胆な手を打てば、ヒースはどれだけ強く彼女がプロポーズを拒む気でいるのか理解するかもしれない。たとえゲームに勝って正式に求愛する権利を手にしたとしても。

リリーの物思いをテスが破った。「理性に従うより気持ちに従うほうが賢明なこともあるのよ、リリー」

「今回はちがうわ」

「そうね、ならば……クレイボーンを恋人にしたいなら、すぐ行動に移すべきだと思うわ。わたしが人生で学んだことがひとつあるとしたら、人生はとても短いものだから、時が過ぎるのをぼんやり待っているのは愚かだってことよ」

リリーはふたたびうなずいた。友の言うとおりだ。今こそ自分の運命を自分で切り開くときなのだ。もう何日も自分の欲求と戦ってきた。そんな状態を終わりにしなくては。

とはいえ、そう決意してみたものの、リリーにはヒースとの情事を始めるための知恵がなかった。思わず口もとがゆがんで笑いがこみ上げた。

「問題はね、テス……どうやって始めたらいいのかわからないってこと。ファニーには相談できないわ。だって、クレイボーン侯爵と結婚しろって言われるだけだもの。それに、彼とふたりきりになる方法も思いつけないの」

「そんなことは問題にならないわ」テスが答えた。「ダーンリー・ホテルにあるわたしの部屋を使っていいわよ。静かで目立たない場所にあるし、ヴェールをかぶって未亡人のふりをすれば大丈夫」

テスがロンドンで泊まりの用事があるときにはいつもダーンリー・ホテルに泊まることをリリーは知っていた。

「次の問題は〝いつ〟ということよ」テスが考え深げに言った。

リリーは唇をぎゅっと結んだ。時間は刻々と失われていた。あと三日でゲームは終わるが、そこまでは待ちたくない。けれど、会おうとしないヒースに会う機会をどうやってつくり出せばいいのだろう？　月曜の夜、結婚するふたりのための晩餐会へ出席するために彼は絶対マーカスのロンドンの屋敷に現れる。でも……。

「あの人、マーカスの晩餐会に出席すると思うわ。あなたも来るんでしょう、テス？」

「ええ、絶対に行くわ」

「わたし、晩餐会が終わったあともマーカスの屋敷に泊まるつもりなの」リリーが言った。

「ロズリンが結婚する前に姉妹でいっしょに過ごしたいから」

「ということは、月曜より前でなければいけないわね。ならば、今夜かしら？」

今夜ヒースとふたりきりになる。そう思うだけで、リリーの体にゾクゾクするような衝撃が走った。「でも、どうやってホテルでわたしと会うよう説得できるかしら？」

「何とか方法を考えなくちゃね」テスが自信に満ちた顔で答えた。「それから、当然だけど避妊の準備が必要よ。やり方がいろいろあるの……。ここにいるあなたのお友だちなら教えられると思うけど」

リリーは眉をひそめた。そこまで先のことは考えていなかった。だが、ペグに相談するのがいいような気がした。それにしても……。「いったい、どうしてあなたがそんなことを知っているの、テス？」

問いかけられて、テスの頬がかすかに赤く染まった。「実はファニーと同じことを話し合ったことがあるのよ。もしもわたしが恋人をつくると決めた場合に備えてね」

リリーは目を見ひらいた。家柄のよいレディの見本のようなテスがそんな大胆なことを考えるなんて驚きだった。だが、そのあとテスが口にした言葉はいっそう衝撃的だった。

「もしクレイボーンがあなたの処女を奪うのをためらったら、リリー、彼を誘惑するつもりでいないといけないかも」

一瞬唖然としたリリーは、思わず静かな笑い声をあげた。ヒースを誘惑するという案がおかしかったのではない。よりによってテスがそんな提案をしたことがおかしかったのだ。

それでも、心が決まったことでホッとしていた。ヒースの愛人になるのだ。たとえ彼を誘惑する役割を演じなければならないとしても。

こちらから追いかけることになったら、彼はどんな反応を示すだろう。リリーは考えた。

楽しくなったせいで口もとに微笑みが浮かんだ。自分が大胆な妖婦《ファム・ファタール》でヒースがその犠牲者になるなんて、ありえないような気がする。何だかおもしろそうなことになりそうだ。

14

彼を誘惑するのは思ったより大変だったわ。

クレイボーン侯爵はとても頑固な男みたい。

――リリーからテス・ブランチャードへ

ダーンリー・ホテルの部屋でヒースが現れるのを待ちながら、リリーはひどく落ちつかない気分を味わっていた。昼食のあとすぐに送った手紙で、今夜十時にここへ来てほしいと書いたけれど、ほんとうに来てくれるかどうか確信は持てなかった。

暖炉近くに置かれた小さなテーブル脇の椅子に腰を下ろして扉を真正面から見つめている。少し前にホテルの者たちが用意した贅沢な夕食には手もつけていない。部屋の一方にある天蓋《てんがい》付きのベッドを意識するあまり食事どころではなかった。

と、そのとき、静かに扉をたたく音がした。リリーはビクッとしたが、乾いた唇をなめて

「どうぞ」と声をかけた。心臓がドキドキと激しく鼓動する。やがて、ヒースが部屋に足を踏み入れ、ゆっくりと扉を閉めた。

改まった夜会服に身を包んだ彼は、ひときわハンサムだ。赤ワイン色の上着。銀色の刺繍《ししゅう》を施したヴェスト。グレイのサテン地のズボン。リリーは目を奪われた。彼の視線がリリーのドレスをなめるように見つめている。ぴっちりと襟《えり》の高いつつましやかなサファイア・ブルーの絹のドレスだ。召使いの目を避けるためにヴェールで隠した顔をヒースはしばらく見つめていたが、やがて口を開いた。

「なぜぼくをここまで呼び出したんだ、エンジェル？」

リリーはヴェールを外してにこやかに微笑んだ。「あなたの寛大な態度にきちんとお礼を言っておきたかったの。フレールが昨日夕食にお招きしたのに、あなた、断ったでしょう」

「昨夜は先約があったのでね」

「あら？」なにげない調子でリリーは尋ねた。「わたしを避けるためじゃなかったの？」

ヒースの視線は謎めいたままだ。「いいや、ちがう。レディ・ベルドン――マーカスの叔母《おば》だ――主催の音楽会に出席していた」

その答えを耳にしてリリーは好奇心を刺激された。「レディ・エレノアとごいっしょに？」

「もちろん。レディ・ベルドンはエレノアの叔母というだけでなく付添人《シャペロン》でもあるからね。ネルといっしょに暮らしている」

「それで、今夜は？　今夜も先約があったの？」

ヒースの視線がけわしくなった。「クラブにいた。それがきみとどういう関係がある？」

「ただ興味があっただけ」リリーはごまかした。

「きみはどうなんだ？　こんなホテルで女中の付き添いもなくたったひとりで何をしている？　ご友人方はきみがここにいることを知っているのか？」

リリーはさっと首をふった。「いいえ、何も言っていないから。フレールたちは今夜わたしがロズリンの結婚式の手伝いとしてマーカスの屋敷に泊まると思っているわ。そんなことないけど」いたずらっぽい微笑みが浮かぶ。「ロズリンはわたしに手伝ってほしくないのよ。愛する公爵様との結婚をやめさせようと、わたしが何か言うと思っているのね。さあ、こちらにどうぞ」リリーはそう言ってテーブル脇の空いた椅子に手を向けた。

ヒースの鋭い視線はまったくゆらぐことはなかったが、それでも彼は数歩前に進み出た。

「ぼくは空腹ではない」

「あら、わたしはお腹がすいてるわ。一日中何も喉を通らなかったの。何だか落ちつかなくて」

確かにそれは真実だ。リリーは神経が逆立つほど興奮にふるえていた。

けれど、ヒースの気持ちはどうやらちがっているらしく、何だかじれったそうに見える。

「いつになったら招待の目的を明かしてくれるんだ、リリー？　何をたくらんでいる？」

リリーはごくりとつばを飲みこんだ。「ええっと、その……あなたに提案があるの」

「いったいどんな提案だ？」

まったく恋人らしくない口調だわ。そう気づくと、奇妙にもおかしさがこみ上げて唇がふるえた。「関係を始めるのはふつう紳士の特権だということは承知しています。でも……わたし、あなたのことを恋人として望んでいるの」

ヒースは眉をひそめた。「ほんとうか？」

「ほんとうよ。あなたの言っていたことは正しかったわ、ヒース。わたし、一生独身の処女として生きたくはないの。みんなあなたのせいだわ。あなたったら、わたしに情熱をほんの少しか味わわせてくれなかったんですもの。わたしは全部経験してみたいと思っているのに。おかげで、ずっと苦しい思いをさせてもらいました」

「まさか、ぼくにきみの処女を奪わせたいなんて思っているんじゃないだろう？」ヒースが言い返した。「きみは一応レディだぞ」

「そうね」リリーがうなずいた。口もとにおどけた微笑みが浮かんでいる。「でも、ご存じでしょう。わたしは今まで上流社会の礼儀にはあまり従ってこなかったのよ。それに、あなただってわたしとベッドをともにしたいって言っていたわ」

「妻として望んでいるのであって、愛人としてではない」ヒースはさらに顔をしかめた。「いったいどういうつもりだ、リリー？　ゲームの仕掛けか何かか？　きみの処女を奪えばフレールとシャンテルが減点するから、というのではないだろうな？」

リリーは首をふった。「ふたりに伝えるつもりはありません。それに、これはゲームとは何も関係ないの。欲望とは関係があるけど」リリーはゆっくりと立ち上がり、彼の視線をしっかりととらえた。「あなたがほしいの、ヒース。わたし、あなたの愛人になりたいの」

その場に立ったままヒースは腕組みをした。「ぼくの条件は知っているだろう、リリー」

リリーは考え深げに唇をすぼめた。「テスが言っていたわ。あなたのことを誘惑しなくちゃいけないかもしれないって」

あまりに陽気な言葉にヒースは何も言わず、ただ片方の眉をぐいっと上げただけだった。

「でも、わかっているのよ」リリーがつづけた。「あなたが一人前になって以来ずっと追いかけてきた女性たちのまねをしても、気に入ってもらえないだろうって」そう言いながら、リリーは結い上げた髪に手を伸ばし、ピンを外しはじめた。黒髪をほどき指ですいていく動きをヒースの目が追いかけている。リリーはうれしくなった。

「わたしがほしくない、ヒース？」リリーが色っぽい声で尋ねた。

「ほしいに決まってるじゃないか」

「わたしもあなたがほしいの。ならば、問題ないでしょう？　わたし、喜んでふしだらな女になるわ。いえ、なりたいの」

「きみが結婚すると同意してくれない限り、きみと愛を交わすつもりはない。わかっているだろう」

「どうして?」

「ひとつには、妊娠させる危険を冒したくないからだ」

「あら、ちゃんと用意はしてあるわ。ブランデーか酢に浸したスポンジがいちばん効果があるんですって。ちゃんと教えてもらったの。今夜使えるようにペグから少し分けてもらったわ」

視線が鋭くなったが、やはり彼はあごに力をこめて頑固に立ったままだ。

リリーは腰をかがめてひとつずつ靴を脱いだ。それから背中に手を回し、ドレスのホックを外した。すべり落ちたドレスから抜け出すと、身にまとっているのは薄い綿地のシュミーズと絹のストッキングだけだ。

ヒースの金色の視線に乳房をなぶられていくうちに、リリーは興奮で鳥肌が立つのを感じた。硬くなった乳首とバラ色の乳輪がシュミーズの薄い生地から透けて見えている。彼の視線が下へ向かう。お腹の下の黒い茂みも見えているはずだ。ヒースの目に紛れもない欲望の光が浮かび、リリーは少し元気づけられた。

なにげない様子を装って腰をかがめ、ガーターのリボンを外すと、ゆっくりと絹のストッキングを脚からすべり落とす。

「リリー、すぐにやめるんだ」そう命じる声は低くハスキーだ。

「いやよ、ヒース。愛の行為をしてくれないなら、わたしがその気にさせるだけ」

ヒースのあごがピクッと引きつった。見せつけられた誘惑を必死に拒もうとしているのだ。

話そうとしないヒースの前で、リリーは部屋をぐるりと回ってランプの火を一つひとつ消し、ベッドサイド・テーブル上にあるランプのかすかな光だけを残した。ベッドのカーテンを引いて開ける。そして、何も言わずに扉の前へ行って鍵をかけ、鍵を引き抜いた。

ふり返ったリリーは、挑発するように鍵を指からぶら下げた。「逃げたいなら、わたしからこれを奪わないとね」

「リリー……」その声には怒りだけではなく、かすかな動揺の響きがあった。それでも、逃げようとする気配はない。その代わりに、床に根が生えたように立ちすくみ、魅入られたようにリリーの動きを一つひとつ見つめている。

飢えた欲望のせいでヒースの瞳の色がかげっていることに気づき、やっとリリーは自信を感じることができた。脱ぎ捨てたドレスのほうに鍵を投げてから部屋を横切ってヒースの前に行くと、手を伸ばしてクラヴァットを外しはじめた。

「リリー、何をするんだ、くそっ……」

リリーは静かに笑った。「何を言ってもいいわ。でも、わたしの好きなようにやらせてもらいますから」

リリーの笑い声はヒースの心を何よりも深く刺激した。首からクラヴァットを外される間、彼はリリーをじっと見つめていた。じらすような微笑みが彼女の唇に浮かぶ。その目は無邪気でありながら妖《あや》しさを漂わせている。

ヒースは魅せられた。せつないほどの欲望が熱いほとばしりとなって股間を直撃した。リリーの指がヴェストから下へとさまよい、夜会服のズボンの下で急速に大きくなった男性自身の硬さを確かめている。

「わたしのことを拒めると本気で思っているの？」リリーがなじるようにつぶやいた。「そんなこと、やってみたいのかしら？」

大きな黒い瞳が輝いた。そこには笑いと何か別のものが隠されていた。そう、欲望だ。彼がほしいとリリーが言えば、それは心の底から真実を伝えているのだろう。そう気づいたとき、ヒースは欲望をかき立てられた。それはじらすような手の動きより激しく彼を刺激した。

「わかっているのよ。誘惑は芸術だわ」リリーは彼の前にひざまずきながら言った。「それに、あなたが愛の技の達人だってことも知っているの。だから、あなたがわたしを悦ばせてくれたように、わたしはあなたを悦ばせられなくても許してね。わたし、まだ未熟だから」

リリーがズボンの前部のボタンを外すと、男性自身が飛び出した。ヒースは悪態をつき、低い声でうなった。「リリー……ぼくは石でできているわけじゃない」

「そうじゃないことを願うわ」そうつぶやいて、リリーは怒張したものを指で軽く包みこんだ。「でも、これは花崗岩みたいに硬いけど」

そして、リリーはさすりはじめた。太い男性自身を握りしめ、丸い先端を指先でスッとなで、下にある陰嚢の重いふくらみを手のひらで受けとめた。

リリーの大胆さにヒースは荒々しく息を吸い込んだ。こんなことをするリリーは初めてだ。完全に主導権を握り、絶対に彼を誘惑しようと妖婦のようにふるまっている。強情なほどの意志の強さに彼はうれしさを感じ、気持ちをそそられた。それだけではない。まだよくわからない強い感情が彼の心を貫いたのだ。リリーの官能的な攻撃を拒んだのがなぜだったのか思い出すのは、ひどく難しいことだった。

「これでいいのかしら？」リリーが無邪気に尋ねて見上げた。「教えてちょうだい。あなたを傷つけちゃうかもしれないから」

ヒースは答えを返さず、ただ両手を脇に下ろし拳を握りしめていた。そのとき、リリーの手の動きがさらに大胆になった。一段と大きさを増した男性自身を指でしっかり包みこむと、ゆっくりとこすり上げては下ろし、あるいはぎゅっと握りしめてやさしくもむ動作をくり返す。

こらえようとするヒースのあごにぐっと力がこもり、全身に緊張が走った。リリーのエロティックな愛撫のせいで、彼の血が熱くドクドクと脈打っている。そして、リリーが顔を寄せて唇を先端に押しあてたとき、耐えかねたように男性自身がビクンとはね上がった。

先端のふくらみをリリーが唇で包みこんで舌を這わせると、ヒースは低く押し殺したようなため息をもらした。ほとばしる炎が体を駆けめぐると、わずかにあった彼の抵抗力が破られた。

リリーの髪に指をからませながらヒースは目を閉じ、想像力に身をまかせた。彼自身がリリーの女らしいひだの間をなめらかにすべり込む感触すら味わっているような気がする。

リリーの口の中で男性自身をなぶられるうちに、ヒースの体に炎が燃え上がっていく。口の中で吸われ、舌と唇によるあたたかな愛撫を受けた彼のものがたまりかねて身ぶるいする。とうとうヒースは誘惑に負けて爆発した。低いうなり声を上げると、リリーの肩をつかんでぐいっと体を引きよせた。彼女の唇に浮かんだ満足そうな微笑みを見た瞬間、ぎゅっと体を抱きしめ、唇に飢えたようなキスをせずにはいられなかった。もう抑えきれない。

事実、抑えたくもない。ヒースは呆然とした気持ちで考えた。舌と舌を激しくからみ合わせながら、彼はリリーの吐息を吸い込んだ。リリーから距離を置くという戦略はどうやら功を奏したようだ。リリーのほうからやって来たのだから。自分から体を差し出すだけでなく、自ら彼を追いかけて誘惑しようとしたのだ。求愛という戦いで大きな一歩を踏み出したといえるだろう。そして、この戦闘で彼はリリーに勝たせるつもりだった。

いつかはリリーも彼とベッドをともにする。それは避けられないことだった。まだ結婚を承諾していないとはいえ、もうすぐイエスと言うにちがいない。今リリーの体を彼のものにすれば、妻にする日もいっそう近づくはずだ。

そんなことを考えて、ヒースは欲望を制御した。激しい息をつきながらも彼はむりやり唇を引き離し、リリーのシュミーズを脱がせた。そして一歩退いて、リリーの全身を眺めた。

おだやかなランプの明かりに照らされたリリーの姿は、まるで男の夢そのものだった。顔をふちどり肩を包みこむあざやかな栗色の髪。淡い金色に輝く肌。みだらなリリーの表情にヒースは魅了された。けれど、彼の血をたぎらすのは彼女の肉感的な肢体だ。高く突き出た豊かな乳房。引き締まったウエスト。魅力的な曲線を描く腰。すらりとした脚。つややかな栗色の髪をクシャクシャにしてクリーム色の肌をすみずみまで味わってやりたい。けれど、ヒースははやる気持ちを抑え、リリーに服を脱がされるままになっていた。

彼が完全に裸になると、リリーが近づいて彼の腕の中に身をまかせた。楽しげな様子はすっかり消えている。リリーは真剣な表情で彼の目を見た。そして、触りたくて仕方がないとでもいうように彼の体に両手をさまよわせた。そのせいで、ヒースの欲望はいっそう高まった。

リリーのしぐさに応えるかのように、彼は乳房の下のふくらみにサッと指をかすめてから両手で乳房を包みこんだ。リリーはあえぐような声をあげた。その声がすすり泣きに変わったのは、硬くなった乳首を親指でさすられたからだ。むき出しの肌の魅力にヒースはうっとりとした。だが、これだけではだめだ。もっとほしい。

「来るんだ」ヒースは荒々しい声でそう告げると、リリーの手をとった。

そして、ベッドの脇に行くとシーツの上に横たわり、リリーを引きよせて自分の上にのせた。そこで彼はふたたびリリーに主導権を渡した。香りのよい栗色の髪が絹のカーテンのようにふたりを包みこみ、彼の皮膚をくすぐった。リリーは顔を寄せたかと思うと、彼のあごや喉や胸板に情熱的なキスをした。

ヒースはリリーの激しさをうれしく思い、硬くなった男性自身にリリーが体をこすりつけるたびにエロティックな感触を楽しんだ。そのとき、突然、リリーが動きを止め顔を上げた。今夜初めて不安そうな表情を浮かべている。

「ヒース……。わたし、あなたの相手になった他の女性たちみたいな経験がないの」その言葉をヒースがさえぎった。

「黙って」そう言って彼は微笑んだ。「ぼくらふたりに必要な経験がきみにはちゃんとある」

そうだ。他の女など、もう現れることはない。ヒースは心の中で思った。馬小屋でふたりが初めてキスを交わしてから、もはや他の女はいなかった。リリーだけだ。これまで出会ったどんな女よりも、リリーは魅力的でいきいきとして欲望を呼び覚ます女だった。

くるりと巧みに体を入れ替えると、彼はリリーの上にのしかかった。見下ろしながら彼は思った。自分はこの女に夢中だ、と。炎のような激しさとせつなくなるほどのやさしさに、輝くふたつの黒い瞳に、信じられないほど美しい唇に……彼は夢中だった。ああ、リリーがほしい。だが、彼女が処女であることを忘れてはならない。

ゆっくりと下へ向かったヒースの指がリリーの太ももの間に至り、茂みをかき分けて女の裂け目をとらえた。すでに熱くほてっている。彼は、悦びの中心である感じやすいつぼみに触れ、やさしく繊細なタッチで何度も指を走らせた。

彼の手の動きにリリーは背をそらし、体をふるわせた。けれど、彼が顔を近づけてキスをすると、リリーが押しとどめた。

「ヒース。スポンジが……ベッドサイド・テーブルの上にあるの」

あえぐようなその言葉を耳にして、ヒースは狂おしい欲望からハッと我に返った。

うなずいてから体を起こし、テーブルの上にある小袋に手を伸ばす。小袋の中には小さなひもに通したスポンジが数個入っていた。ひとつ手にとって小瓶に入った液体に浸すと、彼はリリーのあたたかくなめらかなひだを指で押し広げ、ゆっくりと慎重にスポンジを差し入れた。

リリーが息を呑み、体を緊張させた。けれどヒースは「大丈夫だ」とやさしくつぶやき、体をのしかからせた。リリーは信頼に満ちた目で彼を見上げている。

両肘に体重をかけながら彼はリリーの太ももの間に体を収め、男性自身を女のひだの間に押しあてた。

「痛いかもしれない」沈んだ声でヒースが警告した。

リリーはかすかに微笑んで彼の頬に手を伸ばした。「大丈夫よ」ささやくような声だ。

リリーに対するやさしい気持ちが深まってくる。ヒースは愛らしい彼女の顔を見つめたまま、やさしく、とてもやさしく男性自身の先端をふるえる肉の中にめり込ませた。

リリーはハッと息を呑んだが、声を出さなかった。これ以上ないほどの繊細さでヒースは少しずつリリーを貫いていく。

リリーの顔に苦痛の表情が浮かんだ瞬間、彼は動きを止め、リリーの額に、頬に、唇にやさしいキスの雨を降らせた。キスで痛みをやわらげてやりたかった。しばらくしてリリーの体から少しだけ緊張がやわらいだのを感じとると、彼はふたたびゆっくりと挿入を始めた。太く長い男性自身で肉を貫き、満たしていく。やがて奥まで到達すると彼は動くのを止め、リリーの体が男のものに慣れるのを待った。

なんてきつくて濡れているのだろう。まるで熱くほてった手袋で包まれているようだ……。彼にとっては至福のひとときであってもリリーにとってはそうではないことを、ヒースは知っていた。硬い男のものに貫かれたまま、リリーは彼の下で体をこわばらせ浅い息をついている。けれど、しばらくすると、不快さが消えたかのようにリリーの体から緊張が抜けた。やがて、彼女はおずおずと試すように腰を動かした。

「よくなった？」ヒースが尋ねた。

リリーの唇に浮かんだかすかな微笑みが、彼の知りたかった答えを告げていた。リリーがささやいた。「ずいぶんよくなったわ、ありがとう」

ヒースが動きを再開し、ほんのわずかに引き抜いてはもう一度慎重に差し入れる動作をくり返した。ほどなくリリーの体に快感のふるえが走り、腰が自ずと動きはじめた。

リリーの本能的な動きを感じて、ヒースの心は熱くこみ上げるもので打ちふるえた。もっと奥まで荒々しく貫いてやりたい。何度も、何度も。けれど彼はそんな欲望を抑えた。その代わりに、注意深く繊細なリズムを保ったままリリーの体をゆっくりと深く悦ばせ、このうえないやさしさを刻みつけた。

　リリーが反応を返してきた。リリーの肌がたぎる情熱のせいでほてっている。乱れる息は苦痛のせいではない。男のものにやさしく貫かれて体がとろけそうになっているせいだ。やがてリリーは熱っぽい声ですすり泣き、彼のリズムに体を合わせながら彼の肩に爪を食い込ませた。

　ヒースは歯をかみしめながら欲望を抑えつけ、息を荒げてリリーの中に己を突き入れていた。だがリリーが昇りつめる寸前、彼はペースを速めた。顔を近づけてリリーの激しいうめき声を唇でとらえ、身をよじるリリーの体を貫きつづける。

　突然リリーの体が大きくゆれ、やるせなく背をそらせた。その唇からもれたかすれた叫び声をヒースが唇で封じているうちに、リリーの中で何かが大きく激しく乱れた。ヒースは我が身のどう猛な欲望を必死で抑えながら、あらゆる力を駆使してリリーのエクスタシーを長びかせようとする。快感の波が幾重にも押し寄せ、リリーのほっそりとした体をふるわせていく。

　だが、リリーが激しく昇りつめたことでヒースは解き放たれた。大きく体をふるわせると、彼はついにリリーへの欲望に身をまかせた。かすれたうめき声をあげた瞬間、彼はリリーの中に己をほとばしらせた。初めて出会った瞬間から感じてきた欲望に身を焦がしながら。

　リリーが感じたのと同じ燃えるような熱に焼かれてヒースの体に緊張が走ったかと思うと、彼は激しく生々しい快感のただ中に飛び込んだ。

　やがて炎が収まったとき、ふたりは愛の行為の衝撃に包まれたまま横たわっていた。しばらくしてヒースは体をずらすと、今もふるえるリリーの体を腕に抱きしめ、やさしくなだめた。

リリーがきれぎれに吐息をつくと、彼は彼女のこめかみに唇を押しあて、ため息をついた。ヒースの感じた満足感は、言いようもないほど強烈なものだった。リリーに自分の女というしるしを刻みこんだのだ。今、彼女はヒースの女だった。ふたりは床入りをすませた。もう引き返すことはできない。実際、彼はリリーがもう花嫁であるような気がしていた。

ヒースの心は歓喜に包まれた。それとともに、原始的な所有欲も感じていた。

だが彼が驚いたのは、リリーに対する自分の反応の強さだった。これほど強烈な愛の行為はこれまで経験したことがなかった。あんな燃え上がる炎のような快感に身を焼かれたのは、生まれて初めてだった。

リリーも同じものを感じたはずだ。彼は確信していた。あんなに激しく反応し、あんなに情熱的に応じていたのだから。あのいきいきとした反応のせいで彼の中で強烈な生命力がよみがえり、爽快感と何か喜びに似たものが満ちあふれたのだ……。

「これでぼくの言ったことを信じてもらえるだろう」ヒースはリリーの髪に顔をうずめてつぶやいた。「きみは大きな情熱をそなえた女なんだ」

満ち足りて力が抜けたまま、リリーは彼のむき出しの肩に唇を押しあてた。「それは誉めすぎだわ。あなたが信じられないほど愛の技にたくみだからよ」

彼の笑い声がリリーの髪をそよがせた。「きみもすぐにうまくなるさ」

きっとそうなるだろう。リリーは思った——もしもふたたび愛を交わせば。リリーは強く望んでいた。情熱は、ヒースが約束したように心をときめかす、すばらしいものだった。

魔法のようなひとときを思い出しながら、リリーはため息をついた。彼はリリーの中にうずいていた欲望を静め、想像もつかないような快楽を教えてくれた。つながった体の中で彼の一部を感じ、あたたかな肌を、むき出しの肉体を、彼の硬さを感じた。

そして今、腕の中にしっかりと抱きしめられ、熱い頬をやさしい指でなでられている。リリーは目を閉じ彼のやさしさを、ふたりの間の親密感を味わった。そして、こうしてふたりで横たわる至福の喜びを感じていた。

突然、喉の奥から熱いものがこみ上げそうになった。心のうずきが戻ってくる予感がする。心臓のあたりから奇妙なせつなさが広がっていく。

だめだわ。リリーは己を戒めた。ヒースのやさしさに心の防御を破られてはだめ。ほしいのは彼の情熱だけ。それ以外ではない。

ヒースにかけられた魔法を破ろうと決心したリリーは、彼の胸に手を突っ張って抱擁から身を解いた。

「ところで――」リリーはなにげない調子で口を開き、体を少し離して彼を見上げた。「わたしの肉体的な能力を認めてくれたのなら、あなたの愛人になるって提案を考えてもらえるの？」

15

愛人になりたいと言ったのにすぐさま断られたわ。

——リリーからファニーへ

問いかけられたヒースの体がこわばるのをリリーは感じた。気だるそうな気配がすっかり消え、推し量るような視線でリリーを見つめている。

「まさか、ぼくがきみを愛人にすると思っているのか?」とうとう彼は答えた。

「あら、そう思っているわ」

ハンサムな顔に苦々しい表情を浮かべてヒースはベッドの上で体を起こし、ぼんやりしたまま枕を背に当てた。「正気を失ったんじゃないか?」

リリーはえくぼを浮かべて彼を見上げた。「わたしのことなら、しっかり正気は保っているわ、侯爵様。少なくとも、あなたになくされた部分以外はちゃんと残ってます」

「リリー。まったく、くそっ……」

「あなたって悪態ばっかりついているのね」リリーは上半身を起こして片ひじをついた。「わたし、あなたの愛人になりたいのよ、ヒース」

彼は信じられないとでも言いたげな顔をして首をふると、ひどく頭の鈍い子どもに話しかけるようにゆっくりとこう言った。「だが、ぼくはきみを愛人として求めてはいないのだよ。絶対にきみと結婚する。これは譲れない」

「わたしのほうは結婚する気がないのよ。今夜のことがあってからは特にね……。あなたと愛を交わすのがどんな感じなのか、もうわかったんですもの。あなたが言っていたよりずっとよかったわ。あなたの妻になるより愛人になるほうがはるかにいいって確信したの」

「いいや、そんなことはない」ヒースがそっけなく言った。「それに、そんなことを口にするなんて、きみみたいなレディにとってあるまじきことだ」

リリーが眉をキッと上げた。「あるまじきことですって？　なぜかしら？　完璧な解決策だと思ったのだけど」

リリーは起き上がってヒースのかたわらにひざまずいた。すぐに彼はむきだしの乳房の上に視線を落としたが、リリーの声を耳にしてハッと上を向いた。

「愛人は妻よりいい点がずいぶんたくさんあるのよ、ヒース。いちばん重要なのは、みじめな思いをせずに自立していられる点ね。わたしは好きなときに関係を切ることができるし、あなただって同じよ。一生わたしに縛りつけられなくていいんですから」

「もう言ったはずだ。ぼくはきみに縛りつけられたいんだよ」

「でも、わたしの希望を尊重する気はないの？」

「当然、尊重するさ」

「じゃあ、なぜわたしの提案をよく考えもしないで断ったりするの？」

「だめだ」ヒースは頑として譲らない。「そんな提案は完全に問題外だね」にべもない否定の言葉をたたきつけると、ヒースはベッドから起き上がって洗面台の前まで行き、布を水差しの水で濡らして股間をぬぐった。裸のままベッドに戻ってくる彼の姿をリリーは魅せられたように見つめていた。筋肉質で美しい肉体だ。と、突然、彼がリリーに横たわるよう命じた。

ヒースがリリーの太ももから精液やピンク色の血の跡をていねいにぬぐい取る間、彼女の顔はまっ赤に染まっていった。そんな親密なことをされてリリーの呼吸は乱れたが、ヒースのさわり方はまったく事務的なもので、誘惑めいた点は皆無だった。

洗面台に布を戻しに行きながら彼が話す口ぶりも、誘惑とは縁遠いものだった。「きみは自分の提案が引き起こす結果を全然考えていないじゃないか、リリー。ぼくの愛人になったりすれば、きみの評判は地に落ちてしまう」

「もちろんわたしたちの関係は秘密にしておくのよ」

「そんなに長い間、秘密にはしておけないだろう。それに、ばれないとしてもスキャンダルにならないようコソコソ動き回らなければならないじゃないか。いっしょに街を歩くこともできなければ、ふたりで公《おおやけ》の場に姿を現すこともできない。きみは日陰の身としてひっそり暮らすことになるんだぞ。今と同じように」

ヒースは部屋を横切ってベッドの脇まで来ると、今度はリリーのかたわらに腰を下ろした。
「人目を避けてときどき数時間だけ会うなんて、ぼくはいやだね。ぼくらの人生はどうなるんだ？　未来は？　結婚しなければ子どもだって持てない」
「忘れてたわ」リリーがつぶやいた。おずおずと彼の目を見る。「あなたは跡継ぎがほしいんだったわね」
「そうだ、いつかはほしい。きみはどうなんだ、リリー？　子どもはほしくないのか？」

そんなことは言えないけれど、子どもを産みたいという気持ちは結婚に対する反感を否定するほど強くはない。「結婚しなければならないということなら、ほしくないわ」

ヒースはリリーの目をのぞき込んだ。「どうして急にこんなことをしたんだ？　まだゲームも終わっていないのに愛人になると言い出すなんて、なぜなんだ？」

ヒースの真剣な態度に気づいたリリーは、自分も真剣な態度を見せなければ、と思った。
「ほんとうのことを言うとね、あなたに他の女性を愛人にしてほしくなかったの」

ヒースは一瞬まじまじとリリーを見つめた。「他の女を愛人にしたいなんて思ってもいない。

ほしいのはきみだ」

「今はそう言うでしょうけど、結婚してしまえば心が変わるかもしれないわ」

ヒースのあごがピクッとひきつった。「ぼくのことを信じてもらえないのだから、きみと議論する気もないし貞節の誓いをする気もない」

「わたしだって、あなたと議論するつもりはないのよ、ヒース。でも、あなたにはちゃんと話を聞いてもらいたいの」やさしく微笑むと、リリーはヒースの唇に指をさしのべた。「あなたみたいに経験豊かで技に熟練した男性を満足させられるようになるのは、わたしにとってまだ時間がかかることだわ。でも、いつかはうまくなると思うの。知るべきことはあなたが教えてくれるでしょうし」

「すでにきみはぼくを満足させているよ、リリー。それに、きみはこれまでで最高の愛人になりそうだ。だが、ぼくはそんなことに興味はない」

リリーは手を伸ばし、おとなしくなった男性自身にそっと触れた。「少なくとも、あなたの寛大な行為に対して感謝させてちょうだい……。友人たちを助けてくれてどんなにわたしがありがたいと思っているか」

リリーの申し出に対してヒースはけわしい視線を向けた。目に真の怒りがこもっている。彼はリリーの手首をつかんで手を払いのけた。「感謝はいらない」

突然立ち上がると、ヒースは自分の服を手にとって身につけはじめた。

「帰るの？」リリーが呆然として尋ねた。

「そうだ。きみも帰るんだ」彼は腰をかがめ、ドレスを手にとってリリーのほうに投げた。

「着たまえ」

心乱れたまま、リリーは裸の胸にドレスをかき寄せた。「でも、一晩いっしょに過ごせると思っていたのに」

「ぼくらにはそんな権利はない。法的に結婚していないのだから」

「ヒース……。わたし、あなたとまた愛を交わしたいの」

彼ははねつけるような視線を向けた。「きみが何を望もうと関係ない。ぼくは二度ときみに触れない」

リリーはイライラしながら天井を見上げた。「わたし、もう処女じゃないのよ。だったら、何回愛を交わしても問題じゃないはずだわ」

「明日になれば、きみにとって問題になるはずだ。どっと疲れてヒリヒリしてくるだろうね」

リリーの視線が料理の並んだテーブルに向いた。「夕食だけでも食べていったらどうかしら。これだけの食べ物がみんな捨てられてしまうなんていやだわ」

「ホテルの人間が厨房に戻して、そこの者たちにふるまうだろう。さあ、ドレスを着るんだ、リリー。送っていくから」

ヒースの決意を変えるのは無理だと悟ったリリーは、ベッドから飛び降りた。「いいわ。でも、下宿屋まで送るのはだめよ」

「マーカスの屋敷まで送るつもりはない。今日のことがばれたら、あいつに殺されかねない」

「ヒース――」リリーの言葉を彼がさえぎった。

「問答無用だ、リリー。さっさとドレスを着なさい」

リリーはムッとしたままドレスを身につけ、ホックをはめるのに悪戦苦闘した。その間もさまざまな思いが頭をよぎる。今夜は大失敗だった……。それでも、一人前の女になれたし、短いとはいえ魔法のようにすばらしいひとときを過ごすことができた――ヒースを恋人として。

後悔はしていない。リリーは密かに微笑んだ。たとえヒースが明らかに後悔していても。

だが、まだあきらめるつもりはなかった。彼女がたった一度の失敗であきらめるような女でないことを、もうヒースは理解しているだろう。もう一度彼を恋人にするのだ。あとは、どうやって彼の抵抗を破るのか考えなくては。


馬車が下宿屋近くの街角で停まり、ピリピリするような沈黙をヒースが破ったとき、強い気持ちでいるつもりのリリーも少しホッとした気分になった。

「明日の午後きみのところに行くつもりだ。一時に。さしつかえなければ」

リリーは断ろうかと思ったが、それではそもそもの目的の役に立たなくなることに気づいた。

「いいでしょう。では、一時に」

「薄手のコート《ペリース》を着てヴェールをつけてくるように。遠出をするから」

「何かしら?」リリーはおもしろそうな顔をして尋ねた。

「きみに見せたいものがある」

　ヒースはそれ以上説明しようとしないまま、リリーを馬車から降ろして裏口まで付き添った。リリーにとって奇妙なほど残念なことに彼はそっけなく「おやすみ」と言って、彼女が家の中に入るのをただ待っていた。意外なほど怒りを見せるヒースにリリーの心は動揺した。そして、彼をひどく失望させたという実感もあった。

　屋敷の中に入っても誰にも気づかれないだろうと思っていたけれど、すぐに予測は外れた。廊下の向こうからファニーがやって来る。驚いたことに、すぐ後ろにバジルがいる。

「ちょっと話があるんだけどいいかしら、リリー?」ファニーが声をかけた。

　バジルがファニーの隣で足を止めた。「ぼくはこれで失礼するよ。用があれば、ファニー、いつでも声をかけてくれ」

「ありがとう、バジル」ファニーがにこやかに答えた。「おしゃべりできて楽しかったわ」

　奇妙な表情で見返すバジルを見たとき――ほとんどしかめ面のようだ――リリーは不思議に思った。バジルとファニーの間には明らかに緊張がみなぎっている。けれど、それはいつもの怒りやいらだちではなかった。もはや仲が悪いとは言えないようだ――少なくとも今のところ。階段のほうへ向かったバジルの目には、まぎれもない欲望とせつなげな表情が浮かんでいた。

なぜだろうと思いながら、リリーはファニーのあとについて客間に向かった。ランプに明かりが灯っているところを見ると、バジルとファニーがついさっきまでここにいたのだろう。

「ここで何をしていたの、ファニー?」リリーが尋ね、ふたりはそれぞれ椅子に腰掛けた。

「土曜の夜だから、あなたは忙しいとばかり思っていたのだけど」

「話し相手がほしくて来たの。でも、あなたは留守だったし」問いつめるような口調だ。

リリーはためらった。今までどこにいたのか告白したくはなかった。「フレールとシャンテルではだめだったの?」

「ふたりともプール子爵といっしょに出かけているわ。お祝いだと言って」

「お祝いですって?」リリーがくり返した。

ファニーがうなずいた。「どうやらプール子爵はシャンテルへの思いがよみがえったらしいの。子爵は、ミック・オロークに三万ポンド支払うと言い張っているのよ」

「まあ、それはすばらしいわ!」リリーが叫んだ。「そうなれば、投獄される危険は完全に消えるっていうことね」

「ええ」ファニーが暗い顔で答えた。「でも、わたしが結婚しないと言っているのにミックはやっぱり耳を貸そうとしないのよ。あの人、今日の午後うちにやって来て、わたしが妻になると承諾すれば全財産をくれるって言ったわ。断ったら、それは悲しそうな顔をしていた」

思わず体をこわばらせたリリーは身を乗りだした。「あの乱暴者にまたケガをさせられなかった？」

「いいえ。今度は完璧な紳士としてふるまっていたわ」

リリーは友の様子をしみじみと観察した。ファニーの傷が治ったか、化粧でうまくかくしているのか、どちらかのようだ。それでも、まだ心配そうな様子がうかがえる。

「でも……？」リリーが促した。

ファニーが顔をしかめた。「でも、ミックはいやがらせをするのよ。わたしの屋敷から出て行こうとしないの。仕方ないから、わたしがここに避難しに来たというわけ。プロシアの大使を今夜もてなすことになっていたの。ミックのおかげで大損だわ。この調子では廃業しなくてはならなくなりそう。それがあの人の狙いなんでしょうね」

リリーは不機嫌な表情を浮かべた。「むりやり結婚を承諾させようとしているのかしら？」

「そんなつもりはないと思うのだけど」ファニーがため息をついた。「あの人のことはわりと好きよ。でも、結婚したいとは全然思っていないの。それに、パトロンとしてもよくない部類に入るわね。独占欲が強すぎるのよ」突然ファニーが顔をしかめた。「あなたはどうなの、リリー？　今夜はダンヴァーズ伯爵の屋敷に泊まってお姉さんたちと過ごす予定だと聞いたわ。なのに、ここに忍び込もうとしているあなたを見つけて、わたしがどれほど驚いたことか」

「忍び込んだりしていないわ」リリーが反論した。「ただ、急な帰宅をあからさまに人に見せるのもどうかと思って」

「クレイボーン侯爵といっしょだったのね、そうでしょう?」リリーが驚いて目を向けると、ファニーは皮肉っぽい微笑みを口もとに浮かべた。「侯爵の馬車が通りを走っていったのを見かけたの。扉の紋章がはっきり見えたわ」

「あの人といっしょだったとしても犯罪じゃないわ、ファニー」

友人はため息をついた。「ええ、そうね。でも、わたしはあなたのことが心配なの。いったいふたりで何をしていたの? ほっぺたがまっ赤なところを見ると、ただの求愛以上のことをしたわね。恋人同士になった。そうじゃない?」

「あの……そうよ」リリーは白状した。嘘をつきたくなかったのだ。「今夜が初めてだったの。でも、心配はいらないわ。何も起きないから。わたし、ヒースの愛人になるって申し出たの。そうすれば、結婚しようという気をなくすだろうと思って。でも、きっぱり断られたわ」

「まあ、リリー」衝撃を受けたというより残念そうな顔だ。

リリーはいぶかしげな視線を向けた。「どうしたっていうの、ファニー? あなただけは、ひとりでいたいというわたしの気持ちを理解してくれると思ったのに。愛人の立場でいれば、妻になったら不可能な自由が守れるのよ」

「わかっているわ。でも、あなたに道を誤らせてしまったのではないかと罪悪感を感じているの。わたしと友だちでなければ、あなたはクレイボーンにそんなとんでもない提案をしなかったでしょうから」

リリーはきょとんとした顔をした。「あなたに責任なんかないのよ。いったいいつから、そんな堅苦しいことを言うようになっちゃったの？」

「あなたがわたしと同じ道に入ろうなんて考えるようになったからよ。わたしの言うことを信じてちょうだい、リリー。愛人になんかなってはいけないの。あなたはそんな暮らし、気に入らないはずよ」

「あなたと同じ商売を始めるなんて考えていないわ、ファニー。クレイボーンとの関係を結婚ではなく、情事にとどめておこうというだけなんだから」

「そうであっても、ひどいあやまちを犯すことになると思うわ」

リリーは黙りこみ、友の美しい顔をじっと見つめた。どうやらただ反対しているだけではないようだ。ファニーの声にはまぎれもない苦しみと悲しみがこもっていた。そういえば最近、さみしいと言っていたばかりではないか。リリーは思い出した……。

「ファニー、何を苦しんでいるの？」

涙をこらえるように唇をかみしめるファニーの姿を見て、リリーはひどく驚いた。ひとすじ流れ落ちた涙を見た瞬間リリーは椅子から跳び上がり、友の前にひざまずいて手を握りしめた。

「ねえ、言ってちょうだい。わたし、何を言ってあなたを泣かせてしまったの？」

「か……関係ないのよ」ファニーはあふれる涙を手でぬぐった。「何でもないの。ほんとうよ。自分が情けなくなっているだけ」

「どうして、ファニー？　さみしいから？」

ふるえる唇をきゅっと結んで、ファニーは弱々しくうなずいた。「そうみたい。ミックとのことでいろいろ不安になっているせいね。わたしが賢い女なら、あの人のプロポーズを受けるんでしょうね」

「あんな乱暴者と結婚するのが賢いことだなんてありえないわ」

「少なくともミックの妻になれば経済的には安泰よ」

リリーは思わず出そうになった冷笑を何とか抑えた。「借金を返すのに一万ポンド支払って蓄えがなくなっちゃったでしょう。だから、心もとない気持ちになっているだけよ」

「そうかもしれないわね。でも、年をとって容貌が衰えたらどんな運命が待っているか、ちゃんとわかっているの。コベント・ガーデンに立っている街娼《がいしょう》を見ているとね。人にたかってお金を稼いでも、食べるのがせいいっぱいの暮らしよ」ファニーが身ぶるいした。「あんなふうになりたくないわ」

「境遇が全然ちがうじゃない、ファニー。あなたはロンドンの人気者だわ」

「今のうちだけよ。でも、フレールとシャンテルだって昔は女王のようにもてはやされたのよ。それが、今はどう？　さびしい人生よ。そうね……シャンテルには今プール子爵がいるわね。でも、それだって長くはつづかない」ファニーは優雅とはいえない音をたてて鼻をすすった。「年をとっても、わたしには誰もいないの。家族からは勘当されているし、昔の友だちからも見放されているわ――もちろんあなたたち姉妹を除いてね」

ファニーの沈んだ声に、リリーの心は激しく痛んだ。「わたしたちはずっとあなたのそばにいるわ。他にも親しい友だちはいるじゃない。フレールとシャンテルは家族同然でしょう」

「そうね。ふたりとも家族みたいなものだわ。でも、夫と子どもがいるのとはちがうのよ」

「夫と子どもがほしいの？」リリーは驚いて尋ねた。

ファニーはしばらくしてから答えた。「そうみたいなの、リリー。今の生活で幸せだって自分を納得させようとしたけど、わたし、別の暮らしがほしいのよ。ただ一人の男性と――愛する夫と――いっしょに暮らせたら……。わたしは高級娼婦の華やかな暮らしがしたかったの。でも、真実の愛のためなら、そんなもの全部捨ててもいいと思ってるのよ」

リリーは何と言っていいのかわからなかった。ファニーはいつも愛なんて愚かなものだと非難していたのに。けれど、その言葉は職業上のものだったのだろう。高級娼婦には愛なんて贅沢は許されていないのだから。

幸いなことに答えを返す必要はなかった。すぐにファニーが苦々しい笑い声をふっともらしたからだ。「もしかしたら、夫を捕まえるための本を書いているせいで影響を受けちゃったのかもしれないわね。出版社は原稿に満足しているそうよ。話したかしら？」

ファニーが作家として収入を補おうとしていたことを、リリーは忘れかけていた。「いいえ、まだよ。最後の仕上げをしているってことまでは聞いたけど」リリーがつぶやいた。

「『若いレディに贈る、夫を捕まえるためのアドバイス』匿名のレディ著」ファニーが読み上げるように言った。唇に悲しげな微笑みが浮かんでいる。「もうわたしはレディではないけど。それに、自分の身も守れないというのに夫を捕まえるアドバイスを他人にするなんて、傲慢もいいところかもしれないわ」

リリーは友の手をぎゅっと握りしめた。「そんなことを言って、自分に厳しすぎるわ。紳士の情熱をかき立てる方法について、あなたはロズリンにすばらしいアドバイスをしてあげたじゃないの。そのおかげで、ロズリンはアーデン公爵と結婚することになったのよ」

「でも、ふたりが恋に落ちたのは、わたしとはほとんど関係がないわ。アーデンがロズリンに心を奪われたのは、あの子の頭のよさと魅力的な性格のおかげよ。美貌は言うまでもなく」

ファニーの膝を軽くたたいてリリーは立ち上がった。「あなたの言うことは、ひとつだけ当たっていると思うわ。今、気分が落ちこんでいるから、自分を哀れんでみたくなっているのよ。あなたを憂鬱な気分から救い出す方法を考えなくちゃね。どんな夫がほしいの、ファニー？」

リリーが元の椅子に戻って腰を下ろすのを、ファニーはぼんやりとした表情で眺めていた。

「どういうこと？」

「あなた自身、自分のアドバイスに従って夫を見つけたらいいんじゃないかしら。わたしもお手伝いするわ」

ファニーが大きく目を見ひらいた。「あなたが、リリー？　わたしが夫を見つける手伝いをしてくれるというの？」

リリーが微笑んだ。「わかってる。わたしの方針を破ることだし、我ながら驚いてしまうわ。でも、あなたが沈んでいるのを見ているのは耐えられないもの」表情が真剣になった。「バジルのことはどう？」

ファニーが眉をしかめた。「どうって？」

「彼のことが好きでしょう。いつもケンカばかりしているけど」

「結婚したくなるほど好きではないわ。絶対にね！　ばかなことを言わないで。バジルはこの世でいちばんシャクにさわるいやなやつよ」

「あなたにとってはね。でも、わたし、思ったのだけど、彼はあなたの関心を引きたくてわざとイライラさせるようなことを言っているんじゃないかしら。そうでもしないと、あなたに無視されると思って」

いかにも信じられないと言いたげな顔をしてファニーが首をふった。「バジルはバジルだから、あんなふうにこっちをイライラさせるのよ。わたしのことなんか、これっぽっちも思っていたりしないわ……」そこで、声がゆらいだ。「そうでしょう？」

「そうね、わたしが彼の気持ちを理解していると断言できるわけじゃないわ。でも、あなたが気づいていないとき、彼があなたを見ている様子をときどき見ていたの。ほんのちょっとでもあなたから励ましの言葉をもらったら、あの人、熱烈にあなたのことを崇拝しちゃうんじゃないかと思ったわ」

ファニーは口をあんぐり開けてリリーを見つめた。思いも寄らないことだというように。

「あなたはどう？　ほんの少しでもロマンティックな気持ちを彼に抱いてはいないの？」リリーが尋ねた。「きっと彼といっしょにいるのは楽しいはずよ。少なくとも子ども時代の共通の思い出があるんですもの。あなたとバジルはとても仲がよかったものね」

「いっしょにいるのは楽しいと思うわ」ファニーは考え深げにそう言うと、皮肉っぽい微笑みを浮かべた。「少なくともバジルが相手なら、わたしは自分らしくいられるからでしょうね。警戒しなくていいんですもの。あの人は、高価な品物や売り物でも見るような目でわたしを見たりしないから」

リリーはうなずいた。ファニーはロンドン中の男たちの半分から追いかけられているけれど、バジルは彼女の美貌にも華やかさにも気おくれしたりしない。「彼の前ではふつうの人間に戻れるということかしら」リリーが言った。

「そうね」ファニーがゆっくりと答えた。「どんなパトロンの前でも、わたしは気のきいた言葉やお世辞を口にしなくてはならないし、魅力的にふるまわなくてはならないの」

「でも、バジルが相手だと、言いたいことが言えるのね」

ファニーがかすかに微笑んだ。「確かにそうね。好きなだけ不機嫌になれるし、気まぐれなことやいらつくようなことも口にできるわ。でも、それってバジルがわたしの気持ちなんか気にしないからよ」

「気にしているわ」リリーがきっぱりと言った。

「そんなの、かんちがいよ。バジルはわたしのことをこれ以上ないぐらい悪く思っているわ。わたしの仕事のことだって、全然認めていないじゃない。それは確かよ」

「バジルはあなたといっしょにいる男性たちに嫉妬しているんだわ。でも、あなたが仕事を変える気になったら……」リリーはそこで言葉を切った。「ファニー、バジルが心からあなたを愛しているってわかったら、あなた、いつか気持ちを返してあげられる？」

ファニーは長いこと考えこんでいる様子を見せてから、やっと答えを口にした。「驚いてしまうけれど、そうね、ありうるかもしれない」けれど、すぐにファニーは笑い声をあげた。「バジルが魅力的だと思えるなんて、わたしってばかみたい。きっとわたしのことをほしいと思わない男だからほしくなるだけだわ」

「彼はあなたのことがほしいのよ、ファニー。わたしにははっきりそう見えるわ。あなたにはそう見えなくても」

正反対の者同士が惹かれあう典型的な例だとリリーは思った。ファニーは陽気でいきいきとした性格で、心底楽しいことが好きだ。一方、バジルはまじめで勉強好きで、いつも深刻そうな顔をしている。「彼があなたのさびしさを癒してくれるんじゃないかしら」

ファニーの笑い声には鋭いユーモアがこもっていた。「そうかもしれないわね。わたしたち、いつでもケンカしているから。だめだわ、リリー。バジルとは結婚なんかできない。あの人のお給料では、ふたりとも飢え死にしちゃうもの。それに、わたしって贅沢だから。あの人はたいした稼ぎのない、法律事務所の事務員ですもの」

「でも、バジルにも野望があるかもしれないわ、ファニー。将来だっていろんな可能性があるはずよ。政治に関わっている貴族の秘書になることだってありうるでしょう。貴族院では、しょっちゅう国政に関わる重要な法律を扱っているじゃない。そういう法律の文案を考えるためには、法制度の知識のある人間が必要だわ。バジルならぴったりじゃない。事務員でいるより貴族の秘書になるほうがずっとお給料も高いはずよ」

「そうでしょうね」ファニーが唇をかんだ。「でも、それでも贅沢な妻を養うほどではないわ。だめよ。彼と結婚するなんて問題外。ひどい取り合わせだわ」

「わたしはそうは思わないけど」リリーが答えた。「もっとも、今決めることではないわね。でも、バジルがあなたにとってどんな意味を持つ存在なのか、考えたほうがいいと思うわ」

「少なくとも、憂鬱な気分を晴らす役には立ちそうね」ファニーが混ぜっ返した。さっきよりずいぶん気分がよさそうだ。突然、ファニーが背をすっと伸ばした。「どうして全然ちがう話題にすりかえたの、リリー？　わたしたち、あなたとクレイボーン侯爵のことを話してたのよ」

「わたしは、あなたとバジルのことを話しているほうがいいわ」リリーが気楽そうに言った。

「クレイボーンのプロポーズを受けたほうがいいって、今も思っているのよ。あれ以上すてきな相手はいないかもしれないわ」

　確かにそうだとリリーは思い、ふいに口をつぐんだ。ヒースはどんな男より自分にとってふさわしい夫候補だろう。少なくとも、相性がいいことは認めないわけにはいかない。もしも自分がこれほど結婚に反感を抱いていなければ……。

「まじめな話――」ファニーがつづけた。「あなたについても同じような観察ができるわね。侯爵といっしょにいると、あなたはとても楽しそうに見えるわ。彼と愛の行為をしたときも楽しかった？」

　確かに、ヒースといっしょにいるととても楽しい。リリーは心の中で認めざるを得なかった。それに、彼と愛の行為をする楽しさは疑問の余地がなかった。ヒースが感じさせてくれたような快感は、これまで感じたことがないものだ。それに、今夜彼と過ごした親密なひとときがすばらしかったことも否定できない。なぜか、とてもやさしい気持ちがして、つながっているという感じがした。

　そして、リリーは女らしい力がみなぎるのを感じた。ヒースは、支配的で自分勝手な恋人ではなかった。彼は、うっとりするような満ち足りた経験にリリーを導いてくれた。そんな経験ができる女性はまれだろう。

　経験の浅いリリーにいろいろ教えながらも、完全に対等な相手として接してくれた。相手を悦ばす喜びを教えてくれた。女として彼に身をまかす喜びを、彼の情熱に情熱を返す喜びを教えてくれた。彼のやさしさはもう怖くない。リリーはハッと気づいた。けれど、そのこと自体が警告でもある……。

ファニーがリリーの物思いを破った。「クレイボーンを夫にすれば、肉欲以外のものも満たされるのよ、リリー。彼とすばらしい未来を過ごすことができるわ。ねえ、年をとってからひとりぼっちでいたくはないでしょう」

その言葉は、最近ウィニフレッドが言っていたのと同じだった。リリーは思い返していた。

「正直に言ってどうなの？」ファニーが問いつめた。「今のままで完璧に幸せだと思う？」

少なくとも不幸ではない。ただ、ときどき少し……むなしい気持ちになることはある。リリーは顔をしかめた。ほんとうにむなしい気持ちなんだろうか？　ちがう。もちろんちがう。とても充実した人生を送っているのだから。ロンドンに来てから数週間、姉たちと別れているせいでさみしい思いをしているとしても。

「独身のままで完璧に満足しているわ」リリーはやっと口を開いた。

ファニーがため息をついた。「そういうことなら、クレイボーン侯爵と親しくなりすぎないよう注意しなくては。情熱は愛に通じることがあるのよ、リリー。彼に夢中になる危険を冒したくないなら、親密な関係をやめるのがいちばんいいわ」

リリーの表情がさらにけわしくなった。「選択の余地はないの。彼はもうすぐゲームに勝ちそうだから。もし勝ったら、正式な求愛を認めることになっているの」

「いっしょにいるからといって、ベッドをともにするということにはならないわ。関係をつづけるのは、とんでもないあやまちよ」

確かにファニーの言うとおりだ。リリーは認めた。ヒースの愛人のままでいれば、彼に心を捧げてしまう危険がある。恋に落ちたりしたら破滅だ。そうなれば結婚を承諾して、逃げ場のない罠にとらわれることになる。母がそうであったように。

ヒースの誘惑がどれほど強力かよくわかっている。彼の魅力がどれほど強烈かもわかっている。今夜、彼と愛の行為をするなんて愚かなことをしてしまった……。

「少なくとも、彼の愛人になるなんて愚かな考えは捨てるって約束してちょうだい」ファニーがせっついた。

リリーはゆっくりとうなずいた。「いいわ」友のアドバイスの賢明さをしみじみと感じている。「約束する」

まだ始まってもいないヒースとの関係だけれど、終わらせることにしよう。たとえ今、心と体が反対のことを願っているとしても。

16

あなたの警告は正しかったわ、ファニー。
彼と親密になることはとんでもなく危険なの。
手遅れにならないうちにふたりの関係を終わらせなくちゃ。
――リリーからファニーへ

翌日の午後、ヒースは遠出の行き先がどこか明かそうとしなかった。リリーが初めて変わった様子に気づいたのは、カモメの鳴き声と潮と魚のにおいを感じたときだった。馬車の窓からそっと外をのぞくと、テムズ川が見えた。

ロンドンの波止場に連れてこられたのだ。リリーは驚くとともにとまどいを感じた。

馬車が岸壁近くで停まるまで、ヒースはずっと沈黙を守っていた。目の前には二本マストの帆船《ブリガンティン》が停泊している。

「船旅にでも出るつもりなの？」ヒースの手を借りて馬車から降りながらリリーが尋ねた。

「いや、すぐに出るつもりはない」謎めいた口調だ。

雲が出ているが気持ちのよい日だ。そよ風にヴェールをそよがせながら、リリーはヒースに導かれるまま帆船の道板《みちいた》に登った。船内には誰もいないようだ。少なくとも甲板に人影はない。

「乗員はどこにいるの？」

「午後は暇を出した。見張りが二人いる以外は誰もいない。さあ、おいで。中に入ろう」

好奇心に駆られて、リリーはヒースのあとをついていった。きれいに磨かれたオーク材の甲板を通ってハッチの前まで行くと、はしごを下りて狭い通路に出た。そのまま通路を進んだところでヒースはリリーを船室らしき場所に導いた。かなり豪華な装備をほどこした部屋だ。壁は美しく磨かれた真鍮《しんちゆう》の金具とマホガニー材で装飾され、ゆったりとしたベッドには贅沢なあや織り《ブロケード》の上掛けがかかっている。開いた船窓から差し込むぼんやりとした光のなか、リリーは一枚の地図に気づいた。部屋の中央に置かれた小さなテーブルの上に広げられている。

ヒースが扉を閉めると、リリーはヴェールを上げ、片方の眉をつり上げて彼の顔を見た。

「このままずっとわたしを悩ませておくつもり？　それとも、どうしてここまで連れてきたか教えてくれるのかしら？」

「きみにこの船を見せようと思ってね。これはきみへの贈り物だから」

リリーは目をしばたたいた。「わたしに船をくれるって言うの？」

ヒースは部屋を横切って隅にある小さな書き物机の前に行き、引き出しを開けて分厚い羊皮紙《ようひし》の束を取り出した。「これが売約証書だ、リリー。二日前に取引を終えた。見ればわかるが、所有者はきみだ」

手渡された証書にリリーは呆然としたまま目を通した。確かに自分の名が所有者として書かれている。それにたった二日前とは！　もしそうなら、ヒースが売り手と交渉を始めたのはそれよりしばらく前であるはずだ。もしかしたら、ゲームを始めた直後かもしれない。彼がこんなことまでするなんて、信じられない……。

「船をくれるって言うの？」そうくり返すと、リリーは思わず顔を見返した。「求婚者はたいてい本や花みたいなちょっとした贈り物をするのがふつうよ。これは贈り物にしては高価すぎるし贅沢すぎるわ」

ヒースは寛大な微笑みを浮かべた。「ゼファー号はそれほど高い買い物ではなかった。かなり安く手に入ってね。海運業界につてがあるんだ。ぼくが以前何回か科学的探検に出資したことは、きみに話したね？　ゼファー号は去年建造されたばかりだが、すでに処女航海をすませて安全に航海できると確認されている」

リリーの唇に皮肉っぽい微笑みが浮かんだ。「値段はともかく、船は贈り物としてふさわしくないわ、ヒース。でも、もちろん値段なんてあなたには大した意味はないんでしょうけど。これで、ゲームの点数が満点になって勝てることは承知の上なんでしょう？」

「ゲームに勝つためにこんなことをしたんじゃない、エンジェル」

「ちがうの？　じゃあ、なぜ？」

「きみの自立への思いをぼくが理解していることを見せるためだ。きみは小さい頃から冒険に出かけたかったと言っていたね。この船があれば冒険に出られる」

リリーが呆然として視線を向けると、彼はなにげない調子でこう言った。「ぼくも冒険家の心を持っている。きみと同じように。だから、きみの自由への思いは理解しているつもりだ。自分の船があれば、きみはどこにでも行ける。世界じゅうを旅して、思う存分探検できるんだよ。ずっと夢みてきたように」

とまどったまま、リリーは彼の顔を穴が空くほど見つめてから眉を寄せた。

「きみは冒険の人生を送りたいと言っていただろう」黙りこくるリリーをせっつくようにヒースが言った。

「以前はそう思っていたわ」リリーが言った。「でも、今はちがうの。ロンドンに出てきてから夢をあきらめたから」

「あきらめた？」

リリーはうなずいた。「選ばなくてはいけないって気づいたの。困っている女性が売春に走らなくてすむよう手助けする活動にささやかな財産を活用するつもりだから、もう旅に出る余裕はなくなってしまったわ。貧しい女性や未婚の母親のための家を運営しようと思っているのよ。できることなら、そういう女性たちの生活をよりよいものにしたいし、望まない暮らしをしなくてもすむようひどい状況を改善したいの。下宿人たちはもうわたしの助けを必要としていないけど、まだ他にも貧しくて困っている女性はいっぱいいるわ」

「わかった」ヒースは真剣な表情でリリーを見た。「だが、冒険したいという夢をあきらめる必要はないんだよ、リリー。ぼくの妻として、きみは世界を旅することも、困っている女性を助けることも両方できるのだから。ぼくと結婚する大きな利点のひとつだ」

リリーはひきつった笑い声をあげた。「でも、かなり大きな欠点があるわ。まずあなたと結婚しなくてはならないじゃない」

ヒースが首をふった。「ぼくと結婚することが、この贈り物を受けとる条件ではない。もちろんきみといっしょにぼくも旅に出たいが、それはきみ次第だ」

リリーが証書を掲げた。「じゃあ、これは何なの？　プロポーズを受けるよう説得するための賄賂《わいろ》かしら？」

「ちがう。さっき言ったとおりさ。夢を実現する手段をきみにあげようと思っただけだ。確かに、ぼくらの結婚生活そのものも大きな冒険だと考えてもらいたい。それに、結婚後に自立できなくなるという恐怖に根拠がないと理解してほしいと思っている。ぼくの妻として、きみは独裁的な夫に支配されることはない。好きなように生きることができるのだから」

しばらくの間リリーはためらっていた。心は矛盾した感情に引き裂かれている。「こんなに途方もなく高価なものを受けとるわけにはいかないわ。そんなことをしたら、あなたにすごく恩を感じてしまうもの」

ヒースが肩をすくめた。「すべてきみ次第だ。ゼファー号を売ってその金をミス・ブランチャードの慈善活動に寄付したっていい。あるいは、不幸な女性のための家を建てるために使ってもいい」

リリーは息を呑んだ。また、奇妙なうずきが胸にこみ上げてくる。ヒースの寛大さに大きく心をゆさぶられただけでなく、うろたえてもいた。

ヒースはリリーの望みを理解してくれている。下宿屋にいる女性たちに関わる以前、世界じゅうを旅することはいちばん大きな夢だった。さらに大きな望みが心に生まれた今も、冒険したい気持ちは強い。それに、彼の贈り物はとても魅力的だった。

まるで心を読んだかのように、ヒースはリリーの手をとり、世界地図が広げられたテーブルまで導いた。そして、さっと手を動かして、さまざまな大陸や海を指し示した。「旅に出るとしたら、最初にどこへ行きたい？」

うながされるまま、リリーは地図を見下ろした。フランスが手招きしている。そして、イタリア、スペイン、アルプスも。行ってみたいと思っていた数え切れないほどたくさんの場所。ナポレオン軍との長い戦争の間は危険で訪ねられなかった国々も、戦争が終わった今……。

「ぼくなら、きみを連れていってあげられる」ヒースがつぶやいた。心を惹きつけずにはおかない低い声が聞こえる。

　せつなげな表情を浮かべて、リリーはゆっくりと人差し指を地図に向け、地中海のあたりを指さした。心の中に、今まで本で読んだことしかない美しい風景がありありと浮かぶ。紺碧《こんぺき》の海。まばゆい太陽。ひと気のない美しい浜辺。熱気を帯びたそよ風にヤシの木がゆらいで……。

「ありがとう。でも、だめよ」リリーは悲しそうにため息をつきながら、やっと言葉を返した。

リリーが手渡した証書をヒースはさりげなくテーブルの上に置いた。そして、手を伸ばして
リリーのボンネットのひもをほどき、ヴェールごとボンネットを外した。

リリーは不審そうな視線を向けた。「ヒース……、何をしようとしているの？」

「きみの服を脱がそうとしているところだ」

リリーの体が凍りついた。「もうわたしと愛を交わすつもりはないって言ったわ」

気だるそうに微笑みながら、ヒースはまとめた髪を留めるピンを手早く抜いていく。「気が変わった」

リリーの体に小さな戦慄が走った。「でも、わたしを妊娠させる危険は冒したくないはずよ」

「そうだ」彼は上着の内ポケットから見覚えのある小袋を取り出した。ペグからもらったスポンジが入っている袋だ。

「昨日の晩とっておいた」ヒースが言った。

リリーの心臓がドキドキし始めた。「ということは、わたしを愛人にすることにしたの？」

「いいや、ちがう。だが、愛人と妻の両方になってくれるなら歓迎だ。好きなだけ情熱的で激しい女になればいい。同時に、まっとうな妻になってくれるなら」

「ヒース……」抗議の声をあげようとしたリリーの顔を彼は両手で包みこんでキスをした。ゆっくりとたゆたうようなキス。彼のやさしいしぐさにリリーは心を奪われた。

「世界地図の上できみを抱こうと思う、リリー。その意味はわかるね」

リリーは答えられなかった。突然、喉がからからに渇いた。

ヒースの指が髪をゆっくりと解き、心ゆくまでいじり回している。やがて、髪はリリーの肩の上にふんわりと広がった。

「ぼくらの結婚がどんなものになるのか、きみに教えようと思う」彼がつぶやいた。「どれほど快楽に満ちたものか、わかるだろう」

彼はそのままリリーの答えを待った。金色の瞳が何もかも知っているとでも言うように、思いやりと親密感に満ちた視線を投げかけている。リリーの胸にせつない心のうずきが広がった。ヒースが秘めた動機を心に抱いて自分をここまで連れてきたことはわかっていた。二度と彼と愛を交わしてはいけないこともわかっていた。ファニーの言うとおりだ。ふたりの親密な関係に終止符を打たなくてはいけない。恋に落ちるなどという愚かなことをしてしまわないうちに。日に日にヒースを拒むのが難しくなっている。船に乗せられて驚くべき贈り物を見せられた瞬間から危険はさらに増していた。

つのる欲望をこらえて、リリーは一歩退いた。「あなたにこんなことをさせるなんて賢明じゃないと思うの」

ヒースが一歩近づいた。「いつから分別に従って行動するようになった？　きみはぼくがほしいだろう、リリー。ぼくもきみがほしい」

それは確かに真実だった。ヒースの姿を見るだけで体が反応してしまう。すでに太ももの間が濡れていた。

そして彼にキスされた瞬間、リリーは息をするのも忘れた。両手を彼の胸板に突っぱねて意志の力を呼び戻そうとしたけれど、興奮した男のものに誘惑されて、頭の奥で鳴り響く理性の声はかき消された。

もう一度だけなら、愛を交わしてもいいのかもしれない。リリーは自分に言いきかせた。これで最後。終わったら二度としない……。

リリーの心の苦しみを感じとったかのように、ヒースがさらに強く抱きしめた。彼の唇がせつなげに求愛している。敗北のため息をかすかにもらすと、リリーはやるせなくキスを返した。

その反応にヒースは満足したらしい。けれど、しばらくして体を離し、何も言わずにリリーの服を脱がしはじめた。彼の指がホックをたくみに外してドレスを引きはがす。その手が下着に触れて脱がせていく。コルセットとシュミーズ。靴とストッキング。やがて、リリーは完全に裸になり、ヒースの視線にさらされた。

「いつも驚くばかりだ。なんて美しいんだろう、きみは」低くハスキーな声だ。

焼けつくような彼の視線を浴びて、リリーは顔が赤らんで熱くなるのを感じた。やっと服を脱ぎはじめたヒースを見て、リリーはうれしかった。

とうとう彼が裸になったとき、見事に鍛えられたスポーツマンらしい美しい肉体にリリーは見入った。硬くなった男性自身が股間から誇らしげに突き出ている。リリーは、太ももの間が痛いほど締めつけられるような気がした。

リリーが彼のみだらで美しい視線を受けとめた瞬間、ふたりの間に熱い欲望が燃え上がった。近づいてきたヒースがほんの数インチ手前で足を止めた。彼の目がかげったのにリリーは気づいた。心臓が乱れたリズムを打ち、喉のあたりがドクドクと脈打っている。こんなに近くにいると、彼の体の熱さが伝わってきそうだ。

彼は乳房の間のなめらかなくぼみを指先でなで下ろすと、手の甲で乳首をサッとかすめた。リリーはハッと息を吞んだ。なぜ、こんなにたやすく火花をかき立てられてしまうのだろう。

「乳首が硬くなっているね。感じてごらん」

感じないわけにはいかなかった。たちまち硬くなった乳首は、リリーが性的に興奮しているとあらわに告げていた。乳房が重くふくらんだような気がする。

けれど、リリーも彼にさわりたかった。だから、手を伸ばしてヒースの胸を愛撫した。熱くなめらかな肌。たくましい筋肉が波打つのがわかる。そのとき、ヒースがふたたび手を伸ばし、リリーを抱きよせた。リリーの乳房が彼の広い胸板に、お腹が彼の硬く平らな腹部にぴったりと押しあてられた。あたたかくヴェルヴェットのような手ざわりの男性自身を感じてリリーの体に激しい欲望が高まり、下腹部の奥が重苦しくうずいた。

ヒースが彼女の体を持ち上げて目の前のテーブルの上にのせたとき、リリーはふるえる息をつきながらも抗議の声をあげられず、されるがままにテーブルの上に背をあずけた。

体の下に地図がある。羊皮紙の感触が背中に冷たく荒々しく感じられる。だが、ヒースは熱く男性的な視線を浴びせかけ、リリーのむき出しの肉体をなめるように見つめている。

リリーは落ちつきなく唇をなめた。男のあからさまな視線に裸身をさらしているのだ。まるでみだらな女のように。彼の視線にこもった熱を感じて、心臓が激しい鼓動を刻んだ。そのとき、ヒースの声が聞こえた。

「きみの体を性的に興奮させるつもりだ、リリー。快感で狂わせよう。耐えられないほどに」

彼が両手を上げた。リリーの開いた脚の間に立って手を伸ばし、乳房を包みこむ。やわらかなふくらみをもみしだき、硬く突き出した乳首をじらすようにいじっている。

リリーはため息をもらした。えもいわれぬ快感がはじけ、脚の間の奥深いところを鋭く貫いた。彼の手が体じゅうをうごめき、手のひらが肌をかすめたとき、リリーは思わず体をのけぞらせた。もっとしてほしくてたまらない。触れられた場所が燃えるように熱い。

ヒースの唇に唇をふさがれた頃には、もう体じゅうがそわそわとしてほてっていた。彼の舌が口の奥まで忍び込み、あらゆる場所を探っている。

ヒースの味わいと匂いと感触でリリーの感覚はいっぱいになった。彼に触れているだけで体がふるえてくる……。エロティックなキス。あたたかくてたくましい手……。テーブルを突き刺さんばかりに体にめり込んでいる硬い男性自身……。激しく怒張した男のものが女らしくうずく温《ぬく》もりをじらしている。

リリーはどうしようもなくうめき声をあげた。せつないほど体の奥がきつく締めつけられる。頭に浮かぶのは、どんなふうにヒースのすばらしい男性自身で体を満たされるのだろうか、ということだけだ。

ふたたび官能的なふるえが体を貫いた。ヒースの唇が唇を離れ、喉のほうへ下りていく。乳房をひとつずつ手に握りしめ、片方の乳首に熱い舌をからめて感じやすい先端をなめては吸って歯を当てている。

リリーがむせび泣くような声をもらすと、ヒースが顔を上げた。「もっと乳首を吸ってほしいのかい？」

「ええ……吸って」リリーがあえぎ声で答えた。彼のなめらかな髪に差し入れた指に力がこもる。もう一度吸ってもらえるなら何でもするだろう。

ヒースの唇が戻ってきたとき、リリーは泣きたいほどうれしかった。彼はうずく乳首を唇ではさんで、熱く湿った口の中に包みこんだ。

吸われていくうちに激しい快感のふるえが体を貫いていく。彼の口の中は焼けつく炎のように熱い。一方、同じように大胆な誘惑に満ちたタッチで、彼の手がリリーの体を探検している。リリーの体は官能的な嵐に責めたてられ、小刻みにふるえた。熱い波がヴェルヴェットの輝きのように体じゅうに広がっていく。やがて、リリーはあまりの快感に、頭がぼんやりして体が溶けてしまうような気がした。

しばらくして彼の手がリリーの脚の間にすべり込み、女のふくらみを包みこんだ。官能的で所有欲にあふれたタッチで指がうごめき、やがて濡れたひだをとらえた。親指で快感の中心をかろやかに愛撫してから、彼は長い指をリリーの中に深く差し込んだ。なめらかに濡れて熱い肉が指を包みこんだ。

体の奥深いところに火を放たれたせいで、リリーの感覚という感覚が悦びの予感に打ちふるえている。

「ヒース……お願い……」

体の中で血がたぎり、ふるえが走っている。

「きみの望むとおりに」

両手で押さえつけてリリーの脚をぐいっと大きく開くと、ヒースはむき出しの太ももの内側をゆっくりとなで上げた。脚を開かせたまま、彼はかがみ込んでリリーの腹部に顔を向けた。彼の唇が下へ向かい、やがて唇は女の核心にたどり着いた。

初めて唇で触れられたとき、リリーはふたたびすすり泣くような声をあげた。

「そうだ、いとしいエンジェル、きみの声を聞かせておくれ」

荒々しくつぶやくような声でそう言うと、ヒースはすぐに黙りこんだ。リリーに愛撫するためだ。舌はなめらかな女の裂け目のへりをたどり、隠された小さなつぼみをとらえた。

リリーはあえぎ声をあげ、両手を彼の髪に差し込んで彼の顔を太ももの間へさらに引きよせた。今も彼の手のひらは豊かな乳房をもみつづけている。一方、熱い唇は脚の間のつぼみに魅惑的な魔法をかけている。焼けつくほど熱い舌がリリーをたどっていく。舌がしなるごとにリリーの体の中で快感がらせんを描いて突き抜け、すでに高まった悦びがいっそう激しくなった。つぼみを唇にとらえられ、吸い付くようなキスをされたとき、鋭い快感がリリーの全身をゆるがした。けれどヒースはやめようとせず、ゆっくりと味わうように、じらすようにキスをつづけている。まるで官能の美酒をむさぼるように。

リリーは快感の責め苦に歯をかみしめて耐えながらも、握りしめた手で彼の頭を押さえつけ、罪深い唇の愛撫がくり広げる圧倒的な攻撃に身をまかせていた。

やがて、舌がリリーの内側に忍び込んだ。ハッと息を呑んだ瞬間、気がつくと腰が浮いて背がのけぞり、唇の陵辱をせがんでいた。

それでも、唇だけでは物足りなかった。体と体を合わせ、奥深いところまで彼に満たしてほしかった。ヒースによってかき立てられた野性的な欲望を終わらせてほしい、とリリーは狂おしいほど願った。

手をふるわせながら、リリーは彼の髪を握りしめて彼の体を引き上げようとした。無言の訴えを感じて彼は顔を上げた。

「ヒース……。わたしを奪って、今すぐに」

かすかな微笑みを唇に浮かべながらヒースは小袋の中身を取り出し、ブランデーに浸したスポンジをリリーの中に挿入した。

リリーの喉からかすれたため息がもれる。ヒースがふたたび彼女の太ももの間に立ったのだ。両腕を彼女の両脇に突っ張っている。女の中心に押しあてた硬い男のものが、焼きごてを押しあてられたように熱い。リリーはこれからやって来る歓喜のことしか考えられなかった。こんな大きなものを突き入れられて中を満たされたら、どんな感じがするのだろう。硬く熱い男性自身がやわらかなひだを押し広げている……。

驚いたことに、ヒースはためらいを見せた。リリーの体の上でじっとしたまま、焼けつくような視線で彼女を見つめている。気だるそうな目の中で金色の瞳がかげり、本能的な力がみなぎっている。

奥深くまで見通すような視線でリリーの目を見つめながら、彼は男性自身を挿入しはじめた。すっかり屈服して濡れた肉の中へゆっくりとなめらかにすべり込んでいく。男のものの感触にリリーは息を呑んだ。なんて大きくて熱くて強いのだろう。いつしか体の奥が押し広げられていた。痛みはない。ただ大きな悦びの予感がするだけだ。

リリーはふるえる息をついた。脈打つ熱を帯びた男性自身に満たされている感覚は、言いようもなくすばらしかった。奥まで満たされてふたりがしっかりつながったとき、リリーは自分が完全にこの男のものになったという気がした。

リリーを見つめたままヒースは上体を傾けると、がっしりと硬い肉体で彼女を包みこんだ。両手で乳房をそっとつかみエロティックにもみしだきながら、彼はリリーの中で動きはじめた。引き抜いてさらに深く突き入れると、激しい快感が生まれ、ふたりはともに体をふるわせた。

ヒースの熱烈な反応を感じて、リリーの心が歓喜のあまり痛いほどうずく……。自分を求める彼の目をよぎった厳粛な表情がリリーの心を打つ。彼の欲望の深さにリリーの中の女らしい部分がゾクゾクするような興奮を覚えた。けれど、自分自身の強烈な欲望にリリーは巻きこまれていった。

たまらないほどせつない思いに急かされるように、リリーは彼に体をぶつけた。焼けつくような熱を感じて内側の筋肉が鋭く締まる。硬く怒張した彼のものに貫かれ、欲望の印を焼き付けられるたびに、リリーの息が乱れていく。

ヒースの腰が無意識の原始的な本能のままに動きはじめたとき、リリーのすすり泣くような声がうめき声に変わった。リリーの情熱を誉めたたえるヒースのささやきが聞こえる。その間にも、彼の動きはさらに激しくなり、彼自身を突き入れてはリリーの凶暴な欲望をかき立てていく。ヒースがほしくてほしくてたまらない。リリーは狂おしい思いにとりつかれた。

リリーが激しく頭をふりながらあげたやるせない叫び声が、静かな船室を満たした。

と、突然、あらゆるものを粉々に打ち壊すような爆発がリリーに襲いかかった。鋭い叫び声をあげてヒースのなめらかな肩に歯を食い込ませた瞬間、エクスタシーがリリーの体を大波のように満たした。

すぐにヒースもあとを追った。頭をのけぞらせ首の筋肉をひきつらせ、何度も体じゅうを緊張させたかと思うと、彼は最後にリリーの中へ激しく己を突き入れた。かすれたうめき声を喉からもらした瞬間、彼は頂点に達してすさまじい勢いで精を放った。

彼のどう猛ともいえる激しさを受け入れたリリーの体が何度も彼を締めつけていくうちに、燃えさかる炎がふたりに襲いかかった。

やがて訪れた余韻に包まれて、ヒースがリリーの上に崩れおちた。ふたりとも荒々しく息をついている。力なく抱き合うふたりの体からゆっくりと炎が消えていく。

ヒースがやっと顔を上げたとき、情熱の最後のかけらがリリーの中で熱くほてっていた。彼はリリーと同じように衝撃を受けているようだった。リリーの紅潮した顔とふっくらと濡れた唇を見つめる彼の目は、驚きとやさしさに満ちていた。

「痛かったかい？」かすれた声でヒースが尋ねた。

「ううん」息もたえだえにリリーが答えた。夢みるような微笑みを浮かべている。「全然痛くなかったわ」

「よかった」ヒースは一瞬リリーをぎゅっと抱きしめた。むき出しの乳房が彼の胸に押しあてられた。それから、彼はリリーの両脚を自分の腰に回したまま彼女の体を抱き上げると、ベッドまで運んでそっと横たわらせた。

リリーのあたたかくしなやかな体のかたわらに体を伸ばして抱きよせたとき、ヒースの心はせつないほどのやさしさに満ちあふれた。激しい頂点を迎えたせいで今も彼の息は荒く、ふたりの間に起きたことの衝撃で体のふるえが止まらない。

リリーのように現実を忘れさせる女は初めてだった。彼女の絶頂を中にいる彼自身が感じとった瞬間、彼は自分が粉々に砕け散ったような気がした。

リリーもまた、この激しい情熱を経験したはずだ。ヒースは確信していた。彼女は何物にも囚われない激しい欲望そのものだった。

リリーがもらす静かなため息を聞きながら、ヒースは彼女を抱きよせた。自分はずっとこうなることを望んできたのだ。彼女の濃い栗色の髪に指をからませながら、彼は思った。愛の行為のせいでぐったりとして肌をほてらせたリリーが彼に抱きつき、彼と同じようにドクドクと激しい鼓動を刻んでいる。

リリーの中に包みこまれたとき感じた信じられないほどの悦び。それを思うだけで、猛々《たけだけ》しいほどのうれしさがヒースの心にあふれた。これ以外ありえない実感。自分があれほど激しい反応を返すとは驚きだった。

初めての経験だ。たったひとりの女とともにいたいという圧倒的な欲求。リリーほどほしいと思った女はいなかった。

だが考えてみれば、初めて出会った瞬間からどこか調子を狂わされたという気がしていた。

今はどうなのだろう？　ヒースは考えた。リリーは彼にとって、これまで出会ったどんな女ともちがった意味を持っていた。彼の心が求めるすべて。彼の肉体が求めるすべて。それがリリーだった。

リリーに出会うまで誰も必要としてこなかった自分が不思議だった。だが、リリーがあたえてくれる完全に満たされた気持ちのおかげで、ヒースはこれまでの人生に欠けていたものが何か痛感せずにはいられなかった。

リリーのそばにいたい。人生をともにしたい。彼を満たすのはそんな思いだけではなかった。

リリーと同じように情熱的な人生を生きたい。ヒースは強く願っていた。

自分の中にあふれ出るさまざまな感情に気づいて、ヒースは静かな微笑みを浮かべた。所有欲とやさしさ。厳粛な気持ち。いつまでもリリーをいとおしんでいたいという欲求。愛……。

リリーを愛している。ヒースは気づいた。驚きとしかいいようのない発見だ。この気持ちはもう何日も前から心に忍び込んでいた。最初は挑戦でしかなかった関係だったのが、いつのまにかリリーに心を奪われていたのだ。

結婚を受け入れさせることは、もはや彼にとってゲームではなかった。

皮肉な現実が頭をもたげるにつれて、彼の唇から微笑みが消えた。もうリリーのことは妻としか考えられないというのに、彼女は猛烈な抵抗をつづけている最中だ。どうにかしてリリーに、ふたりの結婚は運命だと理解させなければ。

求愛の努力をさらに強化しなければならない。ヒースは決意した。何が何でもリリーに彼を愛させてみせる。

だが、今のところリリーは心を捧げてくれそうにもない。ヒースはよくわかっていた。それでも、ついさっきリリーの目を深くのぞき込んだとき、希望を感じさせるような気配がちらりとよぎったのを目にした。黒い瞳の中にひどく弱々しいものが一瞬見えた。だがすぐに、ふたりは情熱に襲われ、悦びの中に我を忘れてしまった。

ひとつ確かなことがある。腕の中のリリーをさらに強く抱きしめながら彼は誓った。

絶対に彼女を手放さない。

絶対に。

17

彼がゲームに勝ったことが怖いの。
これで、あと三カ月求愛されるわ。
そんなに長いこと拒めるわけがないというのに。
――リリーからファニーへ

予想どおり、その日の晩リリーがヒースからもらったばかりの贈り物のことをフレールとシャンテルに伝えると、彼のロマンティックな行為にふたりは喜んだばかりか深い感銘を受けた。船を贈る求婚者がいったいどれほどこの世にいるだろうか?

ふたりは喜んでクレイボーン侯爵にもう一点献上した。これで満点の十点になり、侯爵はみごとゲームの勝者になった。リリーの心は動揺した。あと三カ月ヒースに求愛されると思うとあわてずにはいられない。そんなに長い間彼を拒める自信がないのだ。

この二週間というもの、次から次へとくり出される彼の求愛に自分の弱さを痛切に感じずにはいられなかった。心の防御を固めようとどんなに強く決意しても、リリーは結局この戦いに負けるのではないかと恐れていた。

ヒースと恋に落ちたくなかったし、プロポーズを受けるような気持ちに陥りたくなかった。どうにかして、ゲームの勝者であるヒースに求婚者としても恋人としても夫としても望んでいないと説得しなければ。リリーは心を落ちつかせながら考えた。

その間も、何とか彼とは距離を置かなければならないだろう。ふたりきりになるなんて、もってのほかだ。そんな親密な状況になったらどうなるか、よくわかっていた。今日、船の上で起きたことがいい例だ。

それでも礼儀を守るためには、毎日一定の時間をヒースとともに過ごさなければならないだろう。まずは明日の夜、マーカスがロズリンとアーデン公爵のために開く晩餐会がある。

困ったリリーは夕食後すぐにバジルを待ち伏せし、明日の晩餐会にエスコートしてくれるよう頼み込んだ。

がっかりしたことに、バジルは〝頭でもおかしくなったのか〟とでも言いたげな顔を向けた。

「ぼくが改まった晩餐会みたいな場所に行くのが苦手だってことは知っているだろう。結婚祝いのパーティなんて最悪だよ」

「ええ、わかってるわ」リリーがうなずいた。「でも、わたし、クレイボーン侯爵とふたりきりになりたくないの」

「どうして？」

「だって、一生後悔するようなことをしてしまいそうだから。お願い、バジル、助けてちょうだい」リリーは頼み込んだ。「そんなに大変なことじゃないわ。わたしの横にずっと座っていればいいだけだから」

バジルは、子どもの頃リリーに危険な冒険へ引きずり込まれたときと同じような表情を浮かべていたが、しばらくしてやっと長くつらそうなため息をもらした。「いいだろう。でも、これでもうひとつ貸しだぜ、リリー」

「ええ、もちろん、何でもお好みの形でお返しするわ。あなたって、本物の紳士ね」

リリーはバジルの頬に感謝のキスをすると、顔を赤くした彼を尻目にその場を去り、客間の書き物机へ向かった。晩餐会に客を一人追加してもらうようマーカスへ手紙を書かなければ。それに、ヒースから距離を置く戦略を練らなければならない。

明日の夜になったら、ヒースの存在そのものを無視してよそよそしくふるまうのだ。彼と話をしなければならなくなったら、あたりさわりのない退屈な態度を貫こう。微笑みもしなければ、笑い声もあげない。いつものように彼の挑発を受けて楽しませたりなんか絶対にしない。

それでも、リリーはヒースに出会うのが怖かった。唯一の味方はバジルだけだ。愛と結婚に関する限り、姉たちは味方になってくれないだろう。ふたりとも愛に夢中なのだから。晩餐会のあと、リリーはそのままマーカスの屋敷に泊まるつもりだった。姉たちとひとときを過ごし、結婚式の当日である翌朝はアラベラといっしょにロズリンの着付けを手伝うことになっている。

月曜の午後、リリーは晩餐会と結婚式のためのドレスなど、あれこれ荷物をカバンに詰め込んでいた。準備が整い五時になると、マーカスの馬車が迎えに来た。

ロズリンとアラベラは先に屋敷に到着していた。三人で部屋に落ちついたあと姉妹らしい語らいになだれ込んだおかげで、リリーはヒースのことをあまり考えなくてすんだ。

それに、ロズリンの幸せに水を差すような言動をしたくなかった。幸せいっぱいのロズリンは、元から備えた繊細な美しさがひときわ光り輝いている。だから、リリーは自分のことを尋ねられると、求愛にまつわる問題を口にしたくなかったので言い逃れをしてごまかした。話題がクレイボーン侯爵に近づくたびに、さり気なく話の方向をそらした。

幸いなことに、早い時間にバジルが貸し馬車に乗って到着した。晩餐会のための着替えをすませていたリリーは、バジルを出迎え応接間へ案内した。晩餐会の前に全員ここに集まることになっている。今夜ずっとそばを離れないようバジルに念を押す時間はある。

アラベラとマーカスが現れ、ロズリンとアーデンも姿を現すと、リリーはふたりの男性に、家族の古い友人であるミスター・エドウズとしてバジルを紹介した。アラベラとロズリンがバジルを交えて、ともに過ごしたハンプシャーの子ども時代の思い出話に花を咲かせている間、リリーも時折、口をはさんだ。

そうこうしているうちに、レディ・フリーマントルが到着した。すぐさまリリーはバジルを連れて応接間の端に行き、ゲーンズボロの描いた肖像画を鑑賞した。ウィニフレッドの面倒くさいおせっかいを避けるためだ。それでも、ハンサムな侯爵の到着を待つ落ちつかない気持ちは抑えられなかった。

侯爵が応接間に足を踏み入れた瞬間、リリーは彼の気配を感じとっていた。肩幅の広いヒースの体が大きく見える。彼のかもし出す強烈な魅力に、リリーの女らしい感覚は惹きつけられていた。距離をはさんでふたりの視線がからみ合ったとき、彼が浮かべたかすかな微笑みは親密感にあふれ、リリーはまるで世界にふたりしかいないような錯覚を覚えた。

どうしても目をそらせないばかりか、近づいてくるヒースにうなずきだけのあいさつを返そうとするのも難しい。けれど、話しかけられたとき、リリーは何とかあいまいな言葉を口にするだけにとどめた。そして、すばやくバジルを連れて別の客のほうに関心を移した。

その後十分ほど、リリーは新郎に新婚旅行の計画について尋ねた。まずはケント州にあるアーデン城にしばらく滞在したあと彼とロズリンはパリへ向かい、その後母ヴィクトリア――元レディ・ローリング――に会うために、母が新しいフランス人の夫と暮らすブルターニュを訪れる予定だった。けれど話している最中も、リリーはヒースのことを意識せずにはいられない。彼の居場所がいちいち気になってしまうのだ。

そのとき、マーカスの妹レディ・エレノア・ピアースが年老いた叔母のレディ・ベルドンを伴って到着した。陽気な黒髪の美女であるエレノアはマーカスの頬に愛情のこもったキスをしてからヒースの姿を目にとめると、同じように愛情のこもったあいさつをした。

親密そうなふたりのしぐさを目にしたとき、リリーは鋭い嫉妬に貫かれた。そんなことはばかげていると頭ではわかっていたが、どうしても嫉妬を感じずにはいられなかった。とりわけ、レディ・エレノアがヒースを見上げて楽しげに笑い声をあげている姿は見たくなかった。

けれど、自分の計画を思い出したリリーはバジルに注意を戻し、彼の言葉に耳を傾けるふりをした。だから、ヒースをつれてやって来たレディ・エレノアがバジルをつれてその場を離れたとき、リリーは少々とまどった。絶対に会いたくなかった男とふたりきりになってしまった。

「食事の席にきみを連れて行くのを許してくれるかな？」それが、ヒースの最初の言葉だった。

「ありがとうございます、侯爵様」リリーはそっけなく言った。「でも、バジルがいますから。あなたとわたしの席は隣同士ではありませんので」

「どうやら座席表に細工をさせたようだね」

「ええ……まあ、そうです」

「ならば、明日の結婚式で隣に座らせてもらおう」

「明日はバジルの隣に座ると約束していますので」リリーはあわてて答えた。

ヒースが片方の眉をつり上げた。「両側に席があるだろう。ぼくはきみの右側に座る。彼は左に座ればいい。ぼくにはその権利があると思うが。フレールから、ぼくがゲームの勝者と決まったと知らせがあったよ」

「ええ、そうだったわね」リリーはがっくりした表情で答えた。

「ぼくらが人前でいっしょに姿を現せる最初の機会だ。それが結婚式だというのは、まさに神の計らいだな」

「わたしたち、いっしょに出席するわけじゃないわ」リリーが指摘した。「わたしは姉たちと同じ馬車で教会まで行きますから」

「いちばん上のお姉さんの結婚式でも、そうだったね。きみが到着したときのことはよく覚えている。きみの笑い声に惹きつけられたんだ」楽しい思い出だと言いたげにヒースが微笑んだ。

「ふうん。わたしは特にあなたと出会ったときのことを覚えていないわ」リリーは嘘をついた。

ヒースの目がユーモアをたたえてきらりと光った。「傷つくな、ダーリン。ぼくはそんなに目立たない男か？」

そんなわけないでしょう。リリーは心の中で思った。ヒースの目の中に躍るいたずらっぽい魅力を無視しようと懸命に努力しながら。

「馬小屋の二階で初めてキスしたときのことは忘れたと言わせないよ。その後のキスのことも」

「侯爵様！」リリーは叫びそうになる声を抑えつけてたしなめた。彼の言葉が周囲に聞かれていないかと見まわしている。

「また〝侯爵様〟に逆戻りかい？　どうしてぼくはそんなに嫌われてしまったんだろう？」

「あなただって反対はできないはずだわ」リリーが言い返した。「社交界の方たちとごいっしょするような場では〝侯爵様〟と呼ぶのがふさわしいっておわかりでしょう」

「ふたりきりのときは、ちゃんと名前で呼んでくれれば認めよう」

いらだちを覚えたリリーは目をそらし、バジルを探した。

「エドウズが助けに来てくれると思っているのかい?」ヒースがおもしろそうに尋ねた。「あいつはいったいどういう役回りだ? きみの庇護者か?」

「ある意味そうね」リリーが答えた。追いつめられてきたような気がする。

「あいつのことがとても好きなようだな」

「ええ、とても好きよ。よちよち歩きの頃からの友だちだから」

ヒースが手を伸ばしてリリーのあごに触れ、視線を自分のほうに向かせた。「きみはぼくのことも少しは好きになったと思うんだが、リリー」

否定したいと思っているのに、どうしても否定の言葉が口にできない。「不本意だけど」リリーはやっとヒースの目をまっすぐに見つめてつぶやいた。「でも、あなたのことが好きだからといって、結婚したいとか一生ともに過ごしたいと願うわけじゃないわ」

「ぼくのことが好きなんだね、かわいいひと《スウィーティング》?」やさしくじらすようにヒースが尋ねた。

リリーはきゅっと唇を結んだ。「口がすべっただけよ。あなたのことはお友だちだと思っているわ。それ以上じゃないの」

「ぼくらはただの友だち以上の関係だろう。ぼくはきみの中に入ったんだよ。お忘れかな？」

「もう、やめて！」リリーが腹立たしげに言った。

ありがたいことに、それ以上悩まされることはなかった。マーカスの執事ホッブスが現れて、食事の準備が整ったと告げたからだ。

さらにありがたいことに、その晩ヒースはそれ以上リリーに近づこうとしなかった。その代わり、彼はほとんどの時間をレディ・エレノアと過ごしていた。予想外の変化のせいで、不思議なことにリリーは落ちつかない気分になっていた。

その晩、ふたりの笑い合う姿が脳裏から離れず、リリーは何度も寝返りを打った。いきいきとして愛らしいレディ・エレノアといっしょにいるヒースのことを考えずにいられないのだ。

翌朝リリーは遅く目覚めた。疲れて目がショボショボしていたけれど、できるだけ元気を装ってアラベラとともにロズリンの寝室へ行き、入浴と着替えを手伝った。いつのまにかロズリンの元気さが伝染したおかげで気分が楽になっていた。それでも、また姉を失うかと思うと悲しみを感じずにはいられなかったが。

やがてロズリンが憂鬱そうなリリーの様子に気づき、声をかけた。「リリー、わたしにドリューと結婚してほしくないって思っているのはわかっているのよ。でも、わたし、あの人のことをとても愛しているの。こんなに人を愛せるようになるなんて想像したこともなかったわ」

「あなたの気持ちは聞かなくてもわかるわ」アラベラがあたたかな微笑みを浮かべてロズリン

を見つめた。

「あなたが彼を見る様子を見ればね。それに、彼もあなたのことをいとおしそうにずっと見つめているんですもの。あの一筋縄ではいかない皮肉屋のアーデン公爵が人前であんなに愛情をあらわにするなんて、正直に言って驚くべきことよ」

「あなたが幸せなら、公爵との結婚を反対するつもりはないわ、ローズ」リリーが言った。姉に対する愛情があふれて涙がこみ上げそうだ。

「わたしは幸せよ、心から。あなたにも同じ幸せにめぐり会ってほしいと願っているの、リリー。ドリューと同じようにすばらしい男性と」

ヒースみたいにすばらしい男性――気がつくと、リリーは心の中でつぶやいていた。やさしくて心が広くて親切でたくましい男性……。

一瞬リリーは、ヒースの花嫁になりたいと願っている自分を想像した。そんな愚かなことを考えるなんて、絶対に心が不安になっているせいだわ。もっとしっかりしなくては。

ばかげた想像をむりやり頭から追いはらうと、リリーは笑い声をあげてみせた。「あなたの幸福観とわたしの幸福観はすごくちがうのよ、ローズ。わたしは妻としては幸せになれないでしょうね。でも、あなたたちがパリとブルターニュへ旅行に行くことについてはすごくうらやましいわ。お母様のところに連れて行ってくれるなんて、アーデンは親切ね」

「そうなのよ。でも、お母様とはあれだけ長い間誤解がつづいていたから、今回の旅がどれだけわたしにとって意味のあるものかドリューはわかってくれているの」ロズリンが首をふった。「わたしたちとお母様は、ドリューと彼のお母様よりいい関係にあるのよ。正直に言って、結婚式のあとも公爵夫人がロンドンにいてくれるのはうれしいわ」

リリーには姉の気持ちが理解できた。アーデン公爵夫人の冷たく傲慢な態度については、すでに聞いていたからだ。「昨夜アーデンから聞いたのだけど、あなたたち、新婚旅行の一週目はアーデン城で過ごすんですってね」

「そうなの。ドリューがしばらくふたりきりで過ごしたいって言うから。お母様に最後通牒《つうちょう》を突きつけたのよ。お母様は、わたしたちが城にいる間は姿を見せないって約束してくれたわ」

アラベラがうなずいた。「これで、結婚後は公爵夫人といっしょに過ごす苦労はないわね」

「ありがたいことにそうなの」ロズリンが言った。「わたしたち、一年の大半はロンドンで過ごすことになると思うわ。ドリューが議会や政府の仕事でいろいろ忙しいから」

「ところで」アラベラがふいに話を切った。「そろそろおしゃべりはやめにして、あなたにドレスを着てもらわないとね。このままじゃ遅刻よ。祭壇の前で新郎を待たせておくわけにはいかないでしょう。リリー、ナンを呼んでロズリンの髪の支度をさせてくれる？　昔みたいにわたしたちだけでもできるけど、社交界の方たちがたくさん出席しているはずだから、公爵の花嫁にふさわしいすてきな髪型に仕上げなくちゃね」

ハノーヴァー・スクエアにあるセント・ジョージ教会には、確かに社交界の人間がかなり出席していた。到着したとたん、リリーは気づいた。客のほとんどは、かの有名なアーデン公爵が自ら喜んで結婚という足かせに縛りつけられるのを見て驚かずにはいられなかった。しかも、そのお相手はスキャンダルにまみれた一族の娘ミス・ロズリン・ローリングなのだから。

　壮麗なバロック様式の建築である教会は、上流階級の人間が集う結婚式にふさわしい豪華な雰囲気にあふれている。淡い金髪を輝かせ優雅さをたたえた美しいロズリンは、この世で最高に愛らしい花嫁そのものだ。そして、やはり金色の髪に驚くほどハンサムな容貌に恵まれたアーデンも、お似合いの花婿といえた。実際、ふたりの結婚はまさにおとぎ話の結末のようだ。

　式の間じゅう、リリーは落ちつかない心を静めようと努力していた。横に座っているヒースのことが気にかかる。こんなに近くにいるふたりの姿は、社交界の人びとの目にどう映っているのだろう。ローリング家の三回目の結婚式ももうすぐだと噂されているのではないだろうか。

　なるべくヒースに話しかけなかったのは、彼のやる気を削《そ》ぐためだけではなく、涙がこみ上げそうだったからだ。やっと式が終わって花嫁と花婿に最後の別れを告げたとき、リリーの目にいっそう涙がこみ上げそうになった。

　押しだまったまま、リリーは他の客たちとともに教会を出て、大きなコリント式の柱の並ぶ玄関にたたずんでいた。新婚夫婦の馬車を見送ろうというのだ。馬車は白いバラとサテンのリボンで飾り立てられ、頭に羽根飾りをつけた白馬六頭に引かれている。

リリーのかたわらにヒースが立ち、馬車の出発を見守っていた。バジルはいつのまにか群衆の中に姿を消していたが、リリーは今初めてそのことに気づいた。ファニーは自分の馬車を待つ間アラベラとおしゃべりしている。

ヒースを見上げて、リリーは心の痛みをぐっと呑みこんだ。「ところで」リリーがつぶやいた。涙をこらえているせいで声がかすれている。「今日あなたといっしょに過ごす義務はこれで果たしたわ、侯爵様」

ヒースはしばらくの間リリーをじっと見つめていた。が、驚いたことに、彼は突然リリーの肘をつかみ教会の中に導いた。当惑したままリリーは彼のあとについて、入り組んだ廊下をのろのろと歩いていった。しばらくしてひと気のない部屋に着いた。聖務室らしい。中にはいるとヒースが扉を閉め、リリーの前に立った。

「これがぼくたちの問題だろう、リリー？　きみはぼくのことを義務としか見ていない」

リリーは落ちつかない気持ちでヒースを見つめていた。ここに連れてきた目的は何だろう。

「そうおっしゃるなら……。ええ。わたしはあなたの正式な求愛に耐える義務があるんです。あなたがゲームに勝ったからだわ。でも、わたしは約束を守ります」

「だが、きみは煮えたぎった油で溺れたほうがましだと思っているね」

「そうね、正直に言えば――」

ヒースの唇が皮肉っぽくゆがんだ。「そうでないときがあったのかい？」

「ほんとうのことを言いましょうか、ヒース」リリーは絶望的な気持ちを声に出さないように努めた。「わたしに求愛するのは最初から意味のないことだったわ。わたしは絶対にあなたと結婚しないから。あなただって、ほんとうに私と結婚したいとは思えないわ」

「きみは大きなまちがいを犯している、リリー」彼の探るような瞳は強い光を帯び、心を乱すほど鋭かった。「ぼくはこれまでにないほどきみと結婚したいと思っている……なぜなら、きみを愛しているからだ」

リリーは鋭く息を呑んだ。まさか、ほんとうのはずがない。絶対に聞きまちがいだ。「本気で言っているんじゃないでしょう」

「もちろん本気だ。きみを愛しているんだ、リリー。それも、かなり激しく」

絶望的な気持ちがパニックに変わった。こんなやさしい言葉をヒースに告げられて、どうして心を守ることができるだろう？

「わたしのことなんか愛しているわけがないわ、ヒース！　ありえない。知り合ってほんの二週間じゃないの」

「最初に出会ったのはもっと前だ。その頃からぼくにとってきみはとても特別な人だった。ぼくの理想の結婚相手になるんじゃないかと思っていたのだよ」

「でも、愛してるですって？」リリーは必死に首をふった。ヒースがほんとうに自分を愛しているなんて信じられない。受け入れるわけにはいかなかった。「絶対に信じられないわ」

ヒースの輝く目がリリーの目をとらえた。彼の視線はゆらぐことがない。「どうしてぼくがきみと恋に落ちたのか知りたくないか、スウィートハート？　それは、きみがいきいきとして情熱的で生命力にあふれているからだよ。きみといると、生きているという気がしてくる。喜びと生命力が体じゅうにあふれてくるんだ。きみがいっしょなら、新鮮で冒険に満ちた毎日が過ごせるという気がしてならない。だから、ぼくはきみを愛している」

ヒースはふっと笑った。「これまでの人生はきみを探すためにあったような気がするんだ、リリー。自分でも気づかなかったことだがね。きみに出会った瞬間、ぼくにはきみを愛するより他の選択肢はなかった」

彼の告白を耳にして、リリーはどうしようもなくうろたえていた。ヒースの魅力的な言葉など聞きたくなかった。なんと誘惑に満ちて危険な言葉だろう。聞いているうちにリリーの心が防御を解いてしまいそうになる。

すぐに論理的な話に戻さなければ。リリーは必死に頭を働かせた。

「わたしを妻にしたいのは跡継ぎがほしいからでしょう」リリーは言い張った。

「いいや、ちがう、リリー。以前は便宜結婚でも満足できると思っていた。なにしろぼくらはいろんな面で相性がいいからね。だが、ぼくがまちがっていた。幸せなことに、きみとほんとうの結婚がしたくなったんだよ。きみと家族をつくりたい。子どもがほしいんだ。ふたりの未来がほしい。だが、ぼくがいちばん望んでいるのはきみの愛だ。いますぐとは言わない。いずれ時が来ればそうなるだろう。だが今のところ、チャンスさえくれれば、ぼくは満足だ」

リリーに近づくと、ヒースは手の甲で彼女の頰をやさしくなでた。「きみはぼくの心の空白を埋めてくれるんだよ、リリー。そんなものがあるとは今まで気づかなかった。ぼくも、きみの心の空白を埋めてあげられると信じている。ぼくはきみにとっていい夫になるつもりだ」

親指で頰をさすられながら、リリーはどうしようもなくヒースの目に視線を囚われていた。リリーは反論したかった。あのひどくせつない気持ちがまたうずきはじめた。心の痛みに通じるしかないあの気持ちが……。

リリーはむりやりやさしい気持ちを心の外へ押しやると、唐突に身を引いた。ヒースはため息をついて手を下ろした。「きみは自分で同じ結論に至らなければならない、リリー。ぼくとの結婚はきみ自身が決めることだ。きみが自分から結婚を望み、生涯をぼくと過ごしたいと望み、それより他に選択肢はないと自ら思わなくてはだめなんだ。それが今のぼくの気持ちだ、リリー。ぼくは、きみなしの人生など想像もできない」

「わたしは、あなたとの人生なんて想像もつかないわ、ヒース」リリーは必死の思いで口にした。「結婚するつもりはないという、わたしの気持ちは知っているでしょう」

「きみは傷つくことを恐れているんだ」ヒースの視線が深く探るようにリリーの目を貫いた。「きみを決して傷つけないと保証することはできない。ぼくが誓えるのは、絶対にきみを裏切ったり見捨てたりしないということだけだ。だが、きみはぼくという人間を丸ごと信じなければばならない。むりやりぼくのこともぼくの愛情もきみに信じさせることはできない」

　拳を握りしめながらリリーは数歩後ろに退いた。「あなたがほんとうにわたしを愛しているなんて信じられないの」リリーは強い口調でくり返した。「あなたみたいな貴族の男性は恋に落ちたりなんかしないわ」

　かすかにおもしろがっているような表情が彼の唇に浮かんだ。「同じことをマーカスとドリューに言ってやればいい」

　議論で勝てそうもないと悟ったリリーは、さらに絶望的な言葉にすがった。「たとえあなたがわたしを愛していると妄想しているとしても、一生貞節を誓ったりはできないでしょう。父は悲惨なほど不実な夫だったわ。あなただって、父みたいになるかもしれないじゃない。わたしひとりのために、あなたがたくさんの愛人をあきらめてくれるって信じられないのよ」

　ヒースの真剣で澄みきった視線が突然、リリーを強くとらえた。あふれる感情を抑えているのがわかる。口を開いたとき、彼の声はどこか荒々しかった。「ぼくの貞節を問題にすると言うなら、きみはもっと自分の能力に自信を持つべきだ。ベッドできみほど激しい情熱を見せる女を相手にしたら、男は浮気をしないものだよ。貞節はぼくが約束できることのひとつだ」

　リリーはふたたび首をふった。「あなたがどれだけ約束してくれても、それはどうでもいいの、ヒース。わたし、危険を冒すことはできないわ」

　いらだちのあまりヒースは片手で髪をかきむしった。「きみの大切な自立とやらは、年をとってしまえばたいした慰めにはならないだろう。きみは独身で一生過ごせない女だ」

リリーはかたくなに胸を張った。「あなたの愛人にならなるわ。でも、あなたったらすぐに断ったじゃないの」

「肉体的な快楽だけじゃ満足できないからだよ。きみだってそうだ。ぼくは確信している。それについては、きみに証明できると思う」

リリーの視線がゆらいだ。「どういう意味？」

ふたりの間の距離を詰めると、ヒースはリリーの左の乳房を手で包みこんだ。触れられたことで生まれた紛れもない快感にリリーは身じろぎした。乳首が硬く突き出た瞬間、リリーは体をふるわせて身を引いて怯えたように顔をそむけ、矢も楯《たて》もたまらず扉のほうへ向かった。

ドアノブをつかんだリリーの背後にヒースが無言で近づき、彼女の体を引きよせた。服ごしに彼の太もものあたたかさが脚の裏に伝わってくる。

ヒースの声が荒々しいつぶやきに変わった。「証明して見せようか、リリー？」

「いやよ……」

「証明したほうがいいだろう」彼はぴたりと体を寄せ、リリーの体の奥深いところを熱くうずかせた。「今ここできみを奪うこともできる。わかるだろう……。後ろからするんだ。そうすれば、きみの顔を見る必要もない」

スカートをめくられたとき、リリーの体はこわばった。突然、むき出しの太ももとあらわにされた尻がひんやりとした空気にさらされたのだ。ヒースがこんな恥ずかしいことをするとは信じられない。教会の中で愛を交わすなんて、とんでもないことだ。

ヒースの不道徳な行為にリリーは衝撃を受けた。けれど、彼の冷たさのほうがさらに衝撃だった。だが、リリーには体を引き離すことができず、ヒースにされるがままになっていた。彼の両手がそっと尻の丸みをなでていく。やがて膝を入れられてリリーは脚を開いた。

太ももの内側をたどる彼の指がなめらかなひだをかすめたとき、リリーは息を呑んだ。長くたくましい指に愛撫され、リリーの体の奥がキュッとうずいた。小さなつぼみをいじられたとき、リリーは歯をかみしめ、彼がほしいという欲望に抗った。どんなに彼がほしくても、こんな恥ずかしいことをしてはいけない。

ヒースはゆっくりとリリーの中に指を差し入れ、彼女の膝を押さえつけた。リリーは押しかえそうとしたが押しかえしきれず、うめき声を上げまいと唇をかみしめた。手は、まるで命がそこにかかっているかのようにドアノブを握りしめている。

確かに彼の言うとおりだ。リリーは心の片隅で気づいていた。肉体的な快楽だけではじゅうぶんではない。今、彼の手は冷たく情熱に欠け、計算ずくのものだ。リリーが望むやさしい恋人の手ではない。

ふたたび話しはじめたヒースの声は、やはりよそよそしいものだった。「こんなやり方できみを奪うつもりはない。わかるかい、エンジェル……。ぼくが望んでいるのが名前も顔もないただのセックスなら、どんな女だろうとかまわないのだから」

リリーの中から指を引き抜くと、ヒースは彼女のスカートを下ろした。失望と恥ずかしさでリリーがふるえているというのに、彼はまだこれで終わりにするつもりはないらしい。

彼は体を押しつけたまま、唇でリリーの耳に触れた。「ぼくはきみに悦びの叫び声をあげさせることもできる、リリー。だが、それは結局体だけの問題だ。ぼくはきみの心がほしい。魂がほしいんだ」

胸の奥に鋭い痛みにも似たうずきがつのり、目の奥に愚かな涙がこみ上げる。リリーは固く唇をかみしめた。泣いたりしたくなかった。けれど、ヒースは低く厳しい声で話をつづけた。

「ぼくがほしいのはきみだ、リリー」彼がくり返した。「他に愛人などいらない。他の女なんかいらない。他の妻もほしくない。だが、ぼくはきみの意思を尊重する。もうきみを追いかけるのはやめるし、きみがつくった心の壁に頭を打ちつけることもしない。きみが結婚すると決心しない限り、ぼくはきみから離れているつもりだ」

彼は両手を伸ばし、リリーの肩をそっとつかんで脇へのかせると扉を開き、廊下へ出て行った。肩ごしにふり返った彼の目は、夜のように暗く炎のように燃えあがっていた。

「ぼくらの間にあるのは、特別で非常にまれなものだ、リリー。それを捨て去るのは愚か者だけだ。きみは決して愚か者ではないと思っていたが、ぼくがまちがっていたのかもしれない」

そして、彼は去っていった。じっと後ろ姿を見つめるリリーをひとり残して。リリーの心はこれ以上ないほどに乱れていた。呆然としてうろたえ、みじめな気分だった。とんでもなくばかげている。ヒースに彼女を傷つけるような力があるはずがない。けれど、彼は去っていた。

自分の弱さに気づいて必死に涙をかみしめていた。目の奥に熱い涙がこみ上げそうだ。そもそも泣く理由などなかった。元々自分が望んでいたとおりになっただけだ！　ヒースが完全に去っていったのだから。

プロポーズを断ったのは正しい選択だった。あの怪しげな愛の告白を拒んだのも正しいことだった。胸の奥に突き刺さる鋭い痛みを否定することはできないけれど、彼を愛するようになったら、もっとひどい痛みに襲われただろう。

やっと最後の涙をぬぐうと、リリーはふるえる息をつきながらバジルを探しに行った。

「いったいどこにいたんだよ？」玄関に出てきたリリーを見て、バジルが問いつめた。「そばにいてって言ってたくせに――」

「気にしないで。お願い、下宿屋に帰りたいの」

バジルの目がけわしくなった。「どうしたんだ、リリー？　きみ、泣いていたの？」

「ええ、姉がいなくなっちゃうのが悲しくて。でも、何でもないの。何もかもうまくいってる」

下宿屋まで戻る帰り道、リリーは自分にそう言いきかせていた。そんなことは一瞬たりとも信じられないというのに。

けれど、屋敷に足を踏み入れるやいなや、リリーは不安に襲われた。何かが変だ。動揺した表情でエレンが駆けよってくる。明らかに女中はリリーの帰りを待っていたようだ。

「ああ、ミス・ローリング。ミス・ドリーがすぐにお会いになりたいそうです！」

「どうしたの、エレン？」リリーが尋ねた。悪い予感がする。

「はっきりとはわからないんですが、でもミス・アーウィンに関わることのようです」

「ミス・ドリーはどこ？」

「二階の居間にいらっしゃいます」

「すぐに行くわ」そう言ってリリーはすぐさま階段に向かった。

あわてて階段を登っていく。すぐ後ろからバジルが追ってくる。居間に着いてみると、シャンテルが心配そうに手をもみ、フレールがイライラと歩きまわっていた。もう一人とり乱した女性がソファに座っている。顔が涙でぐしゃぐしゃだ。

ファニーの着付係のジョーン・テイトだ。部屋に入った瞬間、リリーは気づいた。

「ああ、よかった、リリー！」シャンテルが叫び声をあげ、フレールがパッと顔を上げた。

「クレイボーン侯爵はどこ？」フレールが必死な声で尋ねた。「あの方が今すぐ必要なの！」

「どうして？」リリーはとまどって尋ねた。「何が起きたの？」

「あの卑劣なオロークにファニーが捕まったの。クレイボーンに助けてもらわなければ！」

18

貴族の男性にしては、クレイボーン侯爵は抜群に勇敢で大胆な人だわ。

英雄って言ってもいいぐらい。

――リリーからファニーへ

「ファニーが捕まったですって？」リリーがくり返した。恐ろしさで胃のあたりが鋭く締めつけられたような気がする。

「ええ」シャンテルがかすれた声で答えた。「あの悪魔がファニーを誘拐したのよ。この真っ昼間に。テイトが一部始終を目撃していたの」

高まる不安を抑えつけながら、リリーはファニーの着付係のほうに顔を向けた。「何が起きたのか全部教えてちょうだい。ミス・アーウィンが誘拐されるところを見たの？」

涙をすすり上げながらジョーン・テイトが力強くうなずいた。「はい。少し前にミス・アーウィンが結婚式からお戻りになったんですが、ミスター・オロークの馬車が屋敷の前の通りで待っていたんですよ。馬車の窓が開いたとき、わたし、二階の窓から見ていたんです。そうしたら、大男の従僕が二人飛び出してきて。ミス・アーウィンを馬車の中に押し込んだと思ったら、すぐに馬車は走り去っていきました」

「ミス・アーウィンは自分から乗り込んだわけではないのね？」リリーが尋ねた。確かめておかなければならないことだ。

「ちがいます、ミス・ローリング。あの方が助けを求める叫び声を聞きましたから」

バジルがこみ上げる怒りに拳を握りしめた。「あのろくでなし野郎め。もしもファニーを傷つけたりしたら、絶対に殺してやる」

リリーも同感だった。今この瞬間にもミック・オロークがファニーをどんな目に遭わせているのかと思うと、恐怖と怒りがこみ上げてくる。「どのぐらい前のこと、テイト？」

「二十分ぐらい前です。わたし、すぐここに来ましたから――他に行く場所を思いつかなくて」

ふたたび泣き始めた着付係の肩をシャンテルが慰めるようにそっとたたいた。「あなたは正しいことをしたのよ。クレイボーン侯爵がきっと助けてくださるわ」

「ぼくはクレイボーンを待つつもりはない」きっぱり言うと、バジルはくるりときびすを返して扉に向かった。

「バジル、待って！」リリーが叫んだ。「準備もなしに出かけるわけにはいかないわ。計画を立てないと」

「ぼくがオロークを見つけてやつの腹をかっ切ってやるさ」

リリーは首をふりながら必死で考えた。「みんなの言うとおりよ。クレイボーン侯爵なら助けてくれるわ」けれど、ほんの一時間前あんなに冷たい別れ方をしたばかりなのに、彼が喜んで助けてくれるかどうか自信はなかった。それでも、自分やバジルよりヒースのほうがオロークにうまく対処できることはわかっていた。

バジルの意見は明らかにちがうようだ。「きみは侯爵を連れてくればいい、リリー。ぼくはオロークの賭博場まで乗りつけてファニーを探す」

「オロークは、賭博場にファニーを連れて行くほどばかじゃないと思うわ。ファニーの友だちなら、最初にあそこを探しに来るとわかっているでしょうからね」

「でも、手始めにあそこへ行くのがいちばんだろう」バジルが言い張った。「きみはクレイボーンを探しに行ってくれ。それから、あとで賭博場で落ち合おう。とにかくぼくはファニーをあの悪魔の手から救い出すつもりだ」バジルはうなるようにそう言って、大またで出て行った。

バジルは馬屋に行き、自分の馬に乗って行くのだろう。リリーは考えた。となると、やはりわたしがヒースを探さなければならない――。

「あなたの馬車を使わせて」リリーがすばやくフレールに言った。

テイトが顔を上げた。「貸し馬車を通りに待たせてありますよ。そのほうが早いでしょう」

「ありがとう。そうするわ」リリーは、すばやくバジルのあとを追った。

まずヒースの屋敷に行ってみよう。階段を駆けおりながらリリーは考えた。屋敷にいなかったら、紳士向けのクラブを当たってみることにしよう。あるいは、マーカスの屋敷でまだ結婚式のお祝いをしているところかもしれない。

しばらくしてベッドフォード・スクエアにあるヒースの屋敷に着いてみると、そこは優雅で堂々とした建物だった。クレイボーンの執事はさらに威厳をたたえた人物で、名前を告げて侯爵に面会を申し出たリリーに対して高飛車な態度で接した。

独身男性の屋敷を若い女性が訪問するのは、かなりはしたないことだ。リリーにはよくわかっていた。特に今のリリーはヴェールで顔を隠してもいないのだから。けれど、リリーの声に必死な気配が漂っていたせいか、あるいは、リリーの名前を知っていたせいなのか、執事はすぐにリリーを中に通して居間に案内すると、クレイボーン侯爵を探しに行った。

ほどなくしてヒースが姿を現した。リリーは心からホッとした。

「ああ、よかった」リリーはつぶやいた。ふたたび彼に会えたことがどうしようもなくうれしかった。上着を脱ぎクラヴァットを外しているが、まだ結婚式の装いのままだ。

最初のうち彼の表情は不審そうだったけれど、オロークによるファニー誘拐の件をリリーが手早く説明すると顔色が変わった。

「あいつ、警告しておいたというのに……」ヒースは凄みのきいた声でつぶやき、あごの筋肉をピクッとひきつらせた。

「バジルがオロークの賭博場に行ったわ。ファニーの居場所を探すつもりなの。でも、無駄足かもしれない。お願い、ヒース、ファニーを見つけるのを助けてもらえないかしら？」

彼はじれったそうな顔をした。「そんなことを頼む必要などない」そして、突然背を向け、大またで部屋を出て行こうとした。

「どこへ行くの？」リリーがあわててあとを追った。

「武器をとってくる」

「外に貸し馬車を待たせてあるの」

「いいだろう。馬車の準備をする手間が省ける。馬車の中で待っていてくれ、リリー」

ためらいすら見せなかったヒースに感謝の気持ちを感じながら、リリーは彼の指示に従って馬車に戻った。しばらくしてヒースが姿を現した。上着を着ているがクラヴァットは外したままだ。いくつか箱を抱えている。二つの小さな箱は拳銃だろうと、リリーは当たりをつけた。一つの細長い箱は、フェンシングのレッスンですでになじみのものだった。

ヒースの後ろから屈強な従僕が二人やって来て、馬車の後方に乗り込んだ。

「援軍だ」ヒースは無愛想にそう言って馬車の中に入ってきた。

彼が小さな箱を開けると、確かに揃いの拳銃二組が収められていたが、細長い箱には剣が数本入っていた。フェンシングのレッスンで使った練習用の剣に比べるとかなり鋭い。

ボンド・ストリートへの道すがら、ヒースは注意深く銃に火薬を詰めて弾をこめた。怒りであごをこわばらせたまま、ほとんど何も言おうとしない。

リリーは邪魔をしないように気づかっていた。ファニーのことが心配で頭がいっぱいだったから、ヒースのよそよそしさに悩む暇はなかった。

やがて馬車が速度をゆるめ、大きなレンガ造りの建物の前で停まった。オロークの賭博場だろう。リリーは気持ちを奮い立たせてこう言った。「わたし、あなたといっしょに行きたいの」

ヒースはしばらくためらっていたが、やがて暗い顔でうなずいた。「いいだろう。だが、ぼくが先頭に立つ」

だが、ふたりが馬車から降りようとしたとき、正面玄関のあたりから叫び声がした。リリーは心臓が跳び上がりそうになった。バジルが賭博場から乱暴に放り出されたのだ。低い石段を転がるように落ちたかと思うと、彼はドスンと音をたてて歩道に倒れた。扉がたたきつけるような音をたてて閉まった。

リリーは驚きに息を呑み、バジルの元に駆けよった。だが、助け起こす必要はなかった。バジルはすばやく立ち上がると、激しい怒りに拳を握りしめ玄関扉をにらみつけた。片方の目に打撲傷を受け、鼻血を流し、顔が青ざめている。

今にも賭博場に駆けもどろうとするバジルの肩をヒースが静かに押しとどめた。「待つんだ、エドウズ。拳よりは拳銃のほうがはるかに効果的だ」

ヒースの手に握られた拳銃を目にして、バジルの肩から力が抜けた。「ファニーはあそこにはいない。オロークもいない。あいつの用心棒どもがファニーの居場所を言おうとしないんだ」

「ぼくになら教えるだろう」そう言いながらヒースは扉に向かった。

リリーはすぐあとをついていった。殴られたバジルを見たおかげで心の中に怒りがめらめらと燃え上がり、すぐにでもオロークと手下どもを絞め殺してやりたくなった。

ヒースがノックした瞬間、扉が開いた。大柄で頑丈そうな男がしかめ面をして、脅しつけるように拳をふり上げた。バジルが戻ってきたと思ったようだ。けれど、胸に突きつけられた拳銃を見て、男は驚きのあまり目をまん丸にした。

リリーをちらりと見たヒースは、上着のポケットからハンカチを取り出して手渡した。「ミスター・エドウズを馬車に乗せてくれ。こちらは、あまり長くはかからないだろう」

そして、殺気のこもった微笑みをドアマンに向けてからヒースは拳銃をふりかざした。おどおどと後ずさった男の脇からヒースは中に足を踏み入れ、静かに扉を閉めた。

復讐のチャンスを奪われたバジルは、すぐさま怒りにまかせてブツブツと文句を言ったが、リリーも同じような気分だった。もっとも、バジルが賭博場に戻って傷だらけの顔にいっそう打撃を受けるのは、もっといやだった。

この件はヒースにまかせるのがいちばんだ。そう自分に言いきかせながら、リリーはバジルとともに馬車へ乗り込んだ。それでも、ヒースのことが心配だった。危険な目に遭っていると考えるのもいやだった。たとえ武装しているとはいえ、彼が乱暴者たちの中にひとり乗り込んでいると思うとたまらない。

ほんの五分ほどだったのに、待っている時間がまるで永遠につづきそうなほど長く感じられた。リリーはバジルの鼻血にハンカチをあてがいながら、馬車の窓の外を眺めていた。そして、黙ってやきもきしたかと思えば、「クレイボーン侯爵はきっとファニーの居場所を聞き出すわ」とバジルを元気づけるのとを交互にくり返していた。

やがて、リリーの心配は報われた。ヒースが姿を現したのだ。傷ひとつ負っていない。御者に行き先を告げると、彼は馬車に乗り込み、リリーとバジルの向かいに腰をかけた。

「オロークの手下にやつがいそうな場所を白状させた」ヒースが説明する。馬車はどんどん速度を増している。「どうやら、やつは最近メリルボーンに家を建てたらしい。昨日は何人か召使いをそこへ送り込んで、家に住めるよう準備させたそうだ。しかも、やつは数日留守にするつもりらしい」

メリルボーンはロンドンの北に位置する地域だとリリーは知っていた。ヒースの屋敷からもそう遠くはない。

「ということは、ファニーはそこに閉じこめられている可能性があるのね？」リリーが尋ねた。

「論理的にはそういうことになるだろう」

「どうやって助けるんです？」バジルが勢い込んだ。

ヒースはバジルのほうに顔を向けた。「ぼくにまかせてもらえないだろうか」

バジルのあごに力がこもった。「それはできません、侯爵様。自分が何も手を貸せない間にファニーに何かあったら、ぼくは決して自分が許せないでしょう」低く荒々しい声で彼はささやいた。「あのろくでなしがファニーに暴力をふるっているかと思うとたまらないんです」

「そんなことをすれば、やつは報いを受けることになるだろう」ヒースが凄みのある表情を浮かべた。「だが、着付係が誘拐と誤解した可能性もある」

「その可能性は低いわ」リリーがつぶやいた。「オロークがどうしようもない悪党だというほうがずっと可能性が高いでしょうね」

「そうだろうな」ヒースが答えた。「だからこそ、じゅうぶんに用心する必要がある。やつの家があるあたりは静かな界隈だそうだ。ということは、かなり手前で馬車を降りてから徒歩で近づくことになる。オロークにこちらの存在を知らせる必要はないのだから」

バジルが顔をしかめた。「でも、玄関を堂々とノックするつもりですか？」

「それがふつう家にはいるときのやり方だな」ヒースがにこりともしないで言った。「もっとも、今回はノックしないで入るつもりだ。中に入ってやつの不意を突く」

「扉の鍵がかかっていたら？」

「そのときは、窓から入る」

「オロークは用心棒たちにファニーを見張らせているかもしれないわ」リリーが警告した。

「確かに」ヒースが答えた。「だから武装していく。ぼくは正面玄関から入り、二人の従僕に他の出口を見張らせて退路を断つ」

バジルはまだ疑い深そうな顔をしている。「まるで〝こんにちは〟と言って堂々と訪問するようなやり方は納得がいかないんですけど」

ヒースが眉を上げた。「拳銃を撃ちながらなだれ込むほうがお好きかな？　そんなことをすれば、周囲にいる者にけが人が出る。ファニーも含めて」

ヒースの説得力ある言葉にリリーは納得した。バジルもしぶしぶうなずいた。

「わかりました、侯爵様。でも、ぼくも手伝いますから」頑として引く気はないらしい。

「わたしもよ」リリーが加勢した。

ヒースは顔をしかめてしばらくリリーを見つめていた。「きみの勇気を疑ったことはないよ。だが、できれば馬車に残っていてほしい。きみ自身が危険に襲われるかもしれない――」

リリーが皮肉っぽい声でさえぎった。「あなたが英雄になるのはかまわないけど、わたしは女だからだめなの？」

「きみがケガをするところを見たくない。そんなことを想像するだけでゾッとする」

彼の言葉にリリーは心の防御が弱まるのを感じた。それでも、決意はゆらがない。「ヒース、ファニーは友だちなの。もし彼女が困っているなら助けに行きたいの。役立たずの飾り物みたいに後ろに控えている気はないわ。それに、従僕二人だけでは足りないかもしれないのよ」

馬車の天井を見上げながら、ヒースはあきらめたようにため息をもらした。「いいだろう。だが、きみたちふたりともぼくの言うことをきっちり聞いてもらう」

「ええ、もちろんよ」リリーはすかさず答えた。ヒースの気が変わるのを恐れたのだ。「それに、バジルもわかってますから」唇をへの字に曲げたままのバジルをリリーは肘で突っついた。

「クレイボーン侯爵の言うとおりにしますって言うのよ」

「いいでしょう、従いますよ!」バジルはいやそうに答えた。

ヒースが計画を説明しはじめるとバジルはむっつりと黙りこんだが、リリーは一言一句聞き逃すまいと注意深く耳を傾けた。これ以上ファニーを危険にさらすまいと固く心に誓いながら。

馬車が徐々に速度をゆるめたとき、リリーは胃のあたりが締めつけられるような気がした。馬車は大通りを走っている。流行の雰囲気の漂う明らかに裕福な地域だ。ほとんどの建物が豪華な大邸宅で、建てられてから間もない様子がうかがえた。

と、そのとき、馬車が停まった。御者が飛び降りて扉を開け、三人は外に出た。「十二番地はあそこでさぁ、だんな」

リリーは、御者の指さした先を目で追った。優雅なテラスハウスだ。白い漆喰《しっくい》仕上げの壁が輝いている。古典主義的な装飾とコリント式の柱を使っているところを見ると、今をときめく建築家ジョン・ナッシュ——摂政皇太子や豊かな貴族たちのために邸宅を設計した——の手になるものらしい。

御者の言葉にそっけなくうなずくと、ヒースは弾をこめた拳銃二丁を二人の従僕に、一丁をバジルに手渡し、残りの一丁を自分の手に握りしめた。リリーはギラリと光る剣で武装している。さきほど彼女がヒースの方針に反対したとき彼はリリーを馬車に残すと脅したが、その際、一発しか弾の出ない拳銃よりいいだろうと自衛用に剣を手渡していたのだ。

それでもリリーは、危険を避けるため必ず彼の後ろに控えていると約束するしかなかった。

従僕たちとバジルが忍び足で屋敷の両脇と後方に回っていくのを待ってから、リリーはヒースのあとについて正面玄関へ向かった。

驚いたことに、玄関の鍵は開いていた。明らかにオロークは、こんなに早く来客があると予想していなかったらしい。

後方にいるように、としぐさで伝えたヒースの指示にリリーは従った。彼がゆっくりと扉を開いた。リリーは彼の肩ごしに中をのぞき込んだが、玄関ホールにはひと気がなかった。

だが、ヒースが中に足を踏み入れるやいなや、左手から声がした。見つかった！　リリーはハッとした。オロークは見張りを立てていたのだ。

筋肉のかたまりのような大男が、拳をふり上げながらヒースに向かって廊下を突進してくる。

そのとき、リリーはふと顔を上げ階段の上を見た。

「ヒース、上よ！」そう叫んだ瞬間、二人目の男がヒースに拳銃を向けて発射した。

恐怖でリリーは胸が詰まりそうになった。だが、ヒースはかろうじてその場を飛び退《の》いて難を逃れた。弾丸が彼の頭のすぐ脇の壁にめり込んだ。リリーは安堵のため息をついた。ヒースの腕前はさらに正確だった。すばやく拳銃を発射すると、二階にいた男にみごと弾を命中させたのだ。男は苦痛の叫び声をあげて肩を押さえつけ、ガクリと膝をついたかと思うと階段を転げ落ちた。

耳の中に鳴り響く銃声をものともせず、リリーは剣を握る手に力をこめ、ヒースの後ろから玄関ホールに駆け込んだ。左にいた男がヒースに迫ってくる。身がまえるヒースに男がものすごい勢いで突進してきた。

ぶつかり合った二人の男は、つかみ合ったまま床に転げた。リリーは思わずたじろいだ。空になった拳銃が、ヒースの手から落ちて寄せ木張りの床の上を転がった。屈強な男が膝をついて体を起こし、ごつい拳でヒースの顔を殴った。横向きに倒れたものの、ヒースはすばやく立ち上がった。見張りも同じように立ち上がり、全力で襲いかかった。だが今度は、反撃に出たヒースが男の拳に拳で立ち向かった。

今も漂う硝煙《しょうえん》に目を刺激されながらもヒースを助けたい一心で、リリーは剣をかまえた。けれど、ヒースを危険にさらさずに攻撃するのは無理だ。男たちはめまぐるしく動き回っている。

優位に立とうと激しく組み合い、殴り合っている。リリーは不安になった。

死の舞踏はいっこうに終わりそうな気配を見せない。両者とも激しく息をつきながらパンチをくり出してはジャブを入れ、たくみに相手をかわしては攻撃をつづけている。と、突然、ヒースがほお骨のあたりに強烈な拳をくらって倒れそうになった。

リリーは叫び声をあげた。まるで自分が殴られたような気がした。その瞬間、奇妙なことに時間が止まった。リリーの心は十六歳に戻っていた。母を殴りつける父の拳を恐ろしい気持ちで見つめている。息もつけず、心臓が激しく鼓動を打ち鳴らしている。

だが、自分はもうあのときの無力な少女ではない。ぶるんと首をふって意識を現実に戻すと、リリーは激しい怒りに突き動かされるように大声で叫び、剣をふりかざしながら敵に突進した。男が何事かと顔を上げた。

敵の気がそれたおかげで、ヒースに体勢を立て直す余裕ができた。彼は悪態を口にすると攻勢に出て、男の顔めがけてすばやく何度もパンチを食らわせた。男はもんどり打って床に倒れ、痛みにうなり声をあげた。

そのときだ。屋敷の後方から銃声が鳴り響いたのは。リリーは一瞬凍りつき、とまどった顔でヒースを見た。

「行くんだ！」ヒースはそう叫ぶと、罵声《ばせい》をあげながら飛びかかってくる敵に立ち向かった。

リリーはその言葉に従った。まだ戦いの決着はついていないが、ヒースが勝ちそうだ。だが、バジルのほうは大変なことになっているのかもしれない。ファニーは大丈夫だろうか――。

友人たちのことが心配になったリリーは、廊下を駆けぬけ屋敷の奥へ向かった。書斎らしき部屋が見えてきたところで、争う物音が聞こえた。

すばやく足を止め、戸口で中の状況を探る。硝煙のにおいが立ちこめている。どうやらバジルがオロークを撃ったようだが、弾は外れたらしい。今、二人の男は殴り合っている。またもやバジルの形勢は思わしくなく、激しく拳をふり上げているもののオロークをとらえきれていない。一方、ファニーは口もとに手をあてて呆然と男たちを見つめている。

リリーが何もできないうちに、オロークの拳をあごに食らってバジルの体が吹っ飛んだ。彼はオーク材の机にぶつかり、鋭い叫び声をあげながら床に倒れこんだ。オロークが嫌がるファニーの体を引きずって、開いた両開きのガラス戸のほうに向かった。

リリーはゾッとして部屋に駆け込み、大声を上げて剣をふり上げながらオロークを追った。すさまじい声に驚いたオロークは肩ごしに視線を向け、リリーをにらみつけた。だが、ファニーを離そうとはしない。

それどころか、彼は近くにあったギリシャ神のブロンズ製の胸像を手にとって、力いっぱいリリーに向かって投げつけた。リリーはよけようとしたものの、勢いづいていたせいで足を止めきれず、胸像が肩に当たった。

鋭い痛みに思わず剣を取り落としそうになった。けれど、その隙にファニーがオロークを出し抜いた。突き出した足でオロークをつまずかせてから乱暴に押しのけたのだ。オロークの体が部屋のほうに転がった。

ファニーの機転のおかげで、リリーは姿勢を立て直した。そして、ふたたび高くかざした剣を鋭くふり下ろし、剣のつばでオロークの頭の脇を殴りつけた。オロークは、どすんと音をたててカーペットの上に倒れこんだ。そのままピクリとも動かない。

ホッとしたとたん体から力が抜けたリリーは、ふるえるファニーに駆けよって力強く抱きしめた。ふたりは涙を流しながら笑いあった。そのとき、ヒースが部屋に駆け込んできた。

彼の無事な姿を目にしてリリーは深く安堵した。殴り合いをしたせいで今も息は荒く、ほお骨のあたりの傷から血を流しているけれど、どうやらヒースも彼女と同じように勝ちを収めたらしい。

すぐに彼のそばに駆けよってあげたい。彼の体に腕を回して顔の傷を手当てしてあげたい。リリーは願った。けれど、今はファニーを気づかわなければ。友の体を支えながら、リリーはヒースの無事な姿をしっかりと目に焼き付けた。

心配そうな視線を向けたヒースにリリーはそっと微笑んだ。「ファニーとわたしは大丈夫よ」感謝の気持ちをこめてそう言うと、オロークのほうにあごを向けた。「あの悪党はどうだかわからないけど」

指し示されたほうを見たヒースは、うつぶせに倒れているオロークの前まで行くとかがみ込んで様子を確かめた。

「殺してはいないようだな」ヒースがリリーにつぶやいた。

「ええ」リリーがうなずいた。「頭をちょっと殴ってやっただけ」

「きみとはケンカしないほうが賢明だということだな」

リリーが答えを口にできないでいるうちに、部屋の奥のほうからうめき声が聞こえた。気を失っていたバジルが意識をとりもどしたのだ。

リリーと同時にファニーも気づいていた。抱き合っていたふたりは急いで立ち上がって駆けよったが、ファニーのほうが先にバジルのかたわらにひざまずいた。リリーが反対側にひざまずき、ヒースがその後ろに立った。

バジルが目を開けてハッと身じろぎした。三人が心配そうな表情を浮かべて見下ろしている。けれど、バジルの視線はファニーしかとらえていなかった。

「ああ、ファニー……。大丈夫か？」つらそうな声でバジルが尋ねた。

「大丈夫よ」にっこりと微笑みかけながらファニーが答えた。「わたしのほうが、あなたよりずっとましな状態のようだわ」

「オロークは？」バジルがファニーの背後に目をやった。

「意識を失っているわ。あなたが助けてくれたのよ、バジル」ファニーの声はやさしかった。

「ぼくはたいして役に立たなかった。オロークに殴られて気を失っていたみたいなんだ」

「ちゃんと助けてくれたわ。あいつと戦って、わたしが連れて行かれないよう防いでくれた」

バジルは歯をかみしめた。明らかに、オロークを倒せなかった自分に腹を立てているようだ。体を起こそうとしたとたん、彼はうめき声をあげ、血だらけのこめかみに手をやった。

「横になっていたほうがいいわ」バジルの頭を膝にのせてファニーが言った。

リリーはバジルが気の毒だった。傷だらけの顔は血まみれで、プライドはズタズタだ。せめて彼の気をそらしてあげようと、リリーはファニーに何が起きたのか尋ねた。「オロークがあなたを誘拐したってテイトが心配していたのよ」

「そのとおりよ」ファニーが言った。唇を真一文字に結んでいる。「あいつ、隙を突いてわたしを捕まえて、ここまでむりやり連れてきたの」

「ケガさせられなかった？」リリーが勢いこんで尋ねた。また怒りがこみ上げてくる。

「腕にちょっとかすり傷を負ったぐらいよ」ファニーが答えた。「それに、ミックはわたしを傷つける気はなかったみたい。わたしのために建てたきれいな家を見せてやるって言っていたわ……」そう言って、周囲の豪華な家具調度にひらりと手をふった。「ここがわたしの贅沢な鳥かごになるはずだったのよ。ミックは、わたしが結婚を承諾するまでここに閉じこめておくつもりだったみたい。すでに特別許可証も手に入れて、結婚式に立ち会う牧師も賄賂を使って用意していたのよ」

「あんなやつと結婚なんかできるわけがない！」バジルが怒り狂って叫んだ。

「もちろんよ、そんなつもりはないわ」ファニーは実感のこもった声でそう言うと、やさしく見つめながらバジルの額をそっとなでた。

傷だらけのバジルはとまどった表情を浮かべていたが、突然ファニーのうなじに手を添えて引きよせたかと思うと、ゆっくりとキスをした。

一瞬ファニーは体をこわばらせたが、やがて驚くほど強くキスを返した。そのせいで、バジルは切れた唇の痛みに思わず顔をしかめた。

あわてて身を引いたとき、ファニーはいつになくうろたえていた。

「ごめん」バジルが顔をまっ赤にしてつぶやいた。「こんなことをすべきじゃなかったのに」

心あたたまる光景に気をとられていたリリーは、握りしめた剣をヒースに取りあげられてハッと驚いた。どうやらオロークが意識をとりもどそうとしているらしい。

リリーは立ち上がり、ヒースのあとについて倒れた男のそばに行った。

ヒースはひざまずき、剣を突きつけたままオロークの肩をたたいた。しばらくしてオロークがゆっくりと目を開き、片ひじをついた。

ふらつく頭をふりながら、薄目を開けてヒースを見てから、ふとリリーに気づいて激しい憎《ぞう》悪《お》の視線を向けた。「この魔女のせいでとんでもない目に遭わされるとわかっていたぜ」

ヒースの顔に浮かぶ冷酷な微笑みには冗談の気配は皆無だった。「きみは彼女に命を奪われかねなかったな。先日あたえておいた警告を本気にとらなかったとは、愚かなことだ」

「もちろん本気で聞きましたぜ、侯爵。ただ。ファニーを自分のものにできれば命を懸けてもいいと思ったんでね」

オロークは苦々しく唇をゆがめ、部屋の反対側にいるファニーをちらりと見た。彼女のひざの上にはまだバジルの頭がのっている。「わからせてやろうと思ったんですよ。結婚したら、あいつもおれを愛するようになるだろうと」オロークはせつなそうな目でファニーを見つめていたが、やがて思い切ったように目をそらした。その顔には苦悶の表情が浮かんでいる。「だが、どうやらおれの思いちがいのようだ」

ヒースはじっとオロークを見つめていた。「ファニーに指一本でも触れるようなことがあれば、どういうことになるか言っておいたはずだ。覚えているか？」

顔をしかめたままオロークはヒースの目を見ると、気のりしない様子でうなずいた。「ええ、確かに聞きましたよ。で、これからおれをどうするつもりで？」

「当局に引き渡す。絞首刑にならなければ幸運だと思ってもらおう。たぶんニューゲート監獄行きになるだろうな」

リリーに剣を手渡してからヒースはオロークを立ち上がらせ、彼の首からとったクラヴァットで手を縛り上げた。オロークは抵抗しなかった。抵抗する気が完全に失せているようだ。

ヒースはリリーのほうを見て言った。「ファニーとエドウズを貸し馬車に乗せて帰るんだ」

「あなたはどうするの？」リリーが尋ねた。

「オロークの馬車でやつをボウ・ストリートの治安判事裁判所まで連れて行って告発する」

「わかったわ」

リリーは視線をそらした。鋭い悲しみが心を貫いた。ヒースの頬にできた傷からまだ血が流れている。

「ヒース、あなた、ケガしているわ。頬が……」

そっと伸ばしたリリーの手から彼は身を引いた。触られたくないとでも言いたげに。「何でもない」

ちょうどそのとき、二人の従僕が姿を現し、オロークの手下が——ヒースが撃った男も含めて——みな逃げたと告げた。さらに強い敵に遭遇したとたん、彼らは雇い主を見捨てたのだ。ヒースに命じられたとおり、従僕たちはオロークを連れて部屋を出た。彼はもうファニーのほうを見ようともしない。ファニーは怒りと悲しみの入り交じった表情を美しい顔に浮かべて彼の後ろ姿を見つめていた。

オロークの姿が消えたとき、リリーはヒースの傷ついた頬に視線を戻し、ドレスの裾に手を伸ばした。今朝ロズリンの結婚式に着ていった、淡い緑色の絹で仕立てたドレスはバジルの血で汚れている。リリーは裾の下に手を差し入れ、シュミーズを細長く切り裂いた。

「これを使って」リリーは布きれをヒースの頬に差し出した。「さっきバジルにハンカチをあげちゃったでしょう」

驚いたことに、ヒースはまたもやはじかれたように体を離した。まるで一瞬たりともリリーに触られたくないかのようだ。それでも彼は、布きれを受けとって傷に押しあてた。「エドゥズの面倒を見てやるんだ、リリー。ぼくより彼のほうがきみの思いやりを必要としている」

ヒースの冷たい声に愕然としたリリーは、さまざまな思いに乱れる心を隠そうと黙ったまま彼を見つめた。ほんとうに助けてほしいときに、彼が疑問もためらいもなく手を貸してくれたことに対するうれしさ。彼が命がけでファニーを救ってくれたことへの尊敬の念。ひどいケガもせずに姿を現した彼を見たときの安堵感。彼が立ち向かった危険への恐怖。そして、彼が見せた冷たい態度で傷ついた心の痛み。あらゆる思いが心に渦巻いている。

しばらくリリーはぎこちなくたたずんでいた。ヒースに何か伝えたかった。けれど、彼女がうなずきを返した瞬間、ヒースはくるりと背を向けて部屋を出て行った。その後ろ姿をリリーはじっと見つめていた。なぜか心臓のあたりを激しく殴られたような気持ちを抱えたまま。

19

彼を失ってこんなにつらい思いを味わうなんて思いもしなかったわ。

――リリーからファニーへ

心配でやきもきしていたフレールとシャンテルは、ファニーの無事な姿を見て大喜びし、バジルのケガにひどく驚いた。ファニーを心配するよりも彼の世話で大騒ぎしながら、ふたりを居間に連れて行くと、枕やら熱い紅茶やらブランデーやらでバジルをあれこれ気づかった。

あまりの好待遇に恥ずかしそうな表情を見せるバジルを見て、ファニーが世話役を引き受けた。傷の手当てをしたり右手に包帯を巻いたり、かいがいしく付き添った。

そんなファニーのやさしい心づかいにバジルは毅然と耐えていたが、今もとまどっているようにに見えた。ケガをしたことで弱さをさらけ出していると感じているのだろう。リリーは推測した。ファニーもフレールもシャンテルも数限りなく彼の勇気を誉めたたえているというのに。

リリーも今回の彼の行動はすばらしいものだと考えていた。もっとも、まだ賞賛の言葉をあまり口にしていなかったが。というのも、ついさっき脱したばかりの危険な体験にまだ動揺が収まらないままだったし、自分のために命を懸けてくれたヒースの姿が今も心を去っていなかったからだ。もう一度ヒースに会いたくてしかたがなかった。無事をこの目で確かめたい。けれど、他に大きな理由があることを自覚していた。ほんとうは、あんな別れ方をしたことがつらくてたまらないのだ。

自分とバジルの気を紛らわすために、リリーは午後の間ずっとバイロンの最新作の叙事詩『シオンの囚人』を読み聞かせていた。スキャンダルにまみれた詩人の遍歴について心ここにあらずの議論をしながら、興味のあるふりを装っていた。けれど、その最中もずっと扉に注意を払い、ヒースの登場を待ちこがれているのだった。

その日の夜やっとヒースが下宿屋を訪れた。ファニーの様子を見るためとオロークの逮捕と監禁について伝えるためだ。けれど、リリーはヒースとふたりきりになることができなかった。ファニーが彼と内密に話をしたいと申し出たためだ。

ふたりが居間を出ていったあと戻ってきたのはファニーだけで、ヒースの姿はなかった。

「クレイボーン侯爵はもうお帰りになったの?」シャンテルががっかりした様子で尋ねた。

「夕食をごいっしょして、きちんとお礼を申し上げたかったのに」

「ええ、侯爵はお帰りになったのよ」ファニーが答えた。「どうしても手が離せない用事があるそうで、申し訳ないっておっしゃってたわ」

リリーはひどくがっかりした。なぜヒースが別れも告げずに帰ったのかよくわかっていた。自分を避けているからだ。

リリーは何も考えられないまま立ち上がり、彼のあとを追った。

二階の踊り場までたどり着いたとき、玄関ホールに彼の気配はなかった。すばやく階段を駆けおりて玄関扉を勢いよく開ける。

ちょうど馬車に乗り込むヒースを目にして、リリーはホッとした。声をかけると、彼はしばらく凍りついたように立ちすくみ、やがてふり返ってのろのろと戻ってきた。遠くから見ただけでも、完全に心を閉ざした表情が見てとれる。よい兆候ではない。

リリーが石段を急ぎ足で下りて歩道に出たので、ふたりはちょうど中間あたりで出くわした。御者にも従僕にも声は届かないだろう。ヒースが目の前で足を止めたとき、そのよそよそしい表情にリリーは背筋が凍りつく思いを味わった。

リリーはどうしようもない気持ちで彼を見上げていた。どうしたらこんな恐ろしく冷たい表情を彼の目から消せるのだろうと思いながら。少なくとも、頬の傷はきれいに手当てされて出血も止まり、たいしたことはないようだ。

しばらくしてやっとリリーは弱々しく口を開き、重苦しい緊張を破った。「ファニーを救ってくれたお礼を言うチャンスもくれないのね」

ヒースは顔をしかめた。「何度も言っているが、リリー、感謝の必要はない」

「でも、言わせて。私の友だちを救ってくれたあなたに、わたし、心から感謝しているの」

「礼ならさっきファニーからたっぷり言ってもらった。さて、他に用事がなければ……」ぶっきらぼうに会釈すると、ヒースは一歩退いた。すぐにでも背を向けようとしているようだ。

リリーはとまどい、思わず彼の肩に手を置いて押しとどめた。「これで行ってしまうの？」

「なぜここにいなければならないんだ、リリー？」

リリーはぎゅっと胃をわしづかみにされたような気がした。追い打ちをかけるように、ヒースの声が低く荒々しいつぶやきに変わった。「ぼくたちはもう行き詰まってしまったのだよ、リリー。きみはぼくを信じようとしない。ぼくを愛そうともしない。だから、きみに求愛するのはもうやめようと思う」

黙ったままじっと彼の顔を見つめるリリーに、ヒースが冷静な声で言った。「これできみの望みどおりになった。うれしいだろう」

けれど、リリーは全然うれしくなどなかった！　こんな別れを望んでなんかいない。友情の言葉を交わすことすら拒絶されるなんて。そして、二度と彼に会えないかもしれないと思うと、耐えられなかった。「ヒース、お願い……。わたし、そんなつもりじゃ――」

「もうじゅうぶんだろう。これ以上言うことはない」

きっぱりとしたその口調に、リリーは胸が締めつけられるような思いを味わった。そのまま何も言わずに、ヒースは背を向けて馬車のほうに向かった。またもや後ろ姿を見つめるリリーをひとり残して。

この胸の痛みは決して消えることがないだろう。リリーはそう感じずにはいられなかった。

リリーに別れを告げたことは、これまでの人生で最もつらい決断のひとつだった。走り去る馬車の中でヒースは思った。今夜ここに来たくなかった。ましてリリーとふたりきりで言葉を交わしたくなどなかった。

リリーに対するいらだちはきわどい段階に至っていた。もはや本能的な欲求を抑えられる自信はない。今すぐにでも肩をゆさぶって正気に戻してやりたい。むりやりプロポーズを承諾させたい。抱きしめて永遠に愛してやりたい……。

自分の反応が恐怖によるものだとヒースは気づいていた。リリーは決して彼を愛するようにならないのではないか。心の奥底にそんな恐怖が潜んでいた。

結婚は妻にとって牢獄のようなものだと、愛は恐ろしい運命にすぎないと、リリーは信じている。そんな不合理な恐怖心に彼は心の底からいらだちを感じていた。なぜなら、絶対に勝ち目のない相手だからだ。

リリーから信頼されないことがつらくて仕方がなかった。だからこそ、別れを告げた。いつまでも結婚を避けようとするリリーにこのまま求愛をつづけていたら、彼女はいつまで経っても自分の拒絶反応を改めようとしないだろう。

ヒースは人生最大の賭けに出たのだ。リリーが真の望みを自分で見いだすまで追い込む覚悟だった。

ついさっき目にした大きな黒い瞳が脳裏によみがえる。そこにあふれていた打ちひしがれた表情を思うと、かすかな希望が湧いてくる。確かに愕然とした様子に見えた。〝会えないと思いがつのる〟ということわざどおりになるかもしれない。

だが、彼に会えないというだけでリリーの心は変わるだろうか？

そうであってほしかった。今日の午後ファニーを救った経験でヒースの確信はさらに強まった。彼とリリーは理想的な組み合わせだ。彼のかたわらでリリーはひるむことなく危険に立ち向かった。彼のいとしい〝火の玉娘〟は、一生そばに置いておきたい、とびきりの女だった。

それでも、無理強いはできない。彼がリリーを愛するのと同じように、リリーにも彼を愛するよう強制することはできないのだ。

そこでヒースはあることを思いついた。だが、うまくいく確信はない。

それを実行に移す前に、あまり気がのらない別の問題に対処する必要があった。ファニーが、ミック・オロークを刑務所送りにしないで彼と交渉すると決めたのだ。

さきほど話し合った際、ファニーの意見はこうだった。ミックに誘拐されて閉じこめられたとき、体を傷つけられるようなことはなかった。それに、高級娼婦の仕事を始めた頃彼が親切で寛大な客だったことは無視できない。彼のことは昔なじみとして好きだ。もっとも、結婚したいほどではないが。

うまくすれば、ミックと話をつけることができるだろう。今後手出しをせず、相当額の慰謝料を払うという条件を守ってくれるなら、誘拐の罪で告発しないつもりだ。確かに、先週ミックは同じような約束をクレイボーン侯爵にもしている。でも、今度こそ彼女への愛が報われないことを受け入れたはずだ。その点、ファニーは確信しているということだった。

この提案をミックが受け入れれば、数年の牢獄生活を――運が悪ければ国外追放か絞首刑を――免《まぬが》れることになる。

ファニーがヒースに頼んだのは、明日の朝かつての愛人に話をつけるためニューゲートに行きたいので付き添ってほしいということだった。

ヒースはファニーの願いを聞き入れるつもりだった。そうすべきだと思ったからではない。ファニーに監獄までひとりで行かせて、のちのち後悔するような内容で交渉を取り決めるような目に遭わせたくなかったからだ。今度こそ、オロークにはきっちり約束を守らせなければ。

それだけではない。ヒースは暗い気持ちで考えた。ファニーの問題で忙しくしていれば、先の見えないリリーとの関係に対する恐怖やいらだちが紛れ、少しは気が楽になるだろう。

またもや悶々《もんもん》と眠れぬ夜を過ごしたリリーは、暗く不安な気持ちで目覚めた。困ったことに、落ちこんだ気分は昼になっても午後になっても晴れなかった。昨日の大騒動のあと下宿屋はすっかり静まりかえっていた。フレールとシャンテルからプール子爵の付き添いでボンド・ストリートまで買い物に行こうと誘われたけれど、リリーは丁重に断った。

一階の客間に腰を落ちつけたリリーは、本を読むことにした。けれど、とうていページに心を集中することができない。心は嵐のように乱れていた。

自分らしくない憂鬱にとりつかれて苦しんでいると、昼すぎにペグ・ウォレスがやって来た。ペグは、つつましやかだが幸せに満ちた様子でよいニュースを知らせてくれた。「心からお礼が言いたくて来たんです、ミス・ローリング。マダム・ゴーティエが助手として雇ってくれることになりました。お給金もかなりはずんでもらえるんですよ。ロイヤル・オペラを辞めても大丈夫なぐらい。だから、昨日の夜辞めました」

「ああ、よかったわ、ペグ」リリーはにこやかに答えた。「わたしもとてもうれしいわ」

「それから、ベティ・ダンストから伝言です。クレイボーン侯爵様の領地での仕事は〝とってもすばらしい〟って。そう書いてあったんですよ。温室の庭師の手伝いをしているそうです。あなたはほんとうに天使みたいな方ですよ、ミス・ローリング」

自分にふさわしくない誉め言葉を受けとめかねて、リリーは微笑んだ。「わたしは天使なんかじゃないわ、ペグ。ただ、あなたたちにもっとよい暮らしをしてほしかっただけ」

「それをあなたが実現してくださったじゃありませんか。そんなことを気にかけてくれる人なんて他にはいません。絶対に天使ですよ、あなたは。それに、侯爵様も。どうか感謝の気持ちを侯爵様に伝えてくださいね」

リリーの顔から微笑みが消えた。「またお会いしたときにきっと伝えるわ」

もしも会うことがあったら、だけど。ペグの姿が消えてからリリーは心の中でつぶやいた。そんなことは起こるのだろうか。確かなのは、ヒースがいなくなってからさびしくてみじめな気分だということだけだ。たった一日会っていないだけだというのに、ヒースに会いたくてしかたがない。

何て情けないんだろう。リリーは顔をしかめた。まだ大して時間が経っていないのにこれほど落ちこんでいては、ヒースとの関係を完全に終わらせることに耐えられるのだろうか？

けれど、ヒースは他に選択肢をくれなかった。プロポーズを受けるという選択肢しかないのに、リリーはどうしてもそんな危険を冒すことができないのだ。

でも、これからの人生をどうやって生きていくの？　それは問題だった。

子どもの頃から世界を旅してみたかった。興奮と冒険に満ちた世界に飛び込んでみたかった。けれど、今はちがう望みを抱いている。不幸な女性たちの家を運営したいという望みを。

貧しい娘たちが身を売るような貧窮した暮らしをしないですむよう手助けしたい。きっと自分は活動に熱中するだろう。リリーにはわかっていた。これまでの人生は薄っぺらなものだったけれど、やっとやりがいのある重要な仕事をする機会に恵まれたのだ。

たとえ、今感じているむなしさが完全に満たされることはないにしても。

そして、これからどこに住むかという問題もある。リリーは自分に言いきかせた。このままフレールとシャンテルと暮らすわけにはいかない。彼女たちにはもはやオロークの脅迫を恐れる理由もなくなったのだから、リリーがここに留《とど》まる理由もなかった。

アラベラとマーカスがいるダンヴァーズ館に戻っていっしょに暮らすのは、あまり気が進まない。ふたりとも喜んで迎えてくれることはわかっているけれど。邪魔者みたいな気がするだけではない。絆を深めるために新婚夫婦にはふたりだけの時間を過ごしてほしいのだ。

テスの家に引っ越すというのもいいかもしれない。リリーは思いをめぐらせた。チェズウィックにあるテスの屋敷にはかなり余裕があるはずだ。それに、チェズウィックならロンドンに近いから、貧しい女性のための家を運営する活動にも便利だろう。静かな田舎暮らしを送っていれば、胸が張りさけそうな思いから立ちなおれるかもしれない……。

ああ、言葉にしてしまった。リリーは目を閉じた。確かに、胸が張りさけるほど悲しかった。何もかも、ヒースが彼女を自分の人生から切り離そうとしているからだ。

そのせいで、情けないほど弱ってしまった。そう気づいたリリーは、首をふって自分を戒めた。彼女を望んでいない男に思い焦がれてウジウジしていられない。でも……、彼の友情がほしい。彼に触れてほしい。ただそばにいるだけでいい。

だめだわ。リリーは必死に誓った。自分を抑えて、情けない気持ちから抜け出さなければ。

もうここにはいられない。ここにいる限りヒースのことを思い出してしまう。新しい人生を始めるのだ。忙しくしていれば、くよくよしてなどいられないだろう。

すっと立ち上がると、リリーは客間を出た。寝室に行って荷づくりしよう。明日の朝いちばんにチェズウィックへ発つのだ。

玄関ホールまで下りたとき、ちょうどフレールとシャンテルが買い物から戻ってきた。いっしょにお茶を飲んでプール子爵をもてなしてほしいとふたりから誘いを受けたが、リリーは丁重に断った。楽しく陽気な雰囲気に耐えられる気分ではなかった。

しばらくしてバジルがやって来た。開いた寝室の扉を乱暴にたたいてリリーを驚かしたかと思うと、「どうぞ」という声も待たずにズカズカと入ってきたのだ。

「女ってやつは！　まったく理解できないよ！」そう叫ぶと、バジルは唯一ある椅子にどかりと腰を下ろした。

「どうしたの？」リリーが尋ねた。バジルの乱暴な態度とひどい外見を見たとたん、少し不安になった。かなり情けない様子だ。腫《は》れあがって傷だらけの顔をして、左目のまわりには青黒いあざができている。不機嫌そうな表情のせいでいっそうひどく見える。

「ファニーだよ、原因は！　頭がどうかしちゃったんだよ。頑固でばかだってだけでなく」

「ファニーが何をしたって言うの？」リリーはきょとんとして尋ねた。

「今日、事務所に来たんだ。ぼくのケガの様子を見に来たって言っていたけどね。でも実は、説明しに来たんだよ。人から話が伝わる前に、自分でぼくに伝えておこうって思ったらしい」

「伝えるって何、バジル？　いいかげんはっきり言ってくれないと首を絞めるわよ」

リリーの脅迫を耳にして彼はハッとしたらしく目に見えて肩を落とし、髪の毛を引き抜かんばかりにつかんで引っぱった。

「ファニーはオロークに対する告発を取りやめたんだ。交換条件として、プール子爵に三万ポンド、ファニー自身に一万ポンド返し、フレールとシャンテルの今後のために二万ポンド渡すという約束をしてね」

リリーは目を丸くした。聞きまちがいだろうか。「オロークが監獄に行かないということ？　ファニーを誘拐して半日監禁したっていうのに」

「まさにそういうことさ」バジルが恨めしそうに言った。「あのろくでなし野郎は明日にでも釈放さ。今日の午後クレイボーンがやつの釈放の手配をしたって話だ」

「あの人がオロークを自由の身にさせたっていうの？」リリーは信じられなかった。

「そうさ！　ファニーが侯爵を丸めこんだんだよ。知り合いの男たちにするように侯爵のこともいいように手なずけてしまったんだ」

「でも、オロークはファニーを恐ろしい目に遭わせたのよ！　それに、あいつの手下に侯爵は殺されかけたわ！」

「ぼくだって知ってるさ！　でも、ファニーはオロークのやった卑劣なことをきれいさっぱり無視したんだ。これでやつも懲りたろうって言うわけさ。それに、やつはフレールとシャンテルに金を渡すと約束したそうだ。ぼくに言わせれば、ファニーがあんな簡単にやつを許してしまうのは、やつを愛しているからだよ。そうでもなければ説明がつかないからな」

バジルの声にこもる不快感の裏に苦々しい思いが隠れているのは明らかだった。ひどく動揺しているんだわ。リリーにはわかっていた。オロークに罪の報いを受けさせたいというより、彼に対する嫉妬のほうが強いのだ。

バジルは深く傷ついている。二週間前にはわからなかったかもしれないが、今ならリリーにもよくわかる。この二週間で繊細な気持ちに気づけるようになっていた。ヒースとの関係によって、恋人たちが心に抱く苦しみに対して共感できるようになった自分がいた。

「ファニーがオロークを釈放させたのはとても残念なことだわ、バジル」リリーは静かな声で言った。「でも、ファニーはあの男を愛しているからそんなことをしたんじゃないと思うの」

「じゃあ、なぜだ?」理解したいという痛切な思いがこもった言葉だった。彼の声に苦悶の響きをリリーは感じとった。バジルに恥ずかしい思いをさせたくなかったので、リリーは気づかなかったふりをした。

「ファニーは、フレールとシャンテルに老後の備えをしてあげたかったんだと思うの。二万ポンドといったら相当な金額よ。節約して暮らせば、ふたりとも老後は安泰だと思うわ。これでファニーも安心できるでしょうから、自分のことを考えられると思うの」

「あんな悪党を自由にしておいて、どうして自分のことが考えられるっていうんだ？」バジルはさらに髪をかきむしると、激しく首をふった。「くそっ、もうたくさんだ！　もうこれ以上ファニーの様子を見てなんかいられるか」

「どういうこと、バジル？」リリーは心配になって尋ねた。

「準備ができ次第、ハンプシャーに帰るってことだよ。明日、事務所に辞表を出してやる」

リリーはしばらくためらっていた。「すぐにロンドンから出て行ってしまうつもり？」

「そうだよ！」怒りが爆発しそうな声だ。「もうここにはいられない。こんなふうに自分を苦しめているなんて、ばかもいいところさ。ファニーを自分のものにできないっていうのに。いいかげん認めなくちゃいけないんだ」

「ファニーを愛しているのね」

バジルが向けた視線は苦悩にあふれていた。「そうさ。ぼくはばかな男だ。もう何年もファニーを愛している。そうでなければ、なんでロンドンまで追いかけてきたと思う？　無事で幸せに暮らしていると確かめたかった。ただそばにいたかったんだよ。でも、他の男とファニーを共有するのにもう耐えられない」

バジルの苦しみを見つめていたリリーは、さらにやさしい声で言った。「あきらめることはないと思うわ、バジル」

「どうして？　ここに残ってどうなるって言うんだ？」

「わたし、知っているの。ファニーはあなたのことがとても好きなのよ」

バジルは顔をしかめたまま首をふった。「ファニーがぼくに対して抱いている気持ちは兄に対するようなものだよ。きみと同じさ。ぼくは男として愛されていないんだ。それに、たとえぼくのことを愛していてもファニーは結婚してくれないだろう」

「バジル、ほんとうなのよ。ファニーは兄に対する以上の気持ちをあなたに抱いているわ。わたし、確信しているの」

バジルの視線がリリーをとらえた。「ほんとうに？」

「絶対よ。先週、本人から聞いたの。それも、あなたがファニーを助けようと命がけで駆けつける前のことよ。あなたの勇敢な行動のおかげで、ファニーの心もさらに傾いたはずだわ」

「ほんとうにそう思う？」信じきれない様子でバジルが尋ねた。

「もちろんよ」リリーが答えた。「あのときまでファニーはあなたの勇敢な面を見たことがなかったでしょう。わたしも同じ。でも、今ではどんな女性の心も惹きつけるような隠れた美点をあなたが備えていることにファニーは気づいたのよ」

バジルはためらった。「ぼくにも美点の一つや二つはあるだろうね」

驚きのこもったバジルの声を耳にしてリリーは微笑んだ。「もちろんよ。それに、ファニーが結婚について心配しているのは、現実的な点だと思うの。あなたと結婚したら、どうやって暮らしを立てたらいいのかわからないと思っているのよ。でも、オロークから慰謝料を受けとれればフレールとシャンテルの面倒も見なくてよくなるから、ファニーの支出もかなり減るでしょう。それに、自分の蓄えだった分も戻るわ。あなたがもっといいお給料の仕事に就ければ……あなたたちの結婚は不可能じゃなくなるでしょうね」

バジルの目にかすかな希望の光が灯ったのを見て、リリーはさらにつづけた。「だから、今出て行ったりしたら、バジル、途中で希望を捨てることになるわ。しばらくここにいなくちゃ。今はつらいとしても」

髪をかきむしっていた手をゆるめて、バジルがゆっくりとうなずいた。「きみの言うとおりなんだろうな」

「絶対よ」リリーが力づけるように言った。

バジルは椅子に体を沈めて考えこんだ。それから突然、ベッドの上にあるカバンと積み上げた衣類の山に気づいた。

眉を寄せたまま、彼はリリーの顔を見た。「どうしてきみは荷づくりしているんだ？」

質問されたとたん、リリーは自分の抱えている問題を思い出したが、絶望を声に出さないようにして答えた。「明日の朝、チェズウィックに戻るの。しばらくテスと暮らすつもり」

「ロンドンから出て行くつもりか？」

リリーは肩をすくめ、たたみかけのドレスに手をかけた。「いけない？　ここでやるべきことは全部すんでしまったわ。さっぱりした気分よ」

まるきりの嘘だった。友人たちのために片づけた仕事については大いに満足していたが、それ以外のことは何もかもみじめと言ってよかった。

「今ぼくに言ったばかりじゃないか、出て行くなって」バジルがゆっくりと言った。「きみ自身、自分の忠告に従うべきだと思うよ」

喉の奥からこみ上げるものを感じて、リリーはバジルの目を見ることができなかった。「状況が全然ちがうでしょう」

リリーはバジルの視線を感じた。「そうかな、リリー？　意外に似ていると思うけど」

リリーはベッドに腰を下ろした。確かにそうだ。暗い気持ちで彼女は考えた。バジルにロンドンを離れてはいけないと言ったけれど、自分もそうすべきなのだから。

このままヒースから離れることなどできない。別れるなんて、とても耐えられない。

ふるえる唇をかみしめながら、リリーはカーペットに視線を落とした。

黙りこくるリリーに、バジルがさらに強い口調でたたみかけた。「クレイボーンにはどんな気持ちを抱いているんだよ、リリー？」

どんな気持ちですって？　そんな複雑な質問にどう答えたらいいのだろう？　ヒースに対する気持ちは……ひと言では言えない。強い気持ちがあるのは確かだ。メチャクチャに混乱した気持ち。でも圧倒的で……。けれど、よく考えてみればとても単純なことだ。

「言ってごらんよ。ぼくの本音を白状させたじゃないか」

リリーはかすかにうなずいた。バジルは、昔からの親友のひとりだ。嘘を言うつもりはない。たとえ、自分に嘘をついていたとしても。そして、もう自分をだますことはできなかった。ヒースを愛している。

恐ろしいほど、気が狂うほど、痛いほど彼を愛していた。

この二週間、いつのまにか心を取り巻く壁が崩れ、彼の情熱的な魅力を受け入れていたのだ。

リリーは、ヒースと恋に落ちていた。

リリーの顔に浮かぶ表情を見てバジルは満足したのだろう。彼はやさしい声でこう言った。

「侯爵を愛しているなら、プロポーズを受けられるだろう？」

リリーはたたみかけていたドレスをぎゅっと握りしめた。「結婚するなんて……考えたことがなかったの」低い声でつぶやいた。

一週間前、ヒースと結婚すると思うと恐ろしかった。一生断ち切ることのできない絆を結ぶことは恐怖でしかなかった。

「すべての男がきみの父親みたいな暴君じゃないんだよ」バジルが静かに言った。

リリーは顔を上げ、思いやりに満ちた彼の目をのぞき込んだ。バジルはリリーがいちばん恐れていることを理解していた。両親のケンカの最中、馬小屋に逃げ込んだ彼女のそばにいてくれたのもバジルだ。何もかも忘れたくてむちゃくちゃに馬を飛ばすのに付き合ってくれたのも、母に暴力をふるう父親を殺しかけたとき慰めてくれたのもバジルだった。

「わかっているわ」リリーはふるえる声で答えた。

「クレイボーンはオロークみたいな男ともちがう。拳の使い方を知っていてもね」

それも真実だった。ヒースは暴君ではない。強いけれど、自分の力を注意深く賢く、必要なときにだけ使う男だ。

「何が心配なんだい？」バジルが尋ねた。「クレイボーンは女性を傷つけるような男じゃない。きみもわかっているはずだ」

それはよくわかっている。リリーは心の中でうなずいた。ヒースは暴力をふるったりしない。ヒースはやさしくて情熱的だった。いつも守ってくれて寛大な態度を見せてくれた。でも、心はどう？　結婚したらどうなるの？　完全に彼のものになってしまう――心も体も。でも、バジルは肉体的な暴力の話をしている。「きみなら、どんな男が相手でも負けないよ、リリー。自分でもよくわかっているだろう」中途半端な微笑みは自信のなさの表れだった。

「ぼくとはちがってね。きみは弱虫じゃないから」

リリーはハッと我に返って反論した。「バジル、あなたは弱虫なんかじゃないわ。クレイボーンは何年もフェンシングとボクシングの訓練を受けているのよ」

バジルが自信なさげにうなずいた。「知ってるよ。彼はアンジェロの武術学校でフェンシングをやって、ジェントルマン・ジャクソン（英国のライトヘビー級チャンピオン）にボクシングを習ったんだ」

「そうよ。でも、あなたは貴族の男性みたいに暇な生活をしていたわけじゃないでしょう。それに、乗馬はクレイボーンと同じぐらいうまいわ。頭だって同じぐらいいいじゃない」

リリーの言葉にバジルは気をよくしたようだった。「きみだってそうだよ、リリー。いろんな点できみは彼とお似合いさ」

リリーは目をそらした。「否定はしないけど」

「じゃあ、何で彼と結婚しない？　クレイボーンはきみにとっていい夫になるよ、きっと」

それも否定できなかった。

「もしかして、きみの気持ちを返してもらえないんじゃないかって怖がってるの？」

リリーはごくりとつばを飲みこんだ。「ええ、怖いの。ヒースはわたしのことを愛してるって言ったわ。でも、本気じゃなかったとしたら？　どんなに熱意のこもった愛の言葉であろうと、真実ではないかもしれないのよ。アラベラの最初の婚約者のこと忘れたの？　アンダーウッド子爵のこと」

「クレイボーンは、あんな情けないやつとは似ても似つかないよ」バジルがきっぱりと言った。「それに、本気でもないのに〝愛している〟なんて言うような男ではないと思うね」そこで、彼は言葉を切った。「クレイボーンに愛してもらいたいんだね、リリー？」

「ええ……何よりも」リリーは静かに答えた。

ヒースの情熱だけがほしいのだと自分に言いきかせてきた。けれど、ほしいのは愛だった。心が痛くなるほど愛されたかった。激しい思いに貫かれて、リリーは思わず胸を押さえた。

黙りこんだリリーを見て、バジルは肩をすくめ立ち上がった。「リリー、自分で克服しない限り恐怖は消えないんだ。クレイボーンと結婚する危険を冒してもいいかどうか、自分で決めなければ」

そして、バジルは心乱れたリリーを残して去っていった。ひとりになったリリーはぼんやりと窓の外を眺めた。

完全にヒースを信じる勇気が出せるだろうか？

でも、それ以外に選択肢はあるの？　結婚したあとでつらい思いをするとしても、彼のいない人生ははるかにつらい。

昨日別れてから、これまでの人生で感じたことがないほど孤独を感じていた。会いたくて会いたくて心が痛い。

少なくともこの点でヒースの言葉は正しかった。独り身でいることはつらい。一生ひとりでさびしい人生を送るのはいやだ。むなしくて心にぽっかり穴が空いたみたい。まさにそれが今、リリーが感じている気持ちだった。

ヒースのプロポーズを受け入れる理由は他にもたくさんある。どれもこれまでふたりで話し合ったものばかりだ。

結婚しない限り、リリーが望んでいるような親密な関係は持てない。人目を避けた関係では、たまにほんの数時間しかともに過ごせないだろう。子どもも産めない。

ふたりの間には情熱があった。けれど、情熱がどんなにここちよいものだとしても、それだけでは幸せになれない。この点でもヒースの言うことは正しい。

財産のように扱われるのではないかという恐怖はどうだろう？　思いついた瞬間、リリーは否定した。ヒースの妻になったとしても、彼に縛りつけられることはないだろう。どう見ても、ヒースが突然彼女のことを支配したり一方的に命令を押しつけたりするようには思えなかった。ほんとうに愛してくれているのなら、そんなことはありえない。むしろ夫として、仲間として、伴侶《はんりょ》として、魂の友としてそばにいてくれるだろう。

もしも自分が彼のことをほんとうに愛しているなら、心から信頼できるなら、これまで抱いてきた恐怖を克服して彼と結婚する勇気が出せるだろう。

彼を愛しているのは確かだ。もはや疑うことはできなかった。ヒースのおかげで、リリーはこれまで知らなかった自分の願望を知った。彼とともに生きる未来。それこそがリリーの夢だ。彼はリリーの心の奥深い場所にある何かに手を触れて解き放ってくれた。

きみといると、生きているという気がしてくる。彼がそう言ったのは昨日のことだ。きみといると、喜びと生命力が体じゅうにあふれ、新鮮で冒険に満ちた毎日が過ごせるという気がしてならない。彼はそう言ってくれた。

そしてリリーは、ヒースといるとまさに同じことを感じるのだ。

そうだわ。リリーは心を決めた。静かな安らぎに満ちた感覚が体じゅうに満ちてきた。危険を冒してみよう。ヒースと結婚しよう。やっとリリーは彼の愛が信じられる気がした。

炉棚の上にある時計をちらりと見る。今ごろヒースはどこにいるだろう。気持ちが変わったことを今すぐ伝えなければ。

許してもらうには、少々がんばってあやまらなくてはならないかもしれない。リリーは最後に別れたとき彼が見せたよそよそしい態度を思い出した。そして、自分のほんとうの望みに気づくのにこれほど時間がかかったことを後悔した。

「リリー……?」シャンテルの不安そうな声がして、リリーは物思いからハッと我に返った。目を上げると、シャンテルが部屋の中にいた。真っ青な顔をして何かを胸に抱えこんでいる。新聞だわ。リリーはぼんやりと気づいた。「どうしたの?」ふいに不安が胸をよぎった。

「これを見て……」

それ以上何も言わずにシャンテルが近づいて新聞を手渡した。スター紙の夕刊だ。社交欄が開いてある。

「ここよ」シャンテルはかすれた声でそう言うと、ページの下段にある告知を指さした。リリーは目で追った。

クレイボーン侯爵が、ダンヴァース伯爵の妹でありベルドン子爵未亡人の姪であるレディ・エレノア・ピアースと婚約したことをここにお知らせいたします。結婚式は来月、侯爵の領地で執り行われる予定――。

感覚を失ったリリーの指から新聞が落ちた。顔から血の気が引いていく。ふるえる息をつきながら、自分に言いきかせた。これは、何かのまちがいだわ……。ヒースがレディ・エレノアと結婚するはずがない。確かにここに印刷されているけれど――。

「訳がわからないわ」シャンテルが悲しそうな声をあげた。「クレイボーン侯爵はあなたと結婚したがっていると思っていたのに、リリー」

「わたしもそう思っていたわ」リリーがかすれた声で言った。

「侯爵はゲームに勝ったのよ。だから今、あなたに求愛する権利があるのに。どうして他の女性と婚約なんかするのかしら?」

答えはわかっていた。何度も彼を突っぱねたからだ。だから、今リリーはその代償を払うことになったのだ。ヒースはもうわたしと結婚したくないと心を決めてしまったのだわ。

体じゅうの血が逆流するような気がする。ヒースは、マーカスの美しくていきいきとした妹と結婚すると決めてしまった。

レディ・エレノアに求婚したのはつい最近のはずだ。もしかしたら今朝か昨日あたりだろうか。そうでなければ、今日の夕刊に告知できるはずがない。

リリーはふるえる手で唇をふさぎ、苦痛の叫びを抑えつけた。自分を責めるしかないのはわかっていた。数え切れないほどプロポーズを断ってきたのだから。結局、ヒースはリリーの意志を受け入れただけだ。

警告したとおり、彼はリリーを追いかけることをあきらめたのだ。

リリーはぎゅっと目を閉じて、現実を受けとめようとした。一生幸せになれるチャンスを手にしていたというのに、自分から放り投げてしまった。

ヒースのいない人生をどうやって生きたらいいの？　そんなことに耐えられるのかしら？

恐怖のあまり胸が苦しくなり、心臓が痛い。

「何てひどい皮肉なのかしら？」リリーはつぶやいた。「やっと自分の望みがわかったというのに、もう遅すぎるなんて」

ヒースのことを絶対に信じないと固く心に決めていた。絶対に心を開かない、と。その結果、彼を失ってしまった。ああ、ばかなわたし……。

リリーは絶望に襲われて、どうしようもなく首をふった。だめ、このまま行かせない！　何もしないでヒースを失うわけにはいかない！

リリーは新聞を抱きしめたまま、突然立ち上がった。

「どこへ行くの？」リリーの背中に向かってシャンテルが叫んだ。

「クレイボーン侯爵を探しに行くの」リリーは怒りに満ちた声で言った。「彼はレディ・エレノアと結婚なんかしないわ！　わたしと結婚するのよ！」

20

わたしが心から望んでいるのはあの人なの。やっとそれがわかったわ。

　　　　——リリーからファニーへ

絶望に突き動かされるようにして、リリーはベッドフォード・スクエアにあるヒースの屋敷にやってきた。玄関の前に到着したとき、絶望感がさらにつのった。しゃれた女性用の四輪馬車が停めてあったのだ。元気のよさそうな二頭の馬の手綱を、制服を着た馬丁が握っている。

ヒースの新しい婚約者レディ・エレノアの馬車だろうか。リリーは貸し馬車から降りて玄関に近づくと、ノッカーをたたいた。

執事は何も言わずに中へ通してくれた。けれど、前回とはちがう部屋に通されたとき、リリーはさらに胸が苦しくなった。明らかに屋敷の主人の書斎だ。

そこには、レディ・エレノアがいた。本を読みながら、ぜいたくな革のソファの上で両脚を抱えてくつろいでいる。まるでこの家の女主人のようだ。

すっかりとまどったリリーは敷居の上で足を止めた。気づかれる前に逃げだそうか。けれどそのとき、執事がリリーの名を告げたので、中に入るしかなかった。

ヒースは大きな机の向こう側に腰をかけ、羽根ペンで何かを書いている。リリーが中に入ったとたん彼は顔を上げ、しばらくの間しげしげと見つめていた。彼の表情からは何も読みとることができない。昨日と同じようにまったく謎めいている。

リリーはこれ以上ないほどに落ちこんだ。

レディ・エレノアの楽しげな声が響いた。「ミス・ローリング、お会いできてうれしいわ」

落ちつきをとりもどそうとむなしい努力をした末に、リリーは何とかお辞儀をして丁寧なあいさつの言葉をつぶやいたが、すぐに視線をヒースに戻した。「ふたりだけでお話ができますでしょうか、侯爵様？」

リリーを見つめたまま、ヒースはたくましい肩をすくめた。「ふたりきりになる必要などないだろう。エレノアに聞かせられないようなことは何もないと思うが」

リリーは、苦しみといらだちの入り交じった気持ちで彼を見た。「あなたたちの婚約の告知を見ました」やっと口に出して言う。

驚いたことに、レディ・エレノアがヒースに代わって答えた。「わたしたちの婚約に異議がおありなのかしら、ミス・ローリング？」

「ええ……そうです」漆黒の髪の美女に毅然と立ち向かいながら、リリーは拳を握りしめた。「この人とは結婚できませんわ、レディ・エレノア。すでに先約がありますから」

エレノアが眉をつり上げた。「わたしのいとしいヒースはあなたのものだと言うの？」

「そうです」リリーが強い口調で言った。

エレノアの唇に浮かんだ満足そうな微笑みは謎めいていた。「だから言ったでしょう」そう言ってヒースのほうをちらりと見る。「あのすてきな栗毛の雄馬はいただくわよ」

ヒースが軽くうなずいた。「きみのお好きなように、ネル」そう言いながらも視線をリリーから離さない。「差しつかえなかったら……」

さり気なくうながす言葉にエレノアは笑い声をあげた。「いいでしょう。わたしだって去り際は心得ているのよ。ふたりきりにしてあげますから、ちゃんとお話しするといいわ」

エレノアはそれ以上何も言わず、本と手提げ袋《レティキュール》を手に立ち上がった。けれど、リリーのそばを通りすぎるとき、あたたかな微笑みを浮かべながらこうつぶやいた。「幸運を祈るわ」まるで本気で幸運を祈っている口調だ。

訳がわからないまま、リリーはヒースに視線を戻した。彼は立ち上がったものの机の向こうから離れない。リリーは一歩近づいた。心臓がドキドキして膝がガクガクして胃がぎゅっと締めつけられるような気がする。

「どういう意味なのかしら？」リリーが不安そうに尋ねた。「〝だから言ったでしょう〟って？」

「たいした意味はない。ところで、なぜここに来たんだ、リリー？」

歓迎しているような声には聞こえなかった。リリーは長いことためらってから答えた。「あなたたちの婚約を破棄させるためよ。あなたはレディ・エレノアと結婚できないわ」

「どうして？」

「わたしがあなたの妻になりたいから」

ヒースが話しはじめるまでの時間が永遠につづくような気がした。「なるほど。どうして気が変わった？　確かぼくは数え切れないほどきみに結婚してくれと頼んだと思うが、毎回きみに断られていたね」

「わかっています」リリーは気持ちを抑えようとしたけれど、焦りのせいか喉がからからに渇いている。「でも、気づいたの……。わたし、あなたを愛してます、ヒース」

彼の表情はまったく変わらなかったが、わずかに目が鋭くなったような気がした。「きみの愛がじゅうぶんなものなのか、ぼくにはわからないな、リリー」

「じゅうぶんじゃないと？」リリーはふるえる声でくり返した。

「言っただろう。きみの信頼もほしいと」

「あなたのことを信頼しているわ、ヒース」あわてて口にしたものの、何を言ってもうまく伝えられないような気がした。「あなたのことを怖がるなんてまちがっていました。あなたは、わざとわたしを傷つけるような人ではないもの」

ほんのわずかだが、ヒースの表情がやわらいだ。「わかってもらえてうれしい限りだ」

リリーは、しっかりと念を押すようにうなずいた。「わたしがばかでした。やっと気づいたの。あなたのいうとおりよ。わたしたちの間にあるのは特別で非常にまれなものだわ。一生に一度しかめぐり会えないものだと思うの。怖いからといって、そんな大切なものを投げ捨ててしまうことなんてできません」

「そんなことをするのは愚かとしか言いようがないな」

「そうよ。昨日……」リリーはしばらくためらってから、やっと口を開いた。「昨日あなたはわたしのことを愛してるって言ってくれたでしょう。わたしにもう一度やり直すチャンスをくれてもいいって思うぐらい、まだわたしのことを愛してる?」

何も答えないうちからヒースの目の中に突然きらめいたあたたかな光を見て、リリーの心臓が高鳴った。「緊張しているきみもなかなか魅力的だね、スウィートハート」

恐怖と希望がリリーの心の中でせめぎ合った。「緊張しているんじゃないわ。わたし、ものすごく怖いの。手遅れではないかと思って」

「ということは、これはきみからのプロポーズだと思っていいのかな?」そう尋ねると、ヒースは机の向こうからリリーの前にやって来た。

「そうです」

ヒースは考えこむように唇を結んだ。「では、きちんとした言葉で言ってくれ、リリー。ぼくはもう何回もプロポーズしたからね。そろそろきみの番だろう」
彼の目の中にあふれ出るやさしさには、わずかに楽しげな気配が漂っていた。反省している
リリーの姿をおもしろがっているのだ。リリーは少々腹立たしく思いながら気づいた。それで
も、彼には心から謝らなくてはならないだろう。「ひざまずいてお願いしないとだめかしら？」
「いや、そこまでしてくれなくてもいい。簡単に言葉で言ってくれ」
「お願いだから、わたしと結婚してくれますか、ヒース？」
「理由も聞きたいな」
「あなたのことを心から愛しているから。それに、あなたなしの人生なんて生きたくない」
ヒースは確かめるようにリリーを見つめている。「きみは何より自立した人生を生きたいん
じゃなかったのかな」
「以前はそうだったわ。でも、みじめな気持ちで暮らすことになるなら、自立していても意味
がないってわかったの。あなたがいないと、わたしはみじめになってしまう。あなたを失った
ら、人生はむなしくてつらいものになってしまうわ」リリーは意を決したように彼の目をのぞ
き込んだ。「わたし、あなたを夫として望んでいます、ヒース。一生あなたと生きていきたい
の、あなたの妻として」
とうとうヒースが軽くうなずいた。満足そうな様子だ。「では、つつしんで申し出を受ける
ことにしよう」

安堵の思いがどっと押し寄せてリリーの膝から力が抜けた。と、そのとき、ヒースが一歩近づいたかと思うと、顔を寄せてキスをした。

彼の唇は意外なほどやさしく、信じられないほどすばらしかった。なつかしい唇。何よりも誰よりも大切な男。けれど、ヒースはすぐに体を離した。リリーが両手を彼の肩にあずける間もなく。

くるりと背を向けたヒースは机の前に戻ると、書類を手にとってリリーに渡した。好奇心を刺激されてリリーは書類を受けとり、すぐに目を通した。

それは結婚特別許可証だった。ヒースの名前が申請者として、リリーの名前が花嫁の名として書き込まれていた。

リリーは驚いてヒースの顔を見上げた。「どういうことなの。あなたはレディ・エレノアと婚約したとばかり思っていたわ」

彼は無邪気とはいえないわざとらしい表情を見せた。「きみにそう思わせたかっただけさ。きみが見たあの告知は本物じゃないんだ」

「本物じゃないですって？」

「そうだよ。あれは一部しか刷っていないのさ。スター紙の社長は友人でね。彼に頼んで、エレノアとの婚約を知らせる告知をのせた新聞を一部だけ印刷してもらった。きみのご友人方が新聞の社交欄を欠かさず読んでいることは知っていたからね。きっと告知を見つけてきみに知らせるだろうと思っていた」

リリーは信じられない思いでヒースを見つめていたが、突然、机の上に新聞を投げつけた。両手で口を覆い、怒りのせいで目がけわしくなっている。「あなたって人は、わたしをだましてレディ・エレノアとの婚約を信じ込ませたのね。とんでもなく卑劣で見下げはてたことをしたものだわ！」リリーは吐きすてるように言った。「わたし、死ぬほど怖い思いをしたのよ！」

微笑みを目に浮かべたヒースの表情には、ほとんど後悔している様子はない。「〝目には目を〟だよ。ぼくも、きみには死ぬほど怖い思いをさせられたからね。何があっても結婚しないと言いつづけていたじゃないか」

「だから、別の女性に気があるふりをしたのね？」

「きみに自分から一歩踏み出してほしかったんだよ。きみを正気に戻してぼくへの気持ちに気づかせるには、嫉妬させるのがいちばんだと考えたのさ。エレノアが親切に一役買ってくれた」

リリーは人差し指で彼の胸を突いた。「あなたって相当な悪党だわ、ヒース・グリフィン！」

身を守ろうとヒースは彼女の手首をつかんで引き離した。燃えるような彼の視線がリリーをとらえ、楽しげに見返している。「きみが相手ではどうしようもなかったんだよ。何しろきみは頑固なおてんば娘だからね。他にどうしたらよかったんだ？　愛の告白をすればきみはパニックに陥るし、強制したらますます意固地になっただろう。むりやり結婚を承諾させることはできなかったんだよ、リリー。きみは自分の意志で決める必要があったのだから」

彼はリリーの手をとって軽く唇を押しあてた。「だが、ぼくは絶対にきみを逃がすつもりはなかった。どうしようもなく愛しているから、ノーという返事を受けとる気はなかった」

熱意のこもったヒースの言葉を聞いているうちに、リリーの怒りが消えていった。彼の目には、所有欲とやさしさとあたたかさが満ちている。突然、息が楽にできるようになった。ヒースを失っていなかったのだ。彼はリリーを愛している。そして、彼女の頑固さも許してくれた。

「あなたって、やっぱりどうしようもない人ね」リリーはつぶやいた。もっとも、唇から微笑みがこぼれそうになっている。

ヒースは、いつもの彼らしい魅力的な微笑みを浮かべた。「そうかもしれない。だが、これもきみを愛しているからこそだよ。そうでなければ、こんな面倒くさいことはしないさ。そうだろう？」

「そうね」リリーは悔しそうにうなずいた。「いいでしょう。許してあげます」

ヒースはリリーの顔に手をさしのべ、親指で頬をなでながら彼女の目をのぞき込んだ。「結婚してくれるんだね？」

彼の金色の瞳に愛が輝いている。リリーは胸がいっぱいになった。「ええ、ヒース。わたし、あなたと結婚するわ。喜んで」

「ありがたい。もう希望はないかと思っていたよ」リリーの体に腕を回すと、彼はぎゅっと抱きよせ、彼女の髪に頬をうずめた。「きみなしではぼくは生きていけない、リリー。きみなしでは幸せになれないんだ。幸せというものを知ってしまったから」ヒースは静かに笑った。「きみに出会うまで完璧に幸せだと思っていた。自分に欠けているものがあるなどと思ったこともなかった。馬小屋の二階できみにキスしてから、ぼくの人生は変わってしまった」

リリーも同じ思いだった。心の中に空いた穴を、人生に欠けていたものをヒースが埋めてくれたのだ。

リリーはヒースのたくましくあたたかな体に体をあずけ、抱きしめてくれる腕の感触をしみじみと味わった。これから一生をともに生きるのだ。「わたしのことをあきらめないでくれて、心から感謝しているの」

答える彼の声には微笑みの気配があった。「そろそろ理解してくれてもいい頃だろう。ぼくはきみと同じぐらい頑固者でね。それも、ぼくらの相性がいいしるしだ」そこで、言葉を切る。「だが、きみがぼくを変えたんだ。いいほうにね、たぶん」

「どういうこと？」

「きみのおかげで、自分について不愉快な事実を認めざるを得なかったものでね。きみの愛を手に入れるためには、きみにふさわしい男にならなければならないと実感した」

よく飲みこめないまま、リリーは体を離して彼の顔を見た。

ヒースの表情は驚くほど真剣だった。「ぼくの場合、何でも簡単に手に入るだろう。ほしいものを手に入れるために労働する必要もなかった。ところが、きみに出会ってしまった。きみだけだよ。ほしいと思ったのにすぐ手に入らなかったのは。きみのそばにいようとするだけで、大変な苦労をすることになったからね」

彼は厳《おごそ》かな表情でリリーを見下ろした。「それから、きみのことがよくわかってきたんだ、リリー。きみがどんなに努力しているかこの目で見た。友人たちを助けるために一生懸命だったね。ぼくは自分がこのままではいけないと思ったんだ。以前は、ぼくにとって人生はゲームのようなものだった。他の人間のことをそれほど考えることはなかった。召使いや、身を売る羽目に陥った娘たちのことなど考えもしなかった。でも、きみのおかげで人生はただのゲームじゃないと実感したんだ。それに、恵まれない人びとを助けるために自分の財産と力を生かすことができると気づいた」

「あなたはもう何人も助けてあげているわ」リリーは真剣な表情で言った。「ベティとペグにまったく新しい人生を用意してあげたじゃない」

「それだけではじゅうぶんじゃない。これからは、よい目的に財産を生かしてみたいと考えているんだよ。手始めに、テス・ブランチャードの慈善活動に寄付をした。それに、きみが考えている恵まれない女性たちの家の運営にも手を貸したいと思っている」

「ああ、ヒース……」リリーは心の中にあたたかいものが満ちるのを感じた。けれど、彼の生き方にこれほど影響をあたえていたことに驚きを感じずにいられなかった。「わたしのためにそこまでしてくれなくてもいいのよ」

「いいや、やらせてもらう。きみにとっていい夫になりたいんだ、リリー。きみと情熱を分かち合いたいと思っている」

リリーの心が喜びにあふれた。「あなたは誰が見ても最高の夫になるわ、絶対よ」彼の首に手を回しながら、じらすような微笑みを浮かべた。「あなたは、ふつうの貴族の男性みたいにつまらない放蕩者じゃないって、わたし、よくわかっているのよ」

ヒースがにっこりと笑った。「そう思ってくれてうれしい限りだ」

「それから確かに、あなたはわたしにとって最高の相手だわ。あなたって大胆で怖いもの知らずで冒険好きなんですもの。わたし、そういう資質を持った男性を高く評価しているの。だから、夫にもそういう資質を備えていてほしいものだわ」

「ぼくは幸運だな」

ふいに真剣な表情を浮かべてリリーが首をふった。「いいえ、幸運なのはわたしのほうよ、ヒース。わたし、あなたにふさわしい女かどうか自信がないけど、あなたのことをとても愛しているの。だから、いい妻になれるようできる限り努力するわ」

「それについては、これからじっくり確かめてみることにしよう」

挑発的な言葉だったが、彼の目に戻ったいたずらっぽい光を見てリリーは心強い気持ちになった。さらに、やさしい言葉がつづいた。「愛しているよ、リリー。一生きみを愛している」

リリーは眉を上げた。不安な気持ちを見せたくはなかった。「もしも、あなたがわたしに飽きるときが来たら？」

「そんなことは百万年経ってもありえない」

　その言葉を証明するかのように、ヒースはリリーの顔を両手で包みこみ、いつくしむようなキスをした。

　喜びのため息をもらしながらリリーは、あらんかぎりの熱情をこめてキスを返した。体じゅうの感覚が彼を求めている。最後にキスをして彼に触れたのは、もうだいぶ以前のことだ。彼の燃えるような情熱が、リリーの心に残った最後の恐怖のかけらを消し去り、せつないほどの欲望をかき立てた。

　けれど意外なことに、ヒースは突然キスをやめ、リリーの腕をふりほどいた。「急いではいけないよ。快楽にふける前に少々決めておかなければならないことがある」

「何のこと？」

「いつ結婚してくれる？」

　息を切らして顔をしかめると、リリーはヒースに促されるままソファの前に行った。「いつでもいいわ」抱き合ったまま、ふたりは腰を下ろした。

「ぼくにとっては、いつでもいいとは言えない。できるだけ早く式を挙げたいんだ。今週にでも。きみの気持ちが変わらないうちに」

　リリーは微笑みながら彼を見上げた。「約束します。絶対に気持ちは変わらないわ」

「ぼくとしては危険を冒したくないのでね。お姉さんたちみたいに豪勢な結婚式をしたいかい？」

「全然」リリーは身ぶるいするようなふりをした。「できれば費用を節約して、恵まれない女性の家の資金に回したいわ。結婚のお祝いもそう。船みたいにとんでもなく豪華な贈り物をしてくれなくていいのよ、ヒース」

「いいだろう。豪華な贈り物はなしだ……。ただし、ぼくからの愛のしるしとしてゼファー号は受けとってもらうよ」

リリーの微笑みがいたずらっぽくなった。「喜んでお受けしましょう。あなたといっしょに世界を旅するなんてすてきな申し出を断るほど、わたしも頑固じゃないわ。わたしだって、興奮と冒険に満ちた人生を夢みてきたんですもの。新しい目的を見つけたときにはあきらめようと思ったけど」

「幸いなことに、裕福な侯爵夫人としてどちらの目的も追求することができる」

「そうね」リリーは楽しげな笑い声をあげながらうなずいた。「両方できるわ」

「それから、結婚の足かせから逃げ出したくなったら、いつでもこの船を使うといい。好きなときにぼくから離れることができるんだよ。いつでも、どんな理由でも」

リリーの表情がふと真剣になった。ヒースの贈り物の意味がやっとわかった。「だから、わたしに船をくれたのね」ゆっくりと口に出す。「ゲームの点数を稼ぐためではなくて、わたしに逃げる手段を用意してくれたんだわ、あなたは。結婚という危険を冒すわたしがいつでも逃げられるように」

「そうだよ、スウィートハート」ヒースが答えた。

リリーは小首をかしげて彼を見つめた。「あなたから逃げたくなるとは思えないけれど、いとしいヒース。それに、あなたなしでどこにも行きたくないのよ。でも、感謝しているわ」

「どういたしまして。ところで……」そこで話題を変える。「まずどこに行きたい？ 新婚旅行は地中海に行くのはどうだろうか。ブルターニュにいるきみのお母さんのところへ行ってもいいね」

「まあ、ヒース。ぜひ行きたいわ。以前からフランスに行きたかったの。それに、イタリアやスペインにも――」

「わが美しき花嫁の望むところならどこへでも」ヒースが礼儀正しい口調で言った。

彼は唇を寄せて、リリーにたゆたうようなキスをした。彼のやさしさがあたえてくれる天にも昇る心地に喜びを感じながら、リリーはため息をついた。

「では、これで決まりだね？」ヒースは唇を離してそう言った。「土曜日に結婚しよう。ゼファー号の上で結婚式をするんだ。牧師を呼んで」

「土曜日ならいいでしょうね。アーデンと新婚旅行中のロズリンも呼び戻せるわ。姉も反対しないと思うの。ふたりとも来週いっぱいケントにいるでしょうから。姉たちにはふたりとも出席してほしいのよ、ヒース。それから、ウィニフレッドとテスも。もちろんファニーもよ。フレールとシャンテルも」

「もちろん、みんなぼくらの縁結びの恩人だからね。それから、エレノアにも来てほしいな」

リリーはじっと彼の目をのぞき込んだ。「彼女があなたに対して権利を主張しない限りは歓迎するわ」

美しいヒースの唇に楽しげな気配が浮かんだ。「エレノアと結婚するなんてありえないよ。嫉妬する必要などないのだから。もっとも、ぼくとしては嫉妬されてうれしいがね。きみがその気になれば、エレノアとはいい友だちになれると思うよ」

「今はレディ・エレノアのことはとても好きよ。でも、あなたがわたしの代わりに彼女と結婚しようとしたと思ったときは、串刺しにしかねなかったけれどね」

「きみの代わりなんていないさ」

「いいでしょう」リリーがきっぱりと言った。「あなたのことを誰かと共有する気は絶対にないから」

ヒースがリリーをじっと見つめた。「きみの友だちのエドウズのことだが、ぼくは嫉妬しなくていいのだろうね?」

「バジルのこと?」リリーは笑いそうになった。「ありえないわ。バジルは兄みたいなものなの。それに、あの人、ファニーに夢中なのよ」

「そんな気がしていたんだ。ファニーを助けるために、こてんぱんにされる覚悟で出かけたわけだから」

「ふたりが困難を乗り越えて幸せになれるとうれしいわ」リリーがやさしい声で言った。「ひょっとして――」ヒースが楽しげな声で尋ねた。「きみ自身が仲人役を買って出るなどと言わないでほしいな、エンジェル」

リリーは顔がまっ赤になった。「少なくとも、縁結びをしてあげたいっていうウィニフレッドの気持ちがわかるようになったわ」

ヒースがくすくす笑った。「きみはずいぶん変わったね。ぼくもそうだが」

「そうね、ずいぶん変わったわ」

夢見ごこちのため息をついて、リリーはヒースの肩に頭をのせた。愛のおかげで自分は変わった――とてもよい方向に。リリーは信じていた。心を取り巻いていた防御の壁が消えたのだ。ヒースがゆるぎない決意でたゆまぬ努力をしてくれたおかげだ。彼が壁を少しずつ崩していって風穴を空けてくれたからこそ、リリーは心を開くことができたのだ。

今リリーが感じる彼への愛は強く確かなものだった。

自分ほど幸運な人間はいない、とリリーは思った。そして、何も言わずに唇をヒースの唇に寄せた。すばらしい男性に愛されて、思いも寄らなかった未来が約束されているのだ。

ヒースもまた無言のまま、魂の底まで届くようなキスを返した。リリーはそんな彼のキスなしではもう生きられない気がした。魔法のような彼の唇にむさぼられ、こみ上げる欲望にリリーはめまいがした。

けれど、リリーが手をさしのべて彼のクラヴァットをほどこうとしたとき、ヒースが押しとどめた。「何をしようと言うんだい、スウィートハート？」

「あなたと愛を交わしたいの」かすれた声でリリーが答えた。「結婚の贈り物を上げようと思って。わたし自身を」

ヒースが彼女の手をふりほどいた。「いちばんうれしい贈り物だが、きちんと結婚するまでは受けとらないでおこう」

「ヒース」リリーの声には、いらだちとせつなさが入り交じっていた。

「ぼくもきみと同じように待ちきれない思いなんだよ。だが、きみがぼくの花嫁になってくれるまで誘惑を受けるつもりはない」

「わたしは誘惑されてもいいわ」

「土曜まではキスでがまんするんだ」

「キスだけ？」ひどくがっかりしたリリーは唇を突き出した。「それって拷問よ。初夜まで待つなんて」

ヒースのハシバミ色の瞳がいたずらっぽく輝いた。「待つだけの甲斐があるさ。約束する」

「ほんとうに？」彼の唇をじらすようにくすぐるリリーの指を、ヒースはきっぱりと拒んだ。

「これから一生夫婦として夜を過ごせるのだからね」あくまで言い張る。

「いいでしょう」リリーはとうとう引き下がった。「でも、絶対に約束を守ってほしいわ」

「約束するよ。それまでは――」ヒースはリリーの髪からピンを引き抜き始め、彼女を驚かせた。「キスだけでどれほど独創的なことができるか確かめてみようと思う」

彼の微笑みに浮かぶ魔法のようなぬくもりを感じて、リリーはドキドキしてきた。彼の顔が近づいて唇を重ねてきたとき、リリーの心の中に笑いと欲望が同じようにこみ上げ、いつしかリリーはヒースの魅力的な愛撫に身をゆだねていた。

エピローグ

あなたの言うとおりだったわ、ファニー。
わたしの幸せはクレイボーン侯爵と結婚することにあったの。
わたしにとっていちばんすばらしい男性とともに、
愛と充実感に満ちた人生を送れるんですもの。これ以上の喜びはないわ！
――リリーからファニーへ

あなたが幸せになれて、わたし、ほんとうにうれしいのよ、リリー。

今度出す本が成功したら、その収入でわたしも幸せな結婚ができるかもしれないわ。

やってみなければわからないもの！　ひょっとしたら、小説家になれるかも。

あなたたち姉妹が真の愛を見つけるお話を書けば、すばらしい小説になるんじゃないかしら。

――ファニーからリリーへ

一八一七年八月、ロンドン

ゼファー号の甲板でヒースは、三時間前花嫁になったばかりのリリーを誇らしく愛情深く見つめていた。家族や友人たちに取り囲まれたリリーは、この上なく幸せそうに見えた。黒い瞳が喜びと興奮でキラキラと輝いている。

あの輝く瞳がいとしくてたまらない、とヒースは感じていた。あの官能的な唇にキスしたくてたまらない……。

一刻も早く花嫁を独占したいというのに、結婚式の客たちが船を去るまで今しばらく待たなければならないようだ。今のところ、誰一人帰ろうとする者はいない。シャンパンを飲んでは乾杯を交わし合い、新婚夫婦にまつわる楽しい話に興じている。

笑い声であふれかえっているのは、ひとつには限られた少数の客だけが招かれたために、親密な雰囲気がみなぎっているせいだ。ふたりの結婚式は、ほんの数日前執り行われたばかりの、社交界の面々を招待したドリューの豪華な結婚式と比べて質素なものだった。そして、その後の披露宴――ヒースの有能な使用人たちが船上で用意した昼食会――は、二カ月前にチェズウィック村の教会で執り行われたマーカスの結婚式のあとダンヴァーズ館で開かれた壮麗な披露宴とは比べものにならないほどつつましやかなものだった。

けれど、リリーはすべてが完璧だと感じていた。結婚式を取り仕切ったのは、マーカスとアラベラが結婚したときと同じチェズウィックの牧師だ。テムズ河畔に停泊する無数の船をながめながら、リリーは来週始まる新婚旅行への期待に胸をふくらませた。

新妻がシャンパンをグラス半分しか飲まないと決心したことを、ヒースはひどくおもしろがっていた。初めてキスを交わした馬小屋の二階での醜態をくり返したくないと言うのだ。リリーはおとなしくしていようと固く決心していた。もっとも、世間のひんしゅくを買うような客を招いていたけれど。

フレールとシャンテルは楽しそうだった。ファニーとバジルもだ。年老いた高級娼婦たちは、新郎新婦を結びつけたのは自分たちだと誇らしげに語っていた。一方、レディ・フリーマントルは、そもそもふたりを結びつけたのは自分だと言い張っていた。

ウィニフレッドはいかにも満足そうな表情を浮かべ、いつもながらの大声で叫んだ。「あたしはあんたの幸せをずっと願ってきたんだよ、リリー」

「わかっているわ、ウィニフレッド」リリーはやさしく友を抱きしめた。「だから、あなたのおせっかいはみんな許してあげるわ」

「ふんっ」ウィニフレッドがちゃめっ気たっぷりに答えた。「おせっかいを焼いたことはあやまらないからね。あたしがクレイボーン侯爵をけしかけてハンプシャーまであんたを追いかけさせなければ——あんたの嘘っぱちにすっかりだまされたわけだ——あんたたちはこうやって結婚にこぎ着けなかっただろうよ。あんたときたら、結婚は牢獄だって毛ぎらいしていたからね。侯爵だって大胆な手を打たないわけにはいかなかったんだよ」

「認めるわ」リリーが笑いながら答えた。「結婚が牢獄だって思いこんでいたのは、大まちがいでした」

リリーは友の肩ごしにヒースの姿を探した。数ヤード離れたところにいる彼の姿を見つけたときリリーが彼に送った微笑みは、太陽のようにあたたかく輝いていた。

ヒースは魅了され、ただ見つめていた。まるで心臓のど真ん中を撃ち抜かれたような衝撃だ。ふたりの視線がからみ合ううちに、押し寄せたぬくもりの波に包みこまれてヒースは体から力が抜けるような気がした。

ちょうどそのとき、マーカスとドリューがやって来た。

「これで、きみもぼくらの仲間だな」マーカスは楽しげな声でそう言うと、ヒースの肩をたたいた。「三ヵ月前きみは、自由を愛しているから結婚の罠にははまりたくないと断言していたな、確か」

ヒースがくすくす笑った。「そのとおりさ。運命の女性と出会えばすべてが変わるということだ」

「ぼくら三人は同じ教訓を学んだようだな」ドリューが苦笑いした。けれど、その声にはかつてのシニカルさの気配もなかった。「お互い理想の妻を見つけられたこともすばらしいが、その三人が姉妹というのもすばらしいことだ」

三人の男性がふり返って美しいローリング姉妹を見つめたとき、ヒースは友人たちの妻への気持ちが、自分のリリーへの気持ちと同じであることを知っていた。

「だが、ぼくは彼女を花嫁にするのに一苦労したよ」ヒースが言った。「求愛を認めるよう説得するだけでも相当の時間がかかったからね」

「なら、とんでもなく幸運だったってことね」レディ・エレノアが口をはさみ、兄のかたわらに立った。「あきらめなくてよかったわね、ヒース。あなたとリリーは完璧にお似合いよ」

にこやかな笑みを浮かべてヒースはエレノアに会釈した。「きみには感謝しないとならないな。ぼくと婚約したふりをしてくれたおかげで、リリーを正気に戻せたのだから」

マーカスはからかうような視線を向けて、兄らしくエレノアの肩を抱いた。「おやおや、ネル、三度目の婚約か？」

エレノアはいかにもおかしそうな顔をした。「そういうこと。もっとも今回の婚約は完全な嘘で、たったの数時間しかもたなかったわ」

マーカスがヒースのほうに顔を向けた。「偽の婚約告知を印刷させたようだが、慎重にやったんだろうな？」

「もちろん。新聞社の人間と印刷屋には秘密を守るよう誓わせた。たっぷり賄賂を使ってね」

「いいだろう」マーカスが答えた。「エレノアがまた婚約破棄したなどと噂が立ったら、男たらしという評判が固まって結婚が難しくなってしまうからな。それに、リリーとはちがってエレノアは一生独身でいたいと望んではいないんだ。そうだろう？」

エレノアはほがらかな顔をしてうなずいた。「そうよ、お兄様。あなたとヒースとドリューみたいに真の愛を見つけたいわ。まだ希望は捨てていないわよ。ミス・アーウィンの本がもうすぐ出版されるそうだけど、確か若いレディ向けに夫を捕まえる方法についてアドバイスしたものとか。その本を読めば、理想的なお相手が見つかるかも」

レディ・フリーマントルがその言葉を聞きつけて、声をかけた。「お手伝いが必要なら、レディ・エレノア、あたしがお役に立てますよ」

「ありがとうございます」エレノアは微笑みを浮かべて答えた。「心にとめておきますわ」

そのとき、ファニーが会話に加わった。「レディ・エレノア、出版前の本を読んでいただければうれしいわ。もしも役に立つと思われたら、お知り合いのお嬢様方に買ってもらえるよう声をかけていただければ助かります」

「ぜひ読ませて宣伝させていただくわ、ミス・アーウィン」

「ありがとうございます。売上がじゅうぶん上がって、専業の作家になれればうれしいと思っているんです」

ファニーがバジルのほうに視線を向けた。彼の顔にはまだ青あざが残っていたが、見交わすふたりの目と目を見れば、ふたりが将来をともに生きたいと願っているというリリーの推測がまちがいではないことがわかる。ふたりの関係が進展するよう手助けすると、ヒースはリリーに約束していた。手始めに、法律事務所の事務員より収入のよい仕事をバジルのために探していた。今のところ、三件ほどよさそうな仕事先を考えているところだ。

そしてバジルのほうも、貴族の秘書らしい外見に変わっていた。年老いた高級娼婦たちが彼の面倒を見て、流行の服に身を包んだ紳士に変身させたのだ。だから、バジルは以前の事務員らしい雰囲気とも、さえない服ともすっかり縁を切っていた。今の彼は仕立てのよいフロックコートとズボンを身にまとい、ピカピカに磨いた流行のヘシアン・ブーツ（前方にふさの付いたブーツ）をはき、以前よりはるかに自信に満ちて男らしい雰囲気を身につけている。まさに、ファニーのような美しい高級娼婦にふさわしい男になろうとしているようだ。

人の流れが変わり、たまたまテス・ブランチャードがヒースのそばにやって来た。「お礼を申し上げたかったんです、クレイボーン侯爵様。わたしの活動のためにあんなに寛大な寄付をしてくださって。こんなすばらしい後援者がいてくださるなんて、わたしたちは幸運です。それから、ご希望に添うような家を見つけておきましたわ」

「何だって？」ウィニフレッドが口をはさんだ。「でも、侯爵はもうすばらしい屋敷を持っているじゃないか。しかも何軒も」

リリーがテスに代わって答えた。「わたしたち、不幸な女性のための家を運営する計画を立てたのよ、ウィニフレッド。困っている娘さんたちに住む場所を提供して、きちんとした仕事につけるような技術をいろいろ学べる場所を用意するの」

「すばらしいことだね」ウィニフレッドが叫んで、感心したようにヒースを見つめた。「わが愛する花嫁が思いついた考えですから」ヒースはそう言うと、リリーのほうに手を向けた。

彼の手をとって、リリーは彼のかたわらに立った。「でも、それを現実にしているのはあなたよ。わたしの考えた活動をこれほど応援してくれるなんて、すばらしいことだわ」

会話が進むうちにヒースがリリーの耳もとに顔を寄せて、彼女にだけ聞こえるようにささやいた。「愛が男を変えるんだよ、奥様。男は貴婦人のために竜を退治する騎士になりたいのさ」

リリーの目が楽しげに躍り、彼を見上げた。「わたしのために竜を退治してくれるの、だんな様？」

「きみが望むならね。もっとも、きみは強いから、たいていの場合自分で竜を退治してしまうんだろうな」

「それは誉め言葉と受けとっておきましょう」

「もちろんそうさ」ヒースはリリーのこめかみに軽く唇を押し当てた。

ほんとうに誉め言葉のつもりで言ったんだ、とヒースは考えながら、彼の親密なしぐさに顔を赤らめるリリーを見つめていた。

リリーには何ひとつ変わってほしくなかった。とりわけ、あの情熱的な性格はそのままでいてほしかった。彼女は悪党相手に拳をふり上げて立ち向かうが、彼にとってはいつでも頼もしい味方だ。そして、あの激しさそのままに忠実な心で彼を愛してくれるだろう。ヒースは確信していた。

彼自身もリリーに対して同じことを感じていた。リリーへの愛は激しく、抑えようもないのだ。そして、欲望が心の中で強く響き渡っている。

ウィニフレッドがたまたまリリーの赤くなった頬に気づいて、今日はクレイボーン侯爵夫妻の結婚第一日目だと客たちに呼びかけた。「あたしたちはそろそろおいとまして、新婚さんをふたりきりにしてあげたほうがよさそうだよ」ウィニフレッドらしい率直な口ぶりだ。

ヒースは心から同じ意見だった。けれども、客たちが立ち去ったのはそれから三十分近くたってからのことだった。その頃には、召使いたちが料理の残り物を集め、テーブルや椅子を馬車に積み込んでいた。

客たちがひとり、またひとりと新婚夫婦に別れを告げた。アラベラとロズリンが最後まで残っていた。驚いたことに、姉たちに抱きしめられたリリーの目に涙が光っていた。

「泣かないで、リリー」ロズリンが言った。「わたしも泣きたくなっちゃうわ」

「おかしなことよ」アラベラが優しい声で言った。「ふたりとも泣く理由なんかないのに。リリー、これではまるでわたしたちがあなたを見捨てていくみたいじゃない。二週間しないうちにブルターニュで会えるのよ」

　アラベラとマーカスもまた、ブルターニュを訪れる計画を立てていた。そういうわけで、姉妹は三人いっしょに母と再会することができる。二カ月ほど前、ヴィクトリアとフランス人の夫はアラベラの結婚式のためにイングランドを訪れていたが、ロズリンとリリーの結婚はそのあとだった。

「わかってるわ」リリーはあわてて涙をぬぐった。

　やがて、姉妹たちは互いに別れを告げた。それぞれの夫にやさしく付き添われた姉たちが道板を渡って川岸に下り、待たせてあった馬車に乗り込む姿を、リリーはじっと見つめていた。

「お姉さんたちが結婚したことがまだ悲しいのかい？」ヒースが興味ありげに尋ねた。

　彼の腕に腕をからませながら、リリーは明るい笑みを浮かべて見せた。「いいえ、もう悲しくはないわ。みんな新しい人生が始まっただけ。それに、わたしにはあなたがいるから」

　そう言って手すりの前に立ったまま、去っていく馬車を見送った。そんなリリーをヒースはじっと見守っていた。これまで何度も、船首に立つリリーの姿を想像していた――濃い栗色の髪が日の光を受けてつややかに輝き、風になびいているそんな姿を。今、風はほとんどやんでいるが、太陽は彼女の髪に赤みがかった金色の輝きをあたえている。

　ヒースが彼女の頭のてっぺんにキスをしたとき、リリーはふり返り愛らしい表情で彼を見上げた。「わたしの幸せを心配する必要なんてないのよ、ヒース。これ以上ないぐらい幸せなの。それに、新婚旅行はわたしたちにとって最初のすばらしい冒険になるわ」

「異論の余地なしだ」

リリーは手を彼の首に回した。「今、わたしが何を考えていると思う?」

「わからないよ、スウィートハート。何を考えているんだい?」

「愛って、人生で最大の冒険だって考えていたのよ」

「まさにそうだな」

彼はリリーの魅力的な微笑みを唇で封じ、ぐいっと彼女を引きよせた。こんなふうに抱きしめるのは久しぶりのことだ。

「船室に下りようか、奥様?」ヒースはそうつぶやいてから、やっと体を離した。

リリーはじらすように片方の眉を上げた。「まあ! 何を考えているの?」

「花嫁を誘惑しようと思っているところだ。結婚したら初めての夜には忘れられない誘惑をすると約束しただろう? お忘れかな?」

ヒースの目の中に熱い欲望の炎が燃え上がっている。「そうだったわね。わたしたち、こんなところで何をしているのかしら?」

ふたりはすぐに甲板を歩いていった。期待と興奮で胸を高鳴らせながら、リリーはヒースのあとに従っていく。船室に着いた頃には、彼女の心臓はドキドキと激しく鼓動を打っていた。

ヒースが扉を閉じた瞬間、ふたりは抱き合っていた。

「やっとふたりきりになれた」ヒースがかすれた声で言った。そして、リリーと同じぐらい熱い唇でキスをした。彼の愛撫に、荒々しく求める唇に、たくみな腕にリリーは激しい反応を返した。息をつくたびに、さらに彼がほしくなる。

ふたりはこみ上げる思いを抑えきれないまま服を脱ぎ……互いの目に美しい裸体をさらした。欲望と愛に燃え上がる目で見つめながら、彼はリリーをベッドへと誘《いざな》った。ふたりは絹のシーツの上に横たわり、官能的に体をからみ合わせた。そこには激しさとやさしさが同時にあった。ふたりの体が熱くほてっている。やがて、ヒースがリリーの体の中に入り、ふたりはひとつになった。

ヒースに満たされ、あふれそうな思いにリリーはふるえた。体の奥深いところで強い思いが脈打ち、これまで感じたことのないほどの幸福感が太陽のように輝いている。喜びと不思議さがこみ上げた。そして、体じゅうが粉々にはじけたと思った瞬間、リリーはヒースとともに頂点に達した。

何もかも終わったとき、ふたりは抱き合ったまま激しく息をついていた。交わりの余韻に包まれ、満ち足りた気分だった。

やがてヒースが疲れた声でリリーの耳もとにささやいた。「くそっ、結婚して初めての夜には、じっくり時間をかけるつもりだったのに。これでは誘惑でも何でもないじゃないか」

「そうね」リリーが弱々しい声でうなずいた。「まるで大火事みたいだったわ」

ふたりは静かに笑いあい、ふたたびキスをした。やがて、ヒースはリリーの上から体をずらして横向きになると、この上ないやさしさで彼女を抱きよせた。

「待っただけの甲斐があった」しばらくして彼が荒い声でつぶやいた。「こんなに肉体的に満たされたのは生まれて初めてだ」

「ええ……」リリーは夢見ごこちの声でうなずいた。

確かにそうだわ。リリーは彼の心臓の鼓動を聞きながら考えていた。夫と妻としての情熱的な交わりは、恋人同士のときよりもずっとワクワクするような興奮と喜びと満足感があった。

彼の体のぬくもりを感じながら、リリーはさらに新たな発見をした。今、自分はヒースに縛られているというのに、これまでにないほど自由な気分がする。自由は彼の腕の中にあった。なんてうれしいことだろう。彼は信頼を教えてくれた。愛の力を教えてくれたのだ。

ふたりの絆はさらに深まるだろう。リリーは確信していた。ヒースは夫であるだけでなく、友であり恋人でもある。微笑みひとつでリリーの心臓を激しく鼓動させる男だった。

リリーは、ヒースのあたたかなむき出しの胸にやさしく唇を押しあてた。これまでの人生で、こんなに自然なことはないような気がした。これ以外にはありえないという気持ちがする。さらに強く抱きしめられたとき、リリーはため息をついた。こんなすばらしい男に愛されているなんて、魔法のようだ。わたしはヒースに愛されている。深く愛されているんだわ。

女としてこれ以上の喜びがあるだろうか。

「あなたの忍耐強さにどれほど感謝しているか、伝えたかしら？」しばらくしてリリーはふっと顔を上げ、彼の目を見つめながらつぶやいた。

「最近は聞いていないな、奥様。また言ってもらえたらうれしいね」

「すごく感謝しているのよ、ヒース。わたしのことをあきらめないでくれて、心からありがたいと思っています。それに、わたしのことを愛してくれて、ほんとうにありがとう」

ヒースの眉がくいっと上がった。「もう何度も言っただろう。感謝はいらないって……。だが、今回は例外とすることにしよう」

リリーのえり足に手をすべり込ませると、ヒースは男性的で魅力的な微笑みを浮かべた。リリーの大好きな、いたずらっぽい微笑みだ。「だが今は、わがいとしの花嫁よ――」挑発的な口調で言う。「きみに約束した誘惑の件はどうしようか?」

リリーがいきいきとした表情で微笑みを返した。「どちらが誘惑がうまいか競争してみたらどうかしら」

「喜んで誘惑させていただこう」かすれた声で挑戦を受けると、ヒースは唇に唇を寄せた。

「言っておくが、勝つのはぼくだ、エンジェル」

リリーは本能的な満足感の漂う笑い声をあげて言った。「いいえ、勝つのはわたしよ」

訳者あとがき

お待たせしました。ヒストリカル・ロマンスの人気作家ニコール・ジョーダンの『恋愛戦争』シリーズ待望の第三弾『小悪魔に愛のキスを』をお届けします。

物語の舞台は一八一七年六月、ロンドンにほど近い村チェズウィック。シリーズ第一作『グレイの瞳に花束を』のヒロインとヒーローであるアラベラとマーカスの結婚披露宴から始まります。本作のヒロインであるローリング姉妹のおてんばな末娘リリアン（リリー）は姉アラベラの結婚を悲しみ、馬小屋で猫を相手にひとりごとをつぶやいています。そこに、名うてのプレイボーイであるクレイボーン侯爵ヒース・グリフィンが現れます。結婚に反感を抱くリリーの、独立心旺盛だけれど傷つきやすく初々《ういうい》しい態度にヒースは惹きつけられ、なぜかふたりはキスを交わします。その瞬間、ふたりの間にこれまで経験したことのない火花が……。型やぶりなこの娘を追いかけよう。ヒースは決意します。

ところが、リリーはキスに動揺した自分が怖くなって、ヒースから姿を隠そうと決心します——それも、とんでもない場所へ。こうしてリリーは、悪評高い娼婦向けの下宿屋にもぐり込みます。ここで事態は予想外の展開に。なんと、リリーは下宿人の娼婦たち相手に礼儀作法の学校を開校することになったのです。教育活動に熱中するリリーの元に、ある日ヒースが現れます。一ヵ月におよぶ忍耐強い捜索の末、目的を果たしたヒースを前に凍りつくリリー。そこで、下宿屋の切り盛りをする老高級娼婦たちがひとつの提案をします。二週間という求愛期間を設けてリリーとヒースが競い合い、求愛者としてヒースが満点の十点を得たら、今度は三ヵ月の正式な求婚期間を手に入れられる——。

かくして、ふたりの恋愛ゲームが始まります。はたして結果はいかに……。

本書のいちばんの読みどころは、「男なんていらない」と豪語《ごうご》していた、かたくななリリーが、包容力抜群のヒースにみるみる防御の壁を崩され、心をとろかされて愛らしくなっていくプロセスでしょうか。ひたむきでがまん強いヒースは、一歩一歩着実にリリーの心と体に刺激をあたえ、うぶなリリーに男と女の間に生まれる密《ひそ》やかなよろこびを教えていきます。

一方、ヒース自身にもリリーのおかげで変化が生まれます。困っている人びとに躊躇《ちゅうちょ》なく救いの手をさし出すリリーのまっすぐな心に触れるうちに、ヒースはこれまでの生き方を考え直し、新たな人生に目を見ひらかされていきます。

また、ニコール・ジョーダンらしい、情感豊かでホットなラブシーンも健在です。本書でも期待にたがわず、ふたりの心のゆれをせつなく描く、繊細な心理を描き込んだ官能的なシーンがたっぷり登場します。

今回も、多彩な脇役の活躍が楽しめます。とりわけ姉妹の親友である高級娼婦ファニーと、その友人である年老いた高級娼婦フレールとシャンテルの存在感が光ります。また、ファニーに恋する幼なじみのバジル、姉妹の親友である教師仲間のテス、労働者階級出身で、がさつだけれど心やさしいウィニフレッドの活躍も見逃せません。もちろん、過去二作の主人公であるリリーの姉たち（アラベラとロズリン）、ヒースの親友たち（マーカスとドリュー）もなつかしい姿を見せてくれます。そして、またもやマーカスの妹エレノアがいい味を出しています。


ここで、ニコール・ジョーダンについて改めてご紹介しておきましょう。

人気抜群の官能的なヒストリカル・ロマンス作家である彼女は、これまで累計で五〇〇万部を超える発行部数を売り上げるとともに、二十八作にもおよぶ、さまざまな時代のヒストリカル作品を発表しています。ニューヨークタイムズのベストセラーリストの常連でもあります。

二〇〇七年にはロマンティック・タイムズのヒストリカル・ロマンス部門功労賞（Romantic Times Career Achievement Award for Historical Romance）を受け、二〇〇八年にはロマンティック・タイムズ賞で、本シリーズ第一作『グレイの瞳に花束を』と本書がノミネートされています。その他にも、ＲＩＴＡ賞のファイナリスト、米国ロマンス作家協会（ＲＷＡ）の年間人気作品賞（Favorite Book of the Year）、百人以上からなるロマンス小説評論家集団から贈られるドロシー・パーカー優秀賞（Dorothy Parker Award of Excellence）など、ロマンス小説界のベテランとして高い評価を受けています。

本書は二〇〇八年にスタートしたニコール・ジョーダンの最新シリーズ「恋愛戦争（Courtship Wars）」の三作目ですが、本シリーズはこれまで出版された四作品すべてがニューヨークタイムズのベストセラーリストにランクインしています。

ちなみに、次作の四作目はマーカスの妹エレノアと元婚約者デイモンの物語『To Romance a Charming Rogue』。デイモンの浮気で婚約解消したはずのふたりが再会し、そこにイタリアの王子様がからむ、という何とも気になるストーリーです。翻訳版は二〇〇九年秋に発売予定ですので、どうぞお楽しみに。

当初三部作で終わるはずだった本シリーズですが、大好評により継続が決定され、四作目は今年の二月に発表されたばかりです。さらに、ハヴィランド伯爵（二作目に登場）を主役にした五作目が来年一月に発表される予定とのこと。そして、姉妹の親友テスが主人公となる六作目も予定されています。訳者として今から楽しみに思っています。

では、本書とともに夢みるひとときをお過ごしください。

二〇〇九年六月

森野そら

◆ RITA賞2冠作家パトニーの、ヒストリカル・ロマンス ◆

放蕩者に魅せられて

メアリー・ジョー・パトニー　中村藤美［訳］　定価960円（税込）

放蕩者レジーが、女性執事アリスの管理する土地の領主になった。酒に溺れる新領主の支えになろうとするアリス。互いの過去があらわになるうち、二人は惹かれあうが……。RITA賞受賞作。

楽園は嵐の果てに

メアリー・ジョー・パトニー　中村藤美［訳］　定価980円（税込）

村の窮状を訴えるため、デーモン伯爵と呼ばれる領主のもとを訪れた、牧師の娘クレア。村を救うためなら、純潔を捨ててもいいという彼女に、伯爵が突きつけた条件とは？　RITA賞候補作。

風に乗ってダンスを

メアリー・ジョー・パトニー　中村藤美［訳］　定価960円（税込）

仏国のスパイを暴くため、秘密クラブに潜入した伯爵ルシアン。調査の過程で、三人の女性に変装する謎の女キットに出会う。互いに正体を隠しながらも、いつしか二人は激しく求めあうが……。

◆ パラノーマル・ロマンス ◆

青い月夜を駆けぬけて

ローリー・ハンデランド　松藤留美子［訳］　定価920円（税込）

狼に噛まれた人間が狂暴化し、人を襲うという事件が発生。女性警官ジェシーは、捜査の過程でネイティブ・アメリカンの美青年ウィルに出会い恋に落ちるが、恐るべき真実が彼女を待っていた。

星空がくれた恋人

ダラ・ジョイ　中尾眞樹［訳］　定価960円（税込）

ディーナの家に突然ハンサムな宇宙人が現われた。彼女を運命の女と信じたロアジンは、自分の惑星へと連れ去ってしまう。そこから始まるディーナの不思議な冒険……時空を超えた愛の物語。